文灿集

凌 寒

周维学 著

光明日报出版社

图书在版编目（CIP）数据

文灿集·凌寒 / 周维学著 . -- 北京：光明日报出版社，2024. 7. -- ISBN 978-7-5194-8148-3

Ⅰ . I217.1

中国国家版本馆 CIP 数据核字第 2024CQ3274 号

C目录
CONTENTS

横空出世贵州龙

过去相当长的时间里，人们都喜欢用"天无三日晴，地无三尺平，人无三分银"来描绘贵州。而当年为"六盘水特区"建设，我第一次去到那里时，最令我惊讶的，不仅有"地无三尺平"的环境，还有举目望去，山峦起伏绵延，除却灌木杂草就几乎不见庄稼的沉寂。

在重庆的乡村里，习惯了这样的景象，田坎边，坡底下，哪怕只有脸盆大的一块土地，乡民们也会让它长出几棵蔬菜几茏麦子——不仅是人勤劳，土地也着实肥沃；而我走过的大片贵州地区，山体基本上由石头构成，土层极为菲薄，实在贫瘠得不堪耕作。可是，在我离开那里若干年后，央视发布的一条新闻让我震撼，原来那里竟是一样的富饶，而那令人震撼的新闻地带，距我当年去过的地区不过数十公里之遥！

中华儿女都说自己是龙的传人，而据新闻报道，贵州关岭那一片神秘的石山里，竟埋葬着一个几亿年前离奇灭亡的庞大的古生物群落，尤其是令世人迷惑了几百年的海洋怪兽——鱼龙！贵州鱼龙的生存年代比恐龙还要早 2000 万～3000 万年，而且其形体比恐龙更像传说中的龙，那真是名副其实的"龙"的祖宗了！

那里不仅有大量鱼龙海龙的完整化石，还同时发现了极为丰富的海百合化石。海百合是地球上最古老的棘皮动物之一，已经生存了 5 亿年之久。2.3 亿年前，海洋里到处都生长着海百合。海百合化石在全球很多地方都有，但是，其他地方的都只是碎片，以至于在关岭的化石被发现前，全球科学家都不知道这种化石碎片是什么生物，直到关岭的海百合化石面世，才让人们有幸观赏到这如此古老而且美丽得像花朵一般的海洋动物的真面目。

关岭的海百合化石是成型的，能看出完整的形态，虽然在地下沉睡了两三亿年，如今依然栩栩如生，除了开放的"花蕾"，还有挺拔的"根茎"，茎腕分明，精美纤秀，恰似丹青大师笔下绽放的百合花，连生物专家都感到惊奇。

展区的年轻管理员介绍，这片庞大的化石群落被发现，起初竟得益于当地一位外出打工的农民。那位农民工偶尔在自己的老板处看到一些被老板视为珍品的动物化石，感到有些好奇，说："这有什么稀奇啊，我们老家山里到处都是！"

说者无心，听者有意。若干年后，规划面积 86 平方公里，核心景区 0.94 平方公里，化石分布面积 200 平方公里的关岭化石群地质公园逐步形成了。

这个群落紧邻世界第三大瀑布——黄果树瀑布，如今被公认为全球独一无二的晚三叠纪化石宝库。

2010 年，来自中国、瑞士、美国、英国、意大利、阿根廷、斯洛文尼亚等国家和地区的科学家们，在关岭化石群国家地质公园进行了野外考察，一致认定，贵州高原崇山峻岭中的关岭县，2 亿多年前还是一个海湾，关岭生物群是见证三叠纪古海洋生态系统全面恢复并逐渐走向衰亡的重要实证。

几个月前我赶到关岭的时候,地质公园尚未完全建好,唯一落成的建筑物,就只有博物展馆,偌大的馆区内静寂无声,一间极为简陋的木屋便是售票处了。两位年轻姑娘与一位稚气的后生,便是我看到的全部管理人员了。那片山岭距离当地各族的聚居地很远,无房舍村寨集市,放眼所见,只有连绵平秃的山峦。但馆内的设施倒很是先进,借助现代的声光化电技术,重现了数亿年前深海生物的生活场景。大量的古老标本大小各异,姿态不同,但形象极其生动,宛若鳞尾欲动。

想想吧,在这寂静的山头上,数亿年前称霸海洋的凶猛动物,可是生活在水深 200 ~ 500 米的深海中!在中生代三叠纪的时候,这里该是如何一番风景——在浩瀚的洋面上,体形庞大性情凶猛的海龙鱼龙恣肆翻滚。经过地球的沧海桑田,当初的大海已经变成今天"地无三尺平"的崇山峻岭了,比恐龙还"年长"近 3000 万年的"海生龙",埋藏量非常大,挖掘出来的鳍龙类和鱼龙类化石,大的重达数吨,结构完整,体形巨大,保存完好;小的也有几十公斤,形态各异,还有首次发现的长达 90 厘米的精美鱼类化石和数条 20 厘米左右的小型鱼类化石。

按照生物的演化线索,从无脊椎动物演化为脊椎动物,而脊椎动物从最原始的鱼类到两栖类,再到爬行类,从爬行类并行产生两个进化途径,一部分发展为鸟类,另一部分经历了似哺乳爬行动物的演化后成功地迈入哺乳动物的行列。而海百合所属的棘皮动物是从无脊椎动物向脊椎动物演化的一类过渡类型。

管理员小伙子是本地人,虽然还年轻得如邻家小弟,却已经在部队服过役,很有些见识。知道我是真对化石感兴趣,便主动提出要带我去不远处的原位展馆观看。他说这里的原位保护馆是世界上唯一的原地保护鱼龙化石的地方。

所谓的原位馆，就是在发现化石的原地上搭建起的屋子。化石太大太珍贵，龙身隐藏于岩层中，要剥取显然极其困难，为了更完整地保护原貌原环境，化石上方设置了玻璃罩。灯光刚一打开，我便不由自主地屏住了呼吸——瞧它，不屈的高昂着的头颅，长长的脖子，小小的脑袋，尖尖的嘴里有着锋利的牙齿，身后那一条优美卷扬的长尾巴——是什么突如其来的意外，让它亿万年来就此定格在那一瞬？最是让人嗟叹的，是那条被专家们认为可能是在难产的状态中死亡的雌龙，只见它头颅偏斜，巨大的身体蜷曲，长长的尾巴明显呈奋力扭摆状，而在它的腹部，触目惊心的有一团状物，究竟是什么强大的力量，让这位数亿年前的母亲没有能够完成自己的神圣繁衍便猝然而逝？

几亿年过去了，无边无际的海洋就那么消退了，泥沙覆盖了它们，岁月让鲜活的生命成了石头；海洋变成陆地，隆成山峦，由晚三叠纪到侏罗纪、白垩纪直到距今 250 万年左右，地球上才有了两腿直立行走的智慧物种！

感慨中步出展馆，站在观景台上鸟瞰博物馆，那建筑物犹如一枚巨大的菊石，屹立在公园下沉式广场的一侧。群山莽莽，雾霭蒙蒙。管理员小伙告诉我，你要是喜欢，这里的岩石上，化石随手可捡。一低头，果然，满山层层叠叠的页岩片，被岁月风化得散乱，只翻了几块，就看见明晰的虾呀虫呀贝壳呀，呵呵，真个就如在大海滩涂上"赶海"一般收获颇丰。

"真多呀，能让我带走吗？"

"满山都是，你能带就带去嘛，不稀奇的。"

据介绍，馆区正设想，要在山底开辟一条隧道，一边开采化石，一边让人们现场参观，使地质公园的保护性开掘与旅游同步进行。

突然有三个小孩子从乱石间打闹嬉戏着跑了过来。我凑过去和他们聊了起来。原来他们都是本地苗家孩子。他们告诉我，有虫子和鱼的石片儿到处都是，他们有的人家里就有比床板还大的有"花"的石头呢！

我从包里取出几块点心巧克力分给孩子们，他们嬉闹着在山崖间奔跑跳跃，指指点点着，只一会儿，每人手里都捧着几块灰黑色的石头片，笑嘻嘻地朝我走来。

只一会儿工夫，我身边便堆积了一大堆大大小小有"花"的石片。在犹豫中，我只挑拣了巴掌大的两小块带走，以作为我关岭之行的纪念。

人间三月天

南方的春天总是来得很突然，一夜之间便风情万种了起来！为了追寻春天的足迹，我跟随一群"好摄之徒"从城市中央出发，向南，一直向南！

出了城区，路旁的绿意越来越浓，偶尔有一两株桃花灿灿地开着，等待一双双发现美的眼睛。车到了一个美丽的乡村公路，公路两边的树多了起来，大部分是大榕树之类常见的行道树，也有不知名的高大的乔木。当你看到一株两株这样的树时，可能没什么感觉，但是当很多树集中站在你的面前，会让人产生一种错觉，仿佛走进了无边无际的人造森林。

车往前开，拐到一条小路上，眼前出现一片花海。一行人迫不及待地走下车，拿起手中的相机，有人拍摄灿若朝霞的海棠，有人聚焦团花簇锦的樱花，有人拍黄灿灿的油菜花，还有人钟情花间忙忙碌碌的小蜜蜂，更有甚者，走到一棵树下，把自己摆成"宁在花下死"的造型，仿佛想就这样一直站下去，直到地老天荒！这一片寂寞花海，灿烂如一个触手可及的梦，而我感觉自己此刻正穿行在梦里！

车子经过白沙生态民俗文化村，远望，绿树浓荫掩映着一面面洁白的山墙，房屋依山而建，错落有致。有画家说："眼前就是一幅山水长卷！"定睛细看，真有"一水护田将绿绕，两山排闼送青来"的意境。转身，看到一头老牛站在绿色的田埂上，定定地看着他们，忘了吃草。也许它有的是时间，所以并不着急；也许是好奇这些不速之客为何不请自来。在这桃园般的仙境里，什么都逃脱不过它犀利的眼神。直到观光的车子再次启动，它依然雕塑一样，一动不动，让人不禁怀念起传说中"你耕田来我织布"的田园生活！

车子一直开到了山顶上，茶树静默，刚经过严冬的洗礼，显然还没有缓过气来，只有一两枝嫩芽，伸出绿色的手掌，小心翼翼地试探着空气的温度，只待春天的号角吹响，即刻出发。

我们的车再缓驶到另一个山脚下，刚一停车，就有看家护院的小狗狂吠起来。村上人家的院子都由一种扁圆形的红褐色石头堆砌而成，据说是火山喷发而形成的火山岩。远远望去，金灿灿的油菜花从山脚一直开到山顶，像是先民留下的甲骨文，又像是太阳神遗落人间的火种，燃烧的黄色火焰明媚了多少黯淡的时光！车随山行，终于到了山顶，极目远眺，四周的山围成一个摇篮，摇篮中零星地睡着几个小小的村庄。麦苗的绿和菜花的黄统治着这片土地。

站在山顶，大家沉醉于满世界的阳光、花香，自己也低到了尘埃里，成为路边的一朵小花，不用说话，不用歌唱，只要静静地站在大地之上，享受这微醺的和风、春日的暖阳！

红崖依旧在　天书何人识

　　早就听说那片红崖，也早知道有那么一些虽然悬赏仍无人识得的"天书"，关于"天书"的林林总总传说故事，实在早已听得耳熟。这次，重访贵州之行中，便把它放到了首位。

　　传说中的"天书"在红崖。红崖本名叫作晒甲山。晒甲山就在贵州关岭县。关岭县是布依族苗族聚居的地区，那里距离中外驰名的黄果树瀑布约 7 公里。在红崖山上，有一块巨大的浅红色崖壁，壁长 100 余米，高 30 多米。石壁上有数十个深红色的形似古文的符号，"似篆非篆，若隶非隶，非镌非刻，横不成列，竖不成行，大者如斗，小者如升"。

　　最早关于"红崖天书"的文字记载，是在明弘治十三年（1500）前后，在《贵州图经新志》中，关于红岩山的记载是这样的："红岩山，在永宁州西北八十里。近山间居民，间闻洞中有铜鼓声，世传以为诸葛武侯驻兵息鼓之所。"

　　关岭，因境内的关索岭得名。关索岭地势险峻，是古代兵家必争之地。据清道光《永宁州志》记载：晒甲山即红岩后一山也，崔巍百丈……俗传武侯南征晒甲于此。

　　"贵州黄果树瀑布之南有关索岭，岭南有古驿道盘山而上，是古时由重庆入云南的茶马古道。山间红色悬崖北端，巨石高丈许，上有古籀、大篆、汉隶变体字迹数十。不知题字者何人，题词内容何意，更不知为何时所留也。"

清光绪年间，日本国领事得丸作藏和旅行家鸟居龙藏到中国收集古碑摹本。他们来到晒甲山时，立即被那字迹中透露出的神秘所动。当他们将"天书"的摹本带回展出时，在日本引起了强烈的震撼。法国学者雷相如与费南海尔等闻讯，也前来晒甲山观摩，他们的感慨是："此碑含有绝对之神秘性，谁也无法窥破其中的奥秘！"由此，"红崖天书"之名不胫而走。

在对天书的破解中，有许多听起来荒诞不经的说法，据说郭沫若、丁文江等著名学者也曾尝试破译，但一直没有定论。

对天书内容的具体诠译，多从篆隶行草的手法分析，再对字的笔画增减、位移、图解，而后得出千奇百怪的解根——有宫闱秘闻，忠堂衰史；有废帝遁迹，藩镇藏宝；有巫师挂经，佛道符篆；有武功秘籍，外星生命。

有学者说，红崖天书是一署名"凤凰"的皇帝所为，其标题为"品"，其怪异文字经解读为："做官，必须明白民之痛苦，不要寻欢作乐，好酒贪色，不要为权力相互残杀，使民逃离家园，过着悲惨的生活。"

有学者认为，红崖天书由三部分组成。

甲部："甲，凤，出，虎"，"读，书，须，入，门"。

乙部："心，品"。

丙部意译为"丙戌宦官误国，痛不欲生"。

有学者将天书破解为四个组成部分。

标题一字："君"。签署二字："西王"。正文十六字："忌客入门，须缄其言，启箱白水，掏宝甲山"。

这人将附近的"黄果树""犀牛潭"两个地名，按谐音进行顺序调整，于是解译为"西王留锞处"。

此则破解很牵强，但十分有趣。众所周知，当年吴三桂因"红颜一怒"，引满族入关，打败了李自成、张献忠的农民起义军。李、张二人拥有的天下重宝几乎悉数落入平西王吴三桂手中。吴三桂拥兵入黔，追剿南明王朝入滇之前，将难携的珍宝埋藏犀牛潭里，红崖山中，并在红崖碑上留下秘不可识的"天书"，以便事后取回。以此立论，破解"天书"不仅有趣，还将获得巨大的宝藏，逗引得后人乐此不疲。

还有一位据称是"住在山下，爱新觉罗氏的皇族后裔"，运用汉语组合字谜破解了"天书"，认为其内容记叙了慈禧当年诛杀顾命大臣肃顺的故事。

另外也有人认为，自古居住关岭地区的彝族，"好奉鬼祭神"，这些符咒的文字，就是古老的彝文。

有资料称，1995 年 3 月 18 日，贵州安顺地区行署对外宣布："悬赏百万元，破译红岩碑。无论哪省哪国人士，只要能全文翻译红岩碑，并获得大多数专家学者的认可，就将获得安顺地区行署的百万奖励。"这一消息顿时再一次掀起了破译高潮，学者、专家、好奇心强烈的人都参与了进去。而我自己从报纸上亲眼见到的悬赏，应该是比这还要稍要早些，赏格是十万。

1999 年 11 月，江南造船集团公司高级工程师林国恩发布了他对"红崖天书"的最新破译。据说，为了揭开"天书"神秘的面纱，9 年来他反复阅读了《中国篆书大辞典》《古文字通典》等七部字典，还遍览历史、诗词、地理、兵器、佛经等各类书籍，写下了几十万字的读书心得及论文。他认为："红崖天书"是明惠帝四年（1402），建文帝被朱棣篡夺了皇位，仓皇奔逃至贵州后，使用变体组合文字所书写的讨伐朱棣篡位的檄文。他的译文是这样的："燕反之心，迫朕逊国。叛逆残忍，金川门破。杀戮尸横，罄竹难书。大明日月无光，成囚杀之地。须降伏燕魔做阶下囚。丙戌（年）甲天下之凤凰（御制）。"

他的译文，报纸上发，电视里播，著者精神感人，谜底阴谋悬疑，惹得我放不下心，时时挂念。

真要去，还真的难——不是正规旅游景点，离火车站路远，没有公交车停靠，尤其那里人烟稀少，无市无镇，搭客的小巴不路过，难遇的"的士"也都摇头。

有心人到底感天动地，终于有辆出租车滑了过来，司机伸出头表示愿去。呵呵，成了！可一细看，那驾驶员喜眉笑目几乎还是个孩子。

"你愿意去？知道路吗？能直达目的地吗？还得送我们回来，可以吗？"

我问了一串，他只答了一句，可就是那一句，喜得我心花怒放——"我家就住在那山下，从小爬到现在，熟哦！"

一路聊着，盘曲的山道也不觉颠簸了。原来，正如他自己所说的，我们真是"找对人了"！别看他牛仔裤T恤衫挺时髦的，小伙子是正宗彝族后代！今年刚满十八岁，已经开了两年出租车了，并且还对开车攒钱后的将来，有着美好的计划。

他的家果然就在山脚下，稀稀落落几户人家，背山面河，玻璃窗、水泥墙，已完全寻不到我过去熟悉的彝寨影子了。

山不高，逶迤着，典型的贵州山体模样。小伙子的车绕过房舍，在杂草丛里简直看不出路的"路"上七弯八拐，竟然把我们带到一片篮球场大小的开阔地上。

"车只能到这里了。"小伙子推开车门，指向山顶，"那里就是红岩碑了！"——当地人都把那石崖叫作红岩。

果然，远远的山巅上，陡立着微呈红色的石崖。

在荆棘乱石中行数步我便明白，我们的运气有多么好！原来，那山虽并不太高，可基本还处于原生状态，嶙峋乱石间，比人高的杂草荆棘丛，比人体大的乱石堆，不明就里的人，要想登上山去，身上不拉破几条血口子几乎是不可能的。但我们这位向导从容不迫地微笑着，低了头只管朝前走，而凡是他走过的地方，隐隐地竟就有了可以下脚的"路"。原来，当年沸沸扬扬的"天书"传闻，也惊动了"今上"，千百年里，陆续有大小官员奉命前往拓取，自然就有人奉命砌出条极简易的路。不过，这路真比道地的羊肠还蜿蜒回环，因泥石滚埋破坏，草木树藤掩映，绝大部分路段，都仅存勉强可放一只脚掌的宽度，且必须由这位"从小爬到大"的本地人才能寻得。

喘吁吁地惊叹遐想着——已自攀到了崖壁前——早已烂熟于脑的石崖、文字、图画，在夕阳的映照下豁然现于眼前，许多并不熟悉的后人摹刻的文字诗词，也赫然在石。这神妙莫测的陡崖，也与大部分名胜古迹有着同样的命运，不仅要遭受大自然风刀霜剑的砍削，愚昧的人为破坏也令人扼腕。光绪二十七年（1901），永宁知州涂步衢接上峰之命，拓取红崖碑文。涂知州上命下达，将此任务下达给团练罗光堂办理。这位土著的民团首领，上得山来就傻眼了，天书虽然称之为碑，却又非镌非刻，了无雕琢之痕，该如何拓？武官罗首领聪明，命人用新鲜的桐油石灰，将天书字体勾勒廓出，待石灰凝固后，其硬度不亚于坚石，然后进行捶拓，很快就完成了任务。可惜那是杀鸡取卵，自然引起了有识之士的愤慨，扬言要告发罗破坏古迹的罪行。涂步衢身为知州，深知破坏古迹罪的严重性，一边压制舆论，一边令人将天书上的桐油石灰斧劈刀凿，沸水洗涤，终致天书面目皆非，崖面斑驳陆离，字迹漫漶难辨。

自从红崖天书捶拓事件发生后，世传的天书摹刻本就被分为古本、今本两类。而崖壁又再经数百年日晒雨淋，剥蚀风化，天书原有五六十字，现存安顺博物馆的只十余字，石壁上的原字仅有六字可辨。

亲眼看见时，仍不知究竟何种破解是真谜底，不知道为什么，我对林先生的"翻译"最感兴趣。一来因为那位皇帝的传闻的确离奇曲折，二来云贵两省关于建文帝的遗迹特多。有资料介绍，就在关索岭西北平坝县有高峰山，山上高峰寺的末代住持茫清，曾收藏明代遗物"建文皇帝绘像"，似是一个老僧临案鼓琴之状，大有帝王气象。解放初期此像曾由贵州阿嘛照相馆翻拍，以赠游客。关索岭西北广顺罗永庵旧日留题有《罗永庵随笔》诗两首，其一云："款段久忘飞凤辇，袈裟新换衮龙袍；百官此日知何处，唯有群鸟早晚朝。"疑是建文所作。又高峰寺对面石壁上镌刻"西来面壁"四字，亦传为建文手迹。还有人考证，"西"字谐音玺字，暗示山中可能藏匿帝玺。建文帝出亡之日，玺亦失踪，永乐帝玉玺乃是新玺云。

谜既然成了谜，自然任凭各人破解，真正的谜底也许永不能知，但天书毕竟给意在山水之间的人们，带来了欢愉、情趣、憧憬，甚至某种浪漫的希冀。

朝天门剪影

重庆人谁不知道朝天门？

老重庆那象征"九宫八卦"的九开九闭十七座城门，其中因朝天门的地理位置而首当其冲。

关于这座早已名不副实却依旧知名度不低的"门"，一年又一年的，已经有许许多多的人写了许许多多的文章。我原本觉得自己也有不少东西可写的，可是，那一天，当我独自凭依在那酷似船舷的栏杆上眺望，脚踩在清洁而湿漉漉的台阶上漫步时，心里头沉淀已久的一切，倏忽间竟然全数远去了！

那些故事，远的太古旧，近的又太新，况且我亲眼看见过的那镌刻在长满苔藓杂草崖壁（那里其实应该是残存的瓮城门额）上的"朝天门"三个字，已经只能在我闭上双眼时，才可依稀显影。至于陷落在阶下江水里的传说，也早已随着滔滔旋流，淡化得缥缈虚无了。

拾级信步，走上去，又踱下来，记忆里越来越清晰的，倒是一些从来没有想到过要去留存的杂乱片段。

可是最难以抹去的记忆，却是更早时的某一日，炎炎骄阳下，一位枯瘦羸弱的农民大叔，就在我的面前，卸下肩头挑着的扁担，一头扑上刚放稳的两只潲水桶，伸出颤巍巍的巴掌，急切地在浑浊的潲水里抓捞，一旦手指头触碰到固体状物质，立即旁若无人地塞进自己的嘴里，几乎连咀嚼的动作都没有，那一巴掌糊涂东西就不见了！

都知道，那时候，有一对约定俗成的称呼是"工人老大哥"及与之相对应的"农民二哥"，称工人是"叔叔"，喊农民为"伯伯"——不知"伯"与"叔"为何在此处错位使用——可是，对我记忆中的那位农民，我仍然觉得应该是"叔"，因为他是那样地年轻，虽然他的脸上染满菜色。

原本是为了朝"天"接旨的这座城门，看来也是得天独厚了。至于将高耸的码头改建为"船"的创意，一直争议不休。但既然已经是"船"了，那就扬帆远航吧！

哦，那样的船儿和帆，也已经只能是历史记忆了！那就鸣一声长笛吧！

我与春天隔着一条河的距离

春节到了，春天也就到了吗？

春天的到来是有些迹象的。虽然仍旧寒意逼人，但是风的穿透力已不那么刺骨，那些一个冬天都没有梳洗的灌木还是蓬头垢面，但它们粗糙的表皮在风的抚摸下已经隐隐泛出温润的亮色，还有那些冰凉的泥土，也开始微微冒出早春的热气，蚯蚓在土里伸着懒腰，麻雀伸出枯瘦的手掌似乎整天在与柔弱的草芽争吵着出场顺序。可是，这些春天的信号我都感觉不到，渭河的春天还远未到来。我坐在冰凉的石头上，等待对岸的春天。

"……五九六九，隔河看柳；七九河开，八九雁来……"九数完了，立春也过了，可是春天还是连影子也不见。我知道，春天正式登场之前，是有几天倒春寒的。冬天经过秋冬两季的积累，早已奠定了深厚的基础，先不说年前那些厚度盈尺的积雪尚未消逝，单是正月初五、初六一夜之间气温骤降十五六度，渭河两岸银装素裹，鸦雀无声，再次提醒人们它的肃杀与威严。在天时人事的争夺中，它哪会那么轻易让出自己苦心经营的地盘？况且，冬天也并非一无是处，它最大的特点是不虚伪不做作不矫情，冷就冷得寒气彻骨，一场铺天盖地的大雪让追名逐利的步伐都慢下来，慢下来，去回忆那些或温情或落泪的故事。白居易红炉温酒，孟浩然踏雪寻梅，狐裘不暖的王昭君，卖火柴的小女孩儿……在冬天的夜晚围炉而坐，读一两页书或一首长长的现代诗，听窗外簌簌而下的落雪和呼呼作响的寒风，一切都变得温暖、沉静而明澈。而春天，就比较诡谲，在北来的路上，它从不肯大大方方迈开脚步，总是一副眼神迷离心事重重的样子，在与冬天争夺地盘的拉锯战中也是左顾右盼，完全不肯用尽全力，刚觉得温情脉脉，转瞬间又阴云四合冻雨敲窗，让人猜不透它的心思。

比如此刻，我坐在河岸一块光滑的石头上，想着春天到来会是什么样子？都过了雨水天了，这块石头还沉默着不肯发一言。有诗人说，草是春天的使者，会第一时间报送春天的讯息，可是脚下全是杂乱的枯草，没有半点草芽怯怯地露出头来，身边的几棵柳树还在睡梦里，身躯黝黑而疲惫，偶尔摆动一下的柳枝也许是它浑浊的鼾声，风从空旷的河滩上掠过，尖锐的呼啸夹着飞扬的尘土。

可是河的对岸，春天似乎已经真的来了，这是唧呤唧呤的燕子告诉我的。我在河这岸感受不到的淡淡绿意，在河对岸的柳树梢上已经朦朦胧胧若有若无了，忽然之间明白为什么要"隔河看柳"了，原来早春的信息是通过如烟似雾的柳色来传递的。薄薄的烟雾在近处是看不到的，只有在远处模糊的背景下，虚幻游离的色彩才能连成一片，也只有在远处，以隔岸观火的姿态隔岸观绿，才能与春天轻轻地握手，以刻意寻春的心情是找不见春天的。河堤护坡上，草色不见，却是一片柔和的光亮，"天街小雨润如酥，草色遥看近却无"，想必那些与河水比邻而居的草芽已经感受到了春潮的律动，正在积攒破土而出的力量。

我想涉水到对岸去寻找春天，可是我没有船，谁知道这看似风平浪静的河水，下面是不是暗流涌动危机四伏！而就算到了河的对岸，那些看似迷人的风景一定会后退、隐藏，甚至转移到我现在的位置，看似一无所有的河的这岸，却又变成人人欣羡的美景。我们不识庐山真面目，原来是因为自己身在此山中啊！

我在河这岸看风景，河对岸的人此刻是否正以同样的心情在看我呢？这样想着，突然觉得我们和春天、和岁月、和风景隔着一条河其实挺好，与其用眼睛寻找，不如用心灵感受。

卖菜的女人

离我住处约百步之遥的五号楼西头有一个卖菜的女人，她三十五六岁，个头不高，人长得黑瘦黑瘦的，在楼头随便拉起一块挡雨的塑料布，就算是她卖菜的场所。她卖的菜种类不多，档次也不高，多是普通人家常买的豆腐、豆芽、芹菜、土豆之类。因为是临时摊点，她卖菜的地方四面透风，所以她天不亮就出摊，晚上还要把没卖完的菜收拾回去。我刚搬到那个小区的时候，因为不熟悉环境，在邻居的指点下，也去她那里买过几回菜。她卖的菜价格还算公允，不过我感到她特别计较，即使是几分钱，要么她给你添够一毛钱，要么取出来一点点。有时候我们都嫌麻烦，说零头就算了，不用找了，可她似乎没听见，该添一定得把秤添够。对此我特别不舒服，加之她卖菜的地方正好与我住的楼方向相背，所以我宁愿跑到远处的超市买菜，也不想和她多费口舌。

一个冬天的傍晚，外面寒风刺骨，家里却没了蔬菜，谁也不愿出门去采购东西。无奈之下我只好拿起袋子，磨磨蹭蹭下得楼去。我突然想起楼那头那个卖菜的女人。不知这会儿她在不在。我抱着试试看的心情走到她以前卖菜的那个地方，棚子里连个人影也没有，一盏昏黄的灯泡在寒风里冻得好像要掉下来。

这么冷的天，谁还会在外面呢？我正这样想着，突然哐当一声，把我吓了一大跳。只见那个女人从一个木头柜子里钻出来，头发凌乱，脸色蜡黄，她试图向我走来，但是可能在柜子里蜷缩得腿麻了，几次努力都没有成功，原来她躲到柜子里避风去了。

"要买菜吗？"她哆嗦着问我。

"嗯。还有什么菜？"

她终于可以迈开步子，挪了几下，然后从一个大筐上面掀开一床薄棉被，下面的蔬菜青枝绿叶，应有尽有，而且码放得整整齐齐，看得出她是宁愿自己受冻也要精心呵护这些蔬菜。

我突然感觉这个女人真不容易，在这样一个天气，我们躲在房子里享受着暖气，看着电视，而她从早到晚一直站在寒风里，真不知她是如何坚持过来的！如果她有其他谋生的技能，谁愿意在这里被冻得像冰棍？在这个时刻，我突然想到那个《卖火柴的小女孩》的故事，如果有人陪她多说两句话是否也能给她带来一点温暖呢？

我问她："今年冬天这么冷，你为什么不等开春了再干呢？"

女人的眼睛忽然明亮起来，说："家里还有一大家人都需要花钱呢。我能挣一点就能减轻一点家里的负担。这两天是有点儿冷，不过再坚持两天，我老公就叫人把这四周都砌上砖，条件就比现在好多了！"她的脸上满是憧憬和满足！我随着她的目光看去，原来做屋顶的塑料布已经换成了石棉瓦。

正在这时，一个穿着羽绒服背着小书包的八九岁小姑娘一边喊着"妈妈"，一边跑过来。女人脸上的表情又换成了喜悦和怜爱，她快速给我找完钱，蹲下身子，迅速把孩子戴着手套的小手放进怀里，嘴里不停地念叨："乖乖，冻坏了吧？等妈妈收拾一下就回家！"

我为自己的偏见感到无比羞愧。原来她如此计较，也是为了生活。她有家庭有孩子，她在这样一个条件简陋的地方卖一点菜，可见家里的经济条件及她本人的劳动技能都不是很好，甚至有可能是刚从乡下来到城市，在这个处处都需要钱的地方，她除了精打细算还能有什么办法？她做的是小本生意，一斤蔬菜也许本来只能挣几分钱，在这刺骨的寒风里，我们有什么理由要求她大方呢？相反，她的朴素和坚韧让我感受到中国女性的坚强，她的随遇而安和知足让我感受到她原来一直在以自己的方式追求属于自己的幸福！在她看似不近人情的外表下面，其实掩藏着一颗乐观坚强、热爱生活的心！

昏暗的灯光下，看着那对拥抱絮语的母女，我感到这个简陋的菜棚分外温暖。

问 心

我是否足够诚实？

否。

尽管和我打过交道的人都说我诚实，但我还做得很不够。人到中年，逐渐懂得了一些人情世故。有些事涉及他人人品道德，不能说，一旦说出便是非不断；有些事与自己有利害关系，不敢说，一旦说出便两败俱伤；有的事是社会问题，政府都无能为力，说了也白说，不愿说，一旦说出便有一顶愤青的帽子扣得你多少年都喘不过气。但是，我还是想努力做一个诚实的人，尽量不胡说，不瞎说，不说损人利己的话，不做阳奉阴违的事。有时候，考虑自己的处境，满足别人的虚荣，不得不说一些恭维的话，奉承的话，但是都以不过头为原则，否则宁可选择沉默，也不能违背我做人的底线。

我是否足够淡定？

否。

虽然无常的世事让我看淡了很多事情，但是在名利面前我还是有那么一点心动。我生活在现实社会中，柴米油盐，住房就医，孩子入学，人情往来，没有经济基础做后盾，那是万万不行的。古人早就说过："穷在闹市无人问，富在深山有远亲。"当今社会更是把金钱的魅力演绎到了极致，有钱能使鬼推磨、金钱奴役知识的案例比比皆是，不会因为你气节清高就有人赏识，没钱就是无能的表现。如果经济上能稍稍宽裕，我就能去干更多有意义的事。我还渴望能有那么一点点名气，自己的才能被社会认可。有人认识你，很多事情就好办得多，不求有什么粉丝，至少会少一些白眼和刁难。在现实生活中，凭什么兢兢业业的人不被认可而那些偷奸耍滑的却可以名利双收？不过，我还是想通过正当途径去改变自己的生活现状。君子爱财，取之有道，我的每一点收获都饱含着我奋斗的汗水，我不会为了个人的享乐而丧失了人格，不能为了出名而剑走偏锋。法国诗人缪塞说："我的杯子不大，但我用自己的杯子喝水。"对于名利，我亦如此。

我是否足够坚强？

否。

虽然不断的磨炼让我逐渐学会不在人前落泪，但是当一些重要事情发生之时，我还是无法做到不为所动。我会为长久坚持却看不到曙光懊恼，也会为不公平遭遇心怀愤恚。我会在挫折面前徘徊动摇，也会为一些纠缠不清的恩恩怨怨黯然神伤。面对一地鸡毛的烦琐，也想放弃高贵的坚守，从此随波逐流不问世事，去过那种浑浑噩噩的生活。但是，短暂的迷茫过后，我想我还是要挺直脊梁。鲜花簇拥只是人生偶尔的点缀，跌宕起伏才是生命的常态。哭的时候没人哄，学会了坚强；烦的时候没人问，学会了承受；怕的时候没人陪，学会了勇敢。很多时候，打败我们的不是外因，而是我们脆弱的内心。所以，当不利与挫折袭来的时候，我还是要微笑面对生活，擦干眼泪，努力向前。虽然，努力了不一定能够成功，还要有机会、人脉的辅助，但是放弃则一定失败。

我是否足够孝顺？

否。

虽然我们一家还算相处融洽，我也记得时常给父母打个电话，偶尔能给父母经济上力所能及的接济，但是，我知道我还做得很不够。我很小就离家上学，毕业后又在远离家乡的地方找到一份虽不足以养家但还能勉强糊口的工作，一年到头基本只有春节才能回去，自然无法为父母分担一些家务，更不能分担他们一年四季面朝黄土背朝天的辛劳。他们都已年过七十，还在家乡默默地劳作。我由于能力所限，至今无法把父母接到城里一起生活。甚至，我至今没有为父母洗过一次脚、剪过一次指甲。他们的关节日渐僵硬，自己已经无法够到脚趾，可我就是放不下虚伪的架子，而父母却从来没有要求我为他们做些什么。有时候，我给他们打电话，问家里最近缺不缺钱，他们从来都是说不缺，但我给家里寄钱的时候，他们也从来没有拒绝，仿佛一切都那么自然。有时候给家里打电话，聊着家常，我就忍不住对他们进行指责，觉得他们什么也干不好，每当这个时候，父亲选择沉默，母亲则永远都是不温不火的，从来不和我直接碰撞。事后我也后悔，知道父母的艰辛和人到老年的孤独，他们并非什么也干不好，而是因为我不了解具体情况，现在我自己有了孩子，才真正理解了父母永远是专业的父母，儿女却是业余的儿女。亡羊补牢，迷途未远，我想从现在开始，对父母多些关爱和包容，为他们多做一些小事，抽一点时间听听他们的唠叨，一如他们当年牵着我的手，在阳光下温暖地行走。

低处的花朵

在南宫山的悬崖绝壁处，一朵小小的花给了我力量。

还在山脚停车场的时候，导游便指着线路牌对游客煽情，说是在接近山顶的地方有一处凌空栈道是观赏景色的绝佳位置，在那里，四周美景可以尽收眼底。于是，我们一行人便比赛似的，急急忙忙往山顶赶去，说得再具体一点，是往栈道赶去。在这之前，我只从书本和电视里见过恒山的悬空寺，"危楼高百尺，手可摘星辰"，想必在秦岭之中的凌空栈道上当风而立，不管是四面湖山收眼底，还是"荡胸生层云，阴阳割昏晓"，都是可以满足我雄视天下的欲望的。

大约一直向上爬了一小时，等气喘吁吁地爬到栈道跟前，我才发现我错了，在悬崖绝壁处，确实有一条凌空栈道，不过它不是我们常见的用水泥搭建、踩上去心里踏实的那种栈道，而是用玻璃钢做路面、以不锈钢栏杆做维护的那种，在阳光的照射下分外刺目，而在远处，根本看不出是用什么材料搭建的，否则，我宁愿绕道也不愿冒险。透过玻璃钢桥面，脚下壁立万仞绿树起伏，远处群山苍茫空无所依，把这条栈道衬托得更加危险，一切都显得那么虚幻缥缈。站在栈道入口，感觉自己将要一步踏入虚空之中，我的心顿时慌乱起来，这时我才认识到自己的渺小，内心充满了恐惧，我甚至感觉身体根本就不由自己掌握，在茫茫无际的群山中，我就是一片枯叶甚至只是一粒微尘，不知自己要被大风吹向哪里。是的，我们登高望远，注意力全在远方，我们赞美莽莽大山的雄浑博大，伟岸厚重的山能给我们力量和依靠，现在我正在乱山之中，可是我感觉此刻所有的山都离我是那么遥远，我急需抓住一点什么来让自己稍稍镇静，哪里还有心情欣赏远处的美景！

当我正惊慌失措、犹豫着要不要通过的时候，我突然发现了那些花朵。就在我的右脚边，一堵巨石的缝隙处，一株金黄色的野菊花正迎风怒放，它紧紧抓住石缝里的那点苔藓，瘦弱的茎上挑着几朵倔强的小小花朵！我突然有一种想要流泪的感觉，它就在我的脚边，那么真实，那么安静，而我竟然没有注意它。因为太阳的暴晒，它的叶子有些卷曲，那些小小的花朵甚至看不清花瓣的形状，只是金黄的一点，可我此刻却觉得它是那么美丽而坚韧，不因卑微而改其态，不因贫瘠而损其色。更重要的是，我感觉到在这悬崖绝壁之上，有一个真实的、立足于泥土的生命与我相伴，有泥土，我就知道自己还与大地相连，就会觉得心里踏实；而心里踏实，还有什么路不敢往前走呢？其实看守栈道的工作人员也说了，每块玻璃的承重量都在一百五十公斤以上，一般人走在上面根本不用担心！

下山的路上，我特意留意了一下，路两旁竟然有很多不知名的花朵，黄的、粉的、白的、红的，在青枝绿叶间，是那么温润可爱，赏心悦目，那些行色匆匆的脚步可能不会为它们稍做停留，可它们依旧那么真实、坦然，独自芬芳。

一直以来，我们满心期待的都是远方迷人的风景，却忘记了那些低处的花朵，那些平凡而令人感动的美丽，原来一直就在我们身边，我们却因为不肯俯首，以致自己一再错过。

树的高度

虽然十多年过去，但它始终在我心头挥之不去。

这是一棵很普通的树，一棵拇指粗细、一米多高的柏树。大千世界，树种无数，大树无数，我唯独记住了它。

它黝黑的颜色，稀疏的针叶，一副未老先衰的样子，那拇指粗细的身板看上去是那么单薄，似乎只要稍一用力就有可能应声而折。

但是，它却不折不挠地站在那里，沉默着不发一言。它是寂寞的，因为眼睛所能看到的方圆几里内除了这棵树，不是黝黑冰冷的岩石，就是匍匐在地细如发丝的荒草，这棵一米多的树相对而言竟显得有些挺拔，空旷的四周只听得见狂风与岩石摩擦发出的尖利呼啸，也正因如此，它才吸引了我的目光。

它就站在那里，接受着月亮与星星的问候，接受着狂风与暴雪的洗礼，接受着长江与黄河仰视的目光。太阳也曾亲吻过它，但那缺乏温度的亲吻无法让它感到温暖，因为即使是六月酷暑，这里也是雨雪交加。

植物学家对地表植被和海拔高度的关系早就有过系统的研究，在秦岭山区海拔超过 2000 米就逐渐进入高山草甸，3000 米以上地区只适合生长一些杂草或地衣之类的植物，而这棵树——这棵柏树却生长在 3500 米以上的高寒地带！它要在这冰冷的岩石缝里发芽生根，要在这块连氧气都十分稀薄的生命禁区里长到一米多高，谁能想象它要经受多少挣扎和磨难，谁能体会它在寂寞与忽视里不放弃不悲观？我见过太多太多的大树，在适宜生长的环境里拔地参天不算能耐。在这个高度能够顽强地活下来，这是多么倔强的生命！我实在没有理由不对这棵尽管只有一米高的树表示钦佩、敬畏，甚至膜拜！

这棵树，就长在太白山顶峰 3513 米——"中国南北分界岭"界碑向西约 50 米处。

人生若只如初见

古往今来，那些情深意浓的才子佳人为我们留下了太多的关于"初见"如何美好的不朽诗篇！

北宋词人晏几道在一个落花微雨的春天、酒后初醒的早上，不由得想起过去那个穿着心字罗衣的女子："记得小蘋初见，两重心字罗衣。琵琶弦上说相思。当时明月在，曾照彩云归。"想当年那个名叫小蘋的女子，低眉信手弹奏着相思的曲调，那该是如何让人浮想联翩，而今人去楼空，空余一地思念和怅惘。他的父亲晏殊，也用生花妙笔描写了他与另一位歌女初次相见的情景："池塘水绿风微暖，记得玉真初见面。重头歌韵响琤琮，入破舞腰红乱旋。"风乍起，吹皱一池春水，当年那个能歌善舞的女子，如同落花随风飘远，早年初见美女的欢欣喜悦，今日物是人非的落寞惆怅，酒入愁肠，化作相思泪。另一位北宋词人秦观也有"金风玉露一相逢，便胜却人间无数"的深刻体验，金风和玉露都是易逝之物，相逢必是短暂的，因此更能动人心魄。比他稍晚一些的李清照乍见生人时，竟然是"和羞走，倚门回首，却把青梅嗅"。后来有人推测，说这是描写她在自家花园第一次见到赵明诚的情景，一个情窦初开的少女形象活脱脱展现在我们眼前，谁还能对此无动于衷！

人生若只如初见，那该多好。

大抵异性之间初相见，看到的都是光彩照人的外表，偶尔言谈举止之间流露出一点彼此欣赏的气质，还来不及做些深入了解便各奔东西，彼此之间以偏概全，从此心里情苗暗种，像烟花那样虽然短暂，而绽放出来的璀璨却是刻骨铭心。很多东西，因为耀眼，所以美好，因为短暂，所以难忘。大诗人白居易对此是有独到见解的，"大都好物不坚牢，彩云易散琉璃脆。"对感情而言，亦是如此。

随着环境的改变，人的思想、情感也是会发生变化的。在时间这面魔镜面前，能够不被岁月打败的人少之又少。并不完美的现实生活又怎能让那些痴男怨女成天只做着爱情的美梦而不食人间烟火？如果是经常相见或是相处，随着时间推移，了解加深，彼此之间的神秘感觉逐渐消失，原来的激情和引力逐渐被居家过日子的平淡琐碎取而代之，想象之中的"执子之手，与之偕老"原来还要经过那么多的波折和考验，本身存在的缺点自不用说，就连原来一些彼此欣赏的优点也可能被平淡的日子稀释得索然寡味，这才想起长相厮守也不过如此，如果只是初见那该多好。那时的她，正花一样的年华，曹衣似水，吴带当风，你甚至还来不及认识和了解，她惊鸿一瞥便匆匆离去，留下的除了美好便是怀念，也断不会有今日的失落。就连写这首词的纳兰公子，也没能逃脱时光的魔掌。"人生若只如初见，何事秋风悲画扇。等闲变却故人心，却道故人心易变！"变化的不只是一个人的容颜，就连我们的心理也发生了变化，当初的那些卿卿我我海誓山盟在时间的原野里全都化作了过眼烟云。现代作家张爱玲在《红玫瑰与白玫瑰》这篇小说里对这种情形感悟颇深："也许每一个男子全都有过这样的两个女人，至少两个。娶了红玫瑰，久而久之，红的变成了墙上的一抹蚊子血，白的还是床前明月光；娶了白玫瑰，白的便是衣服上的一粒饭黏子，红的却是心口上的一颗朱砂痣。"但是她的另一种感觉更让我心仪不已：于千万人之中遇见你所要遇见的人，于千万年之中，时间的无涯的荒野里，没有早一步也没有晚一步，刚巧赶上了，没有别的话可说，唯有轻轻地问一声："噢，你也在这里？"那初见时缘定三生般的默契，低低的一声问候，胜过了世间多少华丽的语言！

人生若只如初见，让那种自然，那种回忆，那种真诚，一直弥漫在生命之中，该有多好。为什么人与人之间会有误会，会有曲解，会有猜测和非议呢？为什么还有冷落、争吵和疏远呢？说白了还是"距离产生美"的缘故。没了距离，美感也不复存在。所以我反而更欣赏秦观那种"柔情似水，佳期如梦，忍顾鹊桥归路。两情若是久长时，又岂在朝朝暮暮"的感觉，因为不常在一起，彼此之间就有宽容和回旋的余地，从而为情感保留一份新鲜的感觉。

人生若只如初见，初见惊艳，再见依然。我相信这只是一个美丽的传说。人海茫茫，相见何其不易，很多人匆匆一别，从此山水不再逢。相顾无言，只把那最初最好的一面，留在了对方心底最柔软的那个角落，偶然想起那抹浅笑，那个背影，惆怅里有甜蜜，思念中有满足，已然是人生幸事，"林花谢了春红，太匆匆，无奈朝来寒雨晚来风。胭脂泪，相留醉，几时重。自是人生长恨水长东"，哪里还敢奢望再见的机会！再说了，即使有缘能够重逢，惊艳的外表，岂能敌得过岁月的刻刀？

那些看似微不足道的风沙，把沧海都能变成桑田，秋风萧瑟处，早已换了人间，何况人的血肉之躯！这个世界上，最靠不住的莫过于红颜，朝如青丝暮成雪。真的是相见不如怀念，把那份初相遇的美丽，永远珍藏在心底，不磕它不碰它，一直让它保持最初的浪漫，不也是一种精彩的活法？

另一种幸福

有天下午，我在扭转身子的时候，感觉腰部的肌肉有点不大自然，但还不至于有什么明显的大碍，晚上躺在床上的时候，好像有点隐隐作痛，下半夜的时候，感觉侧身已经有明显的疼痛感，天亮了，想起床的时候，发现已经没有办法自己起床了，稍微挪动身子，都会引起腰部和背部的剧烈疼痛。这时才意识到问题严重了。家人把我送到医院，经医生诊断是扭伤了。医生说有些时候扭伤是在不经意间造成的，由于扭伤，该处的毛细血管断裂，于是开始在这个地方慢慢形成积血，开始积血不多的时候没有什么感觉，一天以后积血多了就严重起来。我就是这种情况。

由于剧烈疼痛，不能动弹，所以只能卧床休息。人在病重的时候，一般表现为心理特别脆弱，心态也特别消极，情绪也特别低落。但我这次的感觉却不是这样，一方面可能是由于我一贯的积极乐观心态，另一方面也是明知扭伤不会对自己的身体造成什么大碍，只是需要承受几天皮肉之苦而已，对于这种"小折磨"我一贯是笑而置之的。反倒是躺在床上的时候能享受到家人的特殊照顾，这种优待让人倍感幸福。

记得原来看过一篇小学生的作文，标题叫作《我希望》。

这孩子在文中说，她最大的希望就是"天天生病"。原来她爸爸是一名公安民警，整天忙得顾不了家，更没有时间陪她玩，只有在她生病的那一天，爸爸才"不忙了"。才可以整天在家里陪她，坐在她的床头给她讲故事。情同一理，成年人的心理何尝不是如此，只是不会把问题想得那么幼稚而已。梅儿一直是个以工作为重的人，也是一个很忙碌的人，即使她自己平时偶尔有个什么头痛脑热之类的小毛病，也从不轻易休息。加上最近刚好有几个合作项目正在洽谈之中，忙得天天都感叹"分身乏术"。可是在听到我的病情以后，马上就变得"不忙了"，当天就回我身边。当时真的感觉心中温暖不少，中年夫妻，图的不再是花前月下，不再是鲜花玫瑰。只是当你需要时，她就会随时出现。在你困难时给你搀扶与支撑。在你失意时给你鼓励和牵手。在你脆弱时给你相伴与宽慰。关键的时候，总有你在；有你在的时候，心里就踏实。

平时梅儿非常忙碌，不可能有时间和精力来处理家务，可她又怕因家务而亏待了我和儿子，所以她总是请好家政工来处理家务才放心离开的。就算她回来休假的时候，也是几乎不用做家务的。我们平时相互调侃的时候，她不无得意地说过："我的最高生活理想就是永远不要做家务。"可这次回来，为了让我能得到更好的调养，梅儿变得对家务特别热衷，尤其是对烧饭做菜特别"感兴趣"，一日四餐（三餐加夜宵），从买菜洗菜到烧制，梅儿都亲力亲为，不怕烦琐，精心调制。让我虽在病中，却也有很好的胃口。

每天的饮食起居都有悉心照料。更为难得的是，我们能有这么多的时间充分享受"在一起"。平时都是各自忙碌，聚少离多。现在却可以靠得这么近，我躺在床上，你坐在床前，你倾着身子，我可以轻抚着你的手背。说一说平时的思念和工作的劳累，说一说双方的老人和我们的孩子，回忆一下过去，憧憬一下未来，感慨一下人生。平时难得相聚，现在却可以奢侈地让时间在我们身边静静地、慢慢地流淌。觉得心里那么亲近，觉得生活是那么美好。身体的疼痛不知不觉就减轻了很多。

人吃五谷杂粮，谁能保证不生病，得点小毛病，也是正常的事，不得大病已是幸事，病中能得到好的关心和照顾更是不幸中的万幸。由于得到悉心照料，病情一天天好转，不知不觉一周过去了，我也恢复如初了。其实就心情而言，我还真想病情再延长几天，这样我们就有更多的时间享受"在一起"。

牛背的记忆

我承认，我有一份很深的农耕情结，任时光流逝，牛背上的记忆总是难以抹去。

很小的时候，跟着父亲去骑牛，懂事后，最先为父亲分担的农活便是放牛。"读书坐牢槛，看牛骑兵舰。"这是小时候常挂在嘴边的一句话，可见，放牛是农家孩子最快乐的劳动。

放牛的难度并不大，你只要用牛绳控制好牛鼻子，别让它偷吃庄稼或踩踏作物，其他一切顺其自然。哪里有绿草就去哪里放，田埂上、山脚下，到处都是放牛的好地方。靠近牛屁股左右两侧，有两个凹进去的牛肚眼，如果牛肚眼鼓起来，告诉你它吃饱了；如果是一边吃草，一边溢出墨绿色的粪便，那就是吃得太饱了。辛苦的是无论刮风下雨，热也罢，冷也罢，都要出去把牛喂饱。人可以饿一餐，牛不能饿一顿，因为牛是农民的命根子。无论多么困难，每逢春耕前夕，队里都要买来黄酒、鸡蛋、菜籽饼，搅拌在一起，对每一头耕牛进行灌补，这是农民对耕牛的特殊礼遇，足见耕牛在农民心中的分量有多重。每一个生产队都有三四头耕牛，孩子们都去上学了，队里的牛每一家轮流着放养。每到节假日，我和伙伴们便会结伴去放牛。

阳春三月，梨花吐白枇杷泛青，桃花影中燕子飞舞。伴随着水车的吱咯声，田埂上响起了一阵阵吆喝声，春耕的时光到了。"宿雨初过晓日晴，乌犍有力促春耕；田家辛苦哪知倦，更听枝头布谷声。"孩子们紧随犁后，翻滚的泥土中，不时地露出从睡梦中惊醒的金黄色泥鳅，随手把它拾入篓中。一年中最惬意的放牛时光就是这个季节，"绿柳芳草春风岸，高卧横眠得自由。"遍地嫩绿的春草，开满鲜花的草籽都是牛的美食。牛在劳作的时候，你无须去割牛草，躺在阳光明媚的草籽田里，吹着柳条皮做的短笛，翻筋斗、晒太阳。等到牛下轭，直接把它赶到未耕的草籽田里，让它自己吃，但也不能吃得太饱，因为草籽里夹杂着一种胀肚草，吃多了，会消化不良。回家的时候摘几束草籽花送给小妹玩。

对农民来说，一年中最繁忙、最艰苦的劳动时光便是"双抢"（夏收夏种）。在人民公社的岁月里，以生产队为单位的集体式劳动，把"双抢"视作生产大会战，两个月时间内要把早稻颗粒归仓，晚稻扦插完毕，就要与时间赛跑。在小队长的率领下，每一个小队全民皆兵，家里除了老弱年幼，几乎倾巢出动，耕田的，割稻的，车水的，拔秧的，插秧的，晒谷的，晒草的，每一个成员都有明确的职责分工，大家都十分自觉，各司其职。当东方露出鱼肚白的时刻，便早早出门，太阳下山了还在田间劳动，可谓披星戴月，争分夺秒，漫山遍野都是劳动的人们，到处都是欢乐的笑语，这是劳动者的"黄河大合唱"。

而耕牛绝对是"双抢"的主力军，它的付出超乎想象。一般来说，小面积的山坡田都由牛来耕，即便是拖拉机翻耕的稻田，也需要牛来耙过方可插秧。有些烂糊冻田直接用滚耙把稻割株粉碎便可插秧。

　　"双抢"的日子，天刚蒙蒙亮，便要把牛赶出栏，因为田地都很分散，有的要赶个把钟头才能到达，天一亮先把牛喂饱，等到太阳一上山就要下田。牛在耕田时，你要赶紧去割茅秆，等耕牛一下轭，可用茅秆充饥，茅秆不够吃，便用青稻草补充。牛在吃草时，你要帮它清除腿上的蚂蟥，驱赶身上的苍蝇。

　　午饭以后，马上把牛牵到溪坑里或水塘里去游塘，让牛降温，恢复体力，等待它的是下午的劳作。我每一次看到在烈日暴雨下，在农民的鞭子声中，拖着疲惫的身子，奋力耕耘着的那些年迈的老牛，实在是心疼。所以每一次下轭都要用手去轻轻按摩它那厚厚的老肩，回家的时候实在不忍心骑它，牵着它与它一起走回家。就这样，日复一日，不知疲倦地劳作，一个"双抢"下来，每一头耕牛都要掉好几斤肉。

　　忙完了"双抢"，天气渐渐转凉，迎来了一年中最美的放牛时光。金秋大地，芳草遍地，随便把牛牵到哪里，都会让它吃个饱，如果是在平坦的田埂上吃草，你还可以在牛背上少睡片刻。

　　牛是很有灵性的动物，当你一只脚放在它的角上，它便会低头，然后很快把头抬起，送你爬上牛背。放牛的乐趣不在于骑着一头牛，而在于你与牛的交流，相互间的默契，尽量不用鞭子抽它，用腿一夹，绳子一牵，它便领会你的意思。有时候你以为你在掌控它，但其实是它把你带到它想去的地方。

　　秋天里，山上的野果成熟了，我们常到山上去放牛，顺便摘些野果，捉些山鸟，每一次从山上回来，总有不少收获。骑牛最大的难度是在陡峭的山坡路上下山，你必须做到两脚紧夹牛肩骨，一手牵着牛绳，一手拉住牛尾巴，面朝蓝天，人背与牛背紧紧相贴，屏住气息，顺势而下，才能下得山来。放牛娃的胆魄和勇气也体现在这一刻，而骑着牛在大路上慢跑是放牛的最大享受。

假如两头陌生的水牛狭路相逢，必有一番较量，如果力量悬殊，一交手，一方便灰溜溜地跑掉。如果旗鼓相当，两对牛角噼里啪啦厮杀，就会造成两败俱伤，必须马上把它们分开，免得互伤。牛与牛的相斗是它未泯的野性，有时候牛拗起来，拉断了绳子它也不回头。牛背给了我童年的快乐，也让我染上了一股改不掉的牛脾气。

秋日里，牛儿并没有特别的劳动，只是帮助农民耕一下番薯地，放牛的也不用割牛草，因为番薯藤便是美味的佳肴，让它吃个够。那个季节，上午放牛回家前，我们用野火把地瓜焖在火堆里，到下午取出来充饥，香喷喷的红薯至今想起来还直流口水。

秋收的时候，大人们又要经历一场繁重的劳作，收割晚稻，播撒草籽，掏红薯，晒红薯丝，磨红薯粉，储备好今冬明春的口粮。同时，还要把稻草和番藤秆囤积好，为耕牛准备过冬的粮草。晚上，在母亲带领下，一家人围在昏暗的灯光下切番藤叶，为家猪准备好一年的粮食。

枫叶从树枝上落下，大地裸露出灰色的脊梁，冬天到了。人们对牛儿也不该有一丝一毫的怠慢，寒冬腊月，每天都要按时把草料送到牛栏，定时把牛牵到溪边饮水，顺便让他溜达一会，晒晒太阳，舒散舒散筋骨，活动活动身子，把牛养壮了，来年的春天才有劲头。

现如今，乡村山谷间那纯净爽朗的笑声再也听不到了，轰轰烈烈的大生产劳动场面早已是记忆中的画卷。没有了鸡犬相闻，没有了牛群出没的乡村，便没有了灵动与诗意。我每一次回老家，都要去看一看才常伯，一是多年的老邻居，二是因为他是村里唯一以养耕牛维持生计的老人。从少年到白头，当年的放牛娃如今成了放牛老，八十多岁的老人，独自一人与牛为伴，用自己的牛帮人家耕地换取报酬，养活自己。他把黄牛娘当作自己的儿女一样宠爱，去年十二月二十八，我去看他，他正在灶间用大锅烧汤，我问他烧这么多汤干什么，他说天太冷了，要用温开水喂牛喝，黄牛娘的肚子又大了，明年春天又可产崽了，才常伯的脸上满是笑容。

今年清明回家扫墓，我看到才常伯牵着黄牛母子，在绵绵春雨中行走，为早春的田野平添了一曲久违的牧歌。

半生语——父亲

当身体和灵魂游荡在时空的路上，还没来得及做好自己，渐渐就青丝里揉出银雪。

春天好像一直不老，临近四月，一湾湾田里就会响起此起彼伏的吆牛声。年富力强的父亲把谷雨挥洒成长长的斑竹鞭，甩出一声声"嘘嗤、嘘嗤"，唤醒乡邻农忙的呓语戏言。随意侃着女人们的妖冶，调剂成男人间爽朗的折子戏，荡在整个山涧沟头，一折又一折，复苏着土地深处的躁动。

父亲犁田的手艺很好，一家老小从年头到年尾的开支，都依赖着那双手。

我双手托腮坐在树荫下，出奇地看着那双满是老茧，僵红的大手，摇着浸透老浆的弯头犁把。乍寒的春水里，不高的个子顺着牛儿踩出第一道铧沟，鞠腰弓背，一路踢水前行，及至田角，长长的一声"吁——"。

柏木榫卯的犁兜嵌上破泥斩草的铁铧，被磨得经年的锋利。铧尖旋出水面时，阳光下跳跃着白光，贴着他黄黑的脚踝，在我心底泛起阵阵莫名的寒意。

山野不乏春色，唱着山歌的父亲，踩着烟嗓的牛儿，一人一牛在水田里作对腾犁。一铧铧黝黑得冒油的泥土，在铧尖上一绺一绺地弹奏起来，似音符点在水面，被水波一圈叠一圈地荡漾，蝴蝶恰得歇翅，撩拨起荡然的水姿。

突然，"吁、吁"，还没滑下铧兜的黑泥，一条黄鳝哧溜地蹿起。父亲眼疾手快地伸出食指和中指，夹起到嘴的美味，在铧兜上摔打两下，扬手扔在田边的草丛里，高声地呼唤着我。

春天有故事，他们也聊着不尽的耕耘。一阵牛儿偷食，被父亲数落牵扯着细细的牛鼻绳，一会儿又说它不上翼，扬手在空气里甩响打牛鞭。来来回回，翻搅出被冬水泡得软乎乎的黑泥，牛儿昂头也"哞、哞、哞"扯欢，把春搅在山谷里，很是欢愉。

望着父亲劳碌的身形，我心里种下愿望，接下这张犁把，为他减些苦累。

在我的再三恳求下，父亲决定让我试犁。经过他的一番演示，细心地给我讲解着扶犁时摇动，送、压铧尖深浅的节奏。他耐心地给我讲着牛、犁和人之间的窍门，嘱咐着需要注意的细节。

认为这活简单容易的我，觉得他很是啰唆，嘟囔着回了他一句："看都看会了，咋就那么多废话！"便轻蔑地接过油黑的犁把，扶摇起来。

不多久，手上得不到牛儿的节奏，铧尖一下杀入泥里。怕被笑话，慌然地抡起竹鞭，高高抡出一道弯弯的弧线，划破长空，啪的一声，鞭梢实实地落在宽厚的牛背上。吃痛的牛儿，往前疾行两步，枷担和牛打脚的两根绳子，绷得咯吱作响，犁头揳得更紧，丝毫不动。牛儿呼哧呼哧地喘着粗气，转过头的眼睛，比铜铃鼓得还圆，恶狠狠地瞪着我，盯得我心里一怔。

"你没得法呀，不是它的错，急了，犁头会拉坏的。"父亲在旁急促地言语。

他两步并作一步跨到牛儿身边，一把牵住牛鼻眼，一只手抚摸着牛背。细语地和它磋谈，它似乎很给父亲的面子，没有再焦躁地迈蹄。顺着父亲的吆喝退了两步后，站在原地，静静听着他说："他还小，第一次学犁，不懂铧沟深浅，你要多担待，以后你们时间还长呢。"我想："这不废话，牛听得懂吗？"

望着牛儿喷出口鼻里的热气，在春寒里交织出一缕缕白雾。

父亲拿过犁把说："我初学时也这样，短时是把握不了深浅的。"安慰着惊愧的，呆默不言的我，"要手、脚都跟上牛的速度，眼、心感知到犁尖的深浅，犁多了就有经验了。"又道："我初学时，一个不对，还常挨你爷爷竹鞭抽背呢。"我不由得看了一眼他厚实的背。

我认真地看他犁田的姿势，身体和牛儿优哉游哉配合得就是自在。摇起的肥硕清香的泥土，顺着铧尖有节拍地跳动出来，顺柔得极是自然。

很不服气的我，还接过犁耙，依样画葫芦地顺着铧沟，僵硬地控制铧尖。深浅合适些了，牛儿也轻松地顺从着。父亲在旁及时提醒："看泥少了，就提点犁把，送些铧尖。"又说，"摇犁一尺二，牛儿恰得力，想快不得计；深犁一尺三，铧尖往泥钻，人牛吵不完；犁少一尺二，泥肥翻不尽，牛儿糊弄你。"

我似懂非懂，手忙脚乱，没过多久，就又深一铧浅一犁地送犁。虽然有些踉跄，还是勉强犁了几趟地，一脚深一脚浅地边喘气边和牛儿缠斗。

就以为可以替下父亲的手艺，却不料，趔趄虚浮的双脚还是交替不过来。一不注意，脸朝下全身扑在田里。翻个坐在水中，透身的泥水，冰冷地贴上身体，裹挟着委屈的泪水，失声哭了起来。

父亲一下把我拉了起来，婉言说道："回去换身干衣服，以后再学吧，再大些就好了。"可能是怕我被牛弄伤。

没过多久，父亲突然生了一场急病就离世了。

多年以后，拆迁搬家，我特意去看了摆在堂屋的犁头。拂去满满的灰尘，犁把油亮依存，铧已冰凉，锈迹斑斑。

不由得念起："七寸头铧八寸脸，除了三寸才打眼，眼眼把把一尺三，不摇不送自己钻。"一股酸楚，涌入胸怀，止不住的泪滴，顺颊而下，怕人看见，急忙侧身抹泪。大姐细心，问着缘由，我直言当年学耕之事，如今却已物是人非。大家唏嘘互论，言不尽父亲生前的辛劳，安慰着我别太伤怀。

隐隐间，那青丝未尽，银雪微浮的壮老头儿，执出牛鞭，长空呼啸，唤醒田间的春与秋。

怀念舅爷爷

第一次见到舅爷爷，大概就是有一次和父亲去赶集，在回来的路上。那时的我七八岁的样子，每到年关，总和父亲扛一根从山上砍回来的杉木翻山越岭走二十多里远的路去赶集，我们会用卖杉木的钱买一些过年的年货。那时没钱坐车，每次赶集回来，要一整天，为了省点钱买年货，我们总是舍不得花钱吃午饭。那一次，走到陈家山，碰上一个满脸胡子的老人，父亲让我叫舅爷爷，我才知道，我原来还有一个舅爷爷。舅爷爷看来很高兴，带着我们去路边一个面馆吃了一碗面。

从那以后过春节时，我们隔三岔五去舅爷爷家里拜年，对舅爷爷的情况也越来越了解。他们一家人本来在我们县城里的一个兵工厂工作，20 世纪五六十年代，下乡活动席卷全国时，舅爷爷一家也辞了工作，回到老家。他一共五个儿子，大儿子本来生得虎背熊腰，能干一手好活，有一次上山砍柴时摔成了残疾，后来竟然疯了，一直躲在老家天楼上，怕见光，一年四季不肯下来。舅爷爷的第三个儿子离家出走二十几年音讯全无。我见过的就他的二儿子、四儿子和五儿子，我叫他们二舅、四舅和五舅。二舅年过半百，仍没有成家，他是一个慈祥的人，第一次见到他，是他挑一担米花泡泡从我家路过。米花泡泡一直是小孩子喜欢吃的,那一次他给了我们很多米花泡泡吃,他因为没有手艺,所以做这样的小生意。四舅是唯一一个有家室可以常见到的人,我们过春节去舅爷爷家里,常常是他接待我们。五舅一直在社会上混,基本上见不到人,我去舅爷爷家走动时,常见舅爷爷念叨他的满儿,后来我读六中时,常去舅爷爷家玩。一次过中秋节,我去舅爷爷家,舅爷爷硬留我住一晚,就在那一晚,我睡到半夜,听到一个人回来,和舅爷爷坐在床上,细细碎碎地讲了一个晚上的话。第二天醒来,发现舅爷爷家里多了一个高大的中年人,这就是刚从外面回来的五舅。

舅爷爷是一个博学的人,在几十年前就做过私塾的老师。他对中国古文有很深的了解,能写古诗词,也写得一手好毛笔字,据说从他家后山经过的铁路有一个涵洞的名字就是他题写的,那时候,他因为写这个字,还得到了500元报酬。舅爷爷常常给我讲一些古文典故和古典诗词,也喜欢在地方上做一些小小的卖弄。记得有一次,附近小学有一个女老师说我舅爷爷肚子里的知识没用,是一些垃圾。舅爷爷听说后,写了一副对联送到她们学校:黄毛丫头现眼能识几个字?白胡老子鼓腹能藏万卷书!那小学老师看了以后,无言以对。

舅爷爷是一个慈善的老人。我那时上学,他给过不少的帮助,自己没有钱,千方百计带我们找另外有钱的亲戚也要资助我们。记得有一年,因为没有学费,他正月里带着我去一个叫会光的地方看望姨奶奶,也就是他的姨妹妹,因为家境困难,我父亲很少走动亲戚,我们长这么大,竟不知道哪里还有什么样的亲戚。我们到姨奶奶家,发现她家境真不错,姨爷爷叫李本恒,是一个练武术的老人,他的儿子好像还在县法院做过院长，他还有一个徒弟在城里办了一个武术馆，听说很有名气。我去的那一年，姨爷爷已有 84 岁高龄了，但仍然精神矍铄，和同样年过八旬的舅爷爷很谈得来。他得知我读书成绩好，在我们走的时候，给了 100 元钱，那时，足够一个学期的学费了。后来我哥考上了中专，要几千元的学费，又是舅爷爷带着我哥，去找他的另一个姐妹，我们叫二姨奶奶的。二姨爷爷是一个老医生，他们的儿子我们叫学祖舅舅的是一个建筑工程师，家里很有钱，学祖舅舅资助了我哥 600 元。

后来我去了广东工作，在广东工作的那几年，我总是想念我的舅爷爷，舅爷爷年过八旬，一个人独立生活，一个可怜而倔强的老人！我想也许，等我回去，就见不到我的舅爷爷了。几年后我请假回家，得知舅爷爷病了，我忙去看望他，在那间漆黑的老屋里，他躺在床上，瘦得只剩下皮包骨头，他闭着眼睛，一动也不动。四舅妈在床前大声把他叫醒，说，你看谁来看你来了，他睁开眼睛，看了一看我，点了点头，意思是认出我了。四舅妈又说，你外孙来看你了，你起来做点东西给他吃啊！舅爷爷摇了摇头，用断断续续的声音说，起来做饭，我做——不到了！听到他这样说，我的泪水盈满了眼眶。

我从舅爷爷家回来第三天，四舅妈就捎信来，说，我舅爷爷去世了！我终于隔了数年以后，又回来见了舅爷爷最后一面，而且给他披了孝，送他上山。

这也许是我心中唯一的安慰了。

黑漆楼门

黑漆楼门是我外婆家院子的大门。

我外婆家在清花河畔的烂泥湾聚族而居，一座大大的四合院里住了八九户人家，大大小小近百口人。院子西南角还有一条窄窄的巷子，但是只能供人通过，搬运大件东西、婚丧嫁娶则必须走大门。我小时候有很长时间在外婆家度过，所以这道门给我留下了很深的记忆。爬上十几级台阶，迎面是一道高高的对开木门，门上刷了一层厚厚的生漆，只要开门，门轴就会"咯吱"作响。路过的人在很远的地方就能望到这道黝黑闪亮的大门，给别人讲不清具体方位的时候，就说"有个黑漆楼门那个地方"，久而久之，黑漆楼门不仅只是一道门，而且成了一个遐迩闻名的地名。

小时候，我被母亲送到外婆家，不仅是因为这个院子里小孩子多，我舅舅、小姨与我年龄相差无几，孩子们互相有个玩伴，更主要的原因还在于，在我外婆家能经常吃到米饭。名曰"烂泥湾"，就是地下水资源十分丰富，黑漆楼门周围全是一层连一层的稻田，即使天旱都能有很好的收成，所以外婆也不在乎多养一个娃娃。

黑漆楼门，门里门外是两个世界。

门里，四周的瓦房遮住了院子里大部分阳光，高大的堂屋阴暗中透着威严，有的家庭三世甚至四世同堂，几十口人拥挤在一起，人与人之间不免感到压抑，小孩子倒还罢了，大人之间时常会为一点点小事争得面红耳赤。孩子们在院子里，不是被家长吆喝着做家务，就是被训斥着写作业。只要在院子里，小孩子们都胆战心惊，生怕点着了大人的火药桶。

门外，则是一个生机勃勃的世界。四周的稻田里不仅有鱼，而且田埂上还有很多果树，一到春天便开满了各色各样的花朵。有一户人家还养了一群鸭子，成天在稻田里摇摇摆摆穿来穿去。院子西边和北边则是一片茂密的竹林，那其中蕴藏的乐趣远非鲁迅先生小小的百草园所能比拟，所以院子外面就成了孩子们释放天性的乐园。我和院子里一帮大大小小的孩子在田埂上疯跑追逐，拿根竹竿到田里去撵鸭子，到院子旁边的水沟里捉鱼、扳螃蟹，偷偷爬到果树上去摘带毛的桃子、杏子，有时候还到竹林里比赛捉笋壳虫。那笋壳虫是一种外壳金黄行动迟缓的节肢动物，它有一个有力的柱状尖嘴，是一种对竹笋破坏作用很强的害虫。我们捉到它，便把它的一条大腿折断，用竹扦子穿起来，举在手里让它与另一只笋壳虫相斗。不过最有意思的还是夏天，我们一群男孩子借着放牛的机会，偷偷到瓦场梁下的堰塘里洗澡。这个地方离黑漆楼门已经有一段距离，位置偏僻不易为大人发现。我们先把牛赶进堰塘，自己再脱得光溜溜的跳进水里，然后抓着牛角爬到牛背上，一群孩子开始骑在牛背上打水仗。堰塘一般都不太深，哪里经得住几头牛来来往往地折腾，不一会儿，那塘底的淤泥便被翻搅上来，几把泥水撩过去，一群毛头娃娃全都成了一条条小泥鳅。即使时常会遭到牛虻叮咬，我们也天天乐此不疲。

住在外婆家里，我有过快乐，也有过悲伤。白天，我可以跟着一群孩子无忧无虑地玩耍，但是到了傍晚，我就难过起来，开始想爸爸妈妈，想回自己的家。那黑漆楼门像一个沉默的老人，虽然将我揽在怀抱，却给我一种寄人篱下的威压。有吃有玩的日子虽好，却不是自己的家。小孩子虽然说不出这种难受，但这种情感却深深扎在心里。我趁大人不注意，悄悄翻过黑漆楼门高高的门槛，一个人跑到院子后面的山梁上，对着家的方向眼泪汪汪，但我又不敢一个人跑回家，路上有好几户人家都养着狗。最后的结果，就是被舅舅和其他孩子半拖半拉又回到院子里，黑漆楼门"吱呀"一关，我只好坐在阶沿上，假装抬头看星星，其实是把眼泪使劲咽回去……

我上小学后，去外婆家的次数日渐稀少。那时我外爷还在世，他虽然长年有病，却对我和舅舅的学习十分关心。假期里，他还专门把乡上一个老秀才请到家里，教舅舅读蒙学丛书、写毛笔字。有一年过春节，外爷特意买了两支钢笔作为期末考试的奖励，我与舅舅一人一支。舅舅为了逗我，抓起钢笔就朝外跑。我在后面一边骂一边追，看看实在追不上了，我气急败坏地从地上抓起一块石头就朝他扔去，没想到正好砸到他头上，把他当场打得哇哇大哭。我清楚地记得当时我正上小学二年级，他上四年级。没过几年，外爷便因肺结核去世，大概是四十岁的样子。

黑漆楼门虽然显赫壮观，但毕竟是一所老宅，那房背上长满了苔藓，风雨侵蚀不说，满地乱跑的孩子也逐渐长大，本来就人口稠密的院子更加拥挤不堪，有两户男孩子需要成家立业的，另外修了房子，率先从黑漆楼门里搬了出去。这一搬迁，缓解了院子的拥挤，也预示着一个时代的结束。那两户人家搬走之后，拆掉了属于自己的老屋，那烟熏火燎的墙壁、四处开裂的墙缝让邻居生出无限的隐忧，于是大家纷纷在院子周围另寻地基盖起新房。等到最后一家人家搬离的时候，顺带拆掉了那道早已失去光泽的楼门。那历经风雨的老宅，失掉了最后的屏障，没几年时间便化成了一块青青的菜园。

今年春节回家，我路过"烂泥湾"，特意到当年的老宅看了看，凑巧碰见了母亲的堂兄，我小时候一直把他叫舅舅。他满头白发，神情木讷，早已不是当年那个头发锃亮意气风发的青年了。我向他问起昔日那帮与我同龄的孩子现在何处、生活如何，他想了半天，也只能想起寥寥几人和大致情况，只有一个女孩子他说得最清楚，说是在上海打工，因为精神抑郁，前几年跳黄浦江而死，留下一双半大孩子。我的心不由得哆嗦了一下，那些儿时在一起玩耍的情景恍如昨天，谁能想到她竟以如此极端的方式客死在他乡了呢？她决意赴死之前，难道没有想过生她养她的故乡吗？我又环顾了一眼周围的房子，向他打听还有谁在家里。他说老一辈早已作古，目前只剩下包括他在内的两户人家，其他人早就离开了家乡。我还想知道更多，但是每一个话题似乎都那么沉重，只得以一种落荒而逃的心情与他匆匆告别。

站在老宅后面的山坡上，我长长地叹了一口气。除了那几株粗可合抱的大柏树苍翠依旧，老宅没了，竹林没了，昔年小伙伴再也难觅踪迹了。想不到昔日人烟阜盛、声名远播的"烂

泥湾"，今日凋敝成了这副模样。它以来自泥土、复归于泥土
的方式，把自己一点一点隐藏起来，最终与周围抛荒的土地融
为一体。若干年后，谁还会想起这里曾经有一道巍峨的黑漆楼
门、有一个寄人篱下的孩子经常骑在门槛上抹眼泪呢？

旧时燕子

　　"一水护田将绿绕，两山排闼送青来。"

　　当缓缓的清花河流经凤仪乡的时候，锦鸡垭和玉凤垭仿佛为它插上了一对翠绿的翅膀。河的两岸，层层叠叠的梯田从河底一直延伸到山梁，如同翅膀上一片片闪闪发亮的羽毛。一团一团浓得化不开的白雾从一条又一条山沟里涌出来，又被河风吹向河谷两岸，那稻田、绿竹、白墙黛瓦一时间全跟着漫山遍野的烟岚影影绰绰奔腾起来。

　　别的鸟都躲在巢里等待烟消日出，在这样大雾弥漫的天气里，外出觅食会有迷路甚至撞上障碍物的危险。这时候，我看见了燕子，准确地说，是先听到"唧呤唧呤"的叫声，然后便见到几只燕子挥着剪刀一样的翅膀，像闪电一样从浓雾里穿出来，红红的小爪稳稳地落在屋檐下的电线上。它们似乎还沉浸在穿云破雾的兴奋中，彼此轻轻地啄一下对方的羽毛。

　　有人说燕子是世界上最狡诈的动物，说它充分掌握了人类的心理，利用人类的信任但是又始终和人类保持着一段距离，因此人类会猎杀其他任何动物却从不猎杀燕子。我不知道燕子是否真的具有这样超凡脱俗的智慧，反正我是真心喜爱燕子的。

　　我老家那地方属于典型的丘陵地形，终年潮湿多雨，先辈们便充分利用天时地利，在清花河两岸开垦出一块块梯田，秋天种小麦或油菜，初夏时节收完小麦油菜，便开始蓄水插秧，即使是冬天，也留着来年预备育秧苗的水田，我们叫作秧母田。这就为燕子创造了良好的生活环境。一年四季，燕子都可以啄泥筑巢，可以到田间寻觅食物、养家育雏，而省了长途跋涉的艰辛。

　　惊蛰清明过后，燕子的活动便频繁起来。它要做的第一件事，便是衔泥筑巢。白居易先生在《钱塘湖春行》中描述，"几处早莺争暖树，谁家新燕啄春泥"，在我老家也是一样的情景。阮逸女在《浣溪沙》里也说，"燕子归来寻旧垒"，但是经过一年时间，泥做的巢穴往往会破损或松动脱落，能够继续居住的总是少数。你看它不辞辛劳地从田野里衔回泥来，在屋檐下寻一个缝隙或是一个木桩，开始营造自己的巢穴，不几天时间，一个葫芦状的新居便悄然落成。那小小的身躯，不知经过了多少来回。巢筑好后，燕子便进入产卵育雏阶段。刚开始，我们是看不到任何动静的，直到突然有一天，几只幼小的脑袋在巢口挤作一团的时候，我们才知道燕子又完成了一件大事，看到那一张张浅黄嘴巴嗷嗷待哺的情景，总是让人心里涌起莫名的感动。

　　有人说，燕子是益鸟，一只燕子一年可以消灭多少害虫，它是人类的朋友。灭害数据是否可靠，那是科学研究的范畴，我们一般人无法断言，但燕子是人类的朋友却大抵不差。从没人见过燕子糟蹋庄稼，它宁愿辛辛苦苦去田野里捕捉虫子或是捡拾农民散落的稻粒，也绝不投机取巧、不劳而获。尤其是秋季，漫山遍野水稻成熟的时节，也是害虫和麻雀、灰山雀等猖獗的时节，成群结队的燕子在稻田上空飞来飞去忙着捉虫，却从不落在谷穗上。劳累归来，它总是从容地落在人类的视线之内，不躲不藏，一双清澈的眼睛传递着它对人的友善。而麻雀则不同，它与燕子差不多大小，却天性懒惰行为鬼祟。麻雀也喜欢与人类毗邻而居，却从不筑巢，把自己藏在瓦缝里或是墙缝中，伺机偷吃各种粮食。它不到田地里去寻找食物，却喜欢在晒谷场上和人打游击，人一走近它便飞到树梢上，人不在的时候它迅速飞到场中一边偷吃，一边还叽叽喳喳示威似的用爪子把谷子往晒场边的草丛里扒。每逢收秋，我们小孩子的任务便是到晒谷场上撵麻雀，用竹竿、用弹弓，必欲置之死地而后快。

燕子历来被视为吉祥之鸟，人们把燕子来家筑巢视作祥瑞的象征，但是对它的感情也最为复杂微妙，没有任何一种鸟类能像它那样牵动着人类的喜怒哀乐。幼年时，读着刘克庄"桃花雨过碎红飞，半逐溪流半染泥。何处飞来双燕子，一时衔泥画梁西"，心情无疑是喜悦明快的；当读到"旧时王谢堂前燕，飞入寻常百姓家"的时候，心里便有一点沉重；再后来看到杜甫《燕子来舟中作》，"旧入故园尝识主，如今社日远看人。可怜处处巢居室，何异飘飘托此身"，我便觉得有一股寒意从心底升起，仿佛是自己天涯孤舟，秋燕绕篷……一只小小的燕子，得意时有它，失意时有它，舞榭华堂有它，荒江野渡有它，繁花似锦的春社有它，秋风萧瑟的逆旅有它。它简直就是一个无孔不入的精灵，潜入人类的灵魂，让你笑，也让你哭，让你欢欣，也让你叹息。

　　我想每个人的精神家园里都栖息着一只有形或者无形的燕子，它那双纤细的小爪紧紧抓着你的心弦，你会为它微笑、担心或者落泪，因为有了它，我们麻木迟钝的心都多了一分温柔和欢欣。

年的味道

  不知不觉，日历又翻开了新的一页，站在岁月的门槛边，心里不禁五味杂陈。

  记得小时候，过年就意味着能够吃好的、穿好的，就能够一家人快快乐乐地去走亲访友。过了腊月二十三，大人就开始忙碌起来，先是找一根竹竿，一端绑上竹扫把，把房梁上的蛛丝和灰尘扫下来，再用棕叶扎成的小扫把把地面里里外外清扫干净，一把火把垃圾点燃，谓之"送灶神"。母亲一边扒拉垃圾，一边念念有词："灶王爷，平时我们好吃好喝地供你，你上天给玉皇大帝多说些好话，来年保佑我们风调雨顺！"随着一缕缕青烟在院坝边升起，我们小孩子屏声静气，但是我们在心里仿佛真看到了一个戴着方帽子穿着长袍子蓄着白胡子的老头儿随着袅袅青烟去向玉皇大帝汇报一年的收成去了。接下来是"起阳沟"——重庆潮湿多雨，每一座房屋后面都有一条用条石砌成的排水沟，俗称"阳沟"——用一把锄头把排水沟里积攒了一年的浮土和垃圾清理干净，以免开春后因排水不畅而倒灌进房子里。农村对这两件大事有讲究，必须放在腊月里做，其他时间"诸事不宜"。那几天，我们几兄妹都放了寒假，能够从平时不敢动土的房屋四周看到一点新春的迹象，这对我们无疑也有一种新鲜感，当然，更深层次的原因在于起完阳沟，父母才顾得上给我们煮肉、缝新衣服。起阳沟是个体力活，母亲必须站到沟里，窄窄的宽度仅能容得下她瘦小的身子。她用锄头将浮土扒到簸箕里，我们就站在沟面上帮着提土，把那些沤了一年的浮土提到地里当肥料。母亲弓着腰头也不抬一下，不一会儿我们就看见细密的汗珠从她黑亮的头发中渗出来。因为我们都盼望过年，心里怀着小小的激动，提起土来一溜小跑，往往一天的活，我们半天就干完了。母亲便翻出珍藏很久的一点布票，带上我们三个小跟班到合作社为我们扯布做新衣服。虽然离过年还有好几天，但是我们已经完全陶醉在过年的氛围中了，我和弟弟妹妹嘴上虽然不说，但是都在心里暗自想着布千万千万别卖完了、母亲带的布票千万千万都够每一人做一件新衣服。那布多年都是一种厚厚的阴丹布，但是母亲还是要倚在柜台边，把那匹布翻看好几遍，看看布头是否斜了、面子上是否有勾起的线头，检查仔细后终于下定决心为我们姊妹三个一人做一件上衣，裤子只好等待来年。只有售货员用那把大剪刀沿着一把窄窄的黄尺子把布剪下来交到母亲手里时，我们悬着的心才稍稍感到踏实。终于等到除夕，我们穿上新衣服，一家人才热热闹闹地围坐在一起开始吃饭。那时我大一些，不知道从哪里得到了一枚颜色已经不那么鲜艳的毛主席像章，我把它别在新衣服上，弟弟妹妹想让我给他们戴一会儿，我坚决不让。大年初二，我们到外婆家走亲戚。外婆当时住在一所七八户人家共处的大院子里，逢年过节，几十个孩子聚在一起，简直成了脱缰的野马。我把毛主席像章别在衣服上最显眼的位置，故意在大家玩得最热闹的时候站出来，吵闹不休的孩子顿时鸦雀无声。在他们羡慕甚至有点愤恨的眼神里，我的虚荣心得到了极大的满足。前年回家过春节，闲来无事，我想起以前还有几本收藏的小说，便到阁楼上翻箱倒柜，无意之间竟然翻出了那枚像章，不过面上的红漆已全部掉光，只剩下了一个带着浮雕的合金底子。

儿时的年，虽然物质生活是贫乏的，却给我留下了难以磨灭的印象，从那些或明或暗的记忆中，我至今能从中咂出甜甜的滋味来。一晃几十年光阴过去，今天谁还会为过年感到兴奋呢？吃的、穿的、用的，一年四季应有尽有，大家基本不会再为生活问题发愁，"吃饭吃素、穿衣穿布"逐渐成为人们倡导的健康生活理念。"年"正在逐渐成为一个概念、一种标尺，成为人们稍事休整再次出发的码头。在时光这架永远向前而绝不可能掉头的马车上，烟尘过处，又是一年，并不因是在老家还是在异乡过年而稍做改变。

坐在一尘不染的餐桌边，对着佳肴美酒，胃口的兴奋程度反而不及平时。并非因为思乡而难以下咽，这已经不是我第一次在异乡过年，我已经在故乡之外的多个地方过过年，也没有什么特别让人难过的地方。相反，我觉得异乡正在逐渐变为故乡，工作于斯，生活于斯，同事、朋友以及生活中借助同事、朋友不断扩大的圈子日渐形成新的人际关系。多年的漂泊，故乡早已物是人非，除了父母，其他亲戚邻居、儿时伙伴十有八九失去了联络，在天各一方的同时，月也不再只是一轮，在天涯海角，各自领略着属于自己的风光。也许，月还是故乡明，不过十室九空的乡村，因为皓月当空而显得更加空旷寂寞。也曾回家过过几个年，走在弯弯曲曲的田埂上，绕膝荒草覆盖了碧绿菜园，敲窗冷雨浇灭了温暖炊烟，寻常百姓的堂屋成了鸟雀栖息的天堂。偶尔在路上碰到一个神情麻木的陌生人，也许就是曾经的乡邻、儿时的伙伴，但是彼此之间谁敢贸然上前相认呢？"近乡情更怯，不敢问来人。"擦肩而过很久，一直无法释怀，终于灵光一闪，想起这人是谁家的那个谁谁谁、小名叫什么，小时候我们还在一起干过什么坏事。想要转身去追，与他聊上几句，可是旋即想到我们能聊什么呢，四十年的岁月，已经在我们之间形成了一道深深的隔膜，是风尘歧路的悲凉，还是时运不济的偃蹇，我无法说得清。即使我想与他相认，他还未必会理我呢。我突然之间就想到了《故乡》中的"我"与闰土，想到那声音量不大却直刺人心的"老爷"，想到了"融不进的城市，回不去的故乡"所蕴含的纠结与酸楚。所以，陪父母过完年，就急匆匆地赶回城里，回到自己的经常活动的那一亩三分地上，在这里，我还能稍微心安一点。无事时，约上三五个朋友，喝点小酒，吹点不着调的牛皮，几天的假期也不难打发。

女儿不管我的心思，对桌子上的几个菜兴致高涨。这些年，她一直跟着我们东奔西跑，我们在哪里过年就把她带到哪里，她小小年纪便有自己关于家的理论："爸爸妈妈在哪里，家就在哪里。"老家对她而言也许就是爸爸出生在那个地方，我所念念不忘的人或事于她是模糊而遥远的，但是，我还是想尽量把她与老家联系起来，至少要缩短她与老家的距离。在老家，有我的父母及弟妹；在异乡，有我的妻子和孩子，他们都是我今生的牵挂。年轻时，我们为了所谓的理想和事业，离乡背井到外地奋斗打拼，从来未曾想过当初的决定是否鲁莽、远方是否真的有自己为之值得献身的梦想。但"年"时时提醒我们，别忘了你曾经离开家乡的那条小路。父母在，尚知来处；父母不在，已无归途。年就像穿在线上的珠子，虽然不知道它究竟有多少粒，但是当你日渐粗糙的手指触摸到它的冰凉的时候，你就知道一年的时光过去了。如同现在的我，人到中年，人生的太阳已到头顶，它让我越来越看清自己，什么事业梦、富贵梦、价值梦、当官梦、成名梦等，全是漂浮在表面的泡沫，它们正在迅速被平安梦、健康梦、亲情梦所取代，理想的丰满敌不过现实的骨感。我越来越感觉人生就是一副担子，一头挑着父母，一头挑着自己的小家庭，工作（不敢上升到事业高度来认识）就是那根扁担，要想把这副担子挑得远，不仅要时时掌握扁担与箩筐的平衡点，还得依赖于你的好身体。至于那些情趣爱好，请把它藏在不至于为你增添负担的那头，喘息的时候把它们拿出来晒晒阳光，让它们闻闻路边的花香。

抿了一口酒，苦辣中有一种欲罢不能的诱惑，它像极了我今天的生活。我向这世界索取，也向世界奉献。我在挖井的过程中喝过别人递来的水，我也欣喜地看到别人从我挖成的井里舀着水喝。我曾经想过这个世界很美好，忠信孝悌礼义廉耻，真正行走其间的时候才感觉阳光风雨喜忧参半。内心脆弱的人，也许一朵蒺藜足以使其沉沦；而那些内心强大的人，即使千疮百孔也不会停下自己赶路的脚步。年轻时候，我敏感而自尊，凡事总想追求完美，但是现实这一本不著一字的通俗教材胜过了我读过的所有圣贤经典。罗莎·卢森堡说："卓越的人一大优点是，当他看清生活的本质后依然热爱生活。"他没有告诉我生活的本质究竟是怎样，但是我完全能够想象得来。我们可以改善生活，但是我们无法改变生活。怀着与生活决一死战的雄心壮志，结果一定会是臣服在生活脚下。弹指一挥间，我在这个充满矛盾和吊诡的世界上已经生活了四十余年，迎着岁月的光亮，我隐隐看见生命拐角之处的一些暗尘，这些暗尘有岁月的足迹不经意间抖落的，也有生命与生活不断摩擦产生的碎屑，有时候明明知道生活暗藏着尖利的芒刺，却又不得不伸出手去与它重重一握，哪怕过后再蹲到一个隐秘的角落独自舔舐带血的伤口。不能说我现在就对这个世界认识有多么深刻，也不能说我现在就掌握了适者生存的基本技巧，我只是比以前变得坦然，变得有一点承受能力，也许还是一个外国人查理·芒格的话启发了我，"如果你看清了这个世界，你必定会因为它的荒诞而变得幽默"。

我幽默吗？

站在新年的门槛前，我与生活握手言和。

母亲节遐思

　　离母亲节还有好几天，手机便被各类关于母爱的文章或是信息刷了屏。我的内心很不安：看到这么多人对母亲这么好这么孝顺，而我不仅多年未能陪伴在母亲身边，而且连一个"母亲节快乐"的祝福电话都没给她打过，两相对比，原来自以为母子情深的我突然好像成了一个忘了来路的恶棍，直到看到另一条网友的微信"网上孝子特别多，可惜你妈不上网"，我忐忑的心才稍微平静一点，因为我妈也不上网。

　　我不否认有很多人恪守着传统道德，对自己的父母孝敬有加，但是，我也看到不少老人老无所养：有人儿孙满堂却把自己的母亲当作累赘推来推去，有人家庭不和而三天两头把母亲打得遍体鳞伤，有人为了霸占财产而将老人赶出家门，有人挈妇将雏远走他乡而让自己的母亲成为"空巢老人"，甚至在家中去世数月都无从知晓。那些繁华街头、十字路口，哪个城市见不到那些白发如雪却还跪在那里乞讨的老年妇人？我想她们之中，绝大多数都曾经做过母亲，都做过"父母灯前，儿女膝下"的美梦，谁会料到自己的晚景这般凄凉、竟会沦落到做乞丐的地步？而谁又能保证，在网上长篇累牍表达感恩的人潮中，没有虚情假，意甚至凌虐老人的不肖子孙呢？

看到她们，我不由得联想到自己的母亲。

我的母亲是中国最传统的农民，她一生的光阴都在家乡的土地上辛勤劳作，起早贪黑都干不完的活让她心力交瘁甚至有些麻木，她压根儿就不知道世界上还有个母亲节，而我也从来没有向她提起过。几十年来，我们母子之间的交流都是用最纯粹的家乡土话、聊的都是日常生活，以我对她的了解，对于这个洋节，母亲一定会感到不自在，有些话我也对她说不出口。比如，母亲节前一天，我给母亲打电话，只字未提母亲节的事，只是问了她与父亲近一周来的身体状况、家里是否有零用钱、是否又到了收割油菜的季节，末了一再叮嘱她，我们姊妹三个都不在家，庄稼尽量少种，一切以身体健康为根本……在电话里头，我听出母亲声音洪亮，语气欢快，我的心情都感到轻松。在我们年轻时代，"儿行千里母担忧"，现在父母已经步入人生的秋天，需要我们给予他们关心和照料，我们做儿女的，也日渐开始发愁，愁父母的身体状况、饮食起居、情绪起伏……对母亲的爱，早已化作了日常生活中的涓涓细流。我作为工薪阶层的一分子，不可能在物质上给母亲丰厚的报答，但是我能做到让母亲不用为我在外面谋生感到担忧，而有的人即使活到几十岁还不能让老人省心；我能经常与她电话聊聊家常，但不会说一句哄她高兴的花言巧语；我能让她不会为穿衣吃饭日常支出感到窘迫，更不会让她在邻里面前捉襟见肘心生自卑。我甚至想过，我这一生都不会把对母亲的爱说出来，但我要通过实际行动让母亲感到安宁和幸福，让她心有所依老有所养。

要做到这些，肯定比转发一篇"母亲节"的文章或信息要难得多，但我愿意为了母亲去一点一点地做。

故乡的端午

芒种之后，端午节便快到了，正好给忙完收麦插秧的人们一个喘息之机。

端午节在重庆是一个十分隆重的节日，古时便有《竹枝词》记载端午的盛况："五月榴花五月红，雄黄角黍尽同风。丝丝绣出儿童佩，鬓插新符避守宫。"我的故乡在重庆东北部，当地把端午叫端阳，取其阳气旺盛之意。尽管当时物质生活并不丰富，当地老百姓一年之中却要过两个端阳节，五月初五为小端阳，五月十五是大端阳。小时候，我从没听说故乡的端阳节是为了纪念屈原，倒是一小一大两个节日给我们小孩子带来了很多童年的欢乐。

小端阳一般是在自己家里过，也是一家人团聚的日子。早晨早早起来，我便跟随母亲先去稻田边扯一把湿漉漉的菖蒲，顺便在路边拔一小捆艾蒿，然后分成小把，每一个门口都挂上一把，因菖蒲形似长剑、艾叶气味浓郁，以求辟邪驱瘴之意。其实，这菖蒲和艾蒿实用价值多于象征意义。过完端阳节，艾蒿和菖蒲叶子就干了。整个夏天，母亲都会取上一小把艾蒿和菖蒲熬水给我们洗澡，那种气味不仅可以防止蚊虫叮咬，而且让人感觉神清气爽。

挂完艾蒿，母亲便开始忙一家人的饭食。重庆大多数地方都包粽子、吃咸鸭蛋，我们老家却是包包子，谓之一年之中的"尝新"，这一点与别的地方迥异其趣。新收的小麦磨成了面粉，母亲去地里摘下刚刚长成的第一茬豆角，洗净之后切成碎碎的小丁，拌上提前备好的腊肉，我和弟弟妹妹就围在桌边一边咽口水，一边看母亲包包子。父亲则拿起他那装着散酒的瓶子，在里面加上雄黄，去屋前屋后的角落东洒西洒。也许是当年物资匮乏的缘故，不一会儿，新面新豆角做成的包子便出了笼，还没等父亲为我们额头点一点雄黄酒，我们便几个包子下了肚。

大端阳则是走亲戚的节日，出嫁的女子要回娘家。母亲会准备一些挂面、鸡蛋和腊肉，给我们换上干净的衣服，带上我们去外婆家。这一天，我们不用帮父母干农活，还能吃到好饭菜，心里的快乐真是无法言表。外婆家住在一个大院子里，每逢端阳、春节这样的节日，回去探亲的人特别多，所以端阳节也成了我们孩子交流的节日。我们在一起做游戏、讲故事，满院子疯跑追逐，感觉还没咋玩一天时光便匆匆而过，于是在眼泪汪汪中相约来年再聚。

我们老家也有送蒲扇（一种用棕树叶子编织的扇子）的习俗——端阳节这天，女婿会买两把蒲扇送给丈人以表孝敬。我小时候经常见到那扇子，轻巧柔韧，呈桃心状。端阳节之后，暑气日盛，当女婿把心形蒲扇捧到老丈人面前的时候，想必不是作为礼物，而是捧上一颗关爱长辈的心吧！

挖竹笋

五一前夕，表妹回老家探亲，从微信上发来几张照片，其中一张剥竹笋的照片一下子勾起了我的思念。

我老家是典型的山地地形，人多地少的现实加上贫瘠的土壤，曾经是我们童年的梦魇。大人们拼死累活，一年挣下的工分也分不到多少口粮，所以20世纪80年代后期，海南刚刚开发的时候，村上的青壮年劳动力便跑得干干净净，为的只是能吃上一口饱饭，如果运气好，还可能给留在家里的老人和孩子有所接济。

我家和村里很多家庭一样，父母带着我们三个孩子，辛辛苦苦地劳作，无奈土地实在瘠薄，收获的粮食经常难以坚持到下一个收割季节。我家又与其他家庭不太一样，当时我们姊妹三个都已经上学。家里没有其他劳动力，繁重的农耕仅靠母亲一人是无法胜任的，所以父亲无法跟随邻居外出打工，而我当年学习还可以，老师也认为我是块读书的料，父母便不想让我早早辍学荒废学业，所以家里正是进退两难的时候。为了维持生活，每年，我们家都要吃上一段时间的野菜、红薯作为对粮食的补充，导致现在我对红薯反胃，从来不吃。

老家的土地虽然不长粮食，却是野菜的沃土，加之雨水充足，仿佛什么野菜都能长得油光水嫩。三月前后，大地回春，一夜之间，各种野菜便不可遏止地冒出头来。仅我认识的便有香椿、竹笋、臭耳子、鱼腥草、车前子、灰灰菜、紫苏等。当然，还有很多野菜，比如，水芹菜、蕨菜、马齿苋等，这些是我近年来在高档酒店才知道它们原来也能吃。

其他野菜我们也吃过，但吃得最多的却是竹笋。因为我家房前屋后，到处都是竹子，一到春天，便给我们提供了充饥的美味。当然，这不是今天物质高度丰饶的时候人们采来尝鲜的美味，而是幼年时期饥肠辘辘的我们赖以果腹的食物。我家的竹子有斑竹、茨竹、水竹、细毛竹，但是斑竹和茨竹纤维太粗咬不动，母亲只为我们挖水竹和毛竹的笋子，其中情景让我时时想起著名作家张洁的《挖荠菜》。

挖竹笋一定要在雨天，经过雨水滋润的竹笋嫩而脆，而晴天阳光照射过的竹笋则筋筋串串咬不动。母亲拿一把小锄头，提一只小竹篮，在竹林的边边角角走走看看，边看边挖，壮硕的竹笋要留着长成竹子，编织农具。她瞅准那些长得密集或是超出边界的竹笋小心地从根部挖下去，以免碰断其他竹笋。细嫩的竹笋尖上挂着水珠，母亲的发梢上也挂着水珠，她的脸平静安详，仿佛并不为窘迫的生活感到沮丧。

她把挖回来的竹笋倒在阶沿上，我们便围着母亲，开始剥竹笋，有时候她还轻声轻语地给我们姊妹几个讲故事。刚挖下的竹笋被柔嫩的笋壳层层包裹，我们必须把那些半紫半白的笋壳一层一层剥下来。母亲故事讲完了，我们也把竹笋剥完了。母亲便把那些白白嫩嫩的竹笋浸泡在清水里，一边蒸些土豆、红薯等杂粮为主食，一边把那些竹笋切成薄片，焯一下水，然后放入肥腻的腊肉在锅里爆炒。也许是生活紧张的缘故，当时那猪油炒出来的竹笋，我们觉得是童年最难忘的味道。

竹笋好吃，可是持续的时间却不长，一个星期左右便长老了。为了解决接下来的饥荒，母亲每次都有意多挖一点，焯水过后分出一些晾干，也就是笋干。鲜竹笋不能吃的时候，她便把笋干和着土豆给我们炖着吃，好的时候还会有放一块熏脊骨，这样又能坚持一段时间。七拼八凑，就迎来了麦收时节，春夏之交的饥荒就熬过去了。

后来的日子逐渐有所好转，粮食蔬菜基本能够自给，我们姊妹几个也到外地工作或打工，我家不再为粮食发愁，也不用再挖野菜。倒是每年春节回到家里，还时时忍不住拿个锄头去挖臭耳子和车前子，洗干净放点油辣子，一家人吃得美滋滋的。春节前后，竹笋还没出土，不过母亲早有准备，临出门的时候，她把晾干的竹笋分成几个袋子，给我们一人一袋。不知为什么，每当把竹笋放进行囊的时候，我总会想起两副对联，一副是"稻草捆秧父抱子，竹篮盛笋母怀儿"，一副是"长江绕廓知鱼美，好竹连山觉笋香"。

我发短信给表妹，告诉她虽然我们不在家，但是我的父母——也就是她的舅舅、舅母还是能请她喝碗稀饭、吃点咸菜的。她回复说，现在正是农忙时节，家里忙得不可开交，饭是不必吃了，不过母亲给她带了一些笋干和腊肉，她是一定要把舅母的心意带到她打工的广东去的。

我想，在今日工业化这个宏阔辽远的背景下，我们都成了失散的孩子。母亲把笋干、腊肉这些来自故乡的东西装进表妹行囊的同时，也许给孩子们更多的是牵挂、不舍和寻寻觅觅的乡愁。

飘香的腊肉

种完秋小麦，父亲便早早开始准备劈柴。他从山坡上砍倒几棵杂树，用斧头劈成一块一块，然后把劈好的块子柴在院坝边上一层一层架起来，摆出几个高高的"井"字，这情形让我想到书中所描写的中世纪欧洲祭坛，充满了一种庄严神秘的仪式感。

这是专门为烧烫猪水准备的，晾上一个月，基本就到了冬至前后，家家户户便开始杀年猪腌腊肉了，这些火力威猛而持久的木柴正好派上用场。

小时候，我很害怕杀猪，但是又盼望杀猪。因为这个时候，年就快来了，我们不仅得到了走亲戚的机会，而且可以天天享受美味无比的腊肉，这是我们小孩子一年中最快乐的一段时光。

我家人口多，每年都需要杀两头猪，耗费体力而且麻烦。杀年猪头天傍晚就要开始做准备工作，母亲把块子柴抱到灶台边，父亲把硕大的水缸灌得满满的，夜半时分便点火烧水。我小时候瞌睡特别多，但是到了杀猪那天，不管天多冷，我都能早早爬起来给母亲当助手，使劲往灶膛里添柴，听着火苗发出欢快的笑声、锅里的水发出哧哧的响声，我的心在忐忑不安中又夹杂着一丝兴奋。现在回想起来，那应该是在物资匮乏的年代里，食物的诱惑最终战胜了对杀生的恐惧。

天蒙蒙亮的时候，滚烫的开水在锅里变得安安静静。杀猪匠到了我家，父亲给他打帮手，把猪从圈里拖出来，按到高板凳上。我们小孩子躲在门背后，捂住耳朵听猪不断地哀嚎。三下五除二，猪的叫声越来越小，几分钟的工夫已经被扔进大木桶里了，只听杀猪匠一声高喊"提水！"我们都如释重负。母亲快速把开水盛进备好的木桶，父亲负责提水倒水。杀猪匠一手往桶里掺凉水一手试水温，待他叫"停"的时候，父亲赶紧停手。然后翻动、拔毛……人们常说"吹牛"而实际上并没吹过牛，而吹猪却是真实存在的：待猪鬃拔完，把猪从水里捞出来横在背枷（注：重庆山区人力运输货物的一种工具）上，杀猪匠在猪后腿上割开一道小口，用一根小指粗细的钢筋（重庆方言叫"挺桩"）沿着小口反复捅入猪腹，然后用嘴往里使劲吹气，直把猪吹得圆滚滚、胖乎乎，再用带子扎紧口子，用一把铁制刮刀刮尽细毛，几瓢热水淋过，就可以挂到高处开膛破肚了。

腌制腊肉的方法很多，重庆、湖南、贵州、陕西等喜食腊肉地区的工艺各不相同。与重庆比邻而居的陕西南郑、宁强、镇巴一带，腌制腊肉骨肉不分，斩制成一条一条，腌渍好后挂在屋檐下用风吹干，我们叫这种方法为"风干腊肉"，颜色悦目却好似少了一点滋味。我们老家腌制腊肉则是采取熏干方式，而且骨肉分离。但不管方法、过程如何，一定得是粮食喂养出来的猪才可能让人感受到自然的美味。

杀猪匠把猪摊在案板上，把骨头与肉一一分开，肋骨是肋骨，肥肉是肥肉，肩胛后臀是肩胛后臀（重庆笼统称为"脖子"），绝不含糊。待肉晾凉，父亲和母亲一边把肉按肥瘦分开，一边切下不规整的边边角角——这部分正好用来灌香肠，把整理好的肉抹上粗盐，然后一一放入腌肉的瓷缸，四五天之后，需要上下颠倒再翻动一次，以保证咸淡均匀，七八天就可以上架熏制了。

我们在堂屋角落里搭起一个火塘，把腌制好的肉捞出洗净，用绳子穿起，一排排挂到火塘上方的杆子上，在下面生火。熏肉不能用明火——明火火力太大，肉还没熏好油便不断往下滴，而要用半干的树枝和垃圾，主要是利用潮湿的柴草产生的烟气，循序渐进，一点一点把肉熏干熏透。柏树枝、橘子皮、甘蔗渣、树叶等都是熏肉的上好材料，但是千万不能用松枝和香樟叶子，因为这类树叶富含油质，结到肉上硬如牛皮，怎么也煮不熟。冬至以后，基本是农闲时期，十里八村家家生火，户户冒烟，处处可以闻见熏制腊肉的味道。一家人围着火塘唠唠家常，偶尔抬头望一下满墙姿态各异的腊肉，一种丰收的满足和安逸便油然升起。

腊肉的做法也很多，可以煮熟直接食用，肥肉香而不腻，瘦肉味道悠长，也可以炖汤、炒菜，比如，腊脊骨炖干豆角、豆豉炒腊肉。我在外漂泊二十余年，饮食习惯早已入乡随俗，但是始终念念不忘的是家乡的蒜苗炒腊肉。每年回家，我都会到园子里，拔一把青翠欲滴的蒜苗，配上黄里透红的腊肉，在母亲翻炒蒜苗腊肉的烟雾里，我使劲嗅着一种叫作"乡愁"的味道，迫不及待坐在桌前端起一碗米饭，眨眼之间，一盘子菜便所剩无几。

近年来，人们生活水平日益提升，有人便开始传言腊肉容易致癌，进而以讹传讹人心惶惶。我不知道这种理论是否经过实证，不过据我所知，我老家所在的乡村世代食用腊肉，至今未听闻有谁是死于因食用腊肉引发的癌症。我想任何事物都蕴含着"物极必反"的真理，任何东西食用过量都会不利健康，为什么独独要让腊肉背起"致癌"这口黑锅？古有西晋张翰见秋风而起莼鲈之思，今有江南人拼死吃河豚，并非那东西是人人都垂涎的美味，而是不能拒其蕴含的乡思乡情也。

萝卜青菜，各有所爱。腊肉有一股烟熏的味道、有致癌的风险，很多人都畏而远之，我却对它情有独钟。也许正是那一缕若有若无的烟味，时时唤醒我的故乡记忆，如同叶圣陶先生在《藕与莼菜》文中所言，"因为在故乡有所恋，而所恋又只在故乡有，便萦着系着不能舍了。若无所牵，更何所恋？"那弯弯的山路，那脉脉的流水，那淳朴的乡亲，早已与腊肉的味道融为一体，永远烙印在了我的骨子里、血液中。

水乡有丹橘

农历十月，老家的亲戚发来一个微信链接，说是家乡要举办首届凤柑采摘节，一千余亩"金果果"、一百余桌"坝坝席"将在笋溪河畔迎接喜欢美食的八方游客，"相约水乡，品尝生态凤柑"，这个充满诗情画意的主题一下子把我带回到了千里之外的故乡。

通过链接中的图片，我一眼就认出了这个地点，虽然我的家并不在这个村子，但在我很小的时候，就知道这个村子种植柑橘，我们周家祠堂就在那个村。

小时候，我家四世同堂。我的祖爷（爷爷的父亲）是一个十分威严的老式家长，平时也不见他对晚辈有多凶狠，但是每年到除夕这天，也是我们家爆发矛盾的时候，因为他会逼迫爷爷以下的晚辈去祠堂和祖坟前祭祀祖先，不祭祀完祖先，中午是吃不成团圆饭的。我就是在那时候知道这个村子种柑橘的。

其实，到祠堂祭祀祖先并不是一件多么难过的事情，甚至其中还有点快乐。大人对我们小孩子并不特别要求，在祠堂里烧点纸对着祖先牌位草草作几个揖，我们一群小孩子便可以跑到祠堂下面的老坟林里尽情玩耍。那是一座始建于清朝道光年间的巨大墓园，其中三三两两的橘子树给它增添了无限生机。那时，凤仪全乡还很少有人种橘子，我们从这棵树跑到那棵树下，总希望浓密的枝叶间还藏着一个没被发现的红红橘子，虽然一再失望，但是我们祠堂这面坡上郁郁葱葱的橘子树却给我留下了难以磨灭的记忆。我至今记得住在祠堂的一位本家爷爷辈的人给我吃过几个金红的橘子，个头不大，但是感觉特别甜。

随着年龄的增长、文化知识的积累，我对柑橘有了更多的了解，对它的喜爱之情也与日俱增。橘树不仅品种繁多，而且像松柏一样经冬犹茂，它的花朵气味芬芳馥郁，果实甘甜怡人，于人类有百利而无一害。它不仅丰富了人们的物质生活，而且还是高洁情操的象征。伟大爱国主义诗人屈原用象征手法专门作《九章·橘颂》，不仅对它的生长习性、形状颜色进行了生动形象的描绘，"后皇嘉树，橘徕服兮。受命不迁，生南国兮。深固难徙，更壹志兮。绿叶素荣，纷其可喜兮。曾枝剡棘，圆果抟兮。青黄杂糅，文章烂兮。精色内白，类任道兮"。而且对它忠贞坚定的品质进行了热烈的歌颂与赞美，"苏世独立，横而不流兮。闭心自慎，终不失过兮……年岁虽少，可师长兮。行比伯夷，置以为像兮"。在屈原心里，橘树堪比宁死不食周粟的伯夷叔齐，是自己效仿的师长和朋友。唐代大诗人张九龄作《感遇十二首》，其中也以柑橘自况，"江南有丹橘，经冬犹绿林。岂伊地气暖，自有岁寒心。可以荐嘉客，奈何阻重深。运命唯所遇，循环不可寻。徒言树桃李，此木岂无阴"。

一晃三十年过去了，昔日靠父老乡亲零星种植的橘子树，如今竟然成了规模、成了产业，具备了办节的规模与气候，看到照片上那成片成林、压弯了枝头的累累硕果，这怎不令我这个漂泊在外的游子倍觉激动和自豪！在我的印象里，我们老家远离城市，土地都是包产到户，由于人多地少，无法形成规模化，种植的菜粮瓜果卖不出去，乡亲们除了外出打工别无出路，一个字，"穷"！但不知从何年何月起，这里也在悄然发生着变化，乡亲们在生态农业方面动起了脑筋，积极寻求适合自己的发展方式以期改变落后面貌。我们这里山大沟深，但是植被良好气候湿润，没有任何厂矿企业，自然也没有工业污染，乡亲们至今还坚守着传统农耕作业。看到电视上、手机上成天都是全国人民努力致富奔小康的消息，大家自然也不甘落后，充分利用当地良好的生态环境和自然资源，组建了合作社，把农林特产、自然风光不断推向外界，充分实现可持续发展。放眼四望，你看那重峦叠嶂的茂密森林、拾级而上的层层梯田、烟雨蒙蒙的石板小路、青翠欲滴的时令蔬菜，无一不是入诗入画、养眼养心的绝妙景色。远的不说，就说这桑树坝，这里海拔不到一百米，潺潺的笋溪河水穿场而过，水汽氤氲，坡度平缓而且向阳，正是柑橘种植的绝佳场所，乡亲们因地制宜在这里广种凤柑，据说今年产量可以达到三十万斤，产值可以达到一百多万元，乡亲们在家门口就能让自己的钱袋子鼓起来，这不正是"绿水青山就是金山银山"的最好写照吗！

　　一直以来，我们固执地以为最诱人的风景都在远方，所以我们不断跋涉和寻找，以为波澜壮阔的故事都发生在背景宏阔的他乡，百转千回之后才发现我们自己也可以写就回肠荡气的文章。每次归家，走在田间地头，那种亲切和激动，是只有接着故乡的地气才会萌动触发的，我们可以完全放松身心，做一回真正的赤子，望得见山——那山是金子山顶翁郁的古柏、寨包梁上苍劲的青松、朱峨山间缭绕的烟岚，看得见水——那水是笋溪河上悠闲的白鹭、流溪沟里清凉的月光、石龙河里欢腾的鲤鱼，记得住乡愁——我的乡愁在哪里呢，是遗失在那些田间草丛里了吧，是淹没在他乡滚滚红尘里了吧？那些挂在青枝绿叶间的凤柑满脸红晕，它把颗颗晶莹的露珠挂在圆润饱满的面庞上，只待微风吹过，便会一滴一滴，眼泪似的落到游子柔软的心里。

今年的节日是赶不上了，但我期盼这个凤柑节能越办越好，能长久办下去，不仅为乡亲们带来可观的收益，也为像我一样漂泊他乡的每一位游子留下一份沉甸甸的念想。

遥远的笋溪河

　　我离开那条河已经三十多年了，可它却一直萦绕在我的梦里，不曾老去。

　　笋溪河两岸，植被茂密，梯田层层，气候湿润，一年四季总有适宜栽种的作物。尤其是春天，牛毛细雨里，桃红柳绿，油菜金黄，横七竖八的水麻柳抽出了淡红的嫩芽，缥缈的烟雾就在那些枝枝丫丫间来来去去。河水涨起来了，山色朗润起来了，布谷鸟在田间地头一声声催着人们"栽秧插禾"。一时间，夹河两岸便有农民戴着斗笠披着蓑衣吆喝着油光发亮的水牛翻开了早春的泥土。

　　我所就读的初中就在笋溪河岸上，学校门口有一条泥土小路直接通到河边，它给我留下了许多难忘的记忆。

　　我那时十二三岁的样子，到乡里上学开始住宿生活。为了解决学生的吃饭问题，学校搭了一个蒸米饭的大灶，专门雇了一个姓陈的师傅为学生蒸饭，兼顾给单身教师做饭。一下课，几百名学生乱哄哄地冲向食堂，找到自己的饭盒，然后回到宿舍开始自己的一日三餐。吃完饭，我们便要下到河边，洗碗、淘米，准备下一顿蒸饭……从学校到河边的小路两边有很多大石头，天气好的时候，我们男孩子便把饭盒直接从食堂端出来，三三两两随意蹲到一块石头上，就着罐头瓶子装的咸菜，三下五除二解决战斗，然后到河的上游抢占一个有利的位置开始洗碗、淘米，去得晚些的便要到远一点的位置。大胆一些的同学还喜欢逞能一下，借着露出水面的鹅卵石，跳到离岸边几米远的河中间去取水。弯弯曲曲的河边，全是一个个不谙世事的小脑袋。那些女同学就讲究一些，趁着休息时间，用塑料壶提前从河里灌好水放到宿舍，等到吃饭时间就可以不慌不忙一副从容不迫的样子。

我们最担心的就是夏季发洪水的时候，虽然时间不多，但是一年总有那么几次。学校附近有一口不大的水井，一到下雨天就成了女生的专利，再调皮的男生也会变得特别绅士。所以即使河水混浊，我们也要用河水洗碗、蒸饭。那河水尽管泥沙不多，但毕竟不同于清水，时不时一粒沙子硌着牙了，竟酸得人半天合不上嘴。可以说我们每一个男孩子都有过类似的体验。

这时候，很多同学便会想起陈师傅。陈师傅是接父亲的班到学校当工人的，他年龄不大，但是天生左边脸上有一个三角形的疤，胆大的同学背地里叫他"陈疤子"。可能是自卑的缘故，他从不主动与我们说话。因为陈师傅要给教师做饭，学校预备了一口很大的水缸，平时他总是把水缸挑得满满的。一到下雨天，同学们便说"去找陈疤子"，就是想从水缸里舀些清水，陈师傅也不介意，默默地站在一旁，任由学生把水舀个底朝天。学生上课时间，他就挑上桶到附近的农村去找水井……

我们当时住的是集体通铺，一个年级两个班几十个学生密密麻麻挤在一起。有一年冬天，我记得是个半夜，大家正睡得

香甜，突然响起一阵凄厉的叫声，"我的鼻子掉了，我的鼻子
掉了！"惨叫中夹杂着"呜呜"的哭声。同学们听出是符顺成
的声音，赶紧爬起来点了一盏煤油灯，借着灯光一看，才发现
是窗台上一个用玻璃瓶子做的煤油灯不知什么原因突然爆了，
一块锋利的玻璃碴子正好掉到他的鼻子上，划了一个又深又长
的大口子。同学们都被这突如其来的意外惊呆了，第一个念头
就是得赶紧把符顺成送到乡卫生院进行包扎，可是学校到乡上
还有大约两里路呢！突然有人想起陈师傅有一辆自行车，他的
宿舍就在我们斜对面。也许半夜睡得太沉，而且还隔着两道门，
大家刚开始叫"陈师傅"，一连叫了好几声都没见动静，一个
同学急了，扯开嗓子大叫了一声"陈疤子"，门一下子打开了，
几个同学语无伦次给他讲了事情经过，他赶紧披上衣服，骑上
车子，带着符顺成在前面跑，几个同学跟着车子在后面追……
等到清洗、包扎完毕，天色已经放亮。那时，我刚刚看了《巴
黎圣母院》，突然觉得陈师傅就像那个外表丑陋、但是内心无
比高尚的敲钟人卡西莫多。

　　笋溪河的两岸、我们学校周围，生长着成片成片的映山红，
我们乡下人都叫它艳山红，一到春天，一嘟噜一嘟噜开得热热
闹闹，浓香扑鼻，蜜蜂蝴蝶成群结队萦绕其间。无论早读还是
晚读，我们这群半大孩子拿一本书，坐在花丛间、石头上，心
中那些五彩缤纷的梦想好像都生发出一股蓬勃的力量，仿佛我
们每个人眼前都是一片锦绣前程。当然，那也是个情窦初开的
年龄，几个早熟一些的男孩女孩子以自习为掩护，坐在密不透
风的花枝下，悄悄交流着自己的梦想和未来，偶尔有浅浅的笑

声从花丛间传出，暴露了他们青涩的秘密，甚至惊起在他们头顶觅食的小鸟，那里面一定还隐藏了很多的甜蜜、羞涩或是朦胧与慌乱，当然，这是我离开笋溪河畔多年以后才悟到的。

炊烟的往事

我不明白，为什么人们总是喜欢把炊烟描摹得那么富有诗情画意，也许在艺术家的眼里，乡间炊烟便是他们心中最美的乡景。邓丽君演唱的那一曲《又见炊烟》着实让我们为之心旷神怡，甚至有人这样诗意般地描述："仿佛西施浣纱时，信手放飞的一缕缕轻纱，在或蓝或红的屋顶上，在渐浓的暮色里，盘旋、萦绕、写意、舞蹈……"当我读到这样的描摹，心里总有一种说不出的滋味。因为，对像我这样在炊烟的熏烤中长大的农家孩子来说，从不曾感知记忆中的袅袅炊烟是如此多情浪漫，炊烟留给我们的是岁月的回望和苦涩的温暖。

在我的脑海里，永远珍藏着这样一幅画面：一个群山环绕的小村，一条蜿蜒的小溪穿村而过，一座古老的石桥连接着上下老街，多数人家房前是水田，屋后是菜园，无论瓦屋草屋，还是平房楼房，每一户人家的屋顶上都有一支高高耸立的烟囱。每到正午和傍晚，袅袅炊烟便会不约而同从一支支烟囱口升起，那灰白色的炊烟轻轻盈盈向上蠕动，到了一定的高度随风荡漾，弥漫在乡村的上空，这便是我记忆中的乡景。

然而，你可曾知晓这乡村的炊烟，如同四季田野的美景，是无数双勤劳的双手，日夜劳作而创造的特殊的美。只有那些真正饱尝生活辛酸的人，才会怀着别样的心情去品味这别样的田园风光。每当我看到炊烟升起的画面，便会想起那苦涩的岁月和如烟的往事，这人间炊烟实在是家境的晴雨表。

窥一缕炊烟，便可知一户家境。千家万户屋顶上飘荡的炊烟，初初一看，几乎没有多大的区别，如果你仔细辨别，烟色的深浅，节奏的快慢，持续时间的长短，无不折射出每一户人家的家境状况。俗话说：不当家不知柴米贵。可见柴与米是最基本的生活要素。"此木为柴山山出，因火成烟夕夕多。"柴草的质量决定了烟火的质量。如果用隔年的存柴烧，炊烟一定是灰白色，甚至看不出有烟，几乎没有灰尘，如果用未干的青柴烧，一定是浓烟滚滚，灰尘纷纷，暴露了你家的存柴已烧尽，你娘早已在灶膛前暗暗发愁了。

以前在农村，一年中最大的一件事便是分柴山。能够上山砍柴，下田犁地的男人才算是劳动的好把手。柴担的分量便是男人分量的集中体现，重体力劳动没有正劳力（人的劳动力值在九分以上，被称作"正劳力"）就没有生产力。分柴山先把柴山按户数分成若干份，再用抓阄的方式分到各户。柴山分来后，假如你家的劳动力不足，砍柴的速度就慢，这样一来，两边交界的地方自然被邻居蚕食，你也只好望山兴叹。为了减轻负担，砍到高处便把柴捆起来往下滚，滚到半山腰，重新整理后再挑上肩。最要命的是挑柴下山，沿着崎岖的山路，跨涧沟，穿树木，换肩膀，每一个动作都要把脚跟挺直，一步一步往下挪。而在平坦的路上最怕起风，有时一阵狂风刮来，连人带柴掀倒在地，砍柴的艰辛可想而知。当女婿的砍完了自家柴山，还要帮助岳父家去砍柴，这也是理所当然的分内事。

家里有身强力壮的男人，就一定有烧不完的干柴。我记得大叔家一年到头都烧存柴，而我们家大半年便烧光了存柴。所以，小时候常常去砍地坎茅，拾晒干的地棚草，耙草糊，有时还偷偷到山上去捡枯树枝。到了严冬腊月，实在不够烧，只好去借柴或买柴。家里若是缺柴断粮，生活便捉襟见肘难以维系。在那个年月，因为生活所迫，常有人铤而走险到生产队山里去偷柴，也有被看山人抓牢的，对于这种不良行为，人们还是同情得多。

在我的记忆中，这袅袅炊烟恍如母亲的身影，炊烟笼罩的小屋里，都有母亲在忙碌着，炊烟上升的节奏，便是母亲劳动的节奏。若是炊烟均匀上扬，没有大起大落，一定是有人在灶膛帮着母亲烧火。若是炊烟断断续续，一会儿浓，一会儿淡，不但柴火不好，而且多半母亲独自一人灶前灶后奔波着。为节约柴火和时间，母亲总是把能蒸的小菜，都放到饭锅里蒸，烟火持续的时间越长，饭菜便越丰盛。

在普通百姓都没有手表的年月里，炊烟便多了一份特殊的使命，它真的是悬挂在乡村天空中的一座隐形的时钟。"暖暖远人村，依依墟里烟。"人们无论在哪一片山间田头劳作，只要望见附近村子里的炊烟升起，便可知晓何时可以收工。小时候，无论放学，还是放牛回家，走到村口，远远望见自家烟囱上的炊烟已是余烟飘散，便知道母亲已做好了香喷喷的饭菜，等着我们的到来。

小时候经常帮母亲做的家务就是烧火。说起烧火，也是一门艺术。你若不懂技巧，拼命往灶里塞柴，只见浓烟不见火焰，便是劳民伤财。松毛丝和狼萁柴是最好的引火柴，让柴火充分燃烧是烧火的最高境界，同时要与站灶者密切配合，充分利用鼓风机和火叉调节好火焰的强弱。如果是柴爿，放进灶膛里把结构架好后，尚可休息片刻，如果是草秆，几乎要一刻不停往灶膛添草，这种柴草没有炭火，也就没有正能量。不同的柴草就会燃烧出不同的烟火味，麦秸、豆秆是清香，松树枝是松油香，而稻草是一种苦涩的淡香。

冬天里烧火是一种温暖，火焰把整个身子烘得热乎乎的。有时一边烧火，一边偷偷地把年糕、番薯放进灶底下烤，享受这难得的美味。而在夏日里烧火实在是一件苦差事，弄得你满头大汗。想想母亲健在的时候，里里外外，烧火煮饭，洗衣，喂猪，还要去生产队晒谷，常常累得直不起腰，多么不容易。

我永远也忘不了上高中的时候，有一次周末，因为身体不舒服，在家多住了一个晚上。寒冬的清晨，天刚蒙蒙亮，母亲便早早起床，为我准备带去的小菜，装满两罐头瓶热乎乎的咸菜炒黄豆芽便是一周的下饭菜。那天，当我走到村口，回望晨曦中的炊烟，仿佛看到母亲在向我招手，那一刻，泪水顿时模糊了我的视线。多少年过去了，那一缕炊烟便是我灵魂的根，始终埋藏在我的心底，从来也不曾移动，永远也无法抹去。

写到这里，我的案头早已是满纸烟岚，想着当年炊烟下的老屋里，一家人喝着烟火焐热的夜粥，日子虽然清苦，但也其乐融融。现如今兄妹们虽然不愁柴米，但他们的日子过得并不宽裕，我的心里总有一种说不出的滋味。

世事如烟，可浓烈，也可清淡。烟因火生，家因烟暖。袅袅炊烟，丝丝亲情。我愿那一缕挥之不去的炊烟，时时温暖我的心房，熏烤我的灵魂。

夫妻之道

"百年修得同船渡，千年修得共枕眠。"这话不假，夫妻之间，其实谁离开谁就会活不了呢？尤其是现在，社会进步了，每个人都具备了自己独立生存的社会基础和经济基础，之所以还要结合在一起，求的只是一种夫妻情分。夫妻情分价值几何？这个没有定数，双方都珍惜那就是无价之宝，双方都不珍惜那就分文不值，缘分天注定聚散靠自己。

好丈夫能把傻女人变成宝，坏丈夫会把乖女人变成草。不要捧着宝贝不知珍惜。珍惜身边的爱人，爱她就用放大镜看她的优点，爱她就包容她的缺点和过失，因为金无足赤，人无完人，所以不要用十全十美的标准衡量人。夫妻间也应如此。

夫妻间磕磕碰碰在所难免，但切记要有克制，不可放任自己的冲动。再大的矛盾都不要说出"离婚"的话，其实几十年的感情是离不了的，轻率地说出这种话给对方带来的伤害却是致命的。还有就是夫妻之间再大的矛盾都应该是关起房门来处理，也就是天知地知、你知我知，而不该让外人知道，更不应让孩子知道，更不应该公开化，人总是要面子的，一旦公开，就很有可能造成既成事实。一旦既成事实，往往就没有回头路了。

　　自己的妻子，不管她今天有多少不是，毕竟她曾经对你有死心塌地之情，同床共枕之爱，对你有为你孝敬父母之恩，为你生儿育女之义，为你销蚀青春而无悔之德，为家奔波劳碌而无怨之功。想到这些，你还有什么理由对她不好？女人毕竟是情感动物，她今天之所以会对你不满和你争吵甚至赌气离去，不能全怪她。可能是她心冷了，可能是她心累了。女人是不会离开一个温暖的怀抱的，遇到这种情况我们更应该反思自己对她是否有足够的关心和呵护。让她重新感到温暖，感到安全是让她回来的唯一办法。

　　夫妻之间应该尽量避免争吵，因为人都是一个复杂体，有天使的一面也有魔鬼的一面，在争吵中，人往往失去理性，显示的都是人性丑恶的一面。只会给双方造成深深的伤害。其实夫妻之间也不需要好勇斗狠，争斗得你死我活，争出个我高你低，争出个谁是谁非。这其实真没意思，因为夫妻之间的矛盾，很多情况下都是没有是非曲直的，都是公说公有理、婆说婆有理的。正所谓清官难断家务事也。而争论的结果一定是面红耳赤、彼此不服，争论的结果一定是伤了和气，伤了感情。只要是伤了感情，其他的一切都是不值得的。

　　一份感情培养起来需要十年二十年的精心浇灌，毁灭它却只要在顷刻之间。争吵的结果一定是双方都受伤，在这种情况下，男子汉应该首先冷静、理智，并大度地让步，在老婆面前放低姿态不是丢人的事，珍惜她就爱护她，爱护她就宠她，愿意宠她那还有什么不能让步呢？她一开心全家不就也开心吗？她不开心全家不就也不开心吗？虽说人生来都是自由的，没有为对方而委曲求全的道理，但你如果在意对方，那就请你别钻牛角尖。小事包容，大事沟通，摆平心态，很多时候，"一念放下，万般自在"。

夫妻双方有了矛盾，谁也说服不了谁，这个时候不妨分开一段时间，彼此冷静以后再做交流，这不失为一种好办法。但有一个很关键的问题那就是分开时间不宜过长。其一，分离时间过长会让彼此慢慢地适应着过"没有对方"的生活，如果双方都适应了过"没有对方"的日子，感觉没有对方也能正常生活，那对方的存在就真的没有价值了，婚姻也就彻底结束了。其二，在双方分开的这段时间里，双方的心理是最不稳定的，始终游离于"离""合"之间，念及对方的"好"时，就会想"合"，一想到对方给自己的伤害，就会想到"离"，在这段时间里，更先冷静的一方，或许会向对方发出"和好"的信号，这时接收信号的一方也应该"见好就收"，没有必要太固执。毕竟人是念旧情的，和为贵。一味坚持不理睬对方，不给对方回应，久了对方也就冷心了。其三，分开一段时间是为了冷静，而不是坚持冷战。夫妻间最伤人的，不是"恨"而是冷漠。

在夫妻间因闹矛盾而分开的这段时间里，双方的心底其实是最需要得到对方的温暖。这个时候如果把对方拉一把，对方也许就回来了。坚持冷战，无异于把对方往外推。本来心态就在"离""合"之间摇摆，只要一推，就很有可能真的出去了。真的出去了，那就回不来了。悔之晚矣。

张爱玲曾经说过，有时候我们愿意原谅一个人，并不是我们真的愿意原谅他，而是不愿意失去她。夫妻间尤为如此。几十年的感情融入，已经让彼此成为亲人一般的共同体。家是共同建起来的，孩子是共同抚育长大的。自己的衣食住行，包括思想、行为、习惯都已经深深地有了对方的烙印。不是随便可以放弃的，夫妻情分，唯有珍惜。

"也许牵了手的手，前生不一定好走，也许有了伴的路，今生还要更忙碌。所以牵了手的手，来生还要一起走，所以有了伴的路，没有岁月可回头。"这歌词写得多好，可惜总有很多人理解不透。

生活中的情感

人到中年以后，感情归于平淡，不再追求花哨的外在形式。而在于平平淡淡的、踏踏实实的一言一行中。可能十年八载都不会对她说一句"我爱你"。但却会做很多让对方感到被照顾、被呵护的事。可能长年累月都不会说上一句甜言蜜语，可是会用很多实际行动来帮你遮风挡雨。可能不再刻意去制造什么浪漫情调，但真正的浪漫在心里，或许不经意间的一个眼神，就能让双方心领神会，感受到很多很多，心里有了灵犀，浪漫就会来得自然天成。

生活中一份好的感情，彼此之间往往是相互信任的。信任对方的人格人品从而给予对方尊重和理解。相信对方的行为、举止是负责任的，从而给予对方自由和空间，相信对方的善良和真诚，从而给予对方宽容和谅解。相信对方的能力和才智，从而给予对方欣赏和鼓励。信任是一种无形的力量，信任也是一种心理引导，更是一种心理暗示，你用信任对待对方，对方就越怕辜负你的信任，他就越会朝着你所期待的方向发展。你用不信任的态度对待对方，一有什么小问题就揪着不放，一次两次尚且可以忍受，久而久之，势必矛盾激化导致火山爆发而一发不可收拾。

生活中一份好的感情之中，一定有一份大的包容。现实中的人难有十全十美的，女强人会赚钱可能不会做家务，时尚的女人好看但是花钱手大；思想深邃的男人可能太严肃而不讨人喜欢，追求事业的男人可能不能常陪家人。鱼和熊掌难以兼得是自古以来人们就懂得的道理，我们为什么要以十全十美的标准去要求对方呢？尤其是在这个现实的社会中，男人的生存压力还是要比女人大一点，男人承担的担子更重更多一些。所以女人大可不必因为男人曾经答应过带你去逛街的诺言没有兑现，或者是偶尔忘记了你的生日而耿耿于怀，这不能说明什么。我很清楚地记得，我们的父辈们，一辈子生活在农村，氛围和阅历决定了他们从来不会说一句"我爱你"，更没有结婚纪念日这一类的概念，也从不懂得送玫瑰花，但丝毫不影响他们老一辈人的幸福和恩爱。

生活中一份好的感情一定有一种发自内心的欣赏，这种欣赏可能来自对方对你的好，因为只有对你好的人，你才会觉得她可爱，只有觉得可爱的人，你才会觉得她的美，只有觉得美的人，你才会欣赏她。当然欣赏也可能来自对方的能力、才智、思想、品德、修养、气质等。但现实中的欣赏往往是包容性的欣赏，因为每个人都有可敬可爱的一面，也有他不足的一面。但只要是真心对你好的人，我们就会用放大镜去看他的优点，而包容他的缺点。这样你们在一起才会很开心，如果总是揪着小辫子不放，那不是自寻烦恼吗？

生活中当你们处于柔情蜜意中的时候，这份甜蜜谁都愿意享受，但是当你们处于磕磕绊绊的状态时，却不是每个人都能处理好的。其实处理这类问题也很简单，最根本的只有一条，那就是始终抱着一种信念：夫妻是命中注定的缘分，你必须"不离不弃，始终对她好"。当你们之间有误会，有矛盾，对方对你有抱怨的时候，你大可不必与对方争一时之高下，避战是最好的应战，冷处理是最好的处理。事后再做交流，这样就可以避免激化矛盾，避免小事化大。把情绪导向理智，事情就能迎刃而解。人心都是肉长的，你只要始终对她好，不离不弃地对她好，就算是坚冰也会被你融化的。

一份好的感情一定是令人愉悦的，真正的爱就是"想和你在一起"。只要和你在一起，那种发自内心的满足感、愉悦感、幸福感就会油然而生。这就够了，其他的都不值得计较。

思考人生的意义

今天，听到一位读者问我心灵鸡汤之类的书籍，勾起了我对这方面的感悟与写作。

其实，它不仅仅是单一方面的职场说辞与方法的文字。它的涵盖过程要包罗到为人处世：语言类、行为类，甚至还需要日常生活的小故事，才能演绎出岁月的方向，才能走出烦琐的机械性生活。

当一个人觉得自我站在一定高度的时候，就会不自觉地按照惯常的思维去理解、去维护自身的立场，达到已有的目的和思想认同感。其实，这只是一种站立位置的成就感，认同与否，对听者而言，只在于讲话人本身的知识量和成就。

其实，凡某人讲的事与话，真的能让所有涉及的人或事都心悦诚服吗？肯定不是的，因为所有人涉及和面对的事物一定不相同，此番讲话不可能满足所有人的欲望与所求。

如果，一本书尽是渲染美妙，一场演讲只是说教，而没有较为真实有效的故事原型来衬托，那么，这本书和这场演讲只是一段闹剧而已，没有灵魂的根源！

曾经有好多人总在我面前抱怨着失去何等重要的机会，而且是不厌其烦地说道着。

　　我就忍不住问他们："什么才叫机会？"

　　他们就回我说："诸如那次学手艺，那一次做生意，又一次失去买房的机会，等！"

　　有时，我淡淡地应他一句："你现在活得怎样？自由吗？劳累吗？家庭幸福吗？"

　　他们说："前两项还不构成事实，后一项又难以满足。"

　　我忍不住回道："生活其实对你很好，既不劳累，又自由自在，只不过缺乏金钱来维护日常生活的挥霍。起码你用劳动还能创造和维持家的方向，比那些没有方向感的人活着就要充实许多。虽然你没有在年轻时把握机会，但论当时的你，也根本意识不到那是机会。你可能去尝试过，觉得那件事可能不是你的所爱，或者说，你根本就不具备常识去辨别这条路自己能走到何方。"

　　他点点头，认可地说："是呀，当时只顾着眼前开炉一天就赚50元，学手艺一月才450块，干了几天，就没劲了。"

　　我思考着他的这个话题，回着："其实也不怪你，我们的父辈走的是劳苦勤作的事，在外边吃着嘴里的，还在想家里的人有没吃上饭，没有太多的世俗经验与文化知识。那时代，很多的人都是在家的几十里范围内打圈圈，过着东家长、西家短的日子，自己都没有对生活方向理出头绪，又怎么会有对子女有入仕、出仕观的教化呢！"

　　我们应该知道，我们现在考虑的好多问题，前人早已经历与思索，甚而至著书立说。但后继者总是会在为活着的意义奔劳而思索过，思考那简单有效的方法。比如，生病，梦想医生的一剂药方，哪怕一支长长的药水针剂狠狠地刺入肌体，哪怕抽针带血也不带怯意。但，从没听见哪个医生说过，这一针药刺进血脉，你的病就痊愈了。在现实的日常生活中，起码，我与你一样，真没听过，也没见过。

其实，当我们在为"生而为何意"思考的同时，注定比同时代的其他人要超前一小步。这一步或许有些远，或许很近。

所以，就要看学习的态度，选择学习的立场，如果树立了符合当下的场景，学习与跟进了环境所需要的土壤，那么，就扎下了根，增强了自身的生存本领。什么叫手艺？这就是实实在在的手艺！

因为，但凡一个有思想的人不可能活得虚无缥缈。生活，本就要做一些喜欢而愉悦的事情，才能走过一些此生想保留的风景！

如果，只是一味学习，拥有一技之长，就能顺利走完人生之路吗？这肯定是不可能的。

人，往小的来说，要面对家庭起居琐事，老幼亲情往来之长久；往大的来说，在社会上立身处世，如鱼入江渊，不进，还得浪打涌推，由不得自己也。要经得狭流险滩，激斗过鱼霸鳖嘴，才能有四两拨千斤之巧劲，吹糠见米之实才。

曾经，一个人问我："要怎样才能做好事情，做对事，才能把握机会？"我回道："看你有没有思想，如果有，都是鱼苗，就看你是进的塘，还是入的江。"

环境不同，肯定入场的档次也不同！我姑且不论生而富贵者，只论人人生而有这个权利去把握机会。

如果进的是塘，裹了一身污泥不论，还外带一身有味的气息，招人不待见：工业化喂养——污水塘鱼。

但是入了江，就有所不同了，通体外带金黄，还口吐芬芳，人见人爱：天然野生——野生河鱼！

这背景，有通天河，有金沙江，有雅鲁藏布江……一一道来，谁不赞叹两句！

论职场，做生意，谈生活，讲人生，都想活得惬意，惬意地顺风顺水。塘鱼也，江鱼也，道路的选择，通常都是自身的意识决定以后的路途！

但凡家境殷实努力者，还是后天入江而得道者，都在遵循一个原则：思考人生！如何过得有意义，过得有风景！

清明时节雨纷纷

　　人间四月，桃杏绽放，草长莺飞，又是一年清明节到了。发酵了三百六十五天的思念，早已化作绵绵春雨，感伤与祭祀融合成一条思念的河流，宛如一首低吟浅唱的挽歌，回荡在青山绿水之间。

　　尽管行色匆匆步履艰难，尽管这种脚步没有回家过年那样浩浩荡荡、波澜壮阔，但依然是那么不可阻挡。每逢清明，天南地北的孝子贤孙都会在这一时刻，不约而同奔向同一个方向，风雨梨花寒食过，家家坟上子孙来。古人曾留下这样浓烈感伤的诗句："南北山头多墓田，清明祭扫各纷然；纸灰飞作白蝴蝶，泪血染成红杜鹃。"千百年来神州大地舒展着一幅永不褪色的"清明上坟图"。

　　清明里我们追怀先祖。每当这个日子，家乡的山间田头，迎来了许多似曾相识乡音未改的陌生人，那是游子们重返故里，祭扫自己的列祖列宗。崎岖的山路旁，泥泞的荒野中，那些不起眼的土冢，便是先祖长眠的乐土。一个土冢，一部家史，那里掩埋着多少个曾经充满苦难的灵魂。荒冢上的每一株青草都挂满着一滴滴露珠，那是一代代人思念的泪水至今仍在流淌。"蛇化为龙，不变其文；家化为国，不变其姓。"他们千里奔波，远涉重洋，跨越海峡，为的是完成心中的使命，再一次清除先祖坟头的荆草，修补墓土，燃香荐享，敬酒拜祭，然后把纸幡插上坟头，以此来告慰先祖自己这个家族香火依然。同时，默默地祈求先祖护佑自己的子孙后代兴旺发达，洪福无量。早在《诗经·烈祖》中就有描述："既载清酤，赉我思成。""来假来飨，降福无疆。"亲吻故乡的山水，便会哼起童年的牧歌；站在爷爷的坟前，便会想起奶奶的叮咛。先祖魂归的土地，便是游子心中永恒的故乡。

清明里我们感念亲人。不同的亲人以不同的方式离我们而去，日子说，一个人离去了我们想着他的好，他活在我们想念他的日子里。青山脚下的墓园里，一棵扁柏、一块墓碑，整整齐齐、层层叠叠，小村里已故的父老乡亲在那里安息。站在父母的坟前，我们欠双亲的实在是太多太多。恩重山丘，五鼎三牲未足酬。可怜天下父母心，多少勤劳的父母，为了把儿女们送出山村，让子孙有一个广阔的天地，一辈子含辛茹苦坚守着自己的土地，因为过度劳累而早离人世。"长大后，乡愁是一方矮矮的坟墓，我在外头，母亲在里头……"对一个已经失去双亲的人来说，每每读到余光中先生的《乡愁》，这是一种怎样的感受。寸草难报三春晖，如果说母腹是我们从前世过来的第一个客栈，那么母亲安睡的土地便是我们今生永远的故土。

天有不测，人生无常。多少豆蔻般的年华惨遭夭折，多少健壮的生命意外陨落，就像流星划过夜空，一瞬间熄灭了生命的全部光芒。他们的离去曾给我们带来撕心裂肺的巨大悲痛。任岁月流逝，不思量自难忘，那些定格在脑海里的音容笑貌，依然如夏花般绚烂、似秋叶般静美。当我们来到这些亲人的墓冢前，相顾无言，唯有泪千行。轻轻地放上一束鲜花，深深地鞠一躬，强咽下泪水悄悄离开，愿他们在天堂里快乐。

清明里我们缅怀先烈。让思绪穿越时空，去追寻先烈的足迹，感悟生命的厚重。"未惜头颅新故国，甘将热血沃中华。"多少革命先烈，为了民族的独立、人民的解放前赴后继英勇牺牲。长征路上血染的草鞋早已化作青松的年轮，他们中有的连名字也没有留下，多少母亲苦苦期盼从军的儿子早日回家，可是直到她离世的那一刻，也不曾见到自己的骨肉。在和平年代，又有多少英烈为了祖国的富强和人民的幸福，披肝沥胆、舍生忘死献出自己宝贵的生命。大地刮过苍凉之风把英雄的名字传颂，青山处处埋忠魂，每一座英雄的雕像，无论在晨曦中仰望，还是在风雨中凝视，敬意总会在心中油然而生。一座座顶天立地的纪念碑，就是一面面生命飘扬的旗帜。清明节的缅怀是一次灵魂的大洗礼，英烈们的崇高精神，将时刻激励我们为民族的复兴奋发图强。

杏花春雨江南，清明时节的雨是最寻常的，一下便是三五天，朝夕不断，甚至绵延旬月。这淅淅沥沥、冷冷清清、凄凄惨惨、霏霏不绝的阴雨，早已把人们的心沉浸在无边的思念之中。我忽然想起佛祖释迦牟尼曾在恒河边散步时问他的弟子："你们觉得是四大海的海水多呢？还是无始生以来为爱人离去时，所流的泪水多呢？"这里的爱人自然指的是亲友。我想一个人只要经历过生离死别，痛失过自己的亲友，真实地哭过，都会回答：四大海又怎么能装得了人们为失去亲人所流的泪水呢？只恐长江水，尽是儿女泪。这绵绵细雨与其说是雨水，不如说是思念的泪水。"寂寞嫦娥舒广袖，万里长空且为忠魂舞。

忽报人间曾伏虎，泪水化作倾盆雨。"这情真意切的豪迈诗句，是一代伟人毛泽东对爱妻和战友的深切怀念。

清明是一首神圣的歌，这首歌代代相传、生生不息。我们在和风细雨中慎终追远，敦亲睦族，行孝感恩，敬仰先贤，怀念战友，缅怀英烈。落泪无声，只要心中常有，所有亲人的亡灵都会在梦里重逢。痛定思痛，活着的人若是能更好地活着，便是对逝者最好的怀念。瞿秋白曾说："如果一个人每天都在为社会做些什么，那么，他总在成长，尽管生老病死是免不了的，但他会感到'大众的生命在'。"

"清明时节雨纷纷，路上行人欲断魂。"杨柳有情，春雨慈悲，丝丝化作思千缕，让我们深深祈祷逝去的皆安息，活着的都安康。

老 屋

　　近一段时间，我总是梦见老屋。

　　老屋是我老家的房子，它的年龄应该比我还大，因为自我记事的时候起，它就在现在这个位置，就是现在这个样子，至今应该超过四十年了吧。老屋没有什么明显的特点，要说与别家略有不同之处，就是院坝边上有两棵树。一棵是桃树，从根部开始就分为两个丫杈，那桃树长得很高很高，其中一枝竟然都伸到房背上去了。一棵是梨树，长得枝繁叶茂，在物资极度匮乏的年代，那些桃子和梨子是如何安慰了一个乡下少年狂野的心，我至今记得清清楚楚。大约是在端午前后，那些布满了绒毛的桃子就从层层叠叠的叶子间露出了头，仿佛还在向我们一群小孩子眨眼。尽管大人一再厉声呵斥果子没有成熟不许偷吃，但是我们哪里受得了这个诱惑。大人在屋里时，我们装得若无其事，趁大人出坡劳动，我们就干起小偷的勾当。在几个孩子当中，我年龄最大，小时候的我手脚敏捷，顺着树干爬到房背上去偷摘桃子更是我的拿手本事。说来很怪，也许房背上的桃子与其他枝条上的桃子并无两样，但我就是觉得比其他桃子大、比其他桃子好吃。我像猴子一样爬到树上，再抓着枝条从树上轻轻地下到房背上，然后悄悄坐在浓密的叶子背后。没有成熟的桃子，青色的表面布满了绒毛，但是这难不住我，摘了桃子，我撩起衣角几下就把它擦得光光溜溜，狼吞虎咽塞入嘴里，尽管那桃子还没长出甜味。吃上几个后，我再在衣服裤子兜兜里塞上几个，顺着树干溜下来，把桃子分给弟弟妹妹和邻家的小孩儿。大人发现后刚开始骂得挺凶，但是随着树上的桃子越来越少，骂声也就日渐稀少下来。待一树桃子只剩下枝叶的时候，我们又把目光转向了那些青皮的梨子……大人每年都没有见到果子长大，倒是我们一天天越来越大。家里的房子不够住了，祖爷决定把桃树砍了，在院子边上又加盖了两间瓦屋。那棵梨树无疑是幸运的，直到现在，依然在春天开出雪白的花朵，夏天则挂满了黄澄澄的果实。

这座白墙青瓦的老屋，留着我温馨的记忆，也留着我揪心的牵挂。

我家原来是四世同堂的，那时一大家子十几口人住在一起，祖爷虽然年事已高但仍然是一家之主，他的威严让全家人感到惧怕。父亲是老大，据母亲说有了我之后，祖爷就将老屋东头两间房子分给父亲，让父亲分家另过。而祖爷、爷爷则拖着尚未成家的二爸和五个姑姑住在老屋的西头。虽然是一大家人，但由于生活都很拮据，除了过年，其余时间是从不在一起吃饭的，甚至有时为了鸡毛蒜皮的小事彼此之间还吵吵闹闹。我的祖婆却是一个无比慈爱的老太太，她不仅从不参与大人之间的吵闹，而且对我们姊妹三个在幼年时期给予了无限怜爱。我至今清晰地记得，她终年穿着一件深蓝的长衫，头缠一条黑色的丝帕。由于长年患病，她浑身瘦得皮包骨头，那青筋毕露的手里经常拎着一个取暖用的烘笼，而且罩在长衫下面，她的身子微微佝偻，面容却经常带笑，看不出她有多么痛苦。那时我们家孩子多，粮食经常不够吃，当我们家快断顿的时候，祖婆便偷偷地给我们舀半碗米，裹在长衫里给我们拿过来，以解母亲的燃眉之急。她长年吃中药，为了缓解口苦，祖爷给她备了些白糖，她却舍不得全吃了，而是一点一点藏起来，等我们饿了的时候，她悄悄地给我们泡水喝。有一次我家做饭的时候正好没了盐，我自告奋勇端着一个瓷杯去找祖婆借盐。祖婆给我装了满满一杯，我端着杯子兴冲冲地往家跑，却忘了土墙房子门槛都是很高的，三四岁的孩子一步根本迈不过去，我一跤跌倒，把杯子摔了个粉碎。母亲又气又急，几巴掌打在我屁股上——要知道20世纪80年代的农村买一斤盐也不容易。我还没哭祖婆却哭得泪眼婆娑的，她一边赶紧跑来拉我，一边数落母亲："一杯子盐撒了就撒了，你还打娃！"然后又找了一个杯子装了盐交给母亲。等我现在有能力为祖婆买糖的时候，她已经过世多年，只剩下她单薄的背影，一头白发和我深深的叹息！

还有我的小姑，她比我大三四岁的样子。有一年冬天天气奇寒，老屋旁边的一个冬水田结了厚厚的冰。她偷偷地背着我去滑冰，她那时也是小孩子，根本不会想到重庆的冬天即使再冷冰也是不结实的，哪里承受得起两个小孩儿加在一起的重量，结果没走几步，扑哧一声全掉到了冰窟窿里，吓得她哇哇大哭。大人听到哭声，才赶紧把我们拉上来。

但是这些都不是我牵挂老屋的主要原因，关键是我的母亲至今还住在老屋。随着年岁的更迭，家里的老人相继去世，我们姊妹三个都在城里买了房子，原来热热闹闹的老屋如今就剩下母亲在那里居住了，一下子竟显得无比空落和寂寥。经历多年的风雨，老屋已经老了，房背上不仅长出了一片片苔藓，而且有的地方檩条断裂，一到雨天就开始漏水，虽然还不至于像杜甫那间"床头屋漏无干处，雨脚如麻未断绝"的茅屋那般凄惨，但是我毕竟担心母亲的安全，尤其是当我所在的城市下雨的时候，我总要给母亲打个电话回去，问问老家是否也在下雨，尽管母亲说一切安全，我还是要反复叮咛她们一定要注意安全，有雨的夜晚不要睡得太死，白天要到房子四周转转，看看有无破损的地方，我的心里似乎有一片瓦一直在悬着，老是感觉只要一下雨它就有可能掉下去伤着母亲。前年母亲身体一直不好，大姑打电话叫我们把父母接到城里，不要再在老房子里住了。我与母亲商量，母亲坚决不同意，说是身体还好，还可以种几年庄稼。我估计母亲一方面是怕给我们增添负担，另一方面也许是她们已不愿离开居住惯了的老屋。

直到今天，我时时陷于纠结之中，不知该如何对待老屋。它就像一个尖锐的楔子，深深地扎在我的内心，让我伤痛，也让我快乐，让我纠结，也让我踏实。它也许更像一个锚，用一根看不见的链子把我们紧紧连在一起，即使我飘得再远，飞得再高，而最后都要回到那个原点。我想，如果有一天老屋真正人去楼空，我也就成了一只断线的风筝了。

白　露

　　"八月白露降，湖中水方老。旦夕秋风多，衰荷半倾倒。"

　　这是农历二十四节气中的第十五个节气，历书上说，过了这天，天气渐凉，地面和叶子上都会凝结露水了。

　　南方终年多雨，气候潮湿，季节变化是没有那么明显。走在窄窄的田埂上，路边的杂草、田间的稻穗都挂满了晶莹的水滴。我知道，那不是露水，应该是昨夜的小雨馈赠给田野的礼物，草叶翠绿油亮，金黄的稻穗谦恭地低着头，向怀抱它的大地问候早安。空气中夹杂着浓重的泥腥，半透明的雾气在树梢间缓缓地流动，偶尔山雀一声长长的鸣叫，圆润的嗓音似乎一下子吵醒了整个山坡。

　　母亲早早就起床了。她年轻时，有一次套着牛在石磨上磨面，一不小心被磨杆末梢扫到坡下摔伤了胯骨，从此坐骨神经落下了后遗症，一遇阴雨天气半边身子都会发麻。疼痛的关节让她很难睡个安稳觉，还不如早早地起来。她坐在屋檐下，一边用那把乌黑发亮的木梳梳着她花白的头发，一边看着对面山上带着青气的白雾，自言自语地说着今天的天气。我看不清她面部的表情是喜是忧，但是我知道她的内心一定在为她的稻子着急。从三月播种开始忙到现在，风里雨里，好在老天有眼，稻子长势旺盛，母亲似乎也忘记了疼痛，就等待开镰收割她一年的希望了，现在却是一场秋雨接着一场秋雨。要是不能及时收割，那些熟透了的稻谷就全掉到田里了。

我一再劝母亲年龄大了不要勉强，庄稼能种就种，不能种就算了。可是辛苦了一辈子的她哪里放得下那几亩让她一生赖以活命的薄田呢？她从邻村嫁过来，可以说她的青春甚至她一生的时光都奉献给了这片贫瘠的土地。庄稼是农民的命根子，我们是母亲的命根子。她没有什么远大的理想，甚至连梦也没有，我们几个孩子就是她生活的全部，庄稼是她的希望，她要靠屋前屋后的庄稼来维持我们幼小脆弱的生命。其实这话应该反过来说，母亲是我们的命根子，是她辛勤的劳动为我们提供了基本的养料，我们只知索取，而没有想过回报。母亲年轻的时候，有一条黑亮的辫子。谷雨过后，太阳暖洋洋地照着，她把辫子盘在头顶，光着脚踩在冰凉的水田里，先平整出一小块秧母田，用镰刀划好一个一个方格，然后再把在温室里育好的小秧苗一棵一棵插到格子里。她没有言语，低着头像绣花一样，织着她心里的憧憬。豆芽一般细小的秧苗在她的手里挥洒开来，逐渐成行成片，成为一小块嫩绿的春天。白露过后，谷穗变黄，它们低下饱满的头颅，向养育自己的大地致敬，也向母亲致敬。母亲表面上没有言语，内心却是喜悦而不安的。只有把谷子全部收割、晾晒直到收进仓里，她才会如释重负地喘一口气。

我希望白露早点到来，让我们能够早点迎接秋收，让母亲少受些苦累。我又不希望白露到来，白露一到，秋天就真正开始了，绵绵阴雨是秋天永恒的主题，一下就是七八天，没完没了。日渐升起的阴气会加重母亲的病痛。前几年一到秋天，天气转凉，病痛就要折磨她小半年，尤其是天快亮的时候，她的左边胳膊似乎失去了知觉，经常要一个多小时才能逐渐恢复。而她一直没有对我说过，即使再难受也自己扛着。

在我的记忆里，她的身体一直是很好的，甚至我觉得母亲还年轻，还不到我为她的健康担心的时候，即使有时候打电话问一下家里的情况，我也是不耐烦地匆匆结束，根本就没有给母亲诉说的机会。没想到在我日渐麻木的蹉跎岁月里，母亲也开始步入人生的秋天了。露从今夜白，月是故乡明。我多么想在人生的秋天和季节的秋天，给母亲多多送上一点温暖和慰藉，让我能够少一点愧疚，多一点踏实。

乡村素描

大 公 鸡

乡村的日子从鸡叫开始，又在鸡叫声中结束。

鸡这种古老而又年轻的动物，一直都是人类忠实的伴侣。不管鸡圈有多黑暗，也不管春夏秋冬时序如何更替，自然形成的生物钟总会提醒它在拂晓之际吹起响亮的号角。那时天还未亮，深邃的天空星光在微微闪烁，大地的寒气正是最旺盛的时候，鸡就用自己独特的方式大声宣告新一天的到来，为乡村宁静而寂寞的夜晚画一个句号。"鸡声茅店月，人迹板桥霜"。也许还有蟋蟀的低语，但是在寒冷的凌晨，再坚强的蟋蟀也被冻得成了断断续续的哆嗦，反而成了人们的催眠曲。唯有公鸡的嘹亮、高亢，显示出乡村蓬勃的活力。鸡叫第一遍、第二遍，这是早晨的序曲，人们是不会立即起床的，待到鸡叫三遍，天边开始透出微微的曙光，乡村的一天就真正开始了，开门的吱呀声，低低的说话声，汪汪的狗叫声，竹叶的摩挲声，扁担与水桶的碰撞声，赶鸡的吆喝声，一时间都活跃起来。

鸡还是讲究环境卫生的，即使憋得再难受，也不在鸡圈里拉屎。所以早上一打开鸡圈，母亲得赶紧把它们赶到院坝边上，不然就会拉得满院子都是，要费半天时间去收拾。待鸡们轻松完毕，母亲就会撮一盆粮食，玉米、小麦或是谷子，倒在院坝的石板上，让一群鸡吃个够。大公鸡俨然是领袖，虽然它跑得最快，可是却不吃独食，它用嘴叼起一粒粮食，咯咯叫着呼唤母鸡和小鸡，看到大家都有了吃的，它才叼一些撒在边上的食物。看到母鸡吃得差不多了，大公鸡就开始发威，它瞅准一只小母鸡，侧着翅膀试图爬到它背上。小母鸡还有些羞涩，哪肯随意让大公鸡占了便宜，于是小母鸡在前面慌乱地猛跑，大公鸡一边吆喝一边在后面猛追，柴垛上，牛圈里，磨盘边，实在跑不动了，只好蹲在草丛边满面通红两眼一闭。大公鸡逮住机会，完事后还趾高气扬地叫两声，仿佛炫耀似的吆喝一群母鸡到房前屋后觅食去了。

我家房前屋后都是竹林，还有一片桃园，这些地方成了鸡群的乐园。尤其是春天，桃树和杏树开花，粉红的一大片香气扑鼻，引得蜜蜂成群结队。暖洋洋的天气里，鸡们在松软的园子里觅食追逐，那些浑身滚圆的虫子从土里钻出来也想享受一下春天的阳光，一不小心就成了鸡的美餐。大公鸡有自己的原则，中午一般不回家找吃的，如果中午到了，辄站在树枝上或石头上，大叫几声，提醒人们该做午饭了。不久，就有云朵一般的炊烟从瓦房上的烟囱里袅袅升起，柴草馥郁浓烈的气息在乡村的田野上弥漫开来，舒缓而热烈。

傍晚时分，暮色渐浓，鸡群回来，寂静的院子顿时生意盎然。大公鸡翘着五彩缤纷的尾巴，依旧雄赳赳气昂昂的样子，母鸡则咕咕叫着去水槽边找水喝，家里养的几只鸭子也从田里摇摇摆摆地赶回来，呱呱呱地你推我挤，稍不注意就拉一地，结果又是人们的骂声，吆喝声，以及鸡鸭乱跑的扑腾声。

"鸡栖于埘，日之夕矣，牛羊下来。"乡村就在日复一日的重复中，逐渐丰满而深邃。

玉 米 地

玉米虽然命贱，却最有资格代表夏天发言。

肥沃的土地被人们垒出田埂种了水稻，玉米只配在坡地或是缺少水源的旱地寻找自己安身立命的处所。可是，它不气馁，不悲观，在贫瘠的坡坡坎坎上长成一道独特的风景线。坡地往往能够得到更充足的光照，白天你看不到它在生长，可是夜晚它就在蛙鸣虫唱的掩护下悄悄拔节，第二天来到地头，你会惊讶地发现一夜之间它就蹿高了不少，植物总是以自己的方式展示着生命的蓬勃，你看那植株高大、茎秆壮实的玉米，从栽苗到出穗不出两个月就长得密不透风，一行行，一垄垄，一片片，在风中欢快地舞蹈，看着看着你就会为夏天的热情感动不已，让你感到夏天的阳刚和大气。

"独坐窗前听风雨，雨打芭蕉声声泣。"小资的文人是不会到雨天的乡间去体验生命的况味的，经不起风雨的他们只好躲在小窗后面对着芭蕉顾影自怜，所以他们无法体会到雨打玉米叶子的雄浑与激越。玉米在雨水里欢快地舞蹈才是生活的常态。玉米站在原野里，悄悄说着自己的情话，不知不觉间就露出了一个个翠绿的棒子，它用粉红或是淡黄的摸上去黏糊糊的胡须迎接着花粉的降临。广阔的原野上，微风吹过，纷纷扬扬的花粉从这株落到那株，从这片飞到那片，一时间整个村庄都沉浸在玉米扬花的季节里，香甜的花粉让人禁不住喷嚏连连。

密不透风的玉米地给小动物们提供了天然的屏障，仗着玉米的掩护，田鼠、狗獾、松鼠，还有一些贪吃的鸟儿都活跃起来。玉米粒浆还未灌满，田鼠就在田埂边打洞，晚上出来把玉米啃得乱糟糟的；狗獾比较性急粗暴，把整棵玉米扳倒，然后饱餐一顿；那些贪吃的鸟儿胆子要小得多，好不容易把玉米壳子撕开，还没啄上几粒，就可能在人们的脚步声中落荒而逃，不过这些家伙挺执着，善于与人开展游击战，人一离开，又飞回来接着叼。动物的胃口还是容易得到满足，被祸害的庄稼毕竟是极少数，绝大多数还是回报给了辛苦的村民。我们种玉米，主要是用来喂猪，不过偶尔也尝尝鲜，趁玉米还没满浆，大人掰一些回来，一家人围坐在筛子边，一粒一粒剥下来，在手磨上磨了，夹上嫩南瓜、青辣椒切成的丝，然后用油桐叶子包裹，上笼蒸成苞谷馍馍。我从小不喜欢吃杂粮，但在见到金黄碧绿香甜诱人的苞谷馍馍，还是禁不住咽口水而胃口大开。

玉米壳子由青变黄，表示玉米成熟，可以收割了。村民们先掰下玉米棒子，然后再把玉米秆砍掉，以便为套种的黄豆或是红薯让出光照。玉米退场之后，大地瞬间亮堂起来。黄豆或红薯开始登上舞台，它们匍匐在地，偶尔有一朵小小的花安安静静地开在蔓上，像一个文气的姑娘，我见犹怜。

老黄牛

雨天，最适合放牛。

无边的细雨笼罩着田野，雾气在树叶和草丛间东飘西荡，生活的节奏在雨天里变得缓慢而绵长。

　　父亲戴着斗笠，站在路边凸出的石头上，手里牵着缰绳，专心看着黄牛啃着青草。乡间与城市最大的区别就在于随处都能见到泥土丰厚的馈赠，只要有土的地方，不是庄稼就是野草，既可以供蟋蟀唱歌筑巢，也可供村民放牧牲畜。尤其是雨天，到处泥泞，让牛自己去啃食青草无疑是最佳选择。虽然生在南方，我却不大喜欢水牛，一是水牛毛色稀疏皮肤粗糙，经常浑身糊满牛粪；二是胃口奇大吃相难看，稍不注意就会捞吃水稻或绿豆苗，铆足了劲儿还未必能让它回头。黄牛就不一样，不仅毛色黄亮细密，而且喜爱干净吃相文雅，一般不会偷吃庄稼。牛在田埂间慢条斯理地啃着草，金黄的牛毛上挂满了细密的水珠。父亲站在那里，硕大的斗笠遮住了他的整个面目，没有谁能看清他是喜是忧。但我知道，他在这面坡上劳作了一辈子，艰辛的生活已经让他日渐麻木，陪伴他时间最长的除了母亲，就是这头体形硕大的黄牛。因为深恶他贪酒的陋习，我们父子之间通话十有八九会转到不让他喝酒，结果自然不欢而散，所以他有时候便转而与牛说话。牛没有思想，也不会与他吵架，而且农忙时间还能分担他繁重的体力劳动，这房屋周围的田地，哪一块都有牛付出的辛劳与努力，看得出来他与牛是十分融洽的。父亲看看牛，再看看坡下一块块绿油油的秧田，突然笑着冒出一句："你，不好好养膘，把你饿死！"

　　牛不紧不慢地啃着带水的青草。天地空旷，湿气寒凉，父亲单薄的身影立在田野里，就像一个稻草人。有谁能听见他说话呢？今日的乡村，十室九空，原来为了一块鸡窝大的土地，大家争得你死我活，现在随着农村人口向城市转移，大片的好田好地都被抛荒，除了像父亲这样跑不出去的老人，谁还会守着乡村的柴门呢？春雨也好，炊烟也好，青草也好，终究留不住年轻人渐行渐远的脚步。父亲在前，老牛在后，他们不紧不慢地行进在窄窄的田埂上，而他们也将成为一帧淡淡的剪影，逐渐走进岁月深处。

眼　光

1

　　星期六一大早，我还在睡懒觉，妻兴冲冲地从农贸市场上拎回来一袋黄瓜，我一看那曲里拐弯的样子，心下不乐，问她咋买这么烂的菜，妻说：卖菜的说是农村自己种的，无污染。我又问：你咋知道她是农民？妻答：我看她很朴实，不像骗人的样子。我在农村长大，还知道一点基本农业知识，知道再懒的农民也不可能种出这等色泽暗淡头大身子小的黄瓜来的。时隔不久，我们一家人散步，无意之中走到郊区一片菜地，看见那些菜农正把黄瓜蔓子从大棚里拉出来，几个妇女正从蔓子上摘着那些过了气的曲里拐弯的黄瓜。我悄悄碰了一下妻，指了指那些与她上次买的一模一样的黄瓜。妻一脸尴尬，说："吃都吃了，又没闹死你！"

　　也是，卖菜的无非要点小市侩，所以装出一副憨厚的样子，要是闹死了人，那事情就闹大了。

2

母亲到城里帮我哥带孩子。一日出门买菜，快近中午了才无精打采地回来。问她，说是在买菜的路上，碰到两个年轻女孩儿拉她去算命，把她刚从信用社取的、本来是准备捎回老家买化肥的四百元钱骗了，等她反应过来时，那两个女孩早已跑得无影无踪了。同住一城的妹妹责备她，说是根本不认识，怎么会糊涂到跟人家走呢？母亲一脸沮丧，说那俩孩子很是热情，上来就帮她拎篮子，"年纪轻轻的，我哪想到她会骗人呢？"等别人诓她说我们在外面有难、必须拿钱让算命先生作法消灾时，母亲顿时慌了手脚，便毫不犹豫把兜里的钱全部掏了出来……后来，这伙骗子在别处作案时被公安机关逮个正着，审讯得知这伙人专拣农村老太太下手。公安人员问：怎么知道行骗对象就是农村老太太？答曰：穿着朴素、走路拘谨、有问必答的，必是农村来的。

3

父亲从乡下到城里探望母亲，由于在农村用惯了铁锁，他对防盗门很不适应，反反复复老打不开。一日，母亲出去买菜，家中无人和他说话，他竟门也不锁，跑到街道上找人闲谝去了。幸好时间不长，母亲买菜回来在巷口碰到了父亲。一听父亲没有锁门，母亲就来了气，一边骂着父亲，一边慌里慌张往家跑。父亲还很不服气："你别把人想得都那么坏，我在家一年四季不锁门，也没见丢个啥！"估计是时间太短，又听到了脚步声，在他们快要跑到门口时，两个男人神色慌张地从房子里跑出来，从他们身边夺路而去。

虽然没丢东西，但是父亲神色黯淡，当天晚饭也未吃，第二天天不亮就回了农村。

4

有这样的父母，我们做子女的眼光自然也好不到哪里。

我在城里混了二十年，至今还怕与人打交道，尤其是一见到那些眼睛滴溜溜乱转的人我就发怵，因为我老是判断不准别人是真情还是假意。我总是怀着淳朴的愿望，想象人都是真诚善良的。生活中也确实有人心清如水，表里如一，让人一看心里就有亲近的感觉。有的人则善于伪装，让人摸不透深浅。不过还好，我对别人从来不敢怀轻慢之心，想着别人都比我聪明，害人之心不可有，但保持适当的防范、以免自己遭受伤害也是很有必要的。当我还拿不准的时候，对聪明人往往是敬而远之，可以长时间保持着不咸不淡的距离，所以我接受一个人很难，不是自己有多清高，而是内心没把握；一旦我觉得一个人可交，那是会恨不得把心都掏给对方的，绝不会因为他飞黄腾达去阿谀逢迎，也不会因为他落魄失意而落井下石，要我改变对一个人的看法也很难。万幸的是，虽然至今没有几个朋友，倒也没有几个人在背后对我的品德指指戳戳。瞿秋白死后，鲁迅先生赠一挽联："人生得一知己足矣，斯世当以同怀视之。"看来，鲁迅先生对朋友还是认得很准的。那些眼睛滴溜溜乱转的人则不同，时刻都在调整自己的眼光，可能对他有用的，尤其是对那些有权有势的，想尽办法都要往身上贴，那眼睛里流露的热情和真诚似乎把人都能融化；一旦你失去利用价值，则立马与你划清界限，似乎从来不曾相识，不在背后踩你已是刀下留情。在这类人眼里，只有自己聪明，别人全都是傻子，他老是幻想着像庖丁解牛那样手持利刃所向披靡。其实谁又比谁傻多少，对那些自作聪明者长袖善舞的表演，别人早就看穿了隐藏在其背后的真实目的，为了顾及颜面而不揭穿，只有表演者自己还在那里自我陶醉。这不是悲剧也是闹剧。

5

关于眼光，历史早已为我们提供了借鉴。

有眼光应该是一大优点，有的人眼光独到，识人准确，最终名垂青史；也有人患有色盲，只对某一种颜色具有识别能力，最后抱恨终身。张良的眼光犀利，他看到了刘邦的雄才大略，所以辅佐他打下了汉朝江山；又看清了他市井无赖的本性，可以共苦而不能同甘，所以急流勇退，最后成就一世英名。灌婴、彭越、英布眼光就差些，他们只看到了刘邦光鲜的一面，幻想着功成之后可以分一杯羹，却忘了"卧榻之下岂容他人安眠"的古训，结果兔死狗烹，连性命也搭了进去。范增眼光长远，认为刘邦是项羽争夺天下的最大威胁，当项羽不听他劝告"杀掉刘邦"的时候，范增愤愤不平地骂了一句："竖子，不足与谋！"项羽目光短浅，不仅没有发现并重用堪当大任的韩信，还认为刘邦是他的兄弟，当刘邦已经威胁到他的江山的时候还心存妇人之仁，认为刘邦不会害他，可结果如何？公元前206年，刘邦拜韩信为大将率军北伐，最后逼得他乌江自刎，说白了还是他的眼光出了严重的问题。后人把他的故事编成京剧《霸王别姬》，当我们今天以历史的眼光向历史深处看去的时候，既是笑柄，也是警醒。

独坐寒江

　　人人都说家乡好。对生长于重庆、奔波在各地的我而言，马鞍山不过是记忆中的一个地名，但是因为采石矶，它又变得意义非凡起来，也不是因为采石矶多么有名，而是因为中国文人的精神偶像李白让它千百年来独领风骚。

　　戊戌初冬，我终于有缘登上采石矶，一探它究竟隐藏着怎样的奥秘。

　　眼前是一座并不起眼的小山，三条小径随意伸入林荫深处。握着价格不菲的门票，心里顿时大感失落。我扫视了一下大致环境，看见苍翠的山顶上矗立着一座突兀的楼阁，想必那里应该可以俯瞰长江，便信步向山顶走去。沿途除了萧萧落木、青青翠竹，没有见到任何景点。不过十几分钟时间，我便来到楼前，看了介绍我才知道这并不是楼，而是名重江南的三台阁，阁前镌有今人余秋雨的《三台阁题记》。我一口气登上五楼，天高地迥，暮云低垂，万里长江尽收眼底。我突然好像被什么东西击中了，一股悲凉气息瞬间弥漫了全身，楼内呼呼作响的冷风让我不禁打了个寒噤。放眼望去，虽然天气不好，但是由于采石矶从江边拔地而起，楼又建在采石矶的制高点上，还是可以望到很远的地方。灰白的夕阳正一点一点落入厚厚的云层，江面上笼罩着一层淡淡的烟雾，几只船孤零零地泊在码头，显示出一种肃杀气氛。此情此景，即使内心坚硬的人怕也不得不悲从中来。

下得楼来，我心中涌起一个很大的疑团：闻名天下的采石矶，以李白而为世人熟知，为什么沿途及楼内均不见关于李白的蛛丝马迹呢？我中学时代就读过一首诗："采石江边一抔土，李白诗名耀千古。来的去的写两行，鲁班门前掉大斧。"那"一抔土"在哪里呢？那些文人墨客"写几行"的诗文在哪里呢？不是说李白因在采石矶醉酒捉月坠江而死吗，那他是从哪里掉下去的呢？……如果不看到一件与李白有关的东西便原路返回，实在心有不甘。三台阁西侧有道小门，我看由此下去离江边不远，能到江边去缅怀一下也是好的。这样想着的时候，我已经穿过小门直奔江边而去了。

实在没有想到采石矶和李白有关的景点几乎都集中在这片。从三台阁往江边走，第一个就是李白衣冠冢，据说是从采石镇神霄宫迁移而来，虽在山腰，离江边也不过二三百米。无论是真是假，这是我离这座中国文化高峰最近的距离了。再往下便是怀谢亭、蛾眉亭、横江馆和矗立在江边柏树丛中的李白雕像了。这座合金材质的雕像实在太能营造意境了，整体造型如一只飞鸟的李白宽袍大袖御风而行，大理石基座上镌刻着据说是他在世间的最后一首诗词《临终歌》："大鹏飞兮振八裔，中天摧兮力不济。馀风激兮万世，游扶桑兮挂石袂。后人得之传此，仲尼亡兮谁为出涕？"虽然正史记载李白是病死于当涂，醉酒捉月只是一个传说，但是面对这座手舞足蹈的雕塑，我突然觉得这个传说竟有几分真实——这雕塑脚下陡峭如削，下面便是滚滚长江，对处在酒精麻醉状态下的人来说是多么危险，而文采风流、狂放不羁的李白面对当空皓月，行为孟浪而失足落水是完全可能的。

我仰慕李白的文采，但是这个传说让我心里堵得慌，我觉得自己从情感上无法接受这种结局。我看西边有一排古建筑，便快步向那里走去。到得跟前，原来是三元洞，长江边上的天然石洞，上下两层，洞内有洞，直通江边，游客休息设施一应俱全。目前是枯水期，这里离江面有四五米的样子，想必夏秋时节水量充沛的时候，靠在护栏上，应该能掬起一捧长江之水吧？

对于长江，我并不陌生，但一直未能与它零距离接触。我老家重庆，住在长江头，20 世纪 90 年代参加工作时，单位又在长江最大的支流汉江上游，耳濡目染的是长江流域文化，近年来因公因私，我先后到过武汉、合肥、南京等多个长江沿线的城市，其间也到江边眺望过，但那都是远观，而这次可以说是离长江最近，是真正亲近到长江的肌肤了，是真正感受到"沧浪之水清兮，可以濯我缨；沧浪之水浊兮，可以濯我足"了，是真正感受到长江作为中华民族母亲河的含义了，她不仅在物质生活上哺育了我们，而且在精神文化上强壮了我们。这一条横贯东西的大江，从青藏高原奔流而下，浩浩汤汤，一往无前。它不仅成为东连吴会、西通巴蜀的交通要道，而且成为贯通古今、伸向未来的文化长廊。长江两岸，孕育了多少文化名人、书香胜地。屈原沿长江"路漫漫其修远兮，吾将上下而求索"，杜甫登夔门但见"无边落木萧萧下，不尽长江滚滚来"，苏东坡站在赤壁岸上放声高歌"大江东去，浪淘尽，千古风流人物"，从长江上游辗转而来的李白不仅留下了"孤帆远影碧空尽，唯见长江天际流"的千古绝唱，而且还留下醉酒捉月的传说让后人浮想联翩……采石矶对岸是安徽和县，西楚霸王项羽宁愿自刎于此也不肯再见江东父老，自始至终不失英雄本色，李清照发自肺腑地为他掷笔写下"生当作人杰，死亦为鬼雄。至今思项羽，不肯过江东"，对其佩服得五体投地；南宋时期，虞允文一介文臣，率兵死守采石矶，在这里大败金国统帅完颜亮，从而让处于风雨飘摇之中的赵家天子苟延残喘，其中蕴含的英雄气概让多少读书人热血沸腾！正如余秋雨所说："长江流到这里，已足可证明自己具有世间一流的文化品相。如果说，中华文明的早期思考和丰功伟业大多在黄河岸边完成，那么，它的诗化风范则更多地托赖于长江。正是这种诗化风范，使中华文明由深厚走向瑰丽，由庄严走向辉煌。"

抬头仰望不远处的李白雕像，他在层林尽染的崖岸上衣袂飘飘，仿佛正向广寒宫内冉冉飞升。我突然领悟李白醉酒捉月坠落长江是多么合情合理，怀才不遇的他最终投入长江的怀抱也许是他最好的归宿。回顾历史，屈原、王勃、卢照邻、杜甫、陆秀夫、王阳明等，或自尽于大江大河，或病逝于天涯孤舟，在生命的最后时刻，都是大江大河接纳了他们。在那些奸臣当道的年代，个人的才华和能力是那么微不足道，可傲岸自负的文人性格又让他不屑于蝇营狗苟卑躬屈膝，个人气质与时代背景的尖锐对立、理想的丰满与现实的骨感，即使才华如"谪仙人"又如何，"大道如青天，我独不得出"，只有这轮无瑕的月亮才是他的知音。想当年他在这里对酒当歌的时候，银色的月光一定洒满了整个江面，"牛渚西江夜，青天无片云"，而牛渚正是采石矶的别名。与这个污浊的世界彻底决绝，让六十一岁依然飘蓬天涯的他毅然选择长江作为自己的埋骨之所，"质本洁来还洁去，强于污淖陷渠沟。"一碧万顷的长江，以月笼轻纱的温柔接纳了他孤独的身躯，以不染纤尘的纯净洗涤了他在尘世的污垢，他在夜色温柔的水底终于实现了与明月长相厮守。

就这样，一个冬日的下午，我独自一人坐在江边，一会儿看看奔腾的长江，一会儿看看冉冉飞升的李白，那是自由冲破了束缚，是丰富的心魂挣脱了肉身的牢笼，一颗自由不羁的灵魂在茫茫天宇间化为亿万个浪漫的天使。世间流传着多个关于李白死因的版本，千百年过去，岁月早已冲淡了一切，李白事实上究竟因何而死、葬在何处，已经不重要，他早已成了中华传统文化的象征之一。无论你身处异国他乡，还是在荒江野岭，只要心里还留存着中华民族的文化根脉，只要你还有仰望夜空的心情，那个"望月、邀月、诵月、捉月"的人一定会如一轮皎皎明月闪耀在我们精神的夜空，让我们的内心不再那么焦灼，让我们飘荡的灵魂有所归依！

烟雨草堂

它像苍松翠柏之间的一缕烟岚，云遮雾绕间，滋生了我太多的想象。

仿佛冥冥之中有一个声音在向我召唤，让我来赴这场牵挂半生的约会。

春节期间，一个烟雨蒙蒙的清晨，我终于与它——草堂寺不期而遇。它位于户县终南山北麓，东临沣水，南对圭峰、观音、紫阁、大顶诸峰。它何时因"草堂烟雾"而成为"关中八景"之一无从考证，但是它的历史文化底蕴却可以追溯到东晋，当一代诗圣杜甫在浣花溪畔的草堂高声吟唱"黄四娘家花满蹊"的时候，这里早已佛光普照、声名远播了。现存草堂寺，是东晋十六国时期后秦国逍遥园内的一部分，迄今已经一千五百余年。因后秦国王姚兴崇尚佛教，于弘始三年 (401) 迎请龟兹高僧鸠摩罗什来长安，住逍遥园西明阁翻译佛经，后在园内建寺供鸠摩罗什居住。由于鸠摩罗什译经场以草苫盖顶，故得名为"草堂寺"。隋唐高僧吉藏以鸠摩罗什译出的《中论》《百论》《十二门》三部论典为依据，创立三论宗，尊鸠摩罗什为始祖，因而草堂寺也成为三论宗祖庭。尽管佛法无边，但是也没能给予这座寺院更多庇护，在兴废交替间，这里留下的古迹并不多，流传至今的只有一座鸠摩罗什舍利塔、一口明代的铁钟、一座建于清代的三藏法师殿以及唐代圭峰定慧禅师碑，其余大多建筑为近年新增，虽然雕梁画栋却少了历史的沉淀与沧桑，只有那些粗可合抱的古树证明这里曾经是一块风水宝地。也许是春节期间游客稀少，寺内呈现出少有的安宁。信步走在青石铺成的小道上，经过细雨的滋润，但见古柏苍松蓊蓊郁郁，成片的楠竹油光闪亮，远处的终南山云遮雾罩，偶尔一两声清脆的鸟鸣，让人顿生出尘之心。

草堂寺内，最能让人产生思古幽情的莫过于鸠摩罗什舍利塔了。它的全名叫"姚秦三藏法师舍利塔"，为后秦弘始十五年（413）皇帝姚兴所立，通高 2.46 米，因该塔用八种不同颜色的宝石雕刻镶拼而成，故又称为"八宝玉石塔"。透过窗棂向内望去，那座沉稳庄严的舍利塔，仿佛一个得道高僧盘膝而坐，正为虔敬而来的善男信女化解心头魔障。在塔的前面，有一口深达 5 米的莲花井，相传鸠摩罗什圆寂后，唯舌头无法焚化，次年在塔前生出一朵莲花，皇帝姚兴派人挖掘，竟发现莲花长在舌头之上，寺僧便认为是鸠摩罗什口吐莲花，教化万物、普度众生，久而久之形成一井，因此得名莲花井。

这当然只是一个教育人们向善向好的神话传说，其实我更为他那种为了弘法"虽九死其未悔"的精神深深感动。我们都曾为唐玄奘历经九九八十一难不远万里从西天取回真经而深表敬佩，却对鸠摩罗什知之甚少，其实他比玄奘早了二百年来东土弘法，在献身佛教事业道路上所经历的磨难以及所取得的成就，均比玄奘有过之而无不及。他本是龟兹贵族，7 岁跟着母亲出家，人称"神童"，通晓多国文字，青年时代便名扬西域三十多国。为了争夺这位高僧，前秦后秦先后发动两次战争，尤其是前秦时期，苻坚因淝水之战兵败被杀，苻坚派往西域迎接鸠摩罗什的大将吕光便在凉州建立后凉并自立为王，鸠摩罗什在此被羁押十七年，直到后秦弘始三年，姚兴派军打败后凉，才将鸠摩罗什迎到长安。在姚兴的支持下，鸠摩罗什在逍遥园内苦草为堂，组织弟子翻译佛经，到他逝世时，共译出佛经 97 部，总计 427 卷，为中国佛教发展做出了巨大贡献。凝望着他瘦小干枯的坐像，我想他即便是享誉世界的得道高僧，要成就一番事业，也是吃尽了千般苦头耗尽了毕生心血，最终才得到世人的景仰。

舍利塔北边，竹林深处，便是名闻遐迩的烟雾井了。还未走近井边，便见竹林内烟雾氤氲，滴滴露珠摇摇欲坠，甚至能听到竹叶摩挲的沙沙声响。六角形的井口上，缕缕热气袅袅升起，笼罩着刻在井沿的诗词和图画。"烟雾空蒙叠嶂生，草堂龙象未分明。钟声缥缈云端出，跨鹤人来玉女迎。"那些动人的古老传说早已被现代科学抽丝剥茧，"蛟龙呵气"的故事已经被"地热外冒"的科学所代替，人们不再感到神奇、神秘、神圣，来到这里，只为一了"到此一游"的心愿，你看那一个个来去匆匆的游客，有几人会去分辨究竟所为何来、要向何去，是为了瞻仰草堂，还是为了吟赏烟霞，更不用说会停下匆忙的脚步瞥一眼竹林旁边那含苞欲放的朵朵桃花！

山塘的星光

"情不知所起，一往而深，生者可以死，死者可以生。生而不可与死，死而不可复生者，皆非情之至也。"

走出山塘昆曲馆，《游园惊梦》那柔美婉转的唱腔还在脑海萦绕，一阵凉爽的夜风迎面吹来，浑身感到一百二十个通泰。偶然抬头，没有想到连日阴雨的天气居然放晴了，天空深邃邈远，飘浮着清新湿润的气息，偶尔还能闻到一丝隐约的花香。更让人喜悦的是，在山塘河上的夜空，还看到了星星，一颗颗明亮地闪烁着，像一粒粒缀在深蓝天鹅绒上闪闪发光的宝石。

盛夏时节来到山塘，这样的夜晚让我心情舒畅。走在山塘河边，游人已经比白天少了很多。星空下的山塘，仿佛一位唱完大戏的名角，正徐徐卸下盛装，露出它古典、婉约的真实面目。白天画舫穿梭的河面上恢复了宁静，枕河而居的人家或横挑或竖挂的一串串印着"山塘"字样的红灯笼，朦胧的灯光洒落在波光粼粼的水面上，微微风簇浪，散作满河星。那一栋栋白墙青瓦房子的倒影、靠着码头歇息的游船，和着水中的落花起起伏伏，构成了一幅天然的水墨长卷，顿时把人带回了唐诗宋词的意境中。我喜欢安静，这样的时刻对我正好。我和孩子静静走在青石铺就的河堤上，一会儿看看水里，一会儿看看天上，河面的星星与夜空的星星交相辉映，不禁让人油然生出一种惝恍迷离的幻觉，我想苏州的魅力在很大程度上一定是与这条河、这条街有关了。

说实话，我是第一次来苏州，苏州名胜的名气比它大得太多了，如虎丘、枫桥、寒山寺、沧浪亭、拙政园、香雪海等，无一不勾起我寻幽访古的欲望。以前虽也听过七里山塘的名字，但因时间仓促，它本来不在我的行程计划之内，不过来之前我倒是想着一定要在苏州听一回评弹的，电视上那些眉目清秀、吴侬软语、犹抱琵琶半遮面的女子实在太美了。向宾馆服务员打听哪里可以听到正宗的苏州评弹，服务员说："到七里山塘啊！"那一句北方少有的温软语调让我瞬间便下定了决心。

游虎丘的间隙，通过手机搜索，发现被誉为"吴中第一名胜"的虎丘，竟然是从"红尘中一二等富贵风流之地"阊门蜿蜒西来的七里山塘的终点，由此可见，虎丘也在山塘河的环抱之中了。唐宝历二年（826）大诗人白居易从杭州调任苏州刺史，为了便利水陆交通，开凿、疏浚了一条西起虎丘、东至阊门的山塘河，以河中淤泥筑堤，始有今日山塘街，从虎丘至阊门刚好七里，故得名七里山塘。自此以来，游人商贾络绎不绝，天长日久，竟成了"姑苏第一名街"。虽然虎丘海拔仅有三十余米，但"山不在高，有仙则名"，除了云岩寺塔、剑池、千人坐这些景点，吴王阖闾、顾恺之、憨憨和尚、范成大、唐伯虎、文徵明、沈复等历史文化名人推波助澜，或筑墓、或弘法、或咏叹、或登临。大文豪苏轼更是为苏州留下了最精彩的背书"到苏州不游虎丘乃憾事也"，名胜名人，相得益彰。

　　匆匆游罢虎丘，出得山门，便有画舫揽客。我们在雕花窗子下依窗而坐。乘一回画舫，听一曲丝竹，"一声柔橹一销魂"的古意是感受不到了，因为这是电瓶船，全程不到十分钟时间。从上船的那一刻起，我的眼睛就不够用了，看了河面上的桥，就顾不上河的两岸；看了河岸的景色，又为错过一座座精巧的石拱桥遗憾不已。河两岸基本上是白墙黛瓦的一层或二层平房，堤上有粗可合抱的垂柳，也有随意种植的杂花，临河的窗子或启或闭，那翠绿的爬山虎形成了天然的帘子，那一枝两枝或粉或白的夹竹桃则成了天然的画屏。家家户户都有青石台阶直通河面，有的屋前随意摆放着一块湖石，有的人家还在逼仄的台阶上放上几个花盆，看上去并不那么整齐，但我以为正好少了人为雕琢的匠气，散乱中透露出一种浓郁的生活气息。上船不久，我就有点后悔没有沿河步行，原来河的左岸有一处气派的古典建筑，我还没有看清门楣上几个金光耀眼的大字，画舫便突突地开远了。

　　当我正沉醉于前面一座古老的石桥上一棵开花小树的时候，突然身边的游客一声尖叫把我吓了一大跳，"快看，董小宛！"我顺着她的目光看去，在河的右岸，一条细细的水流与山塘河交汇的地方，一片花树环绕的楼前，赫然标识着"董小宛故居"。近年来，那些诡计多端的宫斗剧和牵强附会的爱情戏赚足了粉丝，其中也有董小宛、冒辟疆和顺治皇帝的影子。虽然我从未看过任何一集宫斗剧，但是董小宛的故事还是约略知道一点，想她一个名列"秦淮八艳"的烟花女子，能够出淤泥而不染，琴棋书画样样精通，爱我所爱无怨无悔，也算是给这烟斜雾横的山塘河注入了一股清流。至于她是否真的就住在这里，已经并不重要。倒是楼边那一株满树白花的夹竹桃，仿佛真是一位梨花带雨的女子，正在薄暮的光影里寻寻觅觅。

还没有从胡思乱想里回过神来，画舫便熄火减速，原来已经到了本次行程的终点通贵桥下。上岸，便见一面斑驳的屋檐下挂满了密密麻麻、花花绿绿的书签，再一抬头，赫然正是我们要找的山塘昆曲馆。细问之下，巧的是正好今晚演出昆曲《牡丹亭》，额外赠送苏州评弹，二者可以得兼，但是时间有点不巧，离开演时间还有两小时，还可以到附近转转。先买了票，然后下楼，迎面便望见山塘河上名气最大的通贵桥。据说这座桥由明代礼部尚书吴一鹏始建，2003年建筑大师贝聿铭到访山塘，见到这座桥洞与倒影刚好构成一个规则的圆，高与低、曲与直、虚与实、动与静和谐统一的单拱石桥，不禁击节赞叹。在桥的正中间还刻有"里人吴三复重修"几个字。原来是乾隆年间当地人吴三复致富不忘造福桑梓，修桥铺路，广积善德。1994年导演李少红在这里取景拍摄的电影《红粉》获得柏林电影节银熊奖和最佳视觉效果奖后，更是把它的魅影风姿定格在了世人心中。从通贵桥逐级而下，我们走进一条幽深的小巷，不几步便见崇正学斋，临街的粉墙上缀满了火红的凌霄，院子大门紧闭，里面丝竹之声不绝于耳。听说白公祠、御碑亭都离此处不远，但是为了不错过欣赏昆曲和评弹，我们不得不抱憾而归。

其实，我们遗漏的岂止是两处景点！有人说，山塘是别有韵味的山塘，领略山塘之美，不仅在于它的花花草草小桥流水，更在于它深厚的历史文化底蕴。北宋时期，画家张择端一幅《清明上河图》，描绘的对象仅是引车卖浆的市井百姓，就足以让后人反复去咂摸揣测，叹为国宝。而历史文化底蕴远胜于汴梁的苏州，哪一条街巷不是一幅韵味悠长的风情画卷？山塘不过是苏州小小一角，但是汇聚在此处的名胜古迹、文化遗存用"星罗棋布"来形容毫不为过，清代顾禄《桐桥倚棹录》记载下来的山水盛迹便有五百余处，定居或到此地游历的政治、文化名人不计其数，赞颂、咏叹山塘的诗词歌赋信手就可拈来，如"斟酌桥头花草香，画船载酒醉斜阳。桥边水作鹅黄色，也逐笙歌过半塘。""半塘春水绿如渑，赢得桥留斟酌名。桥外酒帘轻扬处，画船箫鼓正闹声。"……不难想象如此温柔梦里、富贵乡中，令多少人趋之若鹜。康熙、乾隆十一次走进山塘，吴一鹏故居玉涵堂、五人墓、葛贤墓、十三阿哥祠、李鸿章祠以及昆曲、苏州评弹、丝绸制品、玉雕、豆腐干、松子糖等，自然的、人文的、物质的、非物质的、视觉的、听觉的、味觉的、触觉的、知名的、无名的、已知的、未知的，手摇折扇的浊世公子、撑着油纸伞踽踽而行的窈窕佳人……因为他们的存在，今天的山塘才变得如此多姿多彩、深邃迷人，他们就是镶嵌在这块温润的土地上的颗颗星斗，以各自的方式在发光发热，彼此独立又互相关联，构成了一幅百看不厌、常读常新的星空图，进而牢牢吸引着世界各地的人们去品味、去沉思、去解读。

虽然，我只是七里山塘的一个匆匆过客，但是我还是想把自己的脚步放得更轻一些，让我不要去惊扰那些至今仍栖息在山塘的文化名流的魂魄；也让我的记忆能更深一些，让我去想象白居易、苏东坡当年是被哪一枝花朵触动了情怀。站在这块诗情画意的土地上，让我仰望星空的时间能更长一些，在今夜灿烂的星光里，沉醉不知归路。

交河：奔流在岁月深处

沙河二水自交流，天设危城水上头。
断壁悬崖多险要，荒台废址几春秋。

　　站在交河故城官署遗迹前高高的台地上，我不由得在心里默默诵起明代吏部侍郎陈诚游历交河时写下的这首诗来。眼前所见的情景，不知让我的心情比陈诚当年沉重了多少。

　　放眼四望，脚下是白茫茫的一片寸草不生的生土，眼前是残破起伏的房屋遗迹，说是房屋，不如说是生土凿成的洞穴，那一个个经过岁月磨蚀而留存至今的洞穴，像一双双深不可测的眼睛，又像一张张欲言又止的大嘴——想说什么呢，"古今将相今何方，荒土一堆草没了？"在这片南北长一千六百五十米、东西最宽约三百米的遗址上，除了生土还是生土，将相的坟墓尚在，想掩映在荒草丛中却不可得，哪怕是一缕荒草，也能带给人生机和希望，可是这里只有让人倍觉沉重的灰白。微风过处，灰蒙蒙一片。明晃晃的日头从头顶直泻下来，你终于体味到涸辙之鲋垂死挣扎会是一种什么样的心情！

　　顺着南门坡道拾级而上，入口处"交河故城"四个隶书大字迎面而来。

　　不错，这里就是历史上赫赫有名的交河，位于新疆吐鲁番以西十三公里的雅尔乃孜沟。历史学家班固《汉书·西域传》对它的名称来历做了简洁的描绘，"车师前国，王治交河，河水分流绕城下，故号交河。"导游图上显示，这是一片形似柳叶的狭长台地，因左右两侧的河水长年切割，台地高出河谷三四十米，所以汉代以前便有姑师人利用这种天险筑城而居，建立了"西域三十六国"之一的车师前国。唐代时期，交河的繁荣达到鼎盛，历史上著名的安西都护府就设在这里。

　　由于地势北高南低，我们又是从南门进入，刚开始除了几座高出地面的瞭望台，其他什么也看不见，一直向上爬了约二十分钟，导游说已经到达城中。抬头四下打量，终于看出了一点眉目：整个城市如同一张狭长的麻纸，那些高高低低的房屋遗址仿佛是谁在麻纸上信手抟出的一团团泥块。一条南北走向的大道将城市大致分为三个部分，大道以东为东区，分布着民居、官署、练兵场，西区是手工业作坊及集市，台地北端则是寺庙和塔林，据说是历代宗教场所，目前尚未开放，我们只能遥望和想象。据专家考证，该城是仿唐长安城模式，所以遗存也多为唐代建筑。我们随着导游进入东区一条幽深的巷子，弯腰进入一座天井，才发现所有的房屋都在地下，大的四五米见方，小的不过能容纳三五人，不见门窗的巷子原来竟是房屋的后墙，看上去十分隐蔽。看了墙壁上的介绍，才知道这是交河居民独具特色的"减地法"营造模式，意思是从高耸的台地表面向下挖掘，在崖壁上直接掏洞建屋，快速而简便，有点像陕北的窑洞，但是入口却很狭窄，有的地方甚至上下好几层。几千年过去，它仍屹立不倒，全赖当地终年干旱少雨的天气，可见干旱少雨也不见得一无是处。

交河故城是国家重点文物保护单位，它是世界上最大最古老、保存最完好的生土建筑城市，也是我国保存两千多年最完整的都市遗迹，其历史价值远远高于经济价值，很多地方游客只能在栈道上参观，而不能擅自进入，所以可看的地方并不多。这里没有诗词歌赋可供游客品味吟咏，也没有亭台楼阁供人观瞻凭吊，入目的只有黄土，黄土，见不到一根草芽的黄土，灰尘如锅盖罩着游客的黄土，黄土在这里成了唯一的颜色、唯一的风景。在这样强大的外力作用下，再轻松的心情都会瞬间变得压抑，让你不得不放慢脚步，去怀想，去沉思，去试图拨开历史的迷雾。行走在木头搭建的栈道上，那吱吱响声似呻吟，又似提醒，提醒着游客这里不仅有过"五争车师"的杀伐，也有过大唐安西都护府旌旗猎猎的辉煌，有过佛号声声的慈悲，也有过蒙古铁骑屠城的惨烈。英雄美人，骏马游侠，来来往往，弹指一挥，接受也好，抗拒也罢，最终都要归于黄土。

但是，这里还是有一个景点让我耿耿于怀，甚至成了我的梦魇，那就是婴儿墓。它位于大道东区北端，据说此地集中埋葬了二百多具婴儿尸骨。是什么原因造成这么多婴儿成批死亡？有人推测是遭遇瘟疫，有人推测是死于战争，至今众说纷纭莫衷一是。要是死于瘟疫，尚可归因于天灾，如是死于战争，那就表明人性是多么凶残。婴儿何辜，竟至在襁褓之中便遭扼杀！我多么期望那些考古学家们没有揭开人类历史上这个丑陋的伤疤，或者发现了也不要公之于世——这里流淌的鲜血、埋葬的枯骨已足够多，何必为游客再添伤痛？有时，人活得糊涂一点，未必不是一种明智的选择。

"白日登山望烽火，黄昏饮马傍交河。行人刁斗风沙暗，公主琵琶幽怨多。"那些走在和亲路上的汉代公主、渴望到边塞建功立业的热血男儿，一定在这里饮过马，歇过脚，举一杯月光浸润的美酒，弹一曲肝肠寸断的琵琶，阳关之外，交河之滨，谁是谁的故人，谁又是谁的知音？如今交河早已断流干涸，河谷地带依稀可见一些杨树和野草。与其说它像柳叶，不如说它更像一艘船，载着各色人等来去匆匆，人换了一拨又一拨，只有它还在历史的惊涛骇浪中偃仰起伏。什么时候，它才会风平浪静呢？

归来，无法自已，作《满江红》一首以记之：

素土荒丘，胡尘暗，残阳如血。

抬望眼，几多宫殿，雀巢鸦穴。

将相王侯谁见了，朔风过处千堆雪。

倦行雁，闻渺渺交河，箫声咽。

狼烟起，生死别。

公主泪，今犹冽。

看桥边绿树，绕枝枯屑。

堪叹世间名利客，纸间富贵波心月。

归去来，为二百婴儿，心摧折。

高山仰止

　　已经记不清有多少次从西禹高速芝川大桥上经过，在大桥上眺望太史公祠而无缘登山一拜，直到2017年五一期间这个愿望才得以实现。

　　宽阔的广场，翠竹掩映，绿树成荫，司马迁高大的铜像似乎迎面而来。他手握卷册，目光深沉而又坚定，那微微卷起的衣褶仿佛是他当年为了收集史料而步履匆匆行走在祖国大江南北，又仿佛正透过岁月的风烟在——查证广场四周那几组依据《史记》"本纪"素材而建成的巨幅雕塑是否与他的记载完全吻合。

　　从广场到山门，要经过一座芝秀桥，桥面上的石头经过风雨的侵蚀，早已变得凹凸不平；桥下春波荡漾，去年的芦苇花絮还在迎风招展，今年的幼苗已经在水面上铺成一层浅浅的新绿，偶尔听见扑哧声，那应该是水中的游鱼从杂草中跃起来感受暮春温暖的阳光。

　　过了桥头，站在斑驳灰暗的山门下，那高高的门楣上"汉太史司马祠"几个古朴内敛的篆书大字，把我从时尚轻快的现实瞬间带回了久远的历史，带到了通过《史记》而知晓的五千年中华文明。我不得不佩服园林设计大师的匠心，通过一条窄窄的芝水河把当今与古代分隔开来，又通过一座单拱的芝秀桥，把现实与历史连接到一起。几棵高大而又疏朗有致的古松在入口处当风而立，那闲逸、高古的气象让人油然想起古时候的高洁之士，未曾入门，我便能够隐约想象到一位古装士人当年在松树下埋头苦读的情景。

进入门厅，便是一架一直通到山顶的石坡，两边高，中间向下凹陷，踩上去有点不舒服。听导游说，这架由乱石随形就势砌成的石坡叫韩奕道，又叫司马坡，始建于北宋，这种"V"字形的坡道也是充分考虑到避免强降雨形成的山洪向两边溢出，因为太史公祠建于悬崖上，这样就减少了雨水对护坡的冲刷而降低了泥石流发生的概率。末了，她突然补充一句，说这里是古时候到长安的必经之地，通过这条路到长安求取功名的士子不计其数，"过了司马坡，秀才比驴多"，一句话把大家逗得哈哈大笑。

山虽然不算高，但是由于在芝水河边拔地而起，看上去显得特别陡峭，好比甘肃麦积山，相对高度只有三百余米，但是要登上山顶绝非易事。到得半山腰，正当大家上气不接下气的时候，陡峭的石坡路仿佛善解人意似的突然一顿，眼前出现了一个相对缓和的平台，一道木质牌坊把上山的路分为两段，牌坊上书"高山仰止"四个大字，字迹虽然有点模糊，但那雄浑的笔力却透出一股奇崛之气。对于像司马迁这样的历史文化名人，但凡有点文化的人都会对他有所了解，那一个个脍炙人口的历史故事、那一句句熠熠生辉的名言警句，以及他那宁折不弯、不曲意逢迎的文人风骨，难道不足以让自他而后的所有文人高山仰止、景行行止吗？不必说我们这些平常百姓，就在我们刚刚经过的坡道右侧，一块巨大的花岗岩上便镌刻着毛泽东在《为人民服务》中说过的一句话："中国古时候有文学家叫司马迁的说过，'人固有一死，或重于泰山，或轻于鸿毛'。"游客纷纷驻足，争先恐后拿出相机在牌坊下拍照留念，在牌坊下照完后，又把镜头对准山顶的飞檐斗拱，那就是位于九十九级台阶之上的太史祠了。

我憋足一口气，爬上九十九级台阶，终于来到太史祠献殿前。两棵树龄超过千年的古柏郁郁苍苍生机勃勃，如同两位守护神一样护卫着史圣的英灵。献殿内香烟缭绕，庄重肃穆，四周字迹或清晰或模糊的碑碣向后人讲述着太史祠墓的前世今生或是对司马迁本人的称颂赞扬，其中流传最广的当数郭沫若的题诗："龙门有灵秀，钟毓人中龙。学识空前富，文章旷代雄。怜才膺斧钺，吐气作霓虹。功业追尼父，千秋太史公。"献殿前有三对高大的木质柱子，但只有内侧的廊柱上镌刻着一副楹联："刚直不阿，留得正气冲霄汉；幽而发奋，著成信史照尘寰。"其余两处皆为空白。我去过不少名胜古迹，很多景区能写字的地方都写满了诗词歌赋，以增添景区的文化氛围，在这里，司马迁一部《史记》和个人经历已经成为中国文化的精神高地，无须再用更多的溢美之词来为他歌功颂德，那留出空白的柱子，宛如国画中的"留白"，更加让人觉得韵味无穷。正殿内青烟袅袅，司马迁塑像正襟危坐，长须飘飘，手握卷册，目光如炬。正殿后面，就是太史公墓了。据《韩城县志·太史公传》记载，"迁卒葬高门东南八里岭上，东望黄河，一丘岿然。"资料介绍说，为太史公建祠始于西晋永嘉四年（310），而墓为元朝皇帝忽必烈下令修建，所以便为青砖砌成的蒙古包形状，墓砖上刻有八卦图案，后人又称八卦坟。更为奇特的是墓顶有一株枝分五杈、虬曲盘旋的古柏，被后人巧妙地喻为"五子登科"。

站在高高的山岭上，清风徐徐，四野空阔，放眼而望，不远处的黄河日夜奔流，无休无止，那一瞬间，上下五千年的黄河文明、悠久深厚的中华文化像滔滔黄河一样涌到眼前。今天我们所能回味的、能够让我们引以为傲的中国历史，不是全靠长眠在眼前这位"究天人之际，通古今之变，成一家之言"的史圣才得以知晓中国"过去"的吗？他毕其一生撰写的六十余万言的《史记》，其史学、文学价值让多少人叹为观止！于我而言，司马迁更像是中国文人的一根标杆，他的骨气、他的情操像一支熊熊燃烧的火炬，辉耀着我们的精神世界。作为位卑言微的太史令，他与李陵并没有太深的私人交情，却在盛怒的汉武帝面前不顾个人安危，抗颜而为李陵争辩，充分展现了他秉公持正的人生观。面对个人遭受的奇耻大辱，他也动摇过，徘徊过，在《报任安书》里，他充分表达了自己"是以肠一日而九回，居则忽忽若有所亡，出则不知其所往。每念斯耻，汗未尝不发背沾衣也"的痛苦，一死了之也许是最好的解脱，然而为了实现父亲的遗愿，他把余生投入了史书的创作之中，在写作中，他找到了强大的精神动力，"盖文王拘而演《周易》，仲尼厄而作《春秋》，屈原放逐，乃赋《离骚》，左丘失明，厥有《国语》……"焚膏继晷，兀兀穷年，终于写成了中国第一部纪传体史书，在"泰山"与"鸿毛"间，实现了个人生命价值的升华。面对《史记》，现代文豪鲁迅由衷地发出"史家之绝唱，无韵之离骚"的赞叹，成为这部史学、文学巨著最经典的评价。

一路沉思顺着磨盘小道走下山来，我对史圣的崇敬、景仰又加深了几分。站在太史广场上，迎着朝阳的光芒回头望去，我觉得伟岸的八里岭就是太史公，他正以江流石不转的大无畏气概，站在黄河岸边守卫着中华儿女的精神田园。

历史的走马

　　双耳，圆腹，三足，看不出有何神奇，只是在灯光的照射下，黝黑中隐隐泛出一层淡淡的绿锈，显示出它已经走了很远的路。这东一片西一片的铜绿是它风尘仆仆留下的汗渍。

　　它叫凤鸟铭文铜鼎，资料介绍它来自西周中期，那么距今应该三千余年了。

　　在鼎的上沿，正对游客的一面，有两只相向而鸣的凤凰。我不知道，我的祖先是用什么工具把这种艺术的灵感融进生硬的青铜之上的，不知道他们是用什么方法在那坚硬的青铜之上勾勒出如此气韵流畅的线条的，那微微上扬的头部、那流畅卷曲的羽毛，即使再缺乏想象力的游客也能发现这是一对正在翩翩起舞、嘤嘤喈喈的神鸟。"凤凰于飞，翙翙其羽，亦集爰止。"一时间，刚与柔，动与静，力与美，短暂与永恒，都从这只貌似冰冷实则热烈的器物中流淌出来，让我的思绪回到西周时期"凤鸣岐山"的浪漫情景。

　　鼎在中国文化里具有特殊的含义，它象征着江山永固，代表着说一不二，因此它历来被视为国之重器，如果铸有文字，那它就成了旌功记绩的礼器而居于庙堂之上了。这只标注为"凤鸟铭文"的铜鼎，虽然我看不见鼎内铸造的究竟是何文字，但是既然有铭文，那一定不是烹牛煮羊的普通烹调器物，而是在镐京或者京畿之地享受着香火的祭祀。甚至我想，这只鼎也许与铭文中首次出现"中国"二字的何尊见过面握过手，它们都曾经作为王权象征接受过文武百官的朝拜，然后在某个朝雾蒙蒙的早晨，它们在镐京城外洒泪而别相见无期，何尊被它的主人带到了陈仓，而这只凤鸟铭文鼎在诸侯争霸的兵荒马乱中，不知被王公贵族还是游兵散勇当作破铜烂铁信手扔进了渭河岸边的某个草丛，直到三千年后才被后人从历史的泥沙中捞出而再次登上大雅之堂……

凝视良久，我忽然觉得这只栩栩如生的凤凰一定在什么地方见过？对了，就在西凤酒的包装上，那个西凤商标与鼎上的这只凤凰何其神似！在一份资料上见过，说是西凤酒距今已有三千多年历史。说不定当时第一坛西凤酒酿出的时候，正是用这只饰有凤凰的宝鼎把醇香的美酒敬献给了我们的祖先，那微微泛起的涟漪荡漾着高贵的青铜光泽。隔着岁月的风尘，我仿佛看见一位年轻的周天子从这只鼎里舀出一觞美酒高举过头，"先人，请满饮此杯！"

秦 砖

"坎坎伐檀兮，置之河之干兮，河水清且涟猗。不稼不穑，胡取禾三百廛兮？不狩不猎，胡瞻尔庭有县貆兮？彼君子兮，不素餐兮！"

这是《诗经·魏风·伐檀》为我们呈现的一个奴隶，一边辛勤劳动一边用愤怒的歌声向剥削者表达强烈不满的情景。这应该是发生在黄河中游的事了，可惜的是当时的采诗官们没有到渭河沿岸走一走，所以没有为我们专门留下劳动者们团泥制砖的章节，而那制砖劳动强度，应该不在伐檀之下，不然为什么秦砖又叫"铅砖"呢？

正因为民怨沸腾，秦始皇把握住机遇一举扫灭六国，一统天下，定都咸阳。志得意满的他觉得自己从此可以享受一下美好的生活，于是对建筑表现出了浓厚的兴趣，在短短的二十余年里，他干了好几项大工程。除了广为人知的兵马俑（这是他为自己修建陵墓而顺手建设的陪葬坑），他还修起了中华民族引以为傲的万里长城、都江堰、郑国渠、灵渠，在渭河沿岸修建了咸阳宫、阿房宫。这种置百姓休养生息于脑后而大兴土木的疯狂举动再次弄得民怨沸腾，陈胜、吴广揭竿而起，在大泽乡燃起农民起义的熊熊烈火，当时阿房宫施工现场一定正如火如荼。随后赶到八百里秦川的江东子弟，面对"覆压三百余里，隔离天日"的阿房宫，义愤填膺采取断然措施，"楚人一炬，化为焦土"，眼见他起高楼，眼见他宴宾客，眼见他楼塌了……那些被使用的，或者尚未来得及使用的砖块便被抛在大秦帝国的角角落落。野兔也许在它的缝隙里做过窝，飞鸟也许在它上面落过脚，路过的马车也许在它上面留下过深深浅浅的车辙或蹄印。它也许想站起来对那些无礼的家伙大声抗议："我是秦砖，秦砖，是高居庙堂的秦砖！"可是谁理它呢？一声冷笑中，历史已经掀开新的一页。

这些或残破、或完整的砖块，大多是素面，也有后世常见的米格纹、太阳纹、几何纹、小方格纹，极少见的是几块空心砖，有的刻着龙纹、有的刻着凤纹，还有一块叫作"水神骑凤空心砖"，据说这些空心砖，是用作宫殿的台阶或者墙面装饰，轻巧而防潮。其实秦砖本来并没有多少历史意义，它也未必见得就比其他朝代的砖块用料讲究、工艺复杂、纹饰精美、用途特别，不过就是一种当时常用的建筑材料。也许是秦朝历史太短暂，留下的可供后世研究的资料不多，因此便把这些砖块赋予了神秘的色彩。后人把它们捡回来，摆进大大小小的博物馆，它们便成了历史的碎片，把这些碎片用文字连接起来，于是便成了高山仰止的历史。

汉 瓦

行走在关中大地上，只要讲起中国历史，第一个想到的词语必是"秦砖汉瓦"，甚至有人说，在关中大地随便捡到一块瓦片，都可能是一件文物。

如果以为"汉瓦"就是汉代的瓦片，那你就大错特错了。今天人们津津乐道的"汉瓦"，并不是汉代的瓦片，而是瓦当，即筒瓦之头，屋面盖好之后，再在筒瓦顶端单独安上这种带有纹饰的瓦头，既能保护屋檐不被风雨侵蚀，又具有极美的装饰效果。

瓦当并非汉代才有，秦代已经广泛使用瓦当，只不过汉代瓦当纹饰更加精密繁复；犹如秦砖，并不是秦代的砖造型精美，汉代的画像砖反而更为普遍。如同边塞诗人王昌龄写下的"秦时明月汉时关"，并不是说秦代的明月汉代的关隘，而是泛指秦汉时期的边塞。秦砖汉瓦，当然也是泛指秦汉时期的建筑特色了。

相对于制砖，制作瓦当应该是个轻省活，所以当年的工匠们应该心情不错。一块小小的泥巴，被他们玩出了让今人叹为观止的花样。春夏之交，和风扑面，他们坐在渭河岸边的工棚里，从泥坯里剜出一块湿润的泥土，剔除其中的草茎和石子，然后像和面似的，细心揉啊，揉啊，直到没有生命的泥巴变成一个充满生命张力的胚胎，他们便在那胚胎上驰骋着天马行空的艺术想象。除了造型完美的青龙、白虎、朱雀、玄武四神以外，他们还以兔、鹿、牛、马等动物和梅花、松柏、蕉叶等植物为蓝本，创造出不计其数的具有民间生活气息的艺术精品来。不过，最吸引我们当代人的还是那些文字瓦当，文字数目不定，最长十多个字，例如，"千秋万岁""长乐未央""万寿无疆""天地相方与民世世中正永安"等，字体有小篆、鸟虫篆、隶书、真书等，布局疏密相间，用笔粗犷简练。当年那些玩泥巴的匠人，也许并没有想过玩文化，他们只不过想把建房的瓦当做得美观一点、种类丰富一点，却一不小心创造出了中国特有的文化艺术遗产，为中华艺术宝库添上了一笔浓墨重彩。

照片的记忆

　　我的书桌前有一个小相框，里面放着女儿的两张照片，一张是两岁半时照的，一张是四岁生日时照的。

　　两岁半那张是过儿童节，由摄影师摄于幼儿园门口。女儿穿着幼儿园发的节日服装，印着小狗史努比卡通图案的短袖，粉色的短裤配着白色的球袜。也许是面对陌生人，她的表情十分严肃，不仅端端正正望着镜头，还把胖乎乎的胳膊背在身后，一双小小的眼睛似乎对这个世界充满了探求和疑问。四岁生日那张是专门到照相馆摄的，还是史努比短袖，不过已经变成了中号，淡绿的裤子配着白色皮鞋，虽然扎了两根羊角辫，但是仍然有很多细碎的头发垂到额头上，只好用一枚发卡别住。她手扶着一辆用作道具的大摩托，面对镜头，一副想笑又不敢放开的表情实在让人忍俊不禁。

　　每当我看书写作困了累了，抬头看看这个小相框，看到她那迥然不同而又充满童真的表情，就忍不住会心地笑起来。谁知转瞬之间，她已经长大成人，能够一个人拖着行李箱到远方去上大学了，而这照片还散发着崭新的光泽呢！

　　小时候，我见过家里只有一张照片。那是一张大约七寸的黑白照，是我一周岁时家里请人照的一张全家福。母亲把它嵌在镜子的背面，挂在小孩子够不到的墙上，以免被我们不小心撕破了或是沾上了水。照片里，我们四世同堂的一大家十几口人或坐或立，奶奶抱着我坐在正中。那时的我看上去胖乎乎的，头戴一顶镶了一圈白兔毛的棉帽子，手里拿着一把小小的螺丝刀（据母亲说是我始终不看镜头，摄影师为了引起我的注意，从他的挎包里掏出来一个随身携带的红色螺丝刀让我玩）。那时，奶奶四十出头的样子，满头青丝，面带微笑，看上去我在她的怀里感到特别温暖。比我小两岁的妹妹和比我小四岁的弟弟就没有享受到这种待遇，家里没有为他们留下任何儿时的照片。所以小时候，我们姊妹三个经常让母亲把镜子翻过来，一起盯着那张照片看，弟弟妹妹似乎也能从那张照片里找到他们的童年和满足。让我倍感难过的是，奶奶不到五十岁就被疾病夺去了生命，这对我们全家都是一个沉重的打击。为了怀念奶奶，我们把那张照片取出来，交给到乡下来揽生意的摄影师，请他把奶奶的头像放大为一张单独的照片。几年时间过去，不仅那个摄影师再没到我们村里来，那张唯一的全家福也失去了踪影。

另一张难忘的照片已经是我考上大学离家之前所摄的了，名义上仍是一张几十口人的全家福，实际人员已经发生了很大变化，不仅奶奶已经辞世多年，祖爷、祖婆也相继离开了人间，几位姑姑也由于各种原因未能到场，但是我的堂弟堂妹表弟表妹却茁壮成长起来，密密麻麻的一大排小孩子坐在第一排，五花八门的表情一下子把我带回了二十多年前，当年一大家人聚会时的点点滴滴又涌上心头。

近些年，随着数码相机、手机的普及，照相早已成了再平常不过的事情。虽然我至今不喜欢照相，但是手机里也存有几张自己认为有纪念意义的照片，有的是翻拍过去的老照片，有的是朋友在不同场合为我所拍。闲暇之余翻出来看看，心中竟有一股暖流慢慢涌起，那一抹逝去的时光在照片上渐渐显现出来，原来那些看似微不足道的场景竟都显得那么珍贵：有独步寻花的青春，也有略带疲惫的中年，有生命易逝的淡淡惆怅，也有欣欣向荣的无限喜悦。每一张照片都是一支生花的妙笔，只不过它不是用文字而是用色彩和图案记录着我们的过往，它们好似一处处驿站，在我们打马经过的地方都留下了当年题写的诗句，它们静静地候在繁花满枝的路旁，等待我们去回首、去重逢。夜深时分，翻着那一张张已经有点模糊的照片，看似凌乱的足迹，一步一步竟连成了一条自成机杼的小路，原本平淡无奇的经历，竟从中咂摸出了几许悠长滋味。

文灿集
大河清流

马晓南　编著

光明日报出版社

图书在版编目（CIP）数据

文灿集·大河清流 / 马晓南编著 . -- 北京：光明
日报出版社，2024. 7. -- ISBN 978-7-5194-8148-3

　Ⅰ . I217.1

中国国家版本馆 CIP 数据核字第 2024BG2808 号

目 录

沧海桑田

名胜古迹

老河口的前世今生

　　题记：*没有了故乡，没有了根，就意味着一个人无家可归，对一个城市历史渊源来说，又何尝不是如此呢！*

一、最早为"阴"

　　现老河口市最早是"阴"。

　　夏商时期，就已有了阴国，地跨汉水两岸，因位于横亘于汉水西岸至武当山东南的荆山（古代称谓）之北而得名。可谓历史悠久，源远流长。

　　西周早期为子国。

　　据《光化县志》记载，春秋或更早时期阴国城邑在现老河口市袁冲北古城水库淹没区。当地人一直称之为"古城"。明正德年间这里基堑犹存，清同治时期"古城"南建寨墙，得名"古阴寨"。从古城周边村落姓氏上看，这里的大周营、小周营、古城、老湾，均为周姓，据说都是周时移民的营地相聚而成，这里有谣曰："大周营小周营，古城老湾王家人。"民国时期因这里土匪出没频仍，又称"大周营小周营，古城老湾厉害人"。

　　我最近专门来到这里考察，土城墙遗迹清晰可见，非一般村落可比，可惜至今没有权威机构来考察，得出定论，加以保护利用。

《左传》："鲁昭公十九年（前523），楚工尹赤迁阴于下阴。"这一权威史料告诉我们"阴"不仅存在，而且当时已归属楚国，并成为楚属国或采邑。据有关史料推断，下阴城址可能在今老河口市洪山嘴镇付家寨附近。

阴地是楚与秦交战的前沿地。现存于湖北老河口市、河南邓州市、淅川县一带的朱连山、杏山上绵延30公里的石墙，当地人称之为"小长城"，随山就势，逶迤而来，气势依然。其中一段有10华里长，当地人称之为"跑马岭"。据说是在楚成王时所修，当地一部分史学爱好者称之为"楚长城"。

李家巷（现在老河口市光化特酒厂北的棉纺织厂位置）的"擂鼓台"，据说是楚与秦交锋于汉水之滨，楚庄王踞兵汉东与秦隔河对阵，庄王为鼓励士气，亲自擂鼓，截秦兵半渡而击之，秦大败。可惜"擂鼓台"在1950—1970年逐渐拆毁废弃，现无遗迹。

阴地富村（因该地富余，多出富豪大户而得名，位于汉水西岸，现属谷城县冷集镇，民国前一直归光化县管辖）的伍参、伍举、伍奢、伍尚、伍员（伍子胥）祖孙四代均为楚国大夫，有关他们的许多故事流传至今。明正德年间伍举墓尚存，留有石兽。民国时期，原光化县城（现老河口市老县城）西关竖有"周伍子胥故里"碑，现存放于老河口市博物馆。

根据《元和姓纂》《后汉书·阴识传》的记载，管仲第七代孙管修，从齐国跑到楚国当了阴大夫，因此，子孙就"以官为姓"而姓了阴，阴地与现河南省的南阳一带接近，历史上屡属南阳管辖，所以河南是阴氏的一个主要繁衍中心，后世子孙陆续向全国各地迁移，故阴氏后人奉管修为阴姓的得姓始祖。

清光绪《光化县志·陵墓》记载:"周大夫管修墓,在县西楚阴城东门外。"从某种意义上说,现老河口市是阴姓的发祥地。

"当官应作执金吾,娶妻当得阴丽华",这是东汉光武帝刘秀在发迹前的最高理想。阴丽华为阴国人,管修后人,号阴后,深得光武帝宠爱。

周赧王三年(前312),楚、秦大战于丹阳,史称丹阳大战(或丹浙大战),楚国大败重创,被俘70余将领,8万将士被斩。

周赧王十年(前305),屈原被楚怀王放逐汉北,溯汉水北上,在丹阳战场凭吊阵亡将士,写出了著名诗篇《国殇》。

周赧王三十五年(前280),秦楚再战,楚被迫割阴等地于秦,至此阴归秦属。

二、酇、阴并立

秦王嬴政二十六年(前221),秦灭六国,统一中国,割阴地,设酇县,属南阳郡。《明一统志》:光化,秦为酇、阴二县也。

两汉沿秦制。

汉高祖五年(前202),封萧何为酇侯,其子孙在两汉时期屡袭酇侯。《明正德光化县志》卷四记载:"萧丞相祠在县西北,汉时建。成化间颓于汉水,知县李铉移建于此,何封酇,故邑人祀之。"又记载:"酇城,汉萧何所封之邑。故址唯存二墩,在县前。"《清光绪光化县志》卷五:"萧丞相祠在旧县西二里,明季没于汉水。"

西汉元朔二年(前127),刘苍被封为阴城侯。

王莽新朝,酇地改名为南庚,仍隶南阳郡。

东汉建武元年(25),光武帝封开国功臣大司徒、丞相邓禹为酂侯。后改封高密侯。阴识更被封为阴乡侯。

东汉建初七年(82)，萧熊(萧何后人)以功臣子孙被封为酂侯。

东汉永建年间(128年左右)，汉顺帝封其姑为阴城公主。

东汉建安十三年(208)，曹操得荆州，以南阳西为南乡郡，郡城临汉水，在酂县境内。在汉水东岸县河口处酂头，“今南乡酂头是也”，即现老河口市城区水岸新城、巴黎都市北，宋家营以南，老县城西。以后顺阳郡治，明土城、砖城也在此位置，或向东北稍有挪移。

曹操子曹衮始封酂侯，曹魏王朝建立后又封酂公，后进封酂王。

三国时，阴县归魏，魏正元二年(255)刘熹任阴县县令时，笔者认为，县城很可能在现谷城县境内。据一:《清光绪县志•胜迹》:“阴县城，在今县西。”据二:《水经注》(成书于466—527年):“沔水(指汉水)又东南经阴县故城，故下阴也。”说明此时阴县县城已不在下阴(现付家寨附近)，已迁往他处。据三:《清光绪光化县志•陵墓》:“生坟(学生冢)，在古阴县东。”欧阳修《金石集古录》云:“刘熹学生冢碑在襄阳谷城县界中，余令乾德时尝以公事过谷城……号学生冢。今碑虽残缺而熹与生徒名子尚可见……而碑魏时碑也……”推知三国曹魏阴县县城遗址在宋朝时归谷城县境内。据四:《清同治谷城县志》记载:学生冢，已倾入汉水。

西晋太康十年(289)，改南乡郡为顺阳郡，统八县:酂、顺阳、南乡、丹水、武当、阴、筑阳、析。以其地为顺阳王(司马畅)封地，顺阳王城在河西崇山下(现固封山，在现谷城县冷集镇)。西晋永嘉年间，王城没于汉水。一说，此时酂城也在河西固封山附近（2015 年 5 月 3 日笔者一行 4 人寻访了现谷城县尖角村 4 组陈文山房后、水厂附近的一处遗址，当地人称之为"酂阳城"。谨记，备查）。

南北朝时西魏设酂城郡，辖酂、阴等县。

南北朝时北周天和年间（570 年左右），北周废郡置州，改阴县为阴城县，与酂县同属襄州。北周封窦恭为酂国公。

隋初阴城县隶属襄州，酂县隶属淅州。

据此，笔者再次分析认为，当时阴城县城应在河西（汉水西岸），离襄州较近，才隶属襄州，不可能仍在下阴（付家寨附近）。若在付家寨附近，因离淅州近，就应该归淅州。《明正德光化县志》卷四·古迹类："古阴城，今在谷城境。"明正德时的光化县仍管辖河西一部分（现属谷城县冷集镇），说"今"在谷城境。说明明正德时就认定阴城县城在河西以西谷城境内。南宋《路史》曰："今襄之谷城东北有阴城，师古曰阴国即此。"

隋大业元年（605），罢州置郡，阴城县隶属襄阳郡。

唐武德元年（618），唐朝建立，仍置酂县、阴城县。

唐武德三年（620），酂县并入阴城县。酂县建置撤销。笔者认为，正是这时期阴城县城迁入原酂县县城。

唐武德四年（621），增置酂州，辖阴城县、谷城县。州治在阴城县城。

唐武德五年（622），酂州撤销，阴城县、谷城县改属襄州。（一说，此时阴城县建置也被撤销，改为阴城镇。）

唐贞观八年（634），废阴城县为阴城镇，并入谷城县。阴城县建置随之撤销。

阴城镇即现老河口市老县城西的"西关"西南，水岸新城、巴黎都市北，王甫洲电站建起前，这里柳树成林，人称"柳树林"。《清光绪光化县志》卷一："古阴城镇在今治（指现老河口市老县城）西西集街，明季屡经兵燹，遂成丘墟。"

值得一说的是，因年代久远，历史资料匮乏，又语焉不详，加上汉水河道左右摇摆改道，冲毁城池，所以阴县县治、阴城县治、酂县县治、酂州州治等都是笔者推测，未经过严格考证，不一定准确，望各界朋友指正。

一个令人费解的现象，同样作为古地名的"阴"比"酂"存在的时间还长一些，消失得还晚一些，但是光化县（现老河口市）古称"酂"而不称"阴"，至今还有"酂阳""酂南"等地名存在，但"阴"消失得无踪无影，以至于当地大多数人只知有"酂"而不知有"阴"。笔者认为"酂"很可能含吉祥之意，而这是"阴"不具备的原因吧。

三、由乾德县而光化县

北宋太祖乾德二年（964），设光化军，又称"通化军"，军治在阴城镇。同时，划谷城县遵教（在明旧城东）、翔鸾（疑在河西）、汉均（疑因汉水均水交汇而得名）三乡，设乾德县，归属光化军管辖。（另据《明正德光化县志·古迹类》："废乾德县，宋分谷城县三乡置，后改为光化县，今在谷城县。""今"指明正德年间。）

光化，取"光大王化"之意。

北宋景祐五年（1038）三月，欧阳修任乾德县令。此时对乾德县治所之说，普遍的看法已在阴城镇，离军治不远。

北宋熙宁五年（1072），废除光化军，同改乾德县为光化县，隶属襄州，同时撤销随州的光化县建置。

值得一说的是，在隋唐时就有光化县，在现在的随州市曾都区，治所在现光化铺村。

北宋元祐二年（1087），恢复光化军，光化县复为乾德县，受制于光化军。

南宋与金对峙时，光化军为南宋边城，设重兵防守。

在宋金对峙、金蒙对峙、宋蒙对峙中，光化军一直是双方交战的战场，是争夺的对象，是战争的前沿阵地。

元至元十四年（1277），废除光化军，改乾德县为光化县，属南阳路，县治仍在阴城镇。

元至元十九年（1282），光化县改属襄阳路。明洪武十年（1377），光化县并入谷城县。

明洪武十三年（1380），恢复光化县建置。从此，光化县建置历经明、清、中华民国、中华人民共和国，至1983年12月撤销。

明隆庆六年（1572），在当时的光化县城西集街（原阴城镇）的东三里桥北集街兴建新的光化县城，即现在老河口市光化办事处老县城村。

明万历元年（1573），知县陈其范迁县衙于新城，两年后新城全部竣工。此后历代县衙驻此，直到抗日战争胜利后的民国三十四年（1945）冬（因战争日机的狂轰滥炸，此地满目疮痍，无法入住），迁到老河口大街（现老河口市后街附近）。

民国二十一年（1932），效王安石"变募兵而行保甲""什伍其民"之法，在河南、湖北、安徽三省内颁布《各县编查保甲户口条例》，具以下设区乡、保甲，10户为甲，10甲为保，3保以上为乡。全县推行保甲制，分11个区，一区光化县城，二区老河口，三区河西，四区付家寨，五区、六区东乡，七区南乡，八区北乡，九区东南乡，十区西乡，十一区孟楼。行政区划大致和现在相同。

民国二十一年（1941），光化县老河口城区分中山、中正、德邻、民权、民族、民生、汉水、乾德 8 个镇，农村分忠孝、和平、仁爱、晋公、莲花、六股泉、平安、保安、巨兴、古阴（薛集）、孟桥、龙泉、土地岭 13 个乡。

民国三十四年（1945）3 月 27 日，日军占领光化县城，国军退守老河口城，不久老河口城也陷落了，县政府被迫迁到河西（汉水西岸）伍员乡常家营（当时归光化县管辖，现属谷城县冷集镇），继续履行政府职能，这年冬县政府迁入老河口城。原县城（现老县城）遂废，原有许多古迹，如寺观、牌坊、门楼，经多年战乱或后世拆毁，现在几乎无存。

民国三十五年（1946），抗日战争胜利后，乡镇合并后以老河口城区设中山、中正、德邻、民族、汉水 5 个镇，以农村设伍员乡（汉水西岸，现归谷城管辖）、忠和乡、晋公乡、乾德乡、巨兴乡、保平乡、孟楼乡、永安乡 8 个乡。乡镇长均由民选。

中华人民共和国成立后，迁光化县委、县政府于现地，即现老河口市胜利路 39 号，现在人们习惯称之为"市委院内"。

1983 年 11 月光化县并入老河口市，光化县建置撤销。

四、老河口的形成和发展

这里说的老河口，是指民国三十四年（1945）冬，县政府迁此之前的老河口，即现在的老河口市老城区。按当时之前习惯称呼，"光化县"或"县"指的是光化县城（现老县城），"河口"或"老河口"指的是现老河口市老城区，当时它还不是一个县级单位。

明洪武二十四年（1391），光化县编有堡子，就是老河口的雏形。堡子者，围有土墙的小城镇、村庄或堡塞。

明朝晚期，堡子沿河逐渐形成集市，得名新集（大致在现老河口市望江楼花园住宅区附近的新镇街或稍北位置，现已列入拆迁改造范围），成为货物换载码头，船只云集，商家汇聚。此时光化县对外辟出驿道三条：一是东出孟楼至南阳、洛阳；二是南经太平店达樊城、汉口；三是西过均县、郧阳，通陕南、川东。水陆便利，四省（鄂、豫、川、陕）通衢。

清雍正三年（1727），知县孟琅以新集"人烟稠密（时3万余人）、商贾云集，遂将新集改名新镇"。

新镇崛起，仰仗于水运便利。胡定一先生在《郧阳史话》一文中写道："1943年我在周佛卷院内见石碑上刻有雍正三年时朝武当所作之郧城咏有文曰：'山川灵秀聚郧城，通衢试马贯古今。西据秦岭锁甘陕，东藩豫鲁镇金陵。南屏荆襄轻吴蜀，北扶商洛窥燕京。龙腾虎跃争雄地，阴后肖何枉自尊。'"可见老河口是水路中枢险要之地。

当时陆路坎坷，晴通雨阻，工具落后，载重量小。汉水上游近千里山区的土特产，均需由汉水航运，在此集散。汉水下游乃至长江沿岸的商品，亦靠水运至此成交，再分别运往川、陕、豫、鄂广大地域。新镇作为水旱码头、中转枢纽，成为汉水流域重要商埠。

"河口""老河口"渐现于口语，系商人、游客对新镇的

俗称。镇内（现新盛街东）开始兴建山西会馆，为境内最早的
会馆。

清雍正五年（1725）冬，镇堡竣工，是一个普通土寨。清
雍正年间，新镇沿河修成长街，便于装卸货物。

清乾隆中期，汉水泛溢，新镇北段冲没逾半，被迫重建，
并向南（现秋丰路望江楼花园以南大片区域）迅速扩建。此后
河岸稳定，大致不变。

清嘉庆五年（1800），为防白莲教及土匪攻城，开始兴建
新的土堡。

清嘉庆六年（1801），新镇土堡告竣。堡长 1366 丈，高 1
丈 5 尺，堡门 8 座，上建城楼。堡内开始兴建城隍庙、龙王庙
等庙宇。此前已有了关帝庙等。

清嘉庆十四年（1809），始建怀庆会馆，历二十余年告竣。

清嘉庆二十五年（1820），修建沿河石堤。

清道光二十五年（1845），知县海顺修新镇万福街至竹牌
场石堤，号为"海公堤"。

此后，新镇出现鲁班会、老君会、杨泗会等手工匠人和船
民组织，代表商民及行业利益。先后建成山西、福建、汉阳、
四川会馆。

清咸丰五年（1855），新镇设厘金局。

清咸丰十年（1860），此时太平军兴起，湖北抚宪（巡抚）
胡林翼出于"北方之要，应分两路，樊城、老河口为一路，枣
阳随州可以兼顾；孝感黄陂为一路，而德安黄安可以兼顾"及
"捻匪志在财物，凡市场繁盛之地，均须先期屏蔽"之考量，
指令催修新镇砖城。此时官方文牍中，已出现用"老河口"代
指新镇的情形。

清同治元年（1862），新镇堡门竣工。原有堡门 8 座，本次复修改为 9 座，命名时各有一字带"水"，从现望江楼起北、东、南、西分别是临江、利涉、恩湛、导源、丰注、文治、溥宁、通济、安澜。当地人多用俗称，分别为望江楼、小北门（现老河口宾馆、市供水公司园内东侧围墙即城墙）、化城门（现市二小附近）、小东门（现秋丰路东头靠铁路附近）、大东门、洪城门、南城门（玉皇阁、中山门，现和平路和大桥路交会处）、洞宾楼（现仁义街与大桥路交会处以北偏西）、水西门。城门上建楼阁，有三皇阁、晴川阁、望江楼、玉皇阁、翔鹤楼。城上炮台 24 座，堡外护堤长 2100 余丈。虽然这些城门已经荡然无存了，但许多地名至今仍在沿用。

清同治二年（1863），知县程光第修筑新镇城壕，壕宽 2 丈 3 尺，深丈余。城门外均架木桥。清同治七年（1868），开浚护城河，自小北门外引入汉水，经化城门、小东门、大东门、洪城门、南城门（玉皇阁、中山门）洞宾楼，外侧注入汉水。光绪六年（1880），在上述城门外壕沟上建造石桥。现在洪城门、大东门还依稀可辨护城河痕迹，但大部分都被淹埋或铺盖。

清光绪二十七年（1901），新镇砖城及沿江石堤经多年施工，终于竣工。大小码头 22 座，由北向南依次是万福街码头、望江楼码头、小码头、上大码头、龙王庙码头、均帮码头、太平街码头、公议码头、湖南街码头、新街码头、永丰码头、关财巷（棺材巷）码头、杨泗庙码头、大街码头、干码头、湿码头、米帮码头、下大码头、朝佛街码头、新码头（陕帮码头）、水西门码头、洋油栈码头，后来演变为 14 座，直至现在已原貌不在。设川盐局、淮盐局和盐务缉私队，成立邮局、烟草专卖公司。沿河岸船只稠密，码头、路口夜晚灯火通明，望江楼高挂红灯为船导航，诚为"商贾辐辏、烟火万家；五方杂处、百货交集"之地。

清光绪二十八年（1902），新镇正式更名为老河口镇。

清光绪三十四年（1908），天主教鄂西北教区更名为老河口教区，主教府移至老河口，称为大堂（总堂）。老河口遂成为鄂西北天主教中心，主教毕世修，下辖襄郧两府 13 县 20 所分堂。

此时，老河口在城镇经济、交通、文化、人口等规模上，特别是在城市防御方面，已远超光化县城。军机大臣张之洞奏请将光化县治移至老河口，不知何因未获批准。但是老河口的名声已远超光化县。

清末，老河口街道短而繁华，窄而紧凑，路面一律用青石条铺砌。南北长七八华里，有"七十二条街、八十二条巷"之说。商业、金融业已形成。综合性经营方面，山货行、药材行、皮革店、广货铺、钱庄银楼，遍布全城。被人们誉为"小汉口"，还有"天下十八口、数了汉口数河口"之说。"小汉口"之誉响彻鄂、豫、川、陕。

五、今日老河口

1983 年年底，根据国务院〔83〕国函字 164 号文件，光化县并入老河口市，撤销光化县建置。老河口市仍为湖北省直辖（县级）市。吴华品任市委书记。此时老河口市行政区域等同于 1979 年建市前的光化县。市委驻原县委县政府所在地，即现老河口市胜利路 39 号，市政府驻原市委市政府所在地（公园北路，现已是武商集团）。

据说 1983 年湖北省决定老河口建地级市，呈报国务院，未获批准。

1984 年湖北省政府批准老河口、随州为计划单列市，享受地级审批权限。

1988 年 10 月，全国首届小城市建设现场会在老河口明星影剧院隆重召开，全国 189 个中小城市的市长、建设局局长、国家计委、体改委、财政部、民政部、建设部等有关部门负责人、新华社、人民日报、中央广播电台、中央电视台、湖北省、襄阳市等新闻媒体记者以及专家学者参加，规模空前，声势浩大。在这次会上老河口市被誉为"小城市建设的一面旗帜"。

1984—1990 年老河口市连续 7 年获得"湖北省卫生城市示范市"称号。

1992 年在全国 434 个中小城市评比中，老河口市获得"全国十佳卫生城市"称号，"小汉口"声誉再度鹊起。

1995 年以后，在"国退民进""分灶吃饭"的大环境下，老河口市开始走下坡路，大批工厂倒闭、工人下岗，经济萎缩，财政困难，行政文教卫生等行业干部职工工资不到位，各项经济指标直线下滑，直至 2007 年度县域经济综合实力考评退到湖北省 80 个县（市、区）中位，居 48 名。

2006 年启动城东工业园建设，开始了大规模的城市建设，拉大城市框架。

2007 年，编制经济开发区、城南化工区、城北高能耗工业区、滨江大道景观带及光化大道建设等专业规划、控制性详规，逐步建立功能清晰、衔接协调的城市规划体系。

2008 年，加快推进经济开发区建设，新农村建设取得明显成效，县域经济综合实力考评位居湖北省 35 名，是上升最快的县市，为此省政府颁发了进位奖，予以通报表彰。

2009 年年底，新修了沿江大道、城东大道、环一路、光年路等基础设施建设，改造了中山公园、滨江公园，城市面貌焕然一新。县域经济综合实力考评位居全省 31 名。

2011 年，同济大学规划设计院对城南新区的城市设计编制完成：编制了农产品加工园和循环经济园起步区控制性详规；城市规划建成区控制性详规覆盖率达 90% 以上。城市基础设施建设步伐加快，抗战文化广场主体竣工；环一路、滨江大道（东启街—大桥路）、光年路延伸段建成刷黑；改造刷黑了东启街、学府路等 7 条道路；建成 316 国道绕城公路 1.2 公里。完成通乡、通村公路 100 公里，李纪路竣工，郝岗大桥建成通车。城市垃圾处理项目一期工程开工建设，建成垃圾转运站 1 个，新建、改造公厕 9 座，修缮改造背街小巷 45 条，安装路灯 230 盏，有效缓解了城市卫生、污水和亮化等问题。实施"城市环境综合整治"，脏乱差现象明显改观。积极防控和打击违法建设行为，拆除违章建筑 89 户 1.6 万平方米，初步建立了防控和打击违法建设行为的运行机制。

2012 年，全市大力实施"1331"工程，打破城乡二元结构，推行城乡一体化。按照"南进北延、东西互动、一江两城、抱团发展"的思路，规划老河口城区、洪山嘴江山片区、陈埠片区、循环经济产业园片区建设，全面推进老河口经济开发区和农产品加工园、科技产业园、循环经济产业园"一区三园"连片发展的南部新城战略。

同年，新一中开工建设，卢营安置区安置房一期工程、机场出口路、天河路铁路平交道口、梨花大道至电站路主体工程等项目已完工，光化大道启动建设。城市"两改"稳步推进，拆迁棚户区面积达 21 万平方米。商住开发项目 36 个，水岸新城、巴黎都市、水西门、望江楼、世纪一品等大型城市综合体项目进展顺利。建设通村公路 30 公里，完成付家寨、大树沟等 6 座危桥改造。洪山嘴镇防洪排涝工程完成一期建设。城市生活垃圾填埋场建成投入使用。实施"万棵绿树进城区"活动，新增城市园林绿化面积近 10 万平方米。设立专项资金 400 万元，用于加强集镇建设管理奖惩考核。拆除违法建设 4.2 万平方米。全面启动"万名干部进万村洁万家"活动，实施开展机场周边、316 国道、302 省道、李纪路、半秦路等沿线环境整治和美化绿化工程，城乡面貌明显改观。

同年，县域经济综合实力考评位列全省第 20 名，自 2008 年以来连续前移 28 位。也就是说，时隔近 20 年后再次重返全省经济 20 强，成为全省综合实力一类县市。被授予全省"三农"工作先进市，全省科技创新进位先进市。

2013 年度，老河口市被评为"2013 年度全省县域经济工作成绩突出单位"称号，在 80 个县（市）区中，老河口市在

29 个二类县（市）区中位居第 6 名，县域经济综合实力考评位居全省 18 名。

同年，创新行政管理体制机制，推动政府效能大提高，对郧阳新区、经济开发区、循环经济产业园三个管委会实施"区镇合一"体制改革，分别和郧阳办事处、李楼镇、仙人渡镇合并，按照"依法下放，能放则放，责权统一"原则，扩大园区管委会的管理权限，将部分行政管理和审批权通过授权、委托或交办等形式下放给管委会。

2014 年度又进一位，在全省县域经济考核中，29 个二类县（市）区中居第 5 名，连续被授予"全省县域经济工作成绩突出单位"，同时居全省县域投资环境竞争力第 17 名。

与此同时，实施"河谷"组群战略，使老河口、谷城组团发展为"河谷新城"，计划近期建设 60 万人口的中等城市，中远期建设百万人口大城市，使"河谷新城"成为襄阳市域副中心城市。

与此同时，丹江口市、老河口市、谷城县三地政府签署了《加快构建"红河谷"城市组群战略合作框架协议》，这标志着湖北省首个中小城市群建设正式启动。

如今的老河口，共辖 1 个乡 7 个镇 2 个办事处，总人口52.9 万人，面积 1032 平方公里，其中市区面积 27 平方公里。这里一江碧水绕城而过，环境优美，空气清新，气候宜人，雨量丰富，日照充足，四季分明，绿化覆盖率达 43.8%，城市功能完善，秩序井然。

如今的老河口，城区建设日新月异。初步形成了以经济社会发展规划为引领，融合城乡总体规划、土地利用总体规划、产业发展规划的"多规合一"规划体系。南部新城建设成效卓著：梨花大道全线通车，光化大道等新区骨干路网基本完工；中心客运站、陈埠码头建设顺利；光化大道"一线串珠"的产业布局初具雏形，纺织服装、装备制造及汽车零部件、再生资源产业等一批项目开工建设，电子信息、物流等项目即将落户，产城融合格局基本形成。

如今的老河口，全域推进城镇化、城乡一体化，新农村建设成效显著。"五城同创"取得新成效，荣获"省级文明城市""省级园林城市"称号；仙人渡镇被确定为襄阳市"四化同步"示范乡镇和全省新农村建设示范乡镇，张庄村被授予省级"绿色示范村"，仙鹤社区、三同碑社区、油坊湾社区（村）等6个村获得省政府命名的"宜居村庄"殊荣；"绿满老河口"和美丽乡村建设深入推进，新增城区绿化面积33.9万平方米，新绿化乡村道路160多公里，建成10个"绿色示范乡村"；仙鹤、卢营、陈埠、三同碑、方营、苏家河等社区建设进展顺利；新改造张集、袁冲、赵岗3条城乡公交线路，公交线路达20余条，城乡公交一体化列为全省试点。推进城镇交通、供水、供电、电信、环保等基础设施和公共服务向农村延伸，建设城乡统一、共建共享的就业服务、文化教育、医疗卫生、社会保障、社会救助等公共服务设施。破除了体制机制障碍，加快农村人口向城镇有序转移。

如今的老河口，正在抓住"国家开发利用中西部"这一难得的战略机遇，打造"一区两城市"，把老河口建成"丹河谷"组群生态经济发展实验区，襄阳市域副中心城市、汉江生态经济带"小汉口"明星城市。

笔者认为，经过努力，重现老河口"小汉口"的昔日辉煌，书写老河口蓬勃发展的新篇章，将老河口跃升为汉江流域的一颗耀眼明珠，已不再是梦想，指日可待。

六、从"河谷"组群到"丹河谷"组群

所谓"丹河谷"（又称"红河谷"），是指位于鄂西北汉江沿岸丹江、老河口、谷城三个比邻县市简称，"丹"指丹江口市（"丹"通"红"），"河"指老河口市，"谷"指谷城县。丹、河、谷三地中心城区相距不过 30 千米，其中老河口至丹江口约 20 千米，老河口至谷城约 14 千米，丹江口至谷城也不过 28 千米。三县市依汉江毗邻而立，一衣带水，空间布局类似武汉三镇（汉口、武昌、汉阳）。历史上三地曾多次属于一个行政区域，且彼此间有过多次隶属关系，并有着相似的地域环境和历史文化背景。据统计，"丹河谷"辖区面积 6706 平方公里。2015 年户籍人口 160 万左右。

早在 1996 年发布的湖北省城镇体系规划中，首次提出了"老谷丹"区域协调发展的构想。

2010 年 8 月，中国城市规划设计研究院在《湖北省城镇化与城镇发展战略规划研究》中，又一次建议组建"老谷丹组合大城市"。

2011 年 12 月举行的襄阳市十二次党代会提出，推进老河口、谷城组团发展为"河谷新城"，近期建设 60 万人口的中等城市，中远期建设百万人口大城市，使"河谷新城"成为襄阳市域副中心城市。

2012 年 3 月、7 月，中国城市规划设计研究院专家两次来老河口，协商通报"河谷"组群城市空间发展战略研究初步方案。8 月、9 月，老河口、谷城两地部门、专家、学者在襄阳

市的指导下不断磋商，最终达成了"河谷"组群的初步意见。

2012年10月，襄阳市政府首次将"河谷"组群列入襄阳市市级战略，成立了襄阳市"河谷"组群发展领导小组，具体负责河谷组群发展的领导和组织协调工作。同时，强化老河口、谷城属地责任意识和担当意识。当月在襄阳市召开了河谷组群发展领导小组第一次全体会议，在会上，老河口、谷城两地签署了《"河谷"组群发展战略框架协议》。

2013年3月，襄阳市正式批准老河口、谷城两地区域合作规划，下发了《中共襄阳市委、襄阳市人民政府关于推进"河谷"组群发展的意见》，意见指出：一、按照统一规划、产业协调、交通一体、发展统筹的组群发展要求，推进"河谷"相向发展、沿江发展、集约发展、一体发展，加快构建组团式、生态型、现代化的城市空间格局，提升河谷组群综合实力。二、老河口"南进北延"，建设南部新城和洪山嘴新区：谷城"东进北拓"，建设城北新区、子胥新城，基本形成河谷新城的城市框架。按照"一带两轴（汉江经济带，汉十高速、老宜高速两轴）、四城望心（老河口市区、谷城县城、老河口南部新城、谷城子胥新城、王甫洲绿心）、六个组团（老河口市区、仙人渡、洪山嘴、谷城县城、石花、冷集）"的空间结构和"产城一体"的发展思路，科学确定城市组群的发展规模和功能定位，对人口、产业、资源、基础设施等做出引导，形成分工明确、优势互补、相互促进、联动发展的格局。三、把新城新区建设作为打造"河谷"新城的重要载体，迅速拉开城市骨架，拓展发展空间。老河口南部新城以发展高端服务业为载体，努力建成高新技术产业和现代商贸服务区：谷城子胥新城、城北新区以"国家可持续发展实验区"为载体，打造成集产业发展、休闲旅游、生态居住为一体的山水新城、活力新城；老河口王甫洲绿心大力发展休闲养生和生态文化旅游业，建成河谷新城的生态绿洲。

自此，"河谷新城"横空出世，湖北首个县市间一体化规划正式实施。

老河口的"南部新城"无疑是"河谷新城"的核心区域，规划范围北起老城区，南至汉十高速公路，东至外环路，西至汉江；近期规划面积40平方公里，远期60平方公里；功能定位为区域性公共服务中心、产业聚集中心、商贸物流中心、科技文化中心，打造成为提升老河口城市能级的新载体、"河谷"组群发展的新引擎、汉江经济带的新龙头。

同年4月，河谷两地城际公交正式开通，迈出了区域合作的坚实步伐。

同年8月，由湖北省社会科学院主办的"湖北红河谷城市组群推介会"在武汉举行，会上，地处鄂西北的丹江口市、老河口市、谷城县三地政府签署《丹江口市、老河口市、谷城县加快构建红河谷城市组群战略合作框架协议》，这标志着湖北省首个中小城市群建设启动。协议提出五个一体化，基础设施一体化、产业发展一体化、城乡发展一体化、公共服务一体化、生态文明一体化；建立政府联席会议制度、部门工作对接的合作机制。

2014年1月，汉江河谷公路大桥及接线工程正式开工建设，工程起于老河口城东王家楼，接316国道襄阳城区段改建工程，经群胜林场、谷城汉江国家湿地公园、吴家营，至谷城城北王家湾。"河谷大桥"建成后，河、谷两地城区的车程将由原来的40分钟缩短至10分钟。该项目的开工标志着"河谷"组群发展驶入了快车道。

同年 6 月 26 日举行的湖北省汉江生态经济带城市合作交流研讨会上，襄阳市政府与十堰市政府共同签署"丹河谷"组群建设汉江生态经济带开放开发先行先试试验区行动框架。

行动框架建议：编制"丹河谷"城市组群战略规划，并对三地城市总体规划、控制性详细规划、土地利用规划等多级规划体系进行调整修编。实施交通内通外联工程，加快推进河谷大桥、302 省道改扩建、丹（江口）老（河口）一级路、丹（江口）谷（城）一级路、梨花湖环湖公路等项目建设；积极争取武襄十城际铁路在丹江口、老河口、谷城三地设站，积极推进汉丹铁路老河口东至丹江口段电气化改造；加快三地基础设施共建共享；坚持产城融合发展理念。围绕把"丹河谷"组群建设成为汉江流域重要节点城市的目标，加快推进丹江口城西新区、老河口城南新区、谷城城北新区建设，推进三地相向发展。统筹推进森林植被保护、水土流失治理、城乡污染整治等工程，探索建立一体化生态环境保护和生态补偿机制。"五个先试"增强内生动力，即在金融服务创新上先试、在土地制度改革上先试、在社会保障改革上先试、在户籍制度改革上先试、在生态补偿机制上先试。共同向上争取把"丹河谷"区域列为生态补偿试点地区。

同年 7 月，湖北能源集团和老河口市签订老河口电厂（俗称"路口电厂"）项目投资合作协议。老河口电厂项目位于汉丹线附近，为北煤南运路口电站，2015 年开工建设。这将是对"河谷"新城发展的有力支撑。

同年 12 月，由湖北省住建厅组织编制的《"丹河谷"组群协同规划》通过初审，"丹河谷"生态经济发展实验区建设成为《湖北省汉江生态经济带开放开发总体规划》的重要内容。

与此同时，老河口市力争把洪山嘴镇建设成为汉江生态经济带综合开发先行先试实验区，成为"丹河谷"组群发展战略的重要载体。该镇西接丹江口，南临老河口市城区，距离丹江口市10公里，302省道、汉丹铁路、老宜高速公路穿境而过，对外交通十分便利。实验区将以旅游业为发展核心，以做强一产、做优二产、做大三产和一、二、三产业共融发展为主线，高标准规划，高品位建设，在旅游休闲、军工文化、商贸物流、生态农业、休闲养生、清洁能源、环保工业、总部经济等生态经济产业发展方面重点谋划，全力推进。

目前，随着南水北调工程的正式通水和汉江经济带的开发建设，"丹河谷"三地经济联系日益密切，已初具城市群雏形。

不久将来的"丹河谷"将以新的姿态呈现在我们的面前：老河口城区向西北丹江口方向建设洪山嘴新区，向南谷城方向建设南部新城；谷城建设城北新区、子胥新区，与老河口城区形成"一江两岸"之势；丹江口城区紧靠与老河口、谷城交界边境，发展"飞地"经济，城市江北向老河口付家寨一带延伸，江南向谷城沈湾一带延伸。另外，三地可打破现有行政区划限制，把丹江库区到老河口仙人渡之间的百里汉江一带作为整体，统一规划，做足"水"文章，打造"一带两核四廊"旅游精品：一带即汉江生态带，两核即丹江口水源区核心和梨花湖生态核心，四条生态廊道是引丹干渠百里生态廊道、老河口城东生态环廊、谷城北河生态廊道和南河生态廊道。并依此为基础打造丹江口至老河口和谷城沿江两岸湿地公园或景观带。

老河口赋

汉水故道，洪武新岸。挽荆山，楚韵奔涌；携沧浪，秦风浩荡。陌连中原，一骑叩响宛洛；雨斜江南，双楫摇醒苏杭。武穆故垒，蛇走鄂北；古埠繁荣，商贾辐辏。遍寻天下河口，引领百载风流。

钟灵毓秀，灿烂人文。垂长卷，青史彪炳；耀星空，浩瀚无垠。伍员故里，鄋侯食邑，仕逊入相，欧阳资政。崇先贤兮豪气万丈，仰圣贤兮文采飞扬。滥觞赤化，书堂碧血洒故土；御敌西进，德邻帷幄胡家营。张公光年，挥椽《黄河》，词耀古今兮大气，情倾华夏兮尧羲。

一阳乍转，万象更新。图谋小城发展，举措百废待兴。工业立市，复兴之本；乡村建设，福祉百姓。服务当见真情，政府尤以民亲。

开发城东，广纳天下人才；打造城南，彰显一村一品。科学发展，实践创新；宜居城市，目标可循。休闲之都，浪漫之都，文化之都，三都渐进。画卷长阔，人民愿景，政府主导，社会齐心。镶汉江兮明珠璀璨，嵌三楚兮嵯峨门楔。

毁坏殆尽的会馆寺庙

老河口在清末民初商业相当繁荣,跃居为鄂西北、豫西南、陕南的重镇,会馆、寺庙林立,遍布大街小巷,是本地古建筑的精华,也是老河口人民的宝贵财富。可惜在抗日战争时期,遭到严重破坏,毁坏殆尽,加上20世纪80年代前不注意保护,现在留下的遗迹寥寥无几。

一、会馆毁坏情况

山西会馆,俗称上会馆,今第四小学址,清代雍正中期建,为老河口古代建筑之冠。抗日战争时期,会馆遭受日机轰炸,仅剩大殿;1974年第四小学兴建校舍,将大殿拆除。

江西会馆,又名万寿宫,今胜利路西端路北,清代乾隆末期建。抗战中会馆被日机炸毁。

陕西会馆,俗称下会馆,线子街码头,清代乾隆末期建。1941年驻军拆掉廊房,用作建材;其"蟠龙旗柱"于1958年"大办钢铁"时被毁,大殿于1974年拆除。

黄州会馆,俗称黄州庙,今烟草局位置。始建于清代乾隆年间,咸丰六年毁于兵燹,同治六年重建;1914年被白朗军焚毁,1923年再次重建。1940年被日机炸毁,其残剩的临街门墙上,还镶嵌着二龙戏珠青石雕刻,后城市改建时拆除。

抚州会馆，南街东，简家道子与火星庙巷之间，今供销社址，清代乾隆末期建。1940 年，部分建筑被日机炸毁；1965 年拆除大殿，所剩厢房也于 1985 年拆除。

河南会馆，又名中州会馆、大梁书院，两仪街西，今市光未然小学校址，建于清代嘉庆中期。1940 年，部分建筑被日机炸毁；两个大殿后由光未然小学使用，20 世纪 80 年代拆除。

湖南会馆，新盛街东，建于乾隆年间。又称"莲溪书院"，意为纪念湖南名人、宋代哲学家周敦颐。1940 年遭日机轰炸，大殿虽损犹存。后被用作棉花仓库，20 世纪 70 年代拆除。

武昌会馆，俗称武昌庙，又叫"三闾书院"，新盛街东，新马路南，原纺织品公司位置，清代乾隆末期建。名之"三闾书院"，意为纪念曾任三闾大夫的楚国著名诗人屈原。1940 年部分建筑被日机炸毁；1975 年拆除两个大殿。

怀庆会馆，新马路西段路北，原盐业仓库处，建于清嘉庆年间。1940 年，前院及戏楼被日机炸毁，两个大殿后做盐业仓库，1995 年拆除。

四川会馆，又名川主宫，建于清道光年间，两仪街东，市委西侧。1940 年部分建筑被日机炸毁，剩一个大殿，1976 年拆除。

福建会馆，新马路东段路北，清道光初年建。1940 年部分建筑被日机炸毁；大殿于 1965 年拆除。

安徽会馆，南街南段路西。1940 年被日机炸毁。

汉阳会馆，又名"晴川书院"，仁义街东，陈家井道子北，清道光中期建。年久失修，居民分住，2006 年拆于城市改建。

宝林寺，址在今飞机场西北角，建于唐代。传为唐代名将尉迟敬德之子尉迟宝林所建，有 1300 年历史。抗日战争中被日机炸毁。

中火星庙，新盛街西，火星庙巷内，清乾隆年间建。1940年被日机炸毁。

万善寺、仁义街，原粮食仓库处，清道光年间建。抗战中日机炸毁大部，残存两个大殿，1955年拆除。

二、荡然无存的庙宇

境内中小型庙宇甚多，今基本无存，有些无法确切定位，沿用老地名。现根据历史记载记录如下：

城区：上火星庙（化城门外）、下火星庙（油坊道）、下杨泗庙（线子街北，又名平浪宫）、财神庙（吉庆街南）、城隍庙（吉庆街西）、四官殿（两仪街东）、龙王庙（两仪街原染织厂北）、龙神祠（两仪街）、万寿宫（谭家街北）、三义庙（谭家街北）、关岳行宫（秋树坟后）、三多庵（丁字街南）、清风寺（市幸福院址）、药王庙（市幸福院址）、地母庙（市幸福院址）、观音堂（水西门）、烈士祠（和平街）、四官殿（两仪街）、关帝庙（秋丰路）、鲁班庙（秋丰路）、显神庙（路家巷码头）、大土地庙（胜利路市委大门处）、桐柏庙（大桥路汽车站后）、将军庙（秋丰路关帝庙西南）、罗汉寺（城南二里）、十方堂（工农街路口）、道德学社（市妇幼保健院址）、齐安书院（长盛街东）、天汉书院（五佛街）、上杨泗庙（市食品公司良种场处）、东岳庙（良种场处）、泰山庙（良种场处）、二郎庙（化城门外十字路口）、天乙宫（大东门内）、玉皇阁（溥宁门上）、桐柏庙（溥宁门外）、翔鹤楼（通济门上）、万寿寺（通济门外）、三皇阁（恩湛门上）、龙川庙（线子街）。

老县城及附近：社稷坛、神祇坛、先农坛、厉坛、复文书院、黉学、文昌宫、魁星阁、萧侯祠、邓侯祠、娄寿祠、宝林寺、福严寺、观音寺、地藏寺、城隍庙、关帝庙、泰山庙、元妙观（紫极观）、烈女祠、火星庙、禹王庙、雷公殿（莱公殿）、仁威观、积善寺、碧霞庵、千佛庵、南庵、北庵、二真祠。

乡村：欧阳文忠公祠（马窟山顶，原为登云寺）、关帝庙（付家寨，原名关王庙）、太极观（泥河洲）、元帝庙（牛头山）、泰山庙（一在杨林铺，一在双桥沟，一在卧龙岗）、刘姑寺（秦集）、观音寺（薛集大梁河西）、文殊庙（县东三十里姚家山）、吉祥庵（县东四十里）、清凉寺（县东五十里蒿堰河边）、胡庄寺（县东六十里）、石佛寺（县东六十里）、普照寺（县东六十里）、双林寺、功德寺、白莲寺（县南十五里）、祖师殿（县东南十八里）、晋公庙（县南十五里铁锁堰上）、古庙（县北二十里白水淤山边）、老佛寺（县北任旺沟东）、龙兴寺（县北四十里）、月灯寺（县东北三十里）、龙泉寺（县东北四十里）、五龙祠（河西十五里五龙潭边）、伍子胥庙（河西富村乡）、威烈庙（汉水西）、红龙庙（河西固封山下）、玉皇庙（河西卧牛山嘴）、万善寺（河西尖角）、灵伽寺（河西五十里）。

老街老巷话河口

老河口最早叫新集，新对旧而言，旧当指老光化县城，即县治所在地。

新集是官员们弃马坐船、弃船坐轿的地方，人来人往，便有了交易，交易而集，故曰新集。

新中国建立之前，汉江就是一条没有缰绳的野马，横冲直撞，水患不绝。《湖北通志》记载，乾隆年间，洪水冲没新集逾半。屡遭洪水冲毁的新集南移于故道之口，称新镇，就是老河口的旧城区。

1902 年，新镇更名老河口镇。

新镇初建之时，由李家巷沿汉江经望江楼向南发展，形成了以望江楼为中心的一条十里长街，很是繁华。据说，当时老河口有一个非常有名的景观"西楼歌鼓"，就在这条繁华的十里长街上。

西楼可能指的就是望江楼，它临汉江，眺武当，登高远望，神怡心旷。许多骚客常到西楼来，还留下一段佳话：一天，西楼新来一歌妓名玉环儿，擅吟诗答对，一些地方名流听说后纷纷前来，结果都垂头而去，有人去请解学士，解学士幼时极其聪颖，五岁随父进京，在京城名士中对答如流，小有名气，可惜长大后屡试不第，只中了个解（jiè）元，泄了气，从此，无意功名回到了老河口，人们叫他解（xiè）解（jiè）元或解（xiè）

学士。

解学士上得西楼，玉环儿赶紧起身相迎，让座备茶。解学士径自落座，开口吟道："今朝（zhāo）朝（cháo）罢，行行（xíng）行（háng）院之家。"玉环儿一听，不慌不忙，一边给解学士斟茶，一边吟道："三分（份）分茶解（jiě）解（xiè）解（jiè）元之渴。"

解学士听罢，心中暗暗佩服，遂起身离去。这是个传说，有无此事，无从稽考。

老河口依水而兴，早在雍正四年（1726 年），便有第一个会馆陕西会馆（下会馆）落成。新中国成立前，老河口已建有会馆 16 个，22 个码头，72 条街，83 条巷，且商贾辐辏，烟火万家，五方杂处，百货交集，被人们誉为"小汉口"。

汉江边上有许多城镇，为什么唯有老河口能成为五方杂处、百货交集的物资集散地呢？

这要从"地利"说起。

汉江也有上、中、下游之分，丹江口以上为上游，丹江口至钟祥为中游，钟祥至汉口为下游。

丹江口市是修建丹江口大坝而新兴的一座城市，以前这里荒无人烟，老河口是汉水中游与上游交接的唯一一座城市、港口。以驾船为生的人称在汉江上游行船为走山水，称中下游行船为行长水。行长水的船不走山水，走山水的船不行长水，所以，郧县、安康等上游的船到老河口就不再往下走了，而襄阳、宜城、钟祥、汉口等下游的船，行到老河口也不往上走了，都在老河口把货物卸下船，需要继续上行的货物装上上行的船，需要下行的山货装上下行船，北行的货物则由车马装载而去。老河口的船只，既能走山水，又能行长水，货物少时，则由老河口的船只往上或往下运。

老河口由集而镇，由镇而市，由北往南地发展，其渐进的历史痕迹至今犹在，最初的新镇以太平街以北为主，因建于盛世，其街名多有吉、兴、隆、庆、福、盛等字。太平街最具代表性。现存的街名还有正兴街、乐盛街、万福街，已消失的街名有新盛街、长盛街、大盛场、吉庆街、兴隆街等，这一些街名都反映了那一历史时期的经济社会状况。

南大路位于两仪街之南，修建于两仪街之后，而路面又宽于两仪街，路修好之后人们随口称之为南大路。

解放街在新中国成立前叫南街，它像清真寺门前的南大路一样，其修建较晚，因位于太平街、正兴街等老街之南，修好之后，还没顾上起街名，人们顺口称南街。一直到今天，人们还是叫南街，尽管有了解放街的新街名。

光阴似水，旧有的繁华早已落尽，对老街旧城有兴趣的人，不妨到供水公司的后边看看，昔日的十里长街，还残留了一小段，虽然有些破败和衰落，却还住着70多户人家，成了那段历史的见证，街名叫新镇街，是今人所起，目的是让人们记住新镇。新镇街的南端紧连望江楼旧址，北端与轿坊口相接，轿坊口也是现存为数不多的老地名之一，也住着为数不多的几户人家，顾名思义，轿坊口就是做轿子的地方，在交通落后的古代社会，轿子是达官贵人们出行的重要工具，而制作轿子则成为一种行业，新镇街的中段又与花布街相衔接。

老河口不仅有花布街，还有线子街，线子街就是市一医院门前那条街。

清末民初，老河口的手工业极为发达，手纺土织遍及城乡，妇女们把纺的纱、织的布拿出来卖，时间长了，便形成了专卖街市，花布街、线子街便因此而得名。

民国年间，老河口发展较快，沿江向南延伸，并向东扩展，在修了南大路、南街之后，又建了一条街，这条街在南街的背后，所以建好后人们称之为后街，就是现在的商业街，北至胜利路、南至东启街。

　　中山公园未建之前人们称之为后乡，因为它在后街的后边，一片荒野之地。1929 年，国民革命军第 51 师奉命驻扎老河口，师长李桂中在现在中山公园的西北角首先开辟了一个院子，四周围上栅栏，成了他自己闲暇之时的休憩之地，并取名野园。李桂中部在老河口驻了几年，又奉命开拔到其他地方，李桂中师长走了之后，又来了个叫依介卿的团长，1933 年他把李桂中的野园扩建成中山公园，并沿公园四周修建道路，道路与公园之间挖沟为界。当时从后街到公园没有路，为了方便南街、后街的人们到中山公园，依介卿团长于 1934 年修建了惠风路，依介卿号惠风，后人便以其号为路名。

　　20 世纪 30 年代前后修建的道路，路名的历史印记尤为明显，多以名人的名或号为街名路名，如德邻路、中正路、辞修路、中山北街、中山中街、中山南街等。如今，这些路名街名已消失在历史的长河中，据老河口城乡建设志记载：截至 1985 年，已消失的老街老巷名有 42 个，作为地名的抬头岗，街名的正瑞街、乐太街、得胜街，还有六也恒道，恐怕有很多人都不知道了，年轻人恐怕连这些名字也从未听说过。

　　仁义街、普宁街也都是民国初年修建而成的。普宁街是溥宁门内的一条长街，抗日战争爆发以前，这条街比较繁华，全是做生意的，路两边的房檐下，小摊一个挨着一个，摆满了铁器、铜器、陶器等生活用品和生产器具。还有卖柿子、核桃、板栗、枣子、木耳等山珍干果的，从河西过来卖槲叶柴的，满街跑着叫卖油炸麻花的，还有叫卖冰糖葫芦的，长长的叫卖声混合在一起，犹似一曲浑厚粗犷的交响曲；熙熙攘攘的人流中，有卖完柴后看耍猴的，有蹲在地上请八卦先生算命的，有推小轱辘车的，真像《清明上河图》画的那样，一幅活生生的小镇风情画。

老河口最值得一提的是谭家街。谭家街因姓谭的人多而得名。它是老河口最富的一条街。

谭家街街面宽阔，商号林立，青石板铺筑的路，商铺房都是青砖青瓦，门面是土漆漆的铺板门，门前有廊柱支撑，老凤祥、协盛堂、汉宝成、天宝楼等老字号都在这条街上。

谭家街布局有序，房屋整齐，每隔200米就建有一个方方正正的蓄水池，用青石砌成，以备火灾之用，名叫"太平池"。而且路的一侧每隔20米设有一根路灯，骨牌形的玻璃灯，燃的是青油。

太平街是最典型的专卖一条街，满街都是山货行，一家挨着一家，卖的全是木耳、桐油等山货，较有名气的商行有"隆兴""万昌""义诚""同顺"等。太平街规模不如谭家街，气派比谭家街更是逊色许多，是老河口唯一一条没有被日机炸弹炸着的街道，新中国成立后60多年来也未遭遇改造，是老河口保存较为完整的一条老街。

老河口的老街老巷大多数是因事、因建筑或因人的地域性而得名，如朝佛街，它位于朝佛街码头之上。而朝佛街码头是朝武当金顶的人的专用码头，不管来自中国南方，还是北方、东方，凡朝武当必经老河口，必定要在老河口住上一晚，而且必住在朝佛街码头之上，以便朝佛之人结伴同行。朝佛街便因此而形成，朝佛街码头也因此而得名，而三义街、鲁班庙巷、关帝庙巷皆因有庙而得名，而且庙建得早，人聚集得晚。

　　位于市委大院后院墙之外，有一个道子叫川主宫道子，原先那里并未有道子，四川人先在那里盖了一个同乡会馆，取名川主宫，后来在川主宫旁边住的人多了，形成了个道子，人们便叫川主宫道子。

　　还有的街路是当时修建的，第一个字都冠以"新"字，如新马路建于抗战胜利后，修好后人们就称新马路，还有城南牛行，新中国成立前那里有街无名，人们提到那里称牛行以代街名，新中国成立后人们给那里起了个街名，又是新字在前面，叫新生街。还有本文前面说的新集、新镇都是如此，习惯使然。

　　新中国成立后，在人民政府的领导下，老河口的 72 条街、83 条巷，归并成了 11 条街，建立了 12 个街道委员会进行社会治理，这 11 条街的街名是建新街、前进街、解放街、胜利街、建设街、人民街、翻身街、和平街、民主街、工农街、新生街。这些街名充分反映了建国初期的政治、历史风貌。

　　老河口镇从新集开始，已有 300 多年的历史，它不断地由北往南发展，从未停止脚步，在丹河谷组群发展的今天，在"一区两城"的建设中，南部新城建设正在加快，重现"小汉口"明星城市辉煌指日可待。

古诗与老河口

《汉广》诗经·周南

南有乔木，不可休思；汉有游女，不可求思。
汉之广矣，不可泳思；江之永矣，不可方思。

《秋日与诸君马头山登高》宋·欧阳修

晴原霜后若榴红，佳节登临兴未穷。
日泛花光摇露际，酒浮山色入樽中。
金壶恣洒毫端墨，玉尘交挥席上风。
唯有渊明偏好饮，篮与酩酊一衰翁。

《光化道中遇雨》宋·沈括

望远初翻叶，随风已结阴。
雨蓬宜倦枕，乡梦入寒衾。
蓑笠侵郧俗，溪山动越吟。
烟波千里去，谁识魏牟心。

《富乡村》宋·叶康直

闻道吾民住富乡，今来亲看好风光。
居人自爱新桃李，过客同瞻老豫章。
已是三分春色满，须知历代圣恩长。
大家齐会弦歌里，我也鸣琴不下堂。
（富乡村在汉水西。）

《六股泉》宋·叶康直

莫讶泉流不出山，出门争似在山间。
西湖歌舞虽云乐，南亩耕耘未敢闲。
秧歌声里翻银浪，稻荪楼边拥翠环。
功在黎元名在野，差胜奔波去不还。
（六股泉在付家寨东山中。）

《光谷道中》明·顾英

襄州几夜梦遭周，雨促西征可自留。
驿路殷勤虚馈廪，庙堂遥远要分忧。
管图渐觉山过地，算路唯应水近舟。
指点谷城谈汉事，酂侯千古有遗丘。

《伍子胥庙》明·郭绶

欲奠英魂何处寻，苇花枫叶雨淋淋。
江河不尽鞭尸怅，草木犹知覆楚心。
半夜剑飞山气冷，五更鬼哭晓云阴。
英雄事业浮云外，一缕青烟绕庙林。

《毓秀阁》明·叶葵

古鄾多形胜，凭栏一荡菁；西来见汉水，北固有牛峰。
怪底奇材盛，皆缘间气锺；不然萧相国，末世尚加封。
（毓秀阁在明正德砖城东南隅。）

《光化览胜》明·张缋

逢逢津鼓此停舟，警戒衣冠谒鄾侯。
谏有直声唯古墓，景遇雾色只高楼。
平章往事嗟姬旦，乾德遗风继子游。
日没一樽清汉上，丝罗应忆我重游。

《汉江鸭绿》明·寻适

迢迢星汉泻银河，万里西来湛绿波。
暖浪染春深似黛，渊潭含日腻于罗。
昔人久已乘槎去，神女犹闻解佩过。

对此欲吟吟未得，临风三咏谪仙歌。

《鄧侯祠》明·黄金

丞相荒祠古县东，万年香火拜丰口。
明时愧我来承乏，情在苹花一奠中。

《鄧城高古》明·张冈

芳草年年有定姿，郡名异代几更移。
夕阳也解窥残土，烟鸟还来恋故枝。
汉主圭璋封邑日，沛人刀笔发声时。
千年史传分明著，何用剜苔考断碑。

（古鄧阳八景之一。）

《翔鹤楼小集》清·龚桂馨

有约同寻物外游，凭栏四望景清幽。
岳阳南去几千里，黄鹤西来第一楼。
胜地登临逢令节，仙人踪迹本名流。
酒斟萸菊萦怀处，只为民生计未周。

《过光化县》清·鲁之裕

鄧侯食邑魏阴城，竹马儿童队队迎。
按辔夕阳垂柳路，稻花香里筑场声。

《莲花堰之二》清·李映芬

秧针冒绿麦云黄，陌上肩舆笑我狂。
不是新春劝农时，也随令尹问耕桑。

名胜古迹

梨花湖

因亚洲第一大低水头发电站——汉江王甫洲水利枢纽工程的兴建，三千里汉水便由此在老河口境内被拦截形成了一个42平方公里的平湖。又因临湖区域广种砂梨达十万顷之多，于是，当地人便以"梨花"为平湖冠名。湖名未必雅气，但一湖碧水、沿岸梨花的景致却令人颇感惬意。

东风日暖，芳草萋萋。由酂城登临送目，霞光映照着的梨花湖轻漾宁静，水如碧玉山如黛，不免令人心旷神怡。春风乍起，使清澈湛蓝的湖水泛起层层碧波，远处的山脊犹如画眉，近水垂柳迎风起舞。湖面上激起千堆雪的快艇，缓缓而来的小船，只只扑翅飞翔的鸥鹭映衬出梨花湖的动静相间的画面。仰望天空，"飞云化龙蛇，天骄转空碧"，变幻无穷的云彩结成了海市蜃楼般的奇景。在水色天光的浑茫中，天空层层叠叠的白云和湖面粼粼波光连成一片，水天一色，云山相连。一幕意境深邃、静谧幽绝的湖光山色，如画卷在目、乐章在耳，给人以情景水乳交融之快感。

湖风习习，夕阳晚照。一道残阳铺洒在梨花湖上，那残阳在接近地平线时，几乎是贴在了湖面上，梨花湖被赤色的夕阳笼罩着。逢暮春，沿湖盛开着的梨花也便蒙上了一道奇幻色彩。晚霞普照，夕阳染红了梨花，使"冷艳全欺雪"的梨花多了几分浓艳。纵目远眺，万里窦廓，只见湖中片帆点点在夕阳余晖的映照下渐渐远去。"橹声归去浪痕浅，摇动一摊红梨花"之景宛出湖面。夕阳照射下的梨花湖，颇让人心事浩茫，且油然而生一缕与湖波俱远的情愫。

夜幕降临，明月朗照，万籁俱寂。碧湖弹夜弦之诗趣便飘洒在梨花湖上。月光荡涤了世间万物的五光十色，将梨花湖浸染成梦幻一样的银色。每至皓月当空的中秋佳节，"一色湖光万顷秋"的梨花湖更显得幽美恬静。湖中及四周的亭阁台榭，分明可见。清风徐来，把酒相对，如置身于仙界琼楼玉宇之中。放眼天宇，思绪万千，空灵迷茫的月色，足使人逸兴遄飞，更激起欲上青天揽明月的异想。清明澄澈的天宇，也仿佛进入了一个纯净的世界。凭借天空的明月，秋风飒飒吹皱着的碧蓝的湖水便真切可见。缓缓流动着的湖水，潜跃着的鱼儿，扁舟的柔橹声……好像是有人拨动着琴弦，从湖水中轻轻流出的如泣如诉，余韵袅袅，萦回耳际的小夜曲。在一轮孤月的照耀下，梨林、湖水、沙滩、天空、扁舟、高楼……宛如一幅淡雅的水墨画，尽现出梨花湖月夜清幽的意境之美。

破晓时分，凭栏湖中的栈桥、亭阁，回望鄪城，高悬在天空上的银河此刻已黯淡西移。在微微发白的天幕背景下，正隐现出鄪城的朦胧暗影。望"参差十万人家"的古鄪城，已是"东方风来满眼春"。闻汉江关传来的悠悠钟声，犹如听到了人类灵智永恒的浩大和永恒的瞬息万变之主旋律。恍如看到了鄪城充满了历史沉积所形成的风涛，也充满了预告、预示、预言未来潜流细波的画面。叹千古兴亡事悠悠，不免有寻胜抒怀、一吐浩气之感慨。绕栏寻胜迹，最难忘伍子胥、萧何、欧阳修留给鄀城的千古声名文物，更难忘"汉水连天河"之古老传说，也难忘古城"千帆竞发、商贾云集"之往日辉煌，在朦胧的曙色中，这隐现于波光水际之中的栈桥、亭阁仿佛是幻化出来的仙境楼台，与鄀城落晓河之景自然融成了一片。

若有兴致，"放船十里凌波去"也不失为一种心境。泛舟微微细雨中的梨花湖，潋滟的湖水，浩浩荡荡似乎和湖岸齐平了。"郡邑浮前浦，波澜动远空"之境跃入眼帘。飘飘然皆不知是舟动？城动？水动？心动？微雨中萧疏清曲的梨花湖令人心醉不已。微雨与雾气一起浮动，已辨不清是雨是雾了。那烟雨蒙蒙笼罩下的远山近水；那似隐似现的杨柳、大堤；那碧波浩渺雾锁雨洒的湖面；那喷吐着水泡、欢腾摇曳着身躯的鱼儿；那倾斜着掠过雨蒙蒙天空的轻盈的小燕子；那帆船、渔翁、水鸟……一切一切都会给你无尽的情思和遐想，油然而生一种崇高的宽容，使世间一切无谓的烦恼涣然冰释。静听天籁，风声、雨声、水流声……

夏日午时，晴空骄阳。闲卧舟中，一任菱花轻舟自梨花山庄漂流而下，烈日照耀下的湖水晶莹透彻，犹如一挂水晶做成的帘子，被微风吹得泛起了五彩波光。东岸绿树浓荫的百里汉江水果走廊依稀可见，不时飘来裹着缕缕清香的阵阵风儿沁人心脾，令人在炎炎夏日精神为之一振。湖中沙嘴鹭来鸥聚，嬉戏成趣，怡然自乐。偶尔传来的几声啼鸣，划破了湖面的寂静。身临其中，便自然顿悟了现实之外的永恒，生命之外的自然。迸发出一种趋向自然博大和宁寂的欲念。回归自然，返璞归真，在深心的空旷、辽远、静默中获得超脱。

朔风凛冽，瑞雪飘舞，乘一叶扁舟"独钓寒江雪"倒也爽气。望梨花湖远山之外，天地之间的皑皑白雪。笼罩她的是雪，包罗她的也是雪，只有梨花湖宛如飞镜落在茫茫白雪之中。让人感受到一丝孤独，又让人感受到拥有孤独的充实和富有。并由此唤起了未曾失落过的希望和怜惜人类之远景。霎时，梨花湖纷纷扬扬的雪花便带给你众多的慨叹：体味云雨、山水、明月之生命内涵；感悟"物我两忘""天人合一"之境界；观照生命和生活给予人的甜酸苦辣、寿夭祸福之超然；顿觉个人太渺小，梨花湖太渺小，社会太渺小，人类太渺小……

梨花湖的胜境，是碧水、明月、夕阳、夜曲，是穿牖而来的清风暖日，是卷帘相见的绿水青山，是于无字句处寓太古淳朴、高怀雅趣之境界的晓露梨花、午风杨柳、晚山流霞、夜月平湖。

古色古香太平街

——古镇记忆之一

老河口市的太平街是一条有着 200 多年历史的老街。

那么这条老街始建于什么年代呢？根据清光绪《光化县志》记载，这条街的形成可追溯到明末清初。

从明隆庆六年 (1572) 到清雍正四年 (1726)150 多年间里，这个临汉江的小镇水运优势越来越明显，各地移民纷纷迁此落户，使这个因水而兴的集市增强了新的活力。

太平街的形成是顺应了历史的发展和商贸水运的兴盛，优越的区位条件下，这里成了货物集散，水运便利的要道口。一时间，鄂豫川陕，商贾云集，大河上下，帆樯林立。

太平街位于老河口的老城区，东接两仪街，南临罗盛街，西北紧靠太平街码头。路呈东西向，全长 196 米，宽 6.6 米，占地面积 21400 平方米。

沿街南北两侧共有 38 家店行，主要是山货行，桐油行、船行、盐行等。街道两侧的主房屋大都是三四进院落，有的院落可达五进。从上码头，沿篾匠街入后院穿堂入室可达门面太平街。又可从太平街入门市，再跨进院落又到了罗盛街。码头—街巷—院落—货栈都可串行相连。当年，这里就是一条繁茂喧闹、古色古香的风情街巷！

比如，经营山杂货的天生行，就是一家五进院落的大商号。

这条街的建筑风格采用了南方的徽派风格，延至民国初年，部分商行的门脸装饰又具欧式的西洋格调。一般都是前店后宅两层阁楼式的砖木架构。封火墙、马头墙、梯形三道连，微翘的墙檐别具风情。铺板门，刷黑漆，上下铺板有序号。有的则是铁皮包门、铁栅栏。大商号防盗设施严密，栈行店铺门面间隔分明。

四合院既紧密相连，又自成一体。四周是厢房，上边是楼房，粉墙黛瓦，四水归堂。下有渗坑，排水通畅。黑瓦中镶玻璃亮瓦，朱栏走道，通风明亮。中梁穿枋，雕刻着缠枝花纹，枋头还雕有吉祥如意，祈祷安康的团形图样。

有的山货行专门辟有客商洽谈的过厅，木格屏风放于后，八仙圆桌置于前，太师雕花靠背桌分列左右，山水字画分挂两壁，给客商一种宾至如归的感觉，又体现了既商又儒的文化礼仪氛围。

太平街各帮商人坚守"诚信为本"的理念。各商行之间，商行和各地的客商之间，上至上海、汉口的富商巨贾，下到山乡集镇的杂货散客，公平买卖，不欺不诈，有钱交钱，没钱交言，一诺千金，驷马难追。生意人深深懂得"诚信能招回头客，欺诈本是小人心"的道理。每到秋季，山杂货出山上船的大忙季节，各商行设在汉中、安康、白河等地的分号门前，各类山货，堆积如山。桐油、生漆、龙须草集结运走。过秤打包谈运输，一句话，一笔账，清清白白，用山货行掌柜们常说的一句话就是："黑眼珠子白银子，到时不差分毫子。"往来千笔账，不欠一份情。正是这"诚信是金"的经营方略，才成就了太平街乃至"小汉口"的百年繁华。

百年老街，既有商海拼搏的无声硝烟，又有民俗文化的演变和传承，逐渐形成了老河口商埠独特的市井景观。例如，太平街的十三行，下面主要说说几个特点突出的行。

天生行位于太平街的中段南侧，坐南朝北，原为五进四合院，现存前院，面阔五间，宽 16.4 米，进深 9.3 米，六排梁架，两坡水。邻街一面的木板门已毁，后改建成砖墙。南边为五间正厅，进深 9 米。廊柱、檐柱较大，直径一般为 40 ～ 45 厘米，东西两侧各有三间厢房，长 9 米，进深 5 米，单坡水，中间天井。青石条铺面，四周为二层阁楼，梁架保存较好，部分阁扇窗已毁。

豫西盐行位于太平街东端南侧。坐南朝北，原有五进院，现存前三进院落，第三进院保存较好。面阔三间，宽 12.4 米，进深 5.9 米，四排穿枋式梁架，两坡水，中间为过厅，左右次间后檐阁扇窗门已毁。后接小天井，进深 2.3 米，小天井中间为石砌门。门南接第二进院，东西两侧各有三间厢房，宽 11.5 米，单坡水，部分已毁，中为天井。南接第三进院，为三间正房，进深 7.6 米，两坡水，其南边亦为三间正房，进深 8 米，两坡水，中间为过厅。过厅南边后檐墙中有一扇石砌门，东西两侧各有三间厢房，进深 4 米，单坡水，中间为天井，青石条铺面，四周为二层阁楼，保存较好。二楼檐柱下置雕花磉墩，南边檐廊上置卷棚，四周有木栏杆，朱漆已剥落。

鸿昌行位于太平街西端路北，坐北朝南，原为三进四合院。现存一二进院。梁架保存较好，面阔三间，宽 10.3 米，进深 6.4 米，邻街木铺板已毁，后改为砖墙，中间为过厅，后接天井，东西两侧各有三间厢房，单坡水。厢房北接正房，为两坡水，进深 8.7 米，正房中间为过厅。北边为第二进院，东西两侧各有三间厢房，单坡水，中间为天井，石条铺面。最北边为三间正厅，进深 7 米，两坡水，二楼木板保存较好。

杂货行位于太平街的东端北侧，坐北朝南，二层欧式抬梁砖木结构。面阔三间，宽 7.5 米，进深 6 米，拱形门，保存基本完整。

太平街各商行的建筑风格基本上一致。现存的建筑保存较好，马头墙错落有致，虽历经沧桑，仍古风犹存，200 多年的风风雨雨让老街更添韵味，独领风骚。

历史的烟云早已散去。

为了保住这片古镇的风貌，保存古镇人文之脉，把美好的记忆留存人们的心中。这些年来，太平街先后由襄阳市、湖北省评审公布为历史文物遗产保护项目，进行保护性开发利用。

重走这条老街，昔日坑坑洼洼的路面，现全部铺上了六角形的预制砖块，古色古香。一家名为"大宅门"的风味小吃兼茶坊，成了人们休闲旅游的好去处。一街两行的黑铺板整旧如旧，三道连的马头砖高高翘起，这景象仿佛历史并未走远。

太平老街虽然作为这个城市的缩影被定格在这里，但其深厚的人文资源和商贸故事，依然有待我们去进一步地挖掘和深度开发。

话说古镇清真寺

古镇记忆之二

江城老河口的清真寺已有近 200 的历史了。但据考证，这座建于大清咸丰三年（1853）的清真寺是上、中、下三座清真寺合三为一的一座清真古寺，现在位于两仪街的寺院在鄂西北号称是第一大寺，也称为湖北的四大古清真寺之一。

远观这是一座颇具徽派风格的古清真寺，整个建筑坐西朝东，结构合理，一院套一院，封闭相连，白墙黑瓦，封火墙似莲花开瓣，据乡老和知名人士回忆，曲形三道连的封风墙早年曾饰有黄绿琉璃瓦间隔的墙脊，阳光照射下，熠熠闪光，分外壮观，恰似四条彩龙卧人间。

东面临街门面三间，宽有 18 米，进深由东向西，36 间厢房分列南北，纵深长有 110 米，门口有上马石及拴马桩，三进院落，直通礼拜大殿。从大门进来南北各三间为水房，再往里走，是一座望月古楼，风格独特完美，整个门厅用大青石块拼接而成，上刻绘有各式盆景花卉，木制栏杆和青砖拱券。门上方"清真寺"三个楷书金字，乃咸丰年间乡老马吉胜手书，笔力遒劲，字显庄严，院内设有木制构架配殿讲经堂。

三进院的天井，大殿面阔三间，进深三间，18 扇清式木格栅门一字排开，从登月门至卷棚下，门上有木制阿文书法匾额，由原寺掌教阿訇，陕西兴安籍人定洪手写。匾额下方悬挂有国民党高级将领白崇禧书写的"兴教建国"四个大字，据文献记载：抗战期间的1941年，清真寺接待了到第五战区视察战事的白长官，他时任中国回教救国协会总理事长，白崇禧将军仔细询问了清真寺和崇真小学的情况，临走前，他铺纸挥笔，一气呵成，"兴教建国"四个大字粗壮有力，苍劲古朴，至今仍悬挂在大殿正中，并捐赠大洋两千，为崇真小学购地五亩，扩建了教室，扩修了操场，大大改善了学校的环境。这在当年成了一段令人难忘的佳话。

抗战时期，当时的第五战区长官司令部设在老河口，1940年春，中国回教救国协会湖北省分会也迁移江城，会址就设在老河口清真寺，教长韦诚荣当选分会会长。回教协会大力倡导提高回民文化素质，鼓励回民青年积极参加抗日活动，支持出版了以抗战为主要内容的《回声报》。

回头再说，大殿内有木柱四根，木柱为清式抬山梁，梁上雕刻有卷花瓜楞，西墙正中有一个拱券，南北山墙各有石卷拱窗两个，隔殿相望。

风风雨雨，古寺沧桑。

历任掌教阿訇，皆德才兼备，品高望重，从首任阿訇邓州小西关麻伊玛目，其子小伊玛目，陕西兴安的定洪阿訇，北京牛街韦诚荣阿訇，到邓州林扒海兴敬阿訇及现任掌教麻胜伟阿訇，为兴教建寺尽心尽力，为古老的清真寺维护修建忠于职守。

为了使党的民族宗教政策得到落实，在党的十一届三中全会后，先后于1985年、2001年、2006年三次，由老河口市政府划拨专款，对清真寺进行了全面维修。

2006年2月24日，清真寺重建工作顺利动工，经过4个多月的紧张施工于当年 6 月 28 日胜利竣工。现展现在世人面前的清真寺，是一座设计合理、功能齐全、注重实用崭新的面貌。新的清真寺占地面积 650 平方米，建筑面积 900 平方米，整座寺院有大殿、水房、活动室、阅览室、殡仪室等组合而成，新寺使用后，受到了广大穆斯林群众和社会各界的广泛好评。

古朴典雅的天主教主教府

——古镇记忆之三

老河口市仁义街的天主教主教府这栋老楼说来话长，它早期是 1875 年有位华籍传教士，罗克义受主教毕礼派遣，从谷城沈家垭来到老河口仁义街购置了五间平房，数十间楼房进行了改造装修使用。直到光绪十七年（1891）意籍传教士杨睦多代理主教来老河口经营教务时兴工建成。1908 年主教府从谷城沈家垭迁到了老河口，这里更成为鄂西北教会的中心地，经过几年的整修扩大，建成了三层高的主教府，总面积约有 1400 平方米。

那个时代的房屋最高也不过两层，而这里建成了三层，所以远近的群众都习惯地叫它"三层楼"，却没人去叫主教府。当时这里还叫鄂西北教区，1924 年更名为老河口教区（代牧区，1946 年升格为正式教区）。主教府是教务行政中心，是主教和这里的神父主持教区工作的地方。

这三层的二、三两层是木质地板，第一层住房是木质地板，过道和大饭堂内是水泥地板。当时老河口这地方还没有水泥，它是从国外用船运来的，因此群众叫它"洋灰"，质量特别好。

教会也是讲等级的，住房也一样。第一层住的是中国籍的神父和修士（没有升神父的神职人员），东头的一间通屋是神职人员的餐厅。第二层是外国神父和副主教住的地方。第三层是主教住的地方，整层都由主教使用，东头的通屋是主教举行圣事的小圣堂，其他屋是主教的住房、会客室和重要外籍来宾住的地方。

平时除主教通知神父上去议事或谈话外，是不允许上去的。当然也有两位神父常上去，一位是副主教叫范济黎，另一位是管理教区内外事务的总管，群众称他当家神父叫鲍乐停，主教是费乐理，这三人是天主教教区主要领导班子成员。

前两位协助主教管理鄂西北教区的教务、财物、人事和外务工作。教区管辖的范围前期有襄阳府内的襄阳、南漳、宜城、枣阳、光化（今老河口）、谷城共 6 县，郧阳府管辖的郧阳、郧西、房县、竹山、竹溪、保康、均县（今丹江口）共 7 个县，总共 13 个县。到 1936 年襄阳成为新教区，从老河口教区分出，管辖的有襄阳、枣阳、南漳、宜城 4 县，其他仍属老河口教区管辖，这里要说明的是襄阳属襄阳教区管，但樊城仍为老河口教区管辖共 10 个县市。

话再说回来，这座主教府说法上叫它"三层楼"，实际它有四层，就是还有一层地下室，面积大约有 200 平方米，是用来供全教区做圣事用的葡萄酒存放的地方。

后来由于战争，它又有了另一个功能，就是用作防空洞。在抗日战争和解放战争中周围老百姓都到这里藏身，尤其在抗日战争中因为感到这里安全，听到警报后都跑到这个地下室防空洞里。由于当时德、意、日为轴心国，日本人在入侵前期不炸天主堂是因为这里的神父是意大利人，在解放战争中本人和孤儿院的学生就多次藏身在这里。

主教府北面距离 10 米左右的地方是钟鼓楼，第五战区和县政府的防空情报人员就住在一层楼里，一收到空袭警报就立刻通知大主堂的工人打响警报钟，人们就飞快地躲进地下室防空洞里。钟鼓楼没被日本炸毁，但在"文化大革命"中被"革命群众"拆毁，令人扼腕长叹。

中华人民共和国成立后不久，这里的独立宁静被打破，开始是由政府成立的县文工团住了进来，住一楼，神职人员全部住进了二、三楼。

1952年这里住进了公安人员和县公安队战士，文工队搬到了大院东院修道院和孤儿院的教室里。

政治运动结束后，主教和神父们进行了人员清理，只有一位中国籍的神父艾伯镰留了下来。学校师生被安排到七小（现五小），空下来的房屋被政府没收后转交给这里办起的铁器厂，主教府成了铁器厂的家属楼，主教府前面是电器厂的家属楼，整个天主堂地盘前后办了两个工厂。

到1978年落实宗教政策，经过艾伯镛神父的努力，1980年大部分教产已得到了落实，主教府成了返回教会的老神父和老修女们生活居住的地方。1986年，经过鲁骧贤神父和老院长曾照普的努力，招收了一批年轻修女，修女院得到了恢复，主教府成了修女院。直到2000年在冯韩营新修女院建成，全体修女搬进了新居，主教府交给李新富神父后空闲到2015年4月。

这里顺便说一点，就是与主教府同期兴建的还有育婴堂，群众把主教府那边的天主堂叫"大堂"，把育婴堂这边叫"小堂"，两堂相距不到20米。育婴堂开始住的是教区女修会叫"仁爱会"的修女，育婴堂是1894年12月8日落成的。它是修女们做慈善事业、收养被社会遗弃婴儿的地方，所以叫"育婴堂"。就在现一医院家属院内，你在院东面会看到存留下来的一栋破旧老屋，这就是当年仁爱会修女和女婴们长大成人后居住的地方，该屋现今已处在风雨飘摇的残年凋谢中，它就是老河口文史资料第三十九辑封面所刊登的，"百年前的老河口一隅"的那栋楼。

"长龙"卧绿野

——引丹大渠散记

　　走进坐落在鄂西北大地的引丹大渠，人们无不陶醉于两岸四季常青的优美环境。引丹大渠，犹如一条长龙静卧在绿野中。

　　引丹大渠，这个熟悉而又平凡的名字，是毛泽东时代，鄂西北人民发扬"自力更生、艰苦奋斗、团结协作、无私奉献"精神，创造的一大奇迹。被誉为中国"人造长河"，可与京杭"大运河"媲美，可与河南"红旗渠"同辉。

　　引丹大渠工程的源头——清泉沟隧洞，位于丹江口水库东北部，地处湖北老河口市与河南淅川县交界处，全长13公里，穿越大山寨、二劈山、马山"三座山"体，形成了"一洞穿三山，暗河漂十里，妙景绝天下"的人造隧洞景观；引丹总干渠长68公里，6条干渠长254公里，716条支渠长1570公里，号称"千里长渠"，老河口境内主渠段38公里，途经樊庄、四合峪、小桥河、三同碑、涂家庄、三房营、任家岗等地；横空于总干渠的排子河渡槽，全长4320米，最高槽墩49米，平均墩高24米，据说是亚洲乃至世界最长最高的渡槽。

　　这项伟大的工程，始建于1969年10月，竣工于1974年7月。尔后，全境通水，水源来自丹江水库。工程建设中，湖北省襄阳地委调集了光化县、襄阳县、枣阳县数十万民工，驻扎沿线，协同作战，用人海战术建设了清泉沟隧沟和总干渠等工程。这条人工修建的长渠，把清澈的丹江水引入了鄂西北大地，浇灌了光化、襄阳、枣阳"三北"岗地的 200 多万亩土地，并解决了几百万人吃水问题。从此结束了鄂西北十年九旱、水贵如油的苦难历史。

引丹工程，不仅效益非凡，而且气势宏大，蔚为壮观：清泉沟隧洞，穿越重山，如"地下长龙"；排子河渡槽，气贯长虹，似"天上银河"；五里一拱桥，形如轮月，赛江南风光：十里一电站，瀑布泻玉，造福人间；沿渠的水库堰塘，星罗棋布，似藤蔓下的"西瓜"遍地结果；千里长渠，雪浪滔滔，绘旷世华章。

然而，更令人称道的是丹渠绿化工程。从丹渠诞生之日，沿渠已开始了植树造林工程。数年来，一代一代人坚持不懈地植树种果，缺窝补窝，见缝插针，精心养护，不断更新。树木品种由杨树水杉到银杏香樟，品种越来越多，树木形状越来越美。这些林木看似参差不齐，其实都错落有致，饶有情趣。基本形成了"树成线，绿成片，林成园"的绿化格局。放眼望去，巍巍长渠，绿意盎然，宛如一条绿色长龙。

我家就住在丹渠边。原来我们这里是典型"旱包子"，水源稀少，儿时我常常梦见一条小溪从门前潺潺流过，便在溪中与鱼儿共欢。梦醒时分，果真一条大河流开在我的家乡，仿佛从天而降。啊！这不是天降之物，是人间创造的"人工长河"——引丹大渠。从此，我的家乡也是"一条大河波浪宽，风吹稻花香两岸，我家就在岸上住……"乡亲们欢天喜地，亲她爱她护她打扮她，称她为"母亲河"。大堤刚刚筑起，人们便纷纷上堤植树种草，记得我上初中时，节假日里也手提水桶，肩扛铁锨，跟随植树大军，奔上大堤栽下了一棵一棵树苗。后来，我到城里参加了工作，离开了家乡，离开了这些心爱的树苗，惆怅了好一阵子。而哥哥如今仍住在家乡，他已在渠边承包种植了大片树木，在家门口端上了"绿色饭碗"。

当年我亲手栽下的株株树苗如今已长成一棵棵参天大树，回到家乡，每每站在它的面前，呼吸着它绽放的绿色灵气，仿佛感悟到了历史的新变迁，脸上就写满了崭新的希望。一种"绿染渠水素清心，人景相依沐春风"之情油然而生。

绿色已成为丹渠的底色。这里绿意尽染，弯弯的长渠在绿色掩映下延伸，一幅"春天鲜花烂漫，夏天绿树浓荫，秋天层林尽染，冬天松柏常青"的美景，守护着一渠清水源源东流。

绵延千里的"绿海"，紧紧拥围着长渠，构筑了集生态益林和园林景点为一体的绿色屏障。在每一个季节，总是令人心旷神怡，神清气爽。江南美景再现丹渠，吸引着无数人流连忘返。

2015年春，在一个阳光灿烂的日子，我又一次回到了家乡，伫立于丹渠涂家庄桥上，正遥想当年在这里跳水畅游的一幕时，蓦然，绿树随风摇曳着它美丽的身姿，倒映在清清的河水中，溅起雪白的浪花……树枝似向我招手，碧水似向我荡漾！蓝天、白云、绿树、碧水，我一下子融入这令人惊羡的绿意之中，仿佛又找到了逝去的青春。

记起冰心写于1983年的《绿的歌》：

我深深地体会到"绿"是象征着：浓郁的春光，蓬勃的青春，崇高的理想，热切的希望……

绿染丹渠，愿绿永驻人间！

浅说"宋长城"

"宋长城"之说，应该属历史存疑，让我们据史料史实来推断。终赵宋 300 余年，根本没有修长城的记载，直白地说，当年的统治者就没有修长城的理念，也没有颁布下发过此类有关的法令或诏书。这一点已经是学术界的基本共识。

百度网上的两条文字，均具新闻报道性质。其一是山西省岢岚县境"从县城东山至王家岔乡的古长城为我国独一无二的宋代长城""长达 30 公里"。其二是"宋长城位于湖北省老河口市袁冲乡与河南省邓州市、淅川县的交界处""全长 30 多公里"。山西岢岚的是不是宋长城与我们没有大关系，不去说它。只看涉及我市的这一条 30 多公里的"宋长城"，它的真实性和历史性到底如何？

网上的文字中说："据《说岳全传》和《正德光化县志》上记载，岳飞和金兀术统帅的两国大军，曾在这里进行过一场'三尖山战役'……令部将修筑沿边防墙并营盘……留下了如今的遗址。"如果仅就以上文字中所引的两本书做证，所谓的"宋长城"之说就根本不能成立。一是小说、故事、传奇绝不能当作正史看待。二是经本人核查《正德光化县志》，其中并无有关岳飞在光化修长城的记载，或者是岳飞在光化留下的言语行迹。因此，关于本地的"宋长城"的人云亦云可以休矣。一是宋代根本不修长城。二是没有岳飞在此战斗和带兵修长城的史料。三是本地所谓的宋长城，从方位上看也不符合当年宋金两国在此呈东西对峙的现实，且长短区区 30 公里上下也实在不符合长城之名。

"宋长城"虽属不议之议，但放开历史的视野，就会别开生面，柳暗花明。被错认为"宋长城"的横亘绵延在老河口、邓州、淅川交界之三尖山一带的断壁残垣，竟然正是一段号称"中国长城之父"的楚长城的孑遗。

《汉书·地里志》中有"南阳郡，叶，楚叶公邑，有长城，号曰方城。"以上是涉于楚长城最早的文字记载。

近时考古有关资料，2005 年版《邓州市志·卷 23·文化·第 7 章·旅游》中提到"杏山楚长城"，并记有"2000 年 5 月，经中国长城学会会员考察，确认为战国楚长城"一段文字。认为楚国在此修筑长城是因为"公元前 312 年，秦楚在丹阳大战（长城正西十里处），秦斩楚军 8 万人，楚大败，惧秦，遂在丹阳之东杏山上建长城。……以前有人说此建筑是南宋孟珙抗金长城，非也。宋代不修长城已为专家定论，抗金应是东西向防北部金的工事，与此长城方向相悖。杏山长城是楚长城无疑"。

2010 年 11 期《文史知识》中《探访楚长城》一文中写道："2010 年 3 月 9 日新华社报道：'河南省文物局、河南省文物考古研究所，用考古学方法找到了楚长城，确定了部分楚长城的地理位置和走向。'"

在百度网上，有关楚长城的资料较为系统完善，其中提出古楚长城有多条线路，而与我市有关联的应是其西线一路。具体描述如下：

"中国长城学界资深学者罗哲文先生在其《长城》一书中写道：'关于楚长城的建筑形式，由于保存的遗址尚未查清、目前尚不能确证，但从历史文献记载上我们还能得知一些情况。'"

"今邓州市西南隅与淅川县交界的杏山上，也新发现一段长约30公里的长城遗址，其间有军营石墙基遗址百余间，有多处烽火台，有的地方长城呈纵横交错之势，长城北部为丹江水库，即楚始都丹阳所在地。这一发现，为罗哲文先生提出的楚长城西线南起湖北竹山县提供了依据。"

"楚长城的位置，根据历史文献记载，它的西头从今天湖北的竹山县，跨汉水辗转至河南的邓县，往北经内乡县，再向东北经鲁山县、叶县，往南跨过沙河直达泌阳县。总长将近1000里。"

"其西线，大致自湖北竹山县起，向西北交于淅川县、邓州相毗邻的杏山，入邓州市东北的穰县故城，再转向西北，逾湍河，经内乡县郦县故城，连西峡、内乡两县间的翼望山，复折向东行，沿伏牛山脉入南召县；西内线循镇平、内乡交界北行到南召板山坪镇周家寨（金斗关），再向北抵达乔端镇野牛岭关。"

以上网络信息，基本可以判定的是：

——在我市袁冲乡纪洪岗一带山岗上的古代城垣遗址，就是楚长城西线的附属城垣。

——楚之后的两千多年里，西线楚长城曾多次作为关塞要地的防卫墙而发挥战争的作用。

——仅就边城边墙的历史和功用来说，所谓的宋长城与确实存在的楚长城已不可同日而语。

袁冲洪山嘴一带"楚长城"与
老河口阴国历史

题记: 现存于湖北老河口、河南邓州、淅川三县市交界处,有一段石墙被本地人称为"小长城",绵延 30 公里,其中一段称为"跑马岭"。到底是"宋长城"或"楚长城",还是"寨墙",本地史学爱好者纷争不断,现把宋善定先生的探讨文章刊登于此,供大家探讨,进而达到科学的统一。总而言之,是一个旅游观光的好去处。这是我们把此文编入本书的主要目的。

在鄂西北的老河口西北边沿一带,现处袁冲乡和洪山嘴与河南邓州、淅川、十堰丹江交界线上,遗留着数十里断断续续的楚长城残垣。因年代久远,风蚀日化,以及历经国界省界变迁、百姓拆用等原因,平地完整段已不多见,在朱连山、杏山、大坡寨、二劈山等丛山险处,尚能找到较完整遗迹,高度仍有 3 米,宽度 1.5 米左右。

百度网有关楚长城具体描述如下:"中国长城学界资深学者罗哲文先生在其《长城》一书中写道……从历史文献记载上我们还能得知一些情况。'……今邓州市西南隅与淅川交界的杏山上,也新发现一段长约 30 公里的长城遗址,其间有军营石墙遗址百余间,有多处烽火台,有的地方呈纵横交错之势。

长城北部为丹江水库，即楚始都丹阳所在地。'这一发现，为罗哲文先生提出的楚长城西线南起湖北竹山县提供了依据。"

"楚长城的相对长度一千六百余里，绝对长度难以计数。"

根据以上资讯，也或多或少反映在有关地方志书上，相互印证。我市学者卢苇先生考察后撰文称：

"在我市袁冲乡纪洪岗一带山岗上的古代城垣遗址，就是楚长城西线的附属城垣。"

2010 年 11 期《文史知识》中《探访楚长城》一文也界定：

"楚长城应始筑于楚成王元年到楚成王十六年（前 671—前 656）。战国时又有重筑和展筑……它作为楚国北方军重要军事，防御工事存在了近四百年之久。"

我们实地攀登了朱连山段十数里较为完整的残垣，到最高处眺望，与杏山、大坡寨等处的残垣似断似连，山下即是南水北调渠口处，一条人造丹水远隐在云际之中，与楚长城残垣蜿蜒入丛山相映成趣。

朱连山段楚长城西南边与东北边截然不同，如果我们权且把其分为"楚""秦"来看，楚这边光秃秃的，应与当时军队长期驻守和建长城时"取火烧石"有关，因楚人大量驻扎和"火烧取石"破坏了植被而"秃"。但"秦"那边却郁郁葱葱，未见活动之踪。这就是为什么长城专家也称楚长城，河南"秦"那边也称楚长城，百度网也称楚长城，以上所指，为楚人所修。一为守边戎，二为划定楚边界，有不得逾越之意。

沧桑变迁，朱连山楚长城这一段，已为河南地盘，其他地方残垣有，河南、湖北亦有。因历史早已将国与国变为府与府、省与省，中界线就显得不是那么严格。我们在老陈鸿磐寨（楚长城附属营盘）考察，在边界区域邻省河南不仅建了房，还每年用红漆向湖北这边石上画记号。实际上任何专家在现场，不论按楚长城走向，还是按山川走势，这个红点都打在了湖北区域上，因为邻省兄弟，湖北这边没人计较。

在楚长城山脚下的袁冲纪洪，有些古老历史文化与此相互印证，在楚长城脚下有个称罗位的地方（疑为都位之误，因为邻近的淅川曾为原秦"商淤六百里"的都国地盘），遗存大量约 1.5 米 ×1 米的大石条，这疑是先楚时代一大家之宅，罗位之宅有好大？当地建三个水坝，垫坝底都从这里拉石条。

另外，一处称为冢子疙瘩的地方仅被盗墓就有三五十米宽，盗墓者只留下各种绳纹的残砖，残砖最低年限也在 2000 多年。

在一老知青点上，有一块残存繁体"圣旨"石碑，还有完整的古代绳纹砖。

在纪洪西百米处，当地村书记陈学春指着道路两旁说："这两边各有一个老人坑，我们上小学时，都往坑里扔石块，里面很深有水，落下声音很好听。"老人坑，上口小，中间大，形象像瓮，大小像大土窑，装二三十人没问题。

他听老人说："老人坑是古代老人 60 岁以后，就送进坑里，好家要陪童男童女和大量饮食，穷家只备一罐吃食，让老人粮尽自灭。"

这种老人坑制度应非常古老，离现代很遥远。有意义的是它在验证楚长城脚下，我们先祖在此活动的久远，佐证这个地方历史文化的厚度，印证了与商周时的阴国相符。

在楚长城下有户门前，立一对半人高的石墩，造型是鼓架上置一圆鼓，鼓大座小，座上雕龙，鼓上一边雕凤、一边雕鹿，典型的楚文化风格，凤上龙下。

《楚史》曰："当楚人在汉江流域的荆、睢山区建立起一个方圆不过百里的蕞尔小邦时，楚文化便在这块狭小的地城里滥觞了。"

一批学者惊喜发现，《楚史》记载的"不过百里的蕞尔小邦"，即先楚时代始都丹阳，又与楚长城非常吻合。

从桃红梨白到青灯黄卷

　　题记：洪山嘴万亩梨桃园（汉江水果带）位于洪山嘴镇，依托万亩沙洲做文章，先后发展起以大仙桃、汉水梨为主的优质水果基地1.3万亩；以山药、花生、西瓜为主的高效经济作物套种面积6000亩；精养鱼蟹荷塘面积2000亩。昔日大风吹来，黄沙满天飞的荒洲，如今已变成了鸟虫啾鸣、瓜果飘香的生态示范园。特别是随着"仙仙果品"的声名远播，观光旅游呈现出方兴未艾的趋势。自每年3月底桃花竞相开放，到4月初梨花满园，绵延至国庆节桃梨瓜果香，游人如织车如潮。2006年，被省政府授予"省级农业旅游示范基地"。

　　阳春三月，莺飞草长。老河口市启动"赏花海"活动，到洪山嘴镇采风，我有幸参与其中。

　　即使不组织这次活动，我也是要来的。人海茫茫，世事纷繁，上班下班，老人小孩，油盐酱醋，人际交往，喝酒打牌，整日为生计疲于奔波，总想走出城市钢铁水泥的包围，走进阳光明媚的春天，体验如诗如画的田园风光，镇静红尘中那颗浮躁的心。只不过这次是带着写作任务而来，也就多了几分观察和思考。

　　桃花正红，梨花正白，桃红梨白，交相辉映。微风吹过，花海荡漾开来，乱花正迷行人眼。

一群少男少女在桃花丛中争相拍照留影，嬉戏追逐，相互取乐，在桃花的陪衬下正是人间仙境，他们尽情地享受着美好的时光，仿佛人世间没有什么忧愁哀婉。

此时此景，引起了我对往昔的回忆，那些青春岁月俨然在"人面桃花"底下跳跃，就连内心深处那莫名的情怀和梦想，也依然如昔，仿佛在三月的春风中摇曳。

我不禁想起了一千多年前唐朝诗人崔护的《题都城南庄》：

去年今日此门中，

人面桃花相映红。

人面不知何处去，

桃花依旧笑春风。

我们都曾经年少，在那情窦初开的青春年华，谁又没有过美丽的邂逅呢？在意醉神迷的疯狂岁月，谁又没有过刻骨铭心的青涩初恋呢？多情的崔公子以寥寥二十八字，却藏着千般缱绻、万般柔情，传情亦断肠，穿越千年岁月的隧道，直击我们的心灵，把你我心中那挥之不去的落寞与惆怅，定格为千年经典，揉进每个人最柔软的心房里。

春风和煦，桃花正红，请带着你所爱的人，来到这里吧，尽情地享受爱的滋润，或追忆那似水年华、如花美眷。让心灵随着春风放松，让思绪随着花香弥漫。

我想再美好的风景，没有人的欣赏，就不能称之为"风景"。"风景"离不开人，这里的"人"可指具体的人，也可指"人的心情"，在心情一团糟的人眼里，再好的景物都是"凄风冷雨"。试想，没有"少女"的"桃花"，崔公子能动之以情地写出千年经典吗？

桃花有浔，梨花有情，不觉已到了"桃花浔"，市政协主席、市作协主席李守成的题字赫然在目。

是的，一生中苦苦追求的寻觅的朝思暮想的人儿，我们可能没有遇到；或者遇到了，而"我有意你无情"，只能望"人"兴叹；或者遇到了，你情我愿，然而残酷的现实像传说中的王母娘娘那样把有情人分两端，两人暗自垂泪，恨不相逢未嫁（娶）时，只能抱恨终生，寄托于虚无缥缈的来生。于是，电视电影中男女相拥而泣，互道珍重后说："来生吧"，在现实生活中不断重复上演。

但是，我们在不经意间遇到的人儿，给了我们惊喜，给了我们希望，给了我们欢乐，可惜，随时都会"好景"不再。这就像崔护说的"桃花依旧"而"人面不知何处去"那样，更增添了人生的怅惘和落寞。

桃花正红，梨花正白。阳光下，绿叶静谧如诗，衬着朵朵梨花。那般纯洁，那般娇美。风起处，有花瓣飘落，花开花落是很自然的事情，就像生命来去一样。每个人经过忙忙碌碌、纷纷扰扰的人生岁月，从弱冠少年、豆蔻年华，到花样年华、洗净铅华，没了"红"的娇艳，"绿"的衬托，一切都归于"白"，白得自然，白得无瑕……

正当我苦思冥想如何把"白"说透的时候，已走进了洪山嘴太山寺，市佛教协会会长、太山寺主持、市政协委员释果定接待了我们，引领我们到寺里各处参观。

远远发现寺院里后面的庙门前，一位四五十岁的比丘尼，灰衣素面，戴头巾，弯腰低头看书，口中念念有词，兀自诵读着经文，哪管他夕阳西下、游人来往。也许她经历了太多的世事沧桑，也许她经历了太多的荣辱沉浮，也许她经历了太多的情感折磨，也许……蓦然我想起了《红楼梦》中贾惜春的判词：

勘破三春景不长，

　　　　　缁衣顿改昔年妆。

　　　　　可怜绣户侯门女，

　　　　　独卧青灯古佛旁。

　　还有那十二首曲子中的《虚花悟》："这的是，昨贫今富人劳碌，春荣秋谢花折磨，似这般，生关死劫谁能躲？闻说道，西方宝树唤婆娑，上结着长生果。"《红楼梦》中的情景在现实生活中得到了印证。

　　青春留不住，红颜不堪老。张扬不羁的少年胸怀，也该被渐渐黄昏的淡然心境所取代吧？铅华洗净，把逐渐消逝的美丽沉淀为一种回味绵长的禅理玄机。人生大抵如此：早年时刻骨铭心，中年时努力拼搏，晚年时清淡寂静。这是我不虚此行的体会。

　　自然慰藉的心情，重新面对生活，重新跳跃过去，或许这奢侈的一天，给我们带来新的生气和力量。

　　请你来到洪山嘴，感怀那些飘零的岁月，感念那些曾经的人儿，在花海中享受人生，在佛门里思考人生。

老河口的绿肺——王府洲

　　诗人说，王府洲是一曲浮在汉江上的恋歌；王府洲是一团浮在汉江上的胭脂。我想说，王府洲是一颗汉江玉带上的璀璨明珠，王府洲是一座汉江孕育成的绿色宝藏！

　　王府洲来历为：相传汉高祖五年（202），刘邦平天下册封萧何为酂侯，侯王府建在此洲。

　　王府洲是江水流经老河口境内形成的冲积沙洲，面积24平方公里，号称三千里汉江第一洲。有府洲、晨光、泰山、八一4个建制村，1100余户，5500多人，耕地近万亩，属老河口市酂阳办事处管辖。以盛产无公害梨、桃、西瓜、花生、山药及蔬菜著称。

　　襄阳市近年来已被批准建立了两个湿地自然保护区，总面积27533公顷。其中之一就是老河口梨花湖湿地自然保护区，面积4200公顷。王府洲是其核心区域。主要保护对象为白鹳、秋沙鸭、赤麻鸭、鸬鹚等水禽类。再现"初唐四杰"王勃描绘的"落霞与孤鹜齐飞，秋水共长天一色"的壮丽自然风光。

　　1995年，王府洲迎来大发展机遇，湖北省重点工程王府洲低水头发电站在这里兴建，2000年建成投产，不但能蓄水发电，还使汉江河口段形成了45平方公里的平湖水面，名曰梨花湖。梨花湖的得名完全是因为一河两岸遍植梨树，尤其是王府洲有全省闻名的万亩优质砂梨基地，因每年清明前后出现

"忽如一夜春风来，千树万树梨花开"的美丽景观而得名。梨花有"雪作肌肤玉作容"的洁白无瑕，一簇簇花团锦簇，无边际银装素裹，岸上皑皑白雪与湖里清清碧水交映成辉，白花、白云、碧水、蓝天融为一体，吸引了无数游客来这里观光旅游赏花投资。如今，美丽富饶的绿色宝岛王府洲，成为老河口市旅游观光农业、生态农业示范区。

春天梨花白，桃花红，蔬菜绿，风景如画，景色宜人。走入画中零距离接触梨花，你会发现梨花热烈而富有激情，无瑕的花瓣就像少女粉嫩的脸庞。淡淡的花香掺和着泥土的芳香，让人陶醉，令人忘情。梨花的花序呈星伞状，一个花序有 5 至 10 朵花儿。单朵梨花的花期约 5 天，一个花序的盛放期一般一周左右，虽然花期短暂，但花开得灿烂美丽。有趣的是梨的花芽是混合芽，先开花，待花谢后才抽枝长叶，所以放眼望去，白花花的梨花一尘不染，铺天盖地，就像洁白的云朵一样。梨花是一种生着傲骨的花，如遇风雨等恶劣天气，高贵的花瓣很容易凋谢，但她决不会蔫，决不会低头屈服，有"宁为玉碎，不为瓦全"的品质，堪称花中"君子"。

夏天绿树成荫，村庄掩映在绿色里。田野铺盖着甜甜的西瓜秧和花生蔓，像绿色的地毯；一棚棚一行行的山药架，像绿色的森林，眼里意里都是醉人的绿色！梨花湖绿波粼粼如海洋，湖面吹来绿色的风，清新而凉爽，使人心旷神怡。

秋天梨子黄、花生白，一派迷人的丰收景象。王府洲出产的梨子"黄如金、大如拳、脆如酥、甜如蜜"，品质上等，其中"华梨一号""黄花梨""湘南梨"多次参加全省优质梨评选，均名列前茅。产品有广阔的市场前景，远销广东、福建等东南各省，出口俄罗斯。王府洲生产的花生壳白、干净、品相好，肉质酥脆品质高，销往广州、海口等城市。蔬菜、山药畅销全国各地。

　　冬天遍地白色的塑料大棚则是另一番景色。冰冻三尺的时节，塑料大棚内温暖如春，培育着嫩绿的幼苗，孕育着来年的希望！

　　王府洲低水位发电站生产绿色再生能源，是绿色王府洲的有机组成部分。它由泄洪闸和电站两部分组成。北部是雄伟的泄洪闸。23门10米见方的泄洪闸门，把浩瀚的汉水静静地锁在门内，使恣意的河水乖乖地流入电站，为人们发电做功。每年夏秋之季，水势较大时都会开闸泄洪，闸门提起的瞬间，洪水一泻千里，有雷霆万钧之势。洪水在咆哮，几里开外都能听到轰轰的水声，惊心动魄，激流荡尽江中的污泥浊水，也使人心灵得到净化，是难得一景。南部的电站有电厂和船闸，长年并网发电、通航和电站上面通车三不误。哗哗江水，滚滚电流，绿色能源，源源不断输送到东南工业重镇，支援社会主义现代化建设。坝上波澜不惊，平原出平湖；坝下惊心动魄，浪花冲浪涌。碧水映蓝天，平湖展图画，人在画中游，使人流连忘返。

　　近年，老河口市青少年学生校外活动中心落户王府洲。中心占地169亩，规划建设生活住宿、法治教育、劳动锻炼、拓展基地四个部分。拓展基地引进德国设备，高标准打造襄阳市一流水平。规划得到省市政府批准，计划三年建成，它将成为王府洲的新亮点。

　　湿地具有涵养水分，净化空气，保持生物多样性等功能。因此，人们形象地把湿地称作"绿肺"。王府洲就是老河口的绿肺，是老河口城市的后花园，被誉为老河口的香格里拉！

行走在老河口滨江公园

就从大码头开始吧。

站在码头上，西望汉江，你会感慨造物主的鬼斧神工，真是汉水连天河景致。难怪有牛郎织女在老河口这个城市不老的传说。我曾无数次经过这里，仿佛见到秋丰路渡口竖立这对夫妻的塑像，牛郎用担挑着一对孩童，风尘仆仆地走了很远的路，要登上鹊桥而去。仿佛见得河间清池，一众仙女尽兴沐浴了一番，缓缓上了岸，换了素白的袍子，迎着风，携着手，夫妻双双把家还。

从秋丰路往南，是一片沧桑的老街。太平街、罗盛街、正兴街悉数依偎在河畔，像位上了年纪的老者，淡淡地看着这江水激流，是那么朴实无华。其间，乡邻的农妇，提篮小卖，把自己种植的莴苣、香椿、蒜薹、豌豆，还有三三两两划子捕捉的槎鳊、黄鱼，放在这集市之上，让人去吃鲜。太平街上，左拐不到十来步，便有一间院落，叫大宅门。它有一副对联，上书"野香而文明尽高人逸士，园幽且雅坐皆才子明公"。院落修茸，悄然换上一袭格调高雅、情趣盎然的新装，一改昔日的斑驳旧貌，是值得称道的。檐下周边空处添画了秋菊、红梅、墨荷、秀竹等，特别是暗石边冒出的数枝亭亭清竹，用笔最为简练，却风骨毕现。每次路过，我都会下意识地朝上多望几眼，清心养目又怡情。

穿过水厂，来到滨江民俗广场。咿咿呀呀的唱戏声在午后的江边响起来了，这儿常有戏迷们聚集，坐在小靠背椅上的老先生摇头晃脑，神情投入地拉着二胡，对面的中年妇人穿着最为艳丽的家常服，底气十足地立在那儿，管它有无行头，放开嗓子就唱将起来，一点儿也不扭捏怯场。享受过程就好，就算穿得不美，唱得不动听，又有什么关系呢？

　　时常，也有专业的戏班子前来献艺，伶人们穿着戏服，戴上头套，抹了油彩，在戏台上挥袖抹泪。底下，黑压压的老年票友安静地坐在自家搬来的小板凳上，聚精会神地听着，微风轻抚着头上的枝叶，鸟儿歇了飞翔的翅膀。刹那间，真让人恍惚迷离，浸入其间，感觉时光在轮回，以前总是听不进去这咿咿呀呀、滞缓慢悠的戏曲唱腔，现在听来，却是别有一番滋味，人生如戏，戏如人生，在戏里我们听出了人生百相，世间冷暖。

　　胜利码头意大利风格的钟楼，曾让不少文人墨客在这里感怀。在原五福楼，热闹的街心公园里无季节限制地幽幽绿着，三个老者围着石桌分坐在石凳上，品茶言欢，畅谈着五千年的风和雨，头上茂密的香樟树冠垂将下来，如一把倾斜着的天然绿伞，黑色圆溜的小果实从树上簌簌落下，这情景多似丰子恺先生画里的"小桌呼朋三面坐，留将一面与梅花"啊！

　　偶尔也有本地的书画作品摆放在这里，专业书画家或业余爱好者聚在一起切磋、交流。目睹此景，我内心深处涌出喜悦涌上之情，这喜悦如素色白莲，暗自盛放，心香弥漫。这闹市中展延数百米的街心公园，是行人眼中的风景，是老年人的休闲天堂，是一条民间艺术的长廊，是钢筋水泥丛中的绿色驿站，是一个发展中的城市不停蜕变着的电子显示屏。

　　再往前走，就是路家巷。这里看景，最好要到晚上。从路家巷到线子街，听风、观灯、品戏、秀舞等各类游艺，你均可参与其中。夜幕下，谁管得了桂花的红香玉暖，南竹的顾影自怜？不要再想姚雪垠的《牛全德与红萝卜》、张光年的《黄河大合唱》、朱芒的《李宗仁在老河口》，放下官员的架子，脱下商人的西装。褪下书生的铅华，扔掉为生活背负的纤绳。站在柳荫下，无须借助树枝的荧光，可听任江风的娴静与优雅。何必唱"今宵酒醒何处，杨柳岸，晓风残月"的愁绪，犹自品"永夜不欲睡，虚堂门复开。却离灯影去，待得月光来"的欢愉。尽可与老票友唱戏听曲，与广场大妈舞风弄影。在繁华的喧闹中，试着用一颗沉寂的心感知红尘。

有人说，熟悉的地方无风景，所有的风景都在远方。远处的风景虽好，而芸芸众生中的很多人，一生中的大部分时间，都是栖居在某一个中小城市的一隅，在这个城市工作、生活、恋爱、结婚、生子……这个城市虽然还不尽如人意，许多方面都没法与大城市相比，可她带着亲切的温度，与你贴心贴肺，息息相关。

"楚天横地出，汉水接天回。"走向洋油栈，你可能见得岸上高楼的流光溢彩，但不一定见得岸下河埠的暗流涌动。它不是欲望，不是追逐，而是包容，是舒缓。假若我们能透过熟悉的迷障，摒弃熟视无睹的忽略，用发现的眼光去观察，用静谧的灵魂去感受，用宽博的心胸去容纳，原来熟悉的地方，也有令人心旌摇曳的风景。

六股泉

　　六股泉是湖北省名胜遗迹之一。位于湖北省老河口市北部，地处老河口市经济实验区（洪山嘴镇）境内，起于山川，注入汉水，西接丹江大坝，北邻河南边界。所谓六股泉，即是六股泉水汇流的一池泉水形成的一条长达 10 公里的常流河，其流量 0.06 立方米 / 秒。六股泉也叫黑龙泉，传说当地人称是黑龙显灵的地方，与白龙泉、黄龙泉、牛鼻子泉、左家沟泉、老樊沟泉，统称六股泉。当年泉边建有黑龙庙，现在六股泉泉碑前可以清楚地看到，乾隆三十九年（1774）《重修黑龙庙碑》记载："六股泉堪志不朽，黑龙庙亦留芳百代。"《光化县志》载"六股泉名道天下"。

　　六股泉水于 1987 年 3 月被国家有关部门鉴定为优质矿泉水。含有锶、溴、锌等多种有益于人体健康的微量元素。泉水常温 17℃，流量 1 立方米 / 秒，最大日平均流量 6933.6 吨，最少 5616 吨。据有关部门统计：饮用六股泉水的黄庄自然村人平均寿命比全市高 8.2 岁。现在，全村 80 岁以上的老人就达 30 余人，90 岁以上的老寿星就有四五个，103 岁还上房捡瓦，上树拉槐花哩！

　　1987 年 5 月，老河口市委、市政府曾召开六股泉饮用天然矿泉水新闻发布会，《人民日报》、新华通讯社、中央人民广播电台、湖北电视台、《襄樊日报》等 20 多名记者应邀出席会议，并就六股泉资源向全国进行了深度报道。全市乡镇合并后，洪山嘴镇修通了汉丹路江口桥至六股泉10公里长的通村水泥公路，现在这里已逐步成为对外招商引资的窗口和游客观光的胜地，每年接待游客10万人以上。

神话传说很久以前，这里干旱少雨，寸草不生。老百姓要到20里开外的汉江河挑水吃。天宫王母娘娘顿生同情之心，派仙马在玉山北黄庄村一片开阔地带马踏六蹄印，随即冒出六股泉水。从此，便有了六股泉。

锣鼓泉的传说为：一个巫婆路过六股泉时，一股邪气把六股泉水引走了。乡民通过唱神戏、打铁筛子铁锣、凿石鼓石锣又保住了六股泉。听老人们讲，铁筛铁锣还在六股泉塘里，石鼓石锣在六股泉下游。用石头敲那石鼓听到咚咚的响声，敲那石锣发出锵锵的响声，所以六股泉又叫锣鼓泉。

松花山上天井眼的传说为：传说因该泉风水地气好，要出真龙天子，惊动京城皇帝。为破风水，皇上派一个小太监带人到六股泉挖天泉眼、打天井眼，一共打了一千一百一十一天，才打得见了水。小太监禀报皇上，说六股泉的风水已破。皇上龙颜大开，忙起驾查看。小太监当即放了个鸭子进去，约一顿饭的工夫，那鸭子就从六股泉里钻出来了，皇帝当即封小太监为宰相。小人得志手舞足蹈，一不留神便掉进了天井眼，只当了"一句话的宰相"。据还活着的老人们讲，他们小时候往天眼井里丢石头，"咕噜噜"要响上一袋烟的工夫哩！

人物传说

伍子胥与老河口仙人渡

——渡伍员楚运衰

　　题记：伍子胥，伍员，是春秋时楚国人，他的出生地原属光化县（现老河口市）汉西伍员乡。1949 年光化、谷城才以汉水为界，伍员出生地现划归谷城，历史上酂阳（老河口）、筑阳（谷城）及阴地阴城（县）经常多处互为交叉隶属，难分伯仲。20 世纪 70 年代，伍子胥故里碑在老河口老县城被发现，现收藏于老河口市博物馆。春秋时代的楚国，是筚路蓝缕的开疆年代，打开百度，翻开史料均记"老河口一带为阴国"。据史推测为先楚丹阳的所在地，"楚国由此发轫"之地。后来，先楚立足壮大，"收阴入楚"后，四面出击，尽收阴地周边十几个小诸侯国，又沿汉江逐步向南发展到江淮，盛时涵括五省。伍子胥活动时代从公元前 584 年到公元前 523 年，吴楚两国争战不断，吴国常处下风，但伍子胥离楚奔吴之后，天平倾斜，为楚国衰落并最后被秦灭亡拉开了序幕。

　　因伍子胥几代生长在老河口、谷城一带，所以，流传了许多历史故事——当年楚平王荒淫无道要强娶自己的儿媳为妻，大臣伍奢（伍子胥父，楚重臣）力谏，惹怒了楚平王，被判满门抄斩。

伍子胥得信后，从家乡鄶县（光化老县城）南门跑出逃命。那时候老河口到樊城这一带尽是荒滩，伍子胥就顺着荒滩往下跑。朝廷要斩草除根，四处贴榜画像捉拿他。伍子胥跑了二三十里，已是上灯的时候了，他心想，要是老顺平川跑，会遇到官兵盘查，不如过汉水河进西山，绕道去投吴国，好借兵报仇。谁知一到天黑渡船就停了，艄公都住在河西，船也停在对岸。伍子胥无奈，就在荒滩野草中等天亮。他想着楚王的荒淫无道，想到全家的冤仇，又气又急，一直睁着眼等到天麻麻亮。这一夜他的胡子都变白了。

伍子胥看着自己的白胡子又惊又喜。惊的是一夜成了老年，喜的是这样可以混过官兵的盘查，因为他们要拿的是黑胡子的伍子胥。想到这儿，他就大胆地向对岸喊艄公。过了河后，他心里想，就这样去投吴国，一个亡命之徒，定得不到吴王的收留和帮助。于是他就编了一段"伍子胥投吴国是天意所定"的经历。

他见了吴王后，对吴王说他过河的时候没有渡船，急得白了胡子，正在为难的时候，忽然从上游漂下来一只空心树舟，上边坐一老人，呼喊他的名字，叫他上船。到了河西，伍子胥上了岸，等他回过头来道谢的时候，啥也不见了。

吴王一听，伍子胥是得到神仙保佑，这是天意所定，就收留了他，并发兵帮他报了仇。

这段神仙搭救伍子胥的故事一传开，人们就把仙人搭救伍子胥的渡口叫仙人渡，传延至今。

欧阳修在老河口

熟知史书者，皆知李宗仁在老河口，率众抵御日寇，饮马汉江达 6 年之久，而欧阳修在老河口却鲜为人知，因欧阳公是老受贬而至老河口，所著笔墨不多，时任一年零三个月，旋即官复原职，任宋权武成军（今河南省滑县）节度判官庭公事。

唐朝时，老河口为谷城县阴城镇。宋乾德二年（964）为乾德县，并建光化军，属京西路。欧阳修（1007—1072），唐宋八大家之一。宋仁宗景祐五年（1038）三月至宝元二年（1039）六月，受贬乾德县令。当时，欧阳修到老河口，有着特定的历史背景。景祐三年（1036），时任吏部员外郎、权知开封府的范仲淹与权相吕夷简发生政治纷争。范仲淹因指责吕夷简败坏朝纲，滥结私党，被贬知外郡。同朝支持范仲淹的余靖、尹洙一起受到黜贬。朝廷为此下诏，告诫群臣不准越职言事。秉公直言者，只有谏官。而时任司谏的高诺讷，却屈从宰相旨意，附声诋毁范仲淹。这引起欧阳修的强烈不满，直撰《与高司谏书》，斥责高诺讷"不复知人间有羞耻事"。欧阳修为此贬至峡州夷陵（今宜昌）县令。景祐四年（1037）十二月，朝廷调欧阳修为乾德县令。翌年三月，欧阳修到任，时年 31 岁。

在老河口这一年，对欧阳修来说是不平凡的一年。十月，西北党项人元昊起兵，号大夏，称皇帝。欧阳修妻胥夫人之子夭折。京师汴梁地震，乾德百里地不雨，受灾者数千家。既遭排挤，又遇忧患。欧阳修在老河口留诗文不多，主要有诗《南猄》《题光化张氏园亭》《秋日与诸君马头山登高》及部分祈雨文、庙碑记、墓志铭等。在欧阳修眼里，相对夷陵来说，乾德虽便于饮食医药，但地假而陋，官属无雅士，民间军有学者，亦不足与讲论。遂在邻近州县访友消遣惆怅。欧阳修之好友黄注任南阳主簿，两邀会于邓州：其表叔谢绛守邓州，挚友谢绛之妹夫梅圣俞宰襄城，他约谢同往，留旬日方还。

　　在老河口任乾德县令期间，欧阳修首问民情。乾德城池临汉江，故最关心防洪抵溃，前任领民筑有石堤，临江数千家居民皆安然自若。欧阳修《居士集》二四卷载："汉水东至乾德，汇而南，民居其冲，水悍暴面岸善崩。"但百姓安然，其中，宋真宗咸平年间光化知军李仲芳修建的石堤发挥了重要作用。欧阳修十分赞赏李仲芳的政绩，当即作《尚书屯田员外郎李君慕表》，彰其功德于后世。

　　次访贤者。乡里"皆曰有三人焉"，为永春县令欧君作墓表，树乡间之典范。这三人即张士逊、戴国忠、欧庆。后来，三人都考取进士。张士逊最后官拜礼部尚书、同平章事（宰相）。戴国忠也官至尚书屯田郎中。而欧庆不知何故，"独黜于有司"。一直到 20 年后，欧庆才得以为州县吏，前来巡视的官员大多是张士逊的故旧，但欧庆绝口不提前事为自己谋利，为官廉洁而清贫，而对于"宗族之孤幼者皆养于家"。欧阳修对此事推人及己，十分感慨："虽乾德之人称三人者，亦不以贵贱为异，则其幸不幸，岂足为三人者道哉！然而达者昭显于一时，而穷者泯没于无述，则为善者何以劝？而后世之来者何以考德于其先？"

　　再寻古碑。在县内先后得南乡太守碑、谷城县夫子庙碑等。

他在县内寻得南乡太守碑，如获至宝。按《晋书·地理志》，当魏末荆州分属三国，而南乡、南阳皆属魏，后晋武改南乡为顺阳。《晋志》只说南乡魏时属荆州，武帝平吴，改为顺阳郡，而没有记载顺阳治所、兴废、属县之名。欧阳修据此碑考证，南乡郡属县有武陵、筑阳、丹水、阴城、顺阳、析六县，治所即阴城镇。

宝元二年（1039）六月，朝廷下诏，复欧阳修旧职权武成军（今河南省滑县）节度判官庭公事。欧阳修领职，即侍奉母亲并携夫人移寄南阳。

光未然和《黄河大合唱》

张光年,笔名光未然、华夫,1913年11月1日生于老河口市,1929年加入中国共产党,是我国现代著名诗人、文学评论家,生前曾任中国作家协会副主席,曾任中国文联党组书记、副主席,并当选为中央顾问委员会委员。2002年元月28日在京辞世。

纵观张光年的一生,他少小离乡,四海为家,一曲黄河,传唱中华。在为中华民族的复兴、解放和建设中,他一直用诗为民族的复兴解放助威呐喊,以赤子报国之心,用诗锻造了一柄抗日杀敌之剑,用诗在讴歌不屈不挠的中华民族,用诗在颂扬奋发图强、改革开放的党和人民。

在第一次国内革命战争中,面对腥风血雨的白色恐怖,他义无反顾,在17岁那年加入了中国共产党。

1931年,在武汉求学期间,日寇入侵,风云突变。惊闻敌寇强占东三省,突破山海关。平津告急!华北危急!在中华民族生死存亡的关头,时年22岁的张光年,面对强敌入侵,他以笔为刀枪,唤起民众,共御外侮。他第一次用光未然的笔名写下了著名歌词《五月的鲜花》,其中写道:"五月的鲜花开遍了原野/鲜花掩盖着志士的鲜血/为了挽救这垂危的民族/他们曾顽强地抗战不歇……"歌词由阎述诗先生谱曲后,成为当年流传在大江南北、长城内外的抗战歌曲之一。

随后,他加入了由周恩来同志领导,郭沫若具体负责的政治部三厅的抗战宣传工作。《国歌》的词作者田汉，和著名作曲家冼星海、张曙、洪深等一大批文化名人聚集在一起，组织歌唱队、演剧队，参加了武汉的抗战募金活动和火炬大游行。这一期间，他往返于汉口、上海两地，先后写下了《高尔基纪念歌》《在绿星旗下》《拓荒歌》等诗作和歌词，由冼星海配曲。由此，他和冼星海的词曲合作渐入佳境。

1939 年春天，他们深入敌后，在第二战区开展抗敌演剧宣传活动。张光年带领演剧队在城市、乡村、学校、军营广泛宣传，鼓舞敌占区的人民奋起抗日，共同抵御敌寇的侵略。张光年在晋西吕梁游击区的山沟里坠马受伤，由抗敌演剧三队的同志们抬着担架，护送他过黄河。面对这条奔腾万里触山动、惊涛骇浪万丈高的母亲河，他诗情涌涌、浮想翩翩，眼前的巍巍太行，壶口瀑布，急流飞渡、船工号子为他勾勒出了一幅中华民族奋力抗争、英勇杀敌的宏伟画卷。在他被送至延安边区医院治疗期间，冼星海闻讯后，马上赶到医院探望，战地分别，圣地相逢，两人喜不能禁，相约再度合作。光年本打算写一首《黄河吟》的长诗，后来又改成了《黄河大合唱》的歌词。由于左臂肿胀，打着绷带，光年就请三队的胡志涛来到床前，连续五天由他口授，志涛执笔，几经修改，初稿完成。

这部作品共有八个章节，每章的开头都有朗诵词，八个章节分别是《黄河船夫曲》《黄河颂》《黄河之水天上来》《黄水谣》《河边对口曲》《黄河怨》《保卫黄河》和《怒吼吧！黄河》。

延安的初春依然是寒气袭人。在西北旅社一间宽敞的窑洞里，他请来星海和三队的战友们一起，开了个小小的朗诵会。星海听后激情难抑，一把抓过歌词说："我有把握把曲子谱好！"

入夜，在鲁迅艺术学院的一孔窑洞里，灯光彻夜未熄。光年给星海送去了两斤白糖。星海写几句就抓把白糖放在口里，连续用了六天的时间日夜突击，其中《黄河船夫曲》《保卫黄河》《怒吼吧！黄河》的手稿就写成了，而《黄河颂》《黄河怨》则写了三稿才算满意。

1939年5月11日，在鲁艺成立一周年的庆祝晚会上，毛主席和其他中央领导观看了由星海亲自指挥，光年参加朗诵的《黄河大合唱》的首场演出。参加合唱的有五百人，这是前所未有的阵容。随着"风在吼，马在叫，黄河在咆哮！黄河在咆哮"的节奏，毛主席一边鼓掌，一边连声称赞："好！好！"后来周恩来副主席从重庆返回延安，看完他们演出之后，挥笔写下了"为抗战发出怒吼，为大众谱出呼声"的题词。

这部气势磅礴的大合唱，在中华民族生死存亡的紧要关头，号召亿万民众，在中国共产党的领导下，组织起铁壁铜墙，以黄河怒涛般的气概，以太行山岳般的壮烈，在万山丛中，在青纱帐里，向入侵的日寇复仇、反击。"保卫家乡！保卫黄河！保卫华北！保卫全中国！"成为传唱至今的经典革命历史歌曲。

这是一部民族抗战的英雄史诗，这是一部气壮山河的红色经典。

老河口人民以诗人张光年为家乡的骄傲。为了纪念他，专门在城东经济开发区以他的名字命名"光年路"，市博物馆的抗战纪念墙上，专门镌刻了他的塑像，市第三小学为了纪念他，特更名为"光未然小学"。在他诞生一百周年的2013年，全市组织了万人的大合唱，四十六支演出队，先后深入山乡集镇、学校工厂开展纪念活动，朗诵了诗人的多首诗词，演唱了他那气势宏伟、激励人心的《黄河大合唱》。

吁唏！

　　诗人之风，山高水长；民族吼声，神州激荡。

　　高山仰止，情结难忘；诗词歌赋，世代传唱！

人物与传说

一、李闯王与大量河

明朝末年，三十几万农民起义军在闯王李自成率领下，追杀叛军张献忠。因为人马太多，所到之处，池塘、水井、河沟里的水不够他们人用马饮，驻不到三天，就得开拔。

这一天，闯王的人马来到光化县（今老河口）薛集乡境内的陈家营安营扎寨。这个陈家营旁边有一条无名小河，河也不大，水也不深，可是闯王的人马驻了五天，河水却越用越旺。全军将士都觉得沿路遇到过数不清的小河，也没像这河里的水这么旺。

闯王也高兴地说："溪水虽小，源源不断，此河乃大量河也！"从此以后，人们都把这条河叫大量河。

二、李闯王与拦马河的传说

在老河口的北关，有一个地方叫"拦马河"，这个地名还与李自成有关哩！

李自成率领起义军从陕西打到河南，一路顺利。不料进兵南阳时，守城的老将谢道太不但不投降，还拼死抵抗，李自成攻了数日仍未攻下。

这天李自成又率领兵马来到城下，高叫谢道太投降，谢道太却哈哈大笑，说："闯王，闻听你武艺高超，让今天我射你三箭，如果你能接住，我谢某就弃城投降；如若你接不住，南阳城你休想打开！"

　　李自成一身豪气，便答应了谢道太的条件。

　　谢将军便在城头掌弓搭箭，"嗖嗖"连发两箭均被李自成接住。谢道太竟趁李自成不备时发一暗箭，正中李自成胳膊。李自成负伤回营，十分恼火，发誓要杀他个片甲不留。后来攻下南阳，见人就杀，血流成河，一直杀到老河口的通惠渠边。这时，只见一个白胡子老人从草丛中跳起，勒住李自成的马说："闯王，我有话要说。"

　　李闯王吃了一惊，正要挥刀砍人，但见他临危不惧，气度不凡，便问："有话快讲，免做屈死鬼！"

　　老人大义凛然地说："闯王，你举兵反明本是正义之举，深得百姓拥护，你才日渐强大。如今这样滥杀无辜，就不是正义之举，百姓也不会拥护你，也就不会坚持多久。"

　　李闯王听了，如五雷轰顶，明白过来，方知老人是一片好心，忙下马答谢，并立即下令全军停止滥杀。

　　后来，老河口人因免遭李闯王的洗劫，感谢那老人的仗义执言，便将通惠渠改为"勒马河"，传到今天就成了"拦马河"了。

三、李闯王和马拐桥的故事

　　在老河口孟楼附近有一座桥叫马拐桥，这个桥为何叫马拐桥呢？这里有故事哩！

　　传说，李自成打河南时，人马行到孟楼附近的一座石桥时，忽然，李自成的马蹄卡进了石头缝里，把马腿绊拐了，闯王问部将，这里是什么桥。部将说："此桥无名！"闯王说："那就叫'马拐桥'吧！"于是，"马拐桥"的名字就流传到了现在。

四、刘秀和自生桥的传说

王莽谋朝篡位，四处追赶刘秀。有一天，刘秀跑到现在光化县袁冲林场大队境内，只见前面有山涧拦路，后面有王莽的追兵紧逼。刘秀站在涧边焦急地自叹道："这里要有座桥，我就得救了。"他的话音刚落，好像一座石桥拔地而起。刘秀喜出望外，忙催马而过，逃进了深山。等王莽赶到，桥又没了，刘秀已经连影儿都没有了。

后来，当地的人们在这个地方建了座小石桥，至今都把这座桥叫作"自生桥"。

五、韩信和九里山

老河口仙人渡镇东十数里处，有个九里山，九里山有个韩信的传说。

很早以前，九里山下住着一个名叫韩忠的小伙子，勤劳忠厚。

一天村里来了个绘画先生，画的龙会飞，画的风会舞，乡里都说来了一支神笔。三乡五里慕名而来，求字求画，韩忠见先生应接不暇，就帮先生磨墨铺纸，见先生无柴就上山砍柴，见先生无水就下汉江担水。一连三年，从不领先生一个谢字。这一天先生要走了，临别时送给韩忠一幅画。

韩忠回到草堂，展开画卷一看，是一幅仙女图。他把图挂在家中，朝暮相伴。

一天韩忠干活回来，见一个美貌姑娘坐在椅子上，见韩忠进屋，她便起身相迎，韩忠心想这位大姐好面熟。愣了半天，才看出她很像画上的仙女，不禁又惊又喜，最后与这位女子喜结连理。

夫妻男耕女织，恩恩爱爱。过了一年生了个儿子，取名韩信。

有一天仙女不见了，乡亲都说仙女上天了。韩忠依恋旧情，日思夜想，勉强把儿子韩信抚养到十二岁时，也撒手人寰找仙女去了。韩信因生活所迫，到富人家去当放牛娃。

一日韩信割牛草累了，躺在九里山洼歇息，见两位白头老翁路过，一个说："此地是风水宝地，有藏龙卧虎之势，必出王侯！"见另一个不信就说："你若不信，我把竹拐棍插在这里，三天必能生枝长叶。"说完把手杖插入地里，二人说笑离去。第二天，韩信来看，只见那支拐杖由黄变青，心中大惊。第三天手杖枝叶繁茂。韩信把母亲画像偷偷葬在九里山插杖的地方，几天后，平地徒起一个大家。

后来，韩信受到汉王刘邦的重用，因为立了许多战功，被封为大元帅，成为汉开国功臣。

现仙人渡九里山处，虽然年久消弭，但这一带依然郁郁葱葱，神秘莫测。

地名传说

一、霸王冢的传说

大家都知道，打开百度，全国三个地方有霸王冢，仙人渡霸王冢排在首位。现为国家级保护遗址。霸王冢故事流传了几千年……

西汉年间，刘邦项羽以汉水为界划分天下：刘邦辖汉水以西，项羽辖汉水以东。后来刘邦在汉水西招兵买马，操练兵力，队伍逐渐壮大。在刘邦感到实力已经超过项羽时，过汉水与项羽角逐。刘邦把项羽逼困在河南荥阳鸿沟，正准备全歼时，项羽以绑架了刘邦家小为人质与刘谈和，为了家人的安全，刘邦假意答应以鸿沟为界，停战和好。项羽不知是计就答应了，并放回了人质。

刘邦家人安全回来后，立即追杀项羽，最终霸王自杀于乌江口。项羽死后其尸体被分解请赏。项羽被分尸后，昔日的亲信，把他的残尸和衣冠在全国多处埋葬，其中就有老河口的霸王冢。在仙人渡埋葬霸王遗体衣冠时，士兵们想把坟做大做多，就从别处取土来堆起几个霸王坟，在二里外取土的地方形成了一大坑。因为取土士兵都是用衣服把土兜来，那个大坑就被称作半兜堰。

现存霸王冢和半兜堰都在仙人渡前勇村，至今半兜堰白土和霸王冢土质颜色一模一样。

据仙人渡原在此下乡多年的曾连科讲，霸王冢东二里处邓营村"文革"前发掘有"乌江口"石碑，和将军庙一座。在霸王冢西一里处，20 世纪 80 年代发掘有"夫妻双椁"，据出土竹简考为周昭王征楚国汉江溺亡之史料，匀与"霸王冢"相互印证。

二、马窟山的传说

老河口古为酂县，历代兵家必争之地，三国时为古战场之一。

老河口市东五里许，有一座山叫马窟山（今百花山），山脚下有一石窟。传说三国时，吴国大将陆逊驻扎老河口的这一年，天旱颗粒无收，老百姓把草根树皮都吃完了，军中粮草供给也困难。陆逊下令把军中的战马全部杀掉，除留下部分给军中士兵吃，其余分发给当地老百姓。襄阳蜀军听说陆逊军中粮草接济不上，把战马都杀吃了，欲攻老河口。陆逊闻讯十分焦虑，一匹战马也没有咋与蜀军交锋呢？正在这时，军营前闹嚷嚷的，陆逊走出帐来问，原来是当地的老百姓牵来了数百匹马，要交给主帅陆逊。

陆逊问马从何而来，老百姓们说是刚才从城东山脚下的石窟里跑出来的，陆逊得了这数百匹马，军中士气大振。为了不使老河口的百姓遭受兵祸，没等蜀军到来，便调兵遣将攻襄阳。这些马体形小，很像四川的马，但打起仗来英勇矫健，在攻占襄阳中立了奇功。陆逊攻下襄阳后班师回建业，他把这些战马带回了建业献给了吴主孙权。

从此，老河口人把城东的这座山叫马窟山。

三、竹林桥的传说

在汉水的支流——清河上游，竹林桥镇的西头，有一座一孔两墩、青石铺底的小平桥。这座桥，有个神话传说。

说清河小龙，常常到清河上游玩耍，每次出游，清河泛滥，一河两岸百姓遭灾。人们在岸边修建龙王庙，给清河小龙烧香上供，但泛滥照常。当地有一个叫朱林的小后生，凭着一腔血气，要跟小龙子算账。

这年秋天，小龙子又来，洪水冲岸。朱林驾船搏浪寻找小龙子，他看到小龙子身子像合抱的老槐，眼睛像灯笼，小船还没凑近，就被小龙子的尾巴掀翻。他落入洪水，仍紧握刀，连连向小龙子砍去。小龙子回头张开大嘴，眼看就要把小朱林吞掉。突然，一声巨响，从乌云里掉下一根大木头，不偏不倚，正砸在小龙子身上。小龙子朝水里一钻，顺水溜掉了。

岸上早有一位白胡子老头等在那里。老头儿伸手一指，抓在小朱林手中的大木头，变成拐杖回到手里。小朱林知道他不是凡人，赶紧跪下求教。老头儿扶起小伙子道："要想两岸平安无事，必须依靠大家的力量，修一座聚心桥，镇住龙子。架桥的时候，你就拿着宝剑守在岸边，千万不要和小龙子拼命，不然你就要变成大石头，再也回不到人间。"说完，老头儿把一对寒光闪闪的雌雄宝剑递给小朱林，便飘然而去。

小朱林拿着雌雄宝剑，动员两岸百姓，选定九月初九开始修建聚心桥。

清河小龙子听到消息，初九这天也赶到了。他看两岸人山人海，架木垒石，吆喝连天，就在水中发威，搅得河水旋转，河岸倒塌，磨盘大的石头滚进漩涡，立刻无影无踪。小朱林举起双剑向天空一划，小龙子逃进水中，小朱林不顾老头儿忠告，也纵身跳进河水，只见两道闪电划破乌云，轰的一声，小朱林变成山一样的巨石，压在小龙子身上，雌雄宝剑变成了两堵石墩，矗起水面。

小龙子被镇住了，小朱林再也没有回到人间。后来，在两堵石墩上建起了聚心桥，为了纪念小朱林，人们把聚心桥改名为朱林桥，年长日久，朱林桥也就传成了现在的竹林桥。

四、四眼井的传说

老河口四眼井就在老县城西关，现遗址尚在。

相传这里很早以前，一员外有四个儿子，长大成人后，为争夺家业，吵闹不休，尤其争夺祖传的那口井。这是一口宝井，不但井水充足、取之不尽、用之不竭，而且井水甘甜，泡茶好喝，做饭饭香，做菜味鲜。说是长喝这井内的水，还可以延年益寿、长生不老。因此，兄弟四人暗暗拿定主意，地可以少分，钱可以少要，就是这口井非要不可，互不相让，争执不下。员外费尽心血，伤透脑筋，最后灵机一动，萌发一念，把井分为四份，这样免得儿子们争吵。可是咋分呢？想来想去，想出了一个妙法，让石匠弄了一块大石板，做一个井盖，凿上四个眼，这样一人一个井眼，各用各的井眼，各吃各的水，免除了兄弟四人的争执，顺利地分了家。这就是四眼井的来历。

五、卧龙岗的来历

现在的李楼办事处杨家道子村有一山岗，叫卧龙岗。民间有个神话传说。

有一天，玉皇大帝要重修瑶池，更换池水。把引人间水入瑶池的活儿交由四海龙王的四个龙太子办理。四位龙王太子立马将人间的活水引入瑶池。哪知瑶池就像个无底洞，搬来的水还填不满池子。玉帝一听急又传旨，命四个龙太子把人间的人畜用水也搬来。这下可苦了凡间生灵。烈日炎炎，大地滚烫，树木打蔫，禾苗焦枯，河流干涸，水井见底。人畜无水可饮，逐渐干渴饿死。

这天龙太子们望到人间惨象大吃一惊，如再不降雨，人间生灵就会灭绝。年长的东海龙太子说，不如我们取瑶池的水为凡间降水，缓解人间灾难，但求各位兄弟切勿泄露给玉帝和父王。

众太子一齐劝阻，但东海龙太子主意已定。他偷偷地喝足瑶池之水，喷向凡间。顷刻之间，树木复活，庄稼变绿，人间又恢复了一派山清水秀的景象。

哪知这事被千里眼、顺风耳得知，当即禀告玉帝。玉帝大怒，速命天兵天将将龙太子缚上宝殿，处以刮鳞抽筋、打下凡间，据说落在现今李楼办事处杨家道子村一块岗坡上。东海老龙王急得团团转，急忙把它的三个兄弟请到东海商量。南海龙王说："天庭众仙中，只有观世音菩萨或许能救贤侄一命。"东海老龙王寻思有些道理，于是他脚踏祥云直奔南海菩萨山。

他一见观音菩萨，老泪纵横，把太子遭遇细述一番。观世音听后十分同情，答应施法将太子带到莲花岛医病养伤。带走这天，天现黑云，白日如夜，狂风大作，暴雨突降。一会儿又雨过天晴。人们发现，那条庞然大物不见了。

后来，当地民众把传说龙太子躺过的黄土岗起名叫"卧龙岗"。

六、温水河的传说

牛头对马面，金鸡对桫椤，四眼井对着温水河。

这是流传在老河口一带的一首民谣。所说的温水河，其实是原光化县老县城东门外的一段护城河。可是水并不温，为什么叫温水河呢？说起来有一段传说哩！

相传，在西汉末年，王莽篡位，刘秀起兵讨伐。双方交战，刘秀战败，仓皇逃走，王莽紧追不放。刘秀逃到光化老县城附近，被一条河拦住了去路。当时天寒地冻，河面上没有船只过不了河。眼看王莽的追兵就要来了，刘秀想蹚过去，又怕水冻刺骨，便自言自语地说："河水要是温的就好了。"话音刚落，河水就冒热气，他连忙蹚水逃走了。

后来，这一段就称为温水河。

七、白鹤岗的传说

老河口的白鹤岗是怎么来的？有个故事说，从前有一个大财主，女儿百合，长得像百合花一样美丽。百合长到十六岁时和一个青年长工偷偷相爱了。每年八月十五的晚上，他们都要在花园里幽会。两年以后，百合到了十八岁，县官的大少爷前来求亲。大财主满口答应，并把这件事欢欢喜喜地告诉了女儿，百合迫不得已，只好把她和青年长工相爱的事说了出来。大财主听了默不作声。又是一个八月十五，百合来到花园等了很久，还不见情人到来，百合不免焦急起来。这时，从远处飞来一只白鹤，落在百合面前，向百合连连点头，百合感到很奇怪。

白鹤说话了，声音如泣如诉："百合，七天前你父亲将我秘密杀害，县官的少爷明天就要来娶你。你若对我是真诚的，那就闭上双眼，让我把你带走吧！"

百合闭上双眼，觉得自己被托着飞向天空。他们飞呀飞呀，百合也化为洁白的白鹤，飞到了汉江岸边落下来了。人们很欢迎它们，觉得这是吉祥的象征。好多年以后，两只白鹤老死了，人们把它们埋在一起。每过八月十五，坟就长大一些，后来渐渐长得像一个山岗似的。所以，人们就把这个地方叫白鹤岗。

八、三同碑的传说

从老河口市区往竹林桥方向约走个四十里地，有一个地方叫三同碑。咋叫三同碑呢？有一个版本这样讲：

传说在很久以前，这里有户人家，老两口和一个女儿巧姐。老两口是老实本分的庄稼人，巧姐是个勤劳孝顺、漂亮出众的姑娘。方圆登门提亲的人不断，可都被巧姐回绝了。姑娘可不是攀高求荣的人，是她心里早有了意中人，就是她一个远房的亲戚叫李恩。这小伙子体壮能干，忠厚老实，又很孝顺老人。双方老人都很中意，打算秋后就把喜事办了。

常言道，天有不测风云，离此不远的聚心镇（现竹林桥镇）

上有个大财主，有钱有势，妻妾满堂，为非作歹。有一天，财主路过此地，恰巧遇到巧姐就起了歹意。回去就派人带着厚礼上门提亲，不用说遭到巧姐和二老的回绝。财主气得大骂穷鬼不识抬举，随后吩咐家丁："抬上花轿，把那丫头给我抢回来！"

到天快黑的时候，花轿回来了，财主高兴地迎了上去，赶紧掀开轿帘看美人，只听他大叫一声，差点倒地。原来巧姐在上轿前暗藏了一把剪子，上轿后就自刎了。财主大骂巧姐是丧门星，派家丁叫她家人赶快把尸首抬走。

二老闻听女儿去世，号啕大哭，在乡亲们的帮助下，将女儿尸体抬回，就埋在这平岗中心，还在坟前给巧姐立了一同碑。

巧姐的心上人李恩得信后，恨得抄起菜刀要去跟财主拼命，被乡亲们拦住。李恩感动巧姐情深义重，也给巧姐立了一同碑。

此事引起了当地乡亲们的义愤，他们推选代表，到县衙状告财主抢亲害命。县官接过状纸一看发财的机会来了，命衙役把财主押到县衙，说要严办他，吓得财主连连求饶，忙送上三百两银子。县官见钱眼开，就把财主放了。为了糊弄百姓，县官也拉着一同石碑，来到巧姐坟前，对百姓说，姑娘是为守节而死，本县给巧姐立守节碑一同，以示敬仰。就这样，一座坟前立了三同碑。从此以后，人们就把此地叫三同碑。

另一个版本的三同碑来历，为原竹林桥老教师田武强口述，前边内容基本一致，后半部分陡起波澜。

据当地老人传说，当时巧姐不是坐轿，而是坐大红马，骑到三同碑那块儿，巧姐看准路边有块大石，从马背上跃下，对准石头，一头撞下而亡。

深爱巧姐的李恩，为巧姐立了一同碑。

当地百姓为她不嫌贫爱富和以死捍卫真情的品质所感动，

自发为巧姐立了第二同碑。

　　后来此事越传越远，传到当时民国主政人蒋介石那里，他当时刚接过孙中山革命旗帜，为推崇三民主义，下手谕给光化县，要地方嘉奖巧姐精神。

　　当时的县长不敢怠慢，忙花钱也为巧姐立了第三块碑。上写四个字：杰烈流芳。

　　20 世纪 50 年代三同碑被挖去做了基石，碑虽没了，可三同碑的地名一直叫到今天。

九、斩龙沟的传说

　　老河口市竹林桥温岗村北引丹渠旁，有一处地名叫斩龙沟。

　　斩龙沟是一块风水宝地。不光土地肥沃，而且有一湾渠水，连着两个大水塘，庄稼不怕旱不怕涝，老百姓日子红火。

　　有一年，一个阴阳先生为讨好皇帝，说这里是龙脉，早晚要出天子。皇帝忙派人来要挖断龙脉。

　　钦差大臣和阴阳先生带着一群官兵，到这里东西一察看，南北一丈量，硬说两个大水塘是龙眼，指挥着官兵们，朝着龙脖子，从东往西挖深沟。官兵们日夜轮番挖，沟越挖越长，一直挖了七七四十九天。钦差大臣有点不耐烦了，他问阴阳先生："这龙脉什么时候才能挖断呀？"阴阳先生又是摇头又是掐指，半天还没有算清楚。这时候，一只八哥飞过来叫道："断了，断了，已经断了。"钦差大臣一听，认为八哥不会说假话，就吆喝官兵们收家伙。谁知道一只麻雀飞来说："差一点儿，差一点儿。"一只乌鸦飞来说："挖！挖！"阴阳先生赶紧接着说："对，对，还差一点儿就把龙脉挖断了。"

刚要继续挖，忽然，从沟底喷出几丈高的血水，把钦差大臣、阴阳先生和官兵们都冲到血水里，一个个都被活活淹死了。

　　"龙脉"挖断了，风水也破了，两个大水塘也干枯了，老百姓从此过上了苦日子。

　　人们恨那巴结皇帝的麻雀和乌鸦，喜欢那替老百姓着想的八哥，见了麻雀、乌鸦就打，见了八哥就跟它说句话。据说直到现在，斩龙沟里还时不时流红水呢！

十、五座坟的传说

　　据传大约西汉时，李楼镇杨家道子村一带还没有人烟，人们都住在东边高处丘陵山中。因为山下低，汉水故道经过积水成湖，无法排水，种不成庄稼。人们只好在高处土坡上耕种刨食。

　　杨家道子东有一水库，名为黑龙沟水库。在水库北边两小山间有一块大平场，平场大约 20 亩地，红荧寺就建在此处，建年不详。寺庙宏伟高大，四合院中套小院，房屋 60 多间，和尚 99 名。寺庙香火旺盛，方圆几十里很有名气。

　　在离寺庙 100 多米的林子沟上方，约百十亩地，是红荧寺武僧和尚的练功场。从黑龙沟龙头到杨家道子村三组、四组、五组，再到必位岗四组这一带，是当时和尚们的跑马场。武僧们功夫好，两腿夹扫帚转几圈能腾空飞起。据说老和尚还会法术。红荧寺最早名声很好，后来老方丈圆寂后，一个恶僧接管就不规矩了，他们在寺庙安装机关，修建暗道。只要有烧香拜佛的漂亮女子进寺庙，就没见出来过。单身女子从山下路过，和尚们见四周没人，便一拥而上，将女子装入麻袋，从庙后门抢入寺中。这一带失踪了很多女子，活不见人，死不见尸，报官无结果，弄得这一带人心惶惶。县官急得焦头烂额，派出全班衙役，深入本县各个角落私访。

　　一天，有个货郎来到红荧寺旁的茶馆门前叫卖。没多久，只见有一和尚来到货摊旁，买木梳、镜子、香粉……货郎越想越纳闷。这时来了个穿便衣的衙役，走到货郎摊前问："我们这一带失踪了很多女子，你每天走村串户，听说啥没有？"货郎说："刚遇到一件新鲜事，这寺庙里的和尚买木梳、镜子、香粉，和尚们光头要这干什么？估计和尚有情人，说不准是个骚和尚。"说完两人都笑了。

　　说者无意，听者有心，衙役急忙赶回县衙，把这一情况报告县官。县官不敢贸然行事，准备亲自察看一番。

　　经过几天准备，县官亲自扮个货郎来到寺庙旁门前叫卖。不多时又来一个和尚买女人用品。县太爷心里有底了，十有八九失踪女子藏在寺院里。

　　第二天，捕头扮着烧香人，找到方丈住持说："老父病故三个月，阴魂不走，在家搅闹得家人睡不成觉。请个师傅去作法超度超度。"

　　住持便安排一个和尚随捕头一起去。捕头没把和尚带回家，直接带到县衙。和尚拔腿想跑，被捕头一把抓住。县官升堂，一见正是昨天买木梳、篦子、镜子、香粉的那个和尚，便把惊堂木一拍，说："大胆和尚，胆敢抢良家女子藏入寺院，该当何罪？"和尚鸭子死了嘴还硬，说："大人，没有此事。"县官又问："那你昨天买木梳、篦子、镜子、香粉给谁用？"和尚半晌说不出话。县官说："大刑侍候！"和尚怕用刑，忙跪地求饶，供出了寺院地窖里藏有多名女子。白天把女子藏入地窖，晚上供和尚享乐。

　　原来，在大殿神像下面有一机关，一按铺垫木板就会翻过来，上香拜佛人就会掉入地窖内。地窖向外有两个出口，一个通往张集镇赵湾村，一个通往张集镇沈湾村。审问完后，县官把和尚下了监。

县官寻思带人硬抢寺庙救人似乎胜算不大，县衙人太少，根本不是和尚们的对手。于是密报朝廷。朝廷派出会武功的官兵，把寺院围了两层，两个出口也派兵把守，严防和尚跑掉。寺庙里机关暗道重重，为了减少伤亡，搬来了柴火，火烧寺庙。和尚们受不了烟熏火燎，纷纷跑出来和官兵打斗。只见有的和尚腾空而起，有的和尚骑马向外四散逃跑，都被官兵用弓箭射伤、射死或捉拿，恶僧方丈住持见势不妙，舀了一盆水，往身上一泼，施法术顺水跑了。还有一部分和尚躲入机关暗道顽抗，快被烟火熏死了，才跑出来被官兵拿下。那场大火整整烧了七天七夜，把红茭寺房子烧成一片灰烬。

当时朝廷有法，不准用刀杀和尚，官兵们就挖了个大土坑，把抓获的和尚全部埋了，只露头在外，然后赶来耕牛，用耙地的耙把和尚全部耙死。所以，当地还流传着歇后语：红茭寺的和尚——罢了！（实为"耙了"）

可怜的是几十个女子也死在了地窖里。官府张贴告示，五户有钱大户女子被认领后，请阴阳先生看墓地，说此处就是风水宝地，于是这几家就在寺庙周围的山上把女子葬了。因为都是有钱户，相互攀比，随葬物品埋了很多，于是就在废墟的周围山中，不同方位出现了五个大冢，当地人称"五座坟"。

1973年，引丹三干渠施工，通过省地专家在"五座坟"挖掘一个多月，七座汉墓出土文物一千多件，多有涂漆陶器、战国戈、大型铜镜、铜弩机等国家一级文物。传说归传说，据有关专家考察，这里疑为萧何在酂封万户侯后，续封后人之墓。

饮食传说

一、八宝饭的来历

——萧何一品入千家

"鄾阳八宝饭"是老河口市特色甜食。色香俱佳,营养丰富,食者赞不绝口。

相传两千多年前,汉高祖平定天下,论功行赏,御封十大功臣首功萧何丞相为鄾侯,并赐他一名叫郭六的御前厨师。郭六见萧何爱吃甜食,特意将刘邦曾吃过的糯米红枣糖稀饭做给萧何吃。萧何品尝后,觉得味道一般。

郭六再做时,增加了益肾固精、静心养气的莲子,理气开胃的金钱橘、青红丝,利尿的冬瓜条和猪油。细心蒸好后,再奉萧何品尝。萧何这次食用后,觉得这种不干不稀的饭,甜而不厌,油而不腻,风味独特,大加赞赏。即兴给这种饭定名为"鄾城八宝饭"。这种别具特色的风味甜食,很快在民间流传开来,延续至今。

二、酸浆面的来历

——乾隆无恙方有名

一入初夏,老河口城乡不少饭馆门前都张起一个跑马宫灯,说明酸浆面上市了。提起这酸浆面，还和乾隆皇帝有关哩。

乾隆年间的一个夏天，他微服离京，先到河南南阳察看灾情，后到湖北光化县看八景。

因天气炎热，加上在河南饮用了灾后污染之水，乾隆发病，一到光化就突然发冷作烧，上吐下泻。这下可忙坏了光化地方官员，四处请名医诊治，仍呕吐不止，腹泻不断。驿馆的一位厨师，想让乾隆开胃发汗，做了一碗汤面让万岁爷吃下。

这碗面一下肚，乾隆通身大汗，冷烧退去，腹泻止住、肠胃舒适。乾隆康复之后，观赏完鄾阳八景回京。

不久，娘娘也得此病，多名御医诊治均不见效。乾隆猛然想起在光化病时吃的一碗汤面，忙下诏书，宣光化厨师火速进京。厨师进宫后，同样给娘娘做了一碗酸溜溜、辣乎乎、麻酥酥的汤面，娘娘吃后，大病减轻，很快康复。皇帝和娘娘甚喜，忙宣厨师晋见。

乾隆问厨师做的是什么面，厨师说："咱祖籍南阳府，三代为厨，因荒年逃到陕西，后来迁居四川，最后在光化定居。我给皇上和娘娘吃的面，是我把南阳的浆水面、陕西的酸辣面和四川的麻辣面三种面食的特色合在一起而做成的。"乾隆连声夸好，问叫啥名，厨师说："尚未定名。"乾隆说："那就叫酸浆面吧。"娘娘也说："我赐你跑马宫灯一个，张悬门口广招食客。"厨师回来后，这种面很快在光化一带传开，好多饭馆也学。你只要看到哪家饭馆门前有盏跑马宫灯，就是有酸浆面卖。

在老河口，品尝乾隆皇帝赐名的酸浆面，已成为人们的一种饮食习惯。

地域文化

老河口市地域文化底蕴的形成

老河口四省通衢，聚南船北马，汇秦风楚韵。因处于汉水出川入平原交结点，且一水通贯全境，史称"天下十八口，数了汉口数河口"。

老河口据楚地之北，历史上一度与秦毗邻。楚文化博大精深，"唯楚有才"成为史传佳话。楚大夫屈原和伍员（子胥）乃至诸葛孔明，均凭一人之力改变一国之运；襄阳米芾、孟浩然，均凭一人之才牵领一国书画之风。近代老河口人光未然（张光年），作《黄河大合唱》等经典历史红歌，引领激发全国热情，历代不衰。老河口一带应为初楚发祥地，早已聚纳楚文化大气睿智之精髓灵气。后因许多人口迁徙而带来经济、文化、风俗人情的融汇渗透，广纳精华，多彩多姿。当然，它这种历史环境，其实也是襄阳的一个缩影。在这个局部，我们权且把它分为中原文化（主要是河南文化和山西文化）和汉水文化（主要是陕西文化和江南文化）。由于历史上长期的经济、文化乃至人口和楚文化交叉变异进化，呈现出一个特有的老河口文化景观。

中原文化第一块——河南文化。中原泛指黄河中下游、河南大部、山东西部、河北山西南部。当然，老河口接触区河南人居多，爱河南文化影响颇深。老河口有句俗语："翻翻祖宗三代族谱，许多都是河南人。"从老河口大多风俗习惯用语和方言看，多以中原味为主。老河口人一过仙人渡就被称为河南人。当然襄阳人一过随枣，也有被称河南人之嫌。并且历史上曾有一时期，襄阳地区大部区域归南阳郡管辖。诸葛亮出仕前野居襄阳还是南阳，纷纷扬扬几十年才尘埃落定。在历史发展中，老河口码头逐步兴盛时期，许多中原人到此经商并迁徙生根，所以大多原籍河南人，也才有与中原文化，特别是河南风土人情相通之故。即是民间戏曲欣赏，也属河南三大戏（豫剧、曲剧、越调）最为流行，在大众中有深厚基础，这也为河南戏在老河口盛行不衰找到依据。

中原文化的第二块——山西文化。老河口北方除河南外，在地理上与山西贴近，交融非常久远。老河口民间俗语称："咱们都是山西大槐树下的"，并不是空穴来风。许多资料表明，明洪武三年（1370）越建文至永乐十四年（1416），这半个世纪中，人口大量南移。因为以前南宋战乱、几度辽金元少数民族统治中华，后又由明太祖复归汉制，是时中华腹地久经战乱，满目疮痍，华中上部、中原下部多处人断路稀。为此洪武下旨，先后七次在山西大槐树（地名）办理移民迁证手续。移民方法是：三丁抽一，七丁抽二，九丁抽三，将人口密集的山西人向中原以南华中以北迁徙。山西大槐树人主要特征有三：铲牙、青斑、小指甲，即门面生两颗铲牙；屁股上有块青斑；脚小指甲边另有小指甲。是时经八百年变异和交叉通婚繁殖，三个特征逐步淡化，现在共有三个特征者已不多见，但尚残留一两个特征者当为山西大槐树人后裔。老河口与山西大多风俗习惯相通相近，因为相当一部分老河口人祖籍即在山西。

老河口人说话口音较硬，重音多，尤以北为甚，主要是中原河南、山西南部人口迁徙，带来的风俗习惯渗透所致。当地楚文化基因中的粗犷彪悍、简单义气、敢作敢当、敢为天下先等人文气质，当受中原文化影响。

与中原文化相对应的是汉水文化，第一块为陕西文化。如果说老河口与中原文化的关系因主动和被动的大迁徙融汇而千丝万缕，那么汉水文化上下纵向 2000 公里区域，却因一条江的纽带交叉渗透而难舍难分。在历史上以水陆交通为主要工具的背景下，千乘舟楫万户商，老河口码头多达 22 个，多省建有会馆行帮，河南馆、陕西馆、山西馆、江西馆等遍布老河口。汉水文化因水而通、因水而融、因水而兴。我们发现楚文化以水为线，横向交融少，纵向交融深，而紧连老河口且在汉水上游的陕西文化交流就是其中之一。汉水发源于蟠绿山，初名漾水，经陕西白河县流经老河口全境。全长 1500 多公里，汉江上繁茂的商贸活动，促进了经济文化交流。老河口"马岗湖北大越调"和"汉江号子"等民间文化即是秦文化与楚文化交流、衍生的代表作。鄂北一带地方县志普通记载有"民多秦音，俗尚楚歌"。马岗湖北大越调，20 世纪省有关文化专家考证时曾说，从生成发展渊源风格上看，湖北大越调为汉剧之爹，京剧之爷。大越调与京腔（京剧）、楚韵（汉剧）、秦腔（同州梆子）所用乐器及唱腔，均起音高亢激越，陕西西北高坡味最浓，并且多用戏剧二本腔，主奏乐器多用定弦音 6-3 弦。大越调现存剧目中，与陕西秦腔相同的就有 100 多个。历史上，明末李自成率部的秦陇子弟常云集于鄂北一带，以同州梆子为军戏，随军演唱，后与当地语言及民间音乐融合，与当地大越调乃至汉剧交叉渗透，相互影响，我中有你，你中有我。并且当时陕西同州府大荔等地，经河南邓州、南阳及湖北襄阳府、光化等地大道相通，与汉江水陆交通相互辉映。许多陕西商贸特别是布商南下贸易，在城镇建会馆和行帮较多，至清代同治、光绪年间，尚有许多同州梆子或艺人到当时的小汉口（老河口）一带演出，使秦音秦俗与楚风楚俗相互渗透交融，让老河口优秀楚地文化在吸纳中原文化的粗犷豪迈之中又增加了一层西北风的高亢激越。

江水文化另一块江南文化，虽然着墨不多，却是独特而亮丽的又一抹风景。它重点体现在老河口南端仙人渡，同样亦由汉水发达的商贸活动引起。老河口人不难发现，仙人渡曾有点像区域中的特区，风俗语言习惯、风土人情世故，与老河口楚文化吸纳豫、晋、秦文化风格迥然不同。老河口语音的中原味较浓，多有阴平和去声，但仙人渡却江南水乡味儿较浓，多有阳平和上声，且像武汉话那样，"弯管子音"较多。习惯上，老河口主旋律是有北方的豪放简洁，而仙人渡则像小令具有南方的委婉细腻，许多风俗不尽相同。比如，老河口过小年都是腊月二十三，而仙人渡则过二十四，而南方江西省大部也是腊月二十四过小年。在婚丧嫁娶风俗上也多与老河口颇有不同。在老河口北，你说明晚到家喝酒得准时赴宴，而仙人渡说明晚到家消夜却是一句客套之言。一个区域文化习惯的形成是有渊源的，在汉江水陆商贸兴盛年代，仙人渡码头形成仅次于小汉口（光化），也是五省通衢的物资集散地。繁华集镇上也是各省会馆林立、人声鼎沸。直到现在，江西会馆、河南会馆、陕西会馆等遗址尚有印迹。因仙人渡与老河口一样处于数省通衢之地，靠南端的江西等地就近水楼台，江南客商的商贸活动及人口迁徙，顺汉水而上在此被"劫胡"，在仙人渡大码头成为主旋律，形成整个板块南方水乡味儿较浓。虽经世事变迁，千百年交汇异化，仍然与老河口版色调不同。仙人渡有许多独特文化活动：抬妆故事、火炮花鼓、打连响（花棍）、湖北大越调、龙灯放花、民歌小调等，都极具特色。其中"抬妆故事"即是江南味儿的代表作，该活动于清雍正年间由江西商人带入生根传承，文场乐曲有《十八送》《八板》《三更鼓》《玉窝兰》等，悠扬典雅，委婉可人，如临其中，如入江南。

　　纵观老河口区域文化的渊源与形成，是以睿智大气的楚文化神韵，吸纳汇聚浑厚剽悍的中原文化与高亢激越的西北文化和细腻委婉的江南文化之精华，百川汇海，去伪存真，让老河口兼备南北风味，生成一种独特的文化氛围。当然，区域文化无法像地图那样边界清晰明辨，把其放大到襄阳这个点上，襄阳也蕴含这一些其中因素。我们下一步定位、传承、研究、开发老河口市区域文化，都离不开老河口是如何形成独特地域文化这个人文底蕴的。

汉水连天河

——牛郎织女故事起源地探析

题记：牛郎织女传说在我国汉族群众中广为流传，老河口地区更是家喻户晓。甘霖同志提出了自己的观点和看法，无疑丰富了老河口的地域文化。根据文史资料"多说并存"的原则，予以刊登。

汉水流域有"汉水连天河"之说

1942 年，一位参加日本侵华部队的军医鱼助孝义，曾经听应城的一位患者家属为他解答日本古诗集《万叶集》的疑惑，指点他要到汉水上游老河口一带看看"汉水连天河"的盛景，他一直向往着看到这种景色。无独有偶，同时代驻守在老河口的另一位日本军人，回国后也忘不了在老河口夜晚看到的"汉水连天河"的奇异景色，并且拿出了当时画的一幅"汉水连天河"的美丽油画。

1983 年，战后致力于中日友好的鱼助孝义，专门带人来到老河口探访"汉水连天河"的景色和牛郎织女的传说。回国后，鱼助孝义写了一本《万叶集·天河的传说》，书中记述了他从 1942 年开始向往探访"汉水连天河"奇景和 1983 年来襄阳、老河口、丹江口探访"牛郎织女""七夕节"以及古隆中的经过，书中还记叙了他们和这一带的交往，并收录了老河口文化馆干部汤礼春受鱼助孝义委托，探访郧西天河口的记述文字和照片。鱼助孝义在书中收录了汉水流域牛郎织女的传说，介绍了日本天河传说的故事与民俗，考证了日本牛郎织女传说和"七夕节"的由来，收录注释了《万叶集》中的有关天河"牛郎织女"传说的诗歌。

此书出版后，在日本产生了不小影响，随后，又有几批日本游客先后来到汉水中上游，寻访"牛郎织女"传说和"汉水连天河"景色。2007 年七夕节，一位在日本组织了多次"牛郎织女"和"七夕节"高峰会的日本老人鸟居贞义，又专门来到襄阳、老河口探访。

目前，全国有河南、江西、湖北、陕西等省的十多个地区自称是牛郎织女传说起源地，纷纷申报国家级非物质文化遗产。在众多的申报地区中，以西安和南阳较有代表性。

"南阳说"认为，根据地理条件、汉代意识形态、相对集中的民间传说、古代文献记载等诸多方面的考察分析，牛郎织女故事源于汉水两岸的楚地。因汉朝的兴起，七夕和牛郎织女的故事得到广泛的流传。其依据有三：

一是流传的民间故事明确交代了传说起源地。2001 年，新疆人民出版社出版的《中华民俗百科》说："南阳城西 20 里有个牛家庄，牛家庄有个牛郎。"民俗学家张振犁先生在《中原古典神话流变论考》中也说："牛郎叫如意，是南阳城西桑林村的人，织女从天上来到人间，与牛郎成亲，亲手教南阳一带的姐妹们学会养蚕、抽丝、织绸缎。"

二是有出土古丝织品为证。牛郎织女的故事最早见于《诗经》，说明此故事起源于先秦时代。当时作为立国 800 余年、横跨大半个中国的楚国，农耕文明已经相当成熟，纺织手工业极为发达。保留至今的上古丝织品，大多出自荆襄一带的楚墓。花色品种、手法技艺，令人叹为观止。

三是南阳汉画也有牛郎织女故事。20世纪70年代，在南阳北郊独山东坡白滩村出土了一个汉代画像石，画像右上角有一牵牛星，星下画一牛，牛前有一人做扬鞭牵牛状；左下角有一织女星，里面跪坐着一位头挽高髻的女子。他们认为，从画中可以看出，传说中的老牛体型，和现在南阳黄牛是一样的。

"西安说"认为，已有2000余年的牛郎织女像，就位于长安区斗门街道办事处南沣村，两尊汉代牛郎、织女石刻雕像至今保存完好。其依据有三：

一是西汉时，织女、牛郎开始有了人的形态，他们的石像遥遥矗立在彼时长安城的昆明池畔。班固《西都赋》云："临乎昆明之池，左牵牛而右织女，似云汉之无涯。"据专家考证，公元前120年，汉武帝为训练水军征讨西南诸国，在今长安区斗门一带开凿昆明池，池畔东西两侧立有牛郎、织女塑像，隔河相望，被当地人称为"石爷""石婆"。

二是南沣村有"石爷庙""石婆庙"，并且有传承千百年的与牛郎织女相关的民俗活动及大量传说。

三是农历正月十七，是传说中牛郎织女结婚的日子，这里有举行牛郎织女结婚纪念日庙会习俗。

纵观两个地区的争论，不难看出汉水连天河、牛郎织女故事传说竟与老河口有关。其依据有七：

一是从区位看，都属于汉水中上游地区。汉代与南北朝时期老河口属于南阳郡，这些传说与习俗都集中在豫西南、陕东南地区，两地传说起源走向都与鄂西北交集。

二是两地都承认"汉水连天河"的传说之地在老河口。汉水流域保留了大量与"牛郎织女"神话、"七夕"风俗有关的遗迹。襄阳府过去管辖的郧西县有"天河""天河口"等地名,从天河口古镇向北就是汉江的两个源头——陕西的山阳和丹凤,与"西安说"紧密相连;向南 60 里就是老河口市,这里的"老河口"就是民间传说中"汉水连天河"的天河口。

三是三地属于同一山脉。陕西的商洛县有据传是牛郎织女活动过的"织女溪";河南鲁山县有"牛郎洞"和仙女洗澡的"九女潭";老河口市有"牛王庙""牛头山""仙人渡""六股泉(织女泉)""玉带山(羽带山)",这些地区从广义上说,仍属于伏牛山脉,都与老河口汉水连天河密不可分。

四是天上的北斗星、牛郎星、织女星这三星构成的"盖天"宇宙模型在二十八宿体系中的投影,形成了大地的江河、高山。因为人生活在有河流的大地上,其中牛郎代表大地的阳陆,织女代表大地的阴陆,中间以银河作为阳界和阴界的界河。从古代的各种文献看,这个"界河"应该是汉江,汉河自古以来即有天汉之称。附近的某些山应该是牛郎山、织女山或扁担山(牛郎星两边的两颗小星叫扁担星,传说是牛郎挑着的一对儿女)、梭子山(织女星的下方有四颗较暗的星,组成小小的平行四边形,它们就是神话传说中织女编织的美丽云霞和彩虹梭子)。

综合文献记载,我们可以看到古代思维:从地球的某一河流,可以进入银河,沿河而上,最终到达牵牛织女星。《拾遗记》中对银河的描述云:"羽人栖息其上,群仙含露以漱,日月之光则如暝矣。虞夏之季,不复记其出没,游河之人犹传其神伟也。西河之西,有浮玉山。"文中提到浮玉山,很像今老河口洪山嘴境内的玉山。文中又提到的"羽人",应是织女,今洪山嘴境内的玉山上有一条白色的石带，又称"玉带山"，这条"玉带"很像织女身披的羽带，故也称"羽带山"。"羽带山"下有"织女泉"（六股泉）。这与《拾遗记》关于西河附近有浮玉山的说法相一致。

五是老河口有很多地名与传说相对应。洪山嘴境内的六股泉，常有雾气笼罩升降旋转，似仙女漂移，故有"织女泉"之称；洪山嘴境内的牛头山，民间传说是由老牛死后变成。"仙人渡"名称来源，一说与伍子胥渡江有关，另一说是这里水面开阔，为天河之口，每年的七月初七，织女在此渡河，与牛郎相会；袁冲境内与淅川、邓州相邻的一座山，远看酷似一条扁担，当地人称之为扁担山。

六是日本第一部诗歌集《万叶集》也早有记载。《万叶集》是一部以七夕为主题的七夕诗歌，其中有130首诗歌涉及"七夕"，而在这些诗歌中称"天河"均为"天汉"，有天河连汉水之意。《万叶集》中的注释说"牛郎织女"相会的地点"天河口"，即是湖北的老河口市，因此地是汉江边一个开阔地方，故称其为"汉水连天河"。

七是老河口古诗词也记载了"汉水连天河"的美景。七夕的老河口之夜，成千上万的星光倒影在汉江水中，云影波光乐不眠，一天星斗射江寒。浅斟低唱采莲曲，夜半笙歌出客船。

老河口市非物质文化遗产
代表性项目名录一览表

序号	项目名称	本市级	襄阳市级	省级	国家级
1	老河口丝弦	本市级	襄阳市级	省级	国家级
2	老河口木版年画	本市级	襄阳市级	省级	国家级
3	老河口锣鼓架子	本市级	襄阳市级	省级	国家级
4	庆元堂席氏骨伤疗法	本市级	襄阳市级	省级	
5	老河口板凳舞	本市级	襄阳市级		
6	老河口郧阳锣鼓	本市级	襄阳市级		
7	老河口抬妆故事	本市级	襄阳市级		
8	老河口木雕	本市级	襄阳市级		
9	伍子胥传说	本市级	襄阳市级		
10	王氏中医外科疗法	本市级	襄阳市级		
11	张集三月庙会	本市级	襄阳市级		
12	老河口抬县官	本市级	襄阳市级		
13	老河口花鼓戏	本市级	襄阳市级		
14	汉江口帮船工号子	本市级	襄阳市级		
合计		14	14	4	3

注：非遗项目实行逐级申报，国家级项目同时为省、市、县级项目。此表截至 2015 年 4 月。

老河口市非物质文化遗产简介

一、木版年画

——和合祥瑞民族风

老河口木版年画兴于明朝中叶盛于清乾隆年间（1736—1795）。

1949 年前老河口市区印制木版年画的作坊有刘源盛、德茂公、和顺成、松昌福、万源永等十几家，从业人员千人以上，年生产年画千万张以上，产品远销陕西、河南、四川、湖北等地区。历史上老河口木版年画属湖北三大年画产地之一的均州产区（另外两处为黄陂木兰山和汉口，现均无存）。受明王朝大修武当山，广集天下能工巧匠及艺术流传影响，这一地区年画品种多，印刷质量高，内容丰富，这一现象唯老河口为最。老河口年画雕刻精细，线条流畅，纹饰繁缛，粗犷奔放，人物造型形象夸张，面部表情生动传神，色彩运用上以暖色调为主，色相饱和，对比鲜明，作品质朴大方、古色古香，类别为吉祥寓意、民间传说、戏曲故事等。品种 300 多种，其中尤以门神为精。1986 年至今，老河口木版年画先后多次参加了省、地、市政府及文化部门组织的国内外展示展览。2009 年，老河口市委、市政府投资上百万元实施了名人名画名街名巷保护工程，对年画代表性传承人陈义文所住街道进行了净化、绿化、亮化、硬化改造，将年画图案用于装饰临街房屋门窗，设立了年画画廊，大理石年画雕塑，建立了年画工作室、雕版保护专柜等，把此街道命名为"陈义文巷"，将木版年画作为对外馈赠嘉宾的专用礼品，木版年画已成为老河口一张靓丽的文化名片。2011 年，老河口木版年画被列为国家级非物质文化遗产。

二、锣鼓架子

——国乐铿锵庆升平

老河口锣鼓架子又称国乐锣鼓，于清雍正三年（1725）由山西商人带入。在 200 多年的发展过程中，经历代艺人不断加工润色，形成了有老河口地方特色的锣鼓演奏艺术。

演奏形式分为行奏和堂奏两种，演奏人员 20 人左右。行奏主要在年节、庙会、祭祖、扫墓等场所沿途演奏，演奏人员着民族服装，演奏队伍前面由二人分别高举龙凤大旗开道，旗杆是一丈多长的竹竿，上插一米长的鸡毛掸子，一边走一边上下挥动，后由二人抬着锣鼓架子，击鼓人跟随击打，其他人持大锣、大钹、小锣、小钗、唢呐、曲笛等以次相随，边行进边演奏。

堂奏主要在各种庆典时举行，演奏场所以舞台、公共场院为主，堂奏形式为锣鼓架子居中，演奏人员呈半圆围坐，按不同情况演奏不同曲目。

演奏曲目为古典曲牌式曲目，现收集的曲牌有 40 多首，已被《中国民族民间器乐曲集成》一书收录出版。1950 年，老河口锣鼓架子代表原襄阳地区参加湖北省业余文艺演出，获表演一等奖。1988 年，参加全省民乐民舞电视大奖赛，分获演出、作曲二等奖。2006年，老河口市非物质文化遗产普查保护领导小组，将锣鼓架子列为重点保护项目，拨专款予以保护。2008年，市非物质文化遗产保护中心组织以传承人为首的民间艺人开展国乐锣鼓的恢复、演出工作。2014年被列为国家级非物质文化遗产。

三、老河口丝弦

——小曲才登大雅堂

老河口丝弦属汴梁小曲的分支，由河南传入，距今已有400多年历史，其主要成分是汴梁（开封）小曲，现有的曲牌名称如"坡下""打枣杆""银扭丝""叠断桥""劈破玉"等，皆属明、清流传于民间的小调曲牌。它初为民间艺人、文人学士、商人及自由职业者操琴聚会，以琴会友，自娱自乐的一种文化消遣方式，后经演变形成具有浓郁地方特色的乐种，且在民间流传开来，至清末老河口丝弦演奏已成规模，在城区演奏班子多达几十个，演奏人员近千人。

老河口丝弦演奏形式为合奏、独奏和丝弦弹唱。属古典曲牌式音乐，乐曲讲究对称性和规则性，每曲都有标题，生动地描绘了自然景物，并抒发了人物内心情感。其传统的表现形式，优雅婉转的曲调，音韵相融独具地方特色的说唱艺术，创造了我国古典传统音乐艺术在一个地区的发展之最，老河口丝弦现有弹唱及曲牌100多个，演奏曲牌50多首。2008年被列为国家级非物质文化遗产。

四、"庆元堂"席氏骨伤疗法

——悬壶济世为苍生

老河口"庆元堂"席氏骨伤疗法源于北京"三盛镖局"。清光绪年间镖局生意衰败,镖头武师杨麻子徒弟刘成勋流落汉口卖金枪药耍武艺,后开"天宝堂"药店,老河口"庆元堂"创始人席别头,1934年谋生到汉口拜刘成勋为师得到真传,学会了接骨斗榫的医术及武术,1939年迁居老河口,用师父所赠"庆元堂"店名开店接诊。

席别头对所传医术细心揣摩并研究实践,医术也日臻成熟,名声波及鄂西北豫西南地区。抗战期间,席别头受邀为驻扎于老河口的国民政府第五战区司令长官李宗仁、战区高级将领闻成烈及朝鲜义勇军、苏联飞行员等治疗骨伤,更加声名远播。战区高级将领孙连仲、闻成烈、李向群等七人联名题赠:《骨科神医大国手》匾牌以示感谢。

新中国成立后,席别头被省中医学院聘为辅导员,1959年重开"庆元堂"诊所。席氏骨伤疗法,以中医四诊八纲为基础,在临床实践中总结出了摸、接、端、推、按、牵、击、整的诊疗手法,辅以针灸,内服外敷祖传药物治疗骨折、脱臼、跌打损伤等疾病。特点是不开刀,痛苦小,花钱少,疗程短,至今仍是骨伤患者的首选治疗方式,是我国传统中医药宝库中的一朵奇葩。2013年,老河口"庆元堂"席氏骨伤疗法被列为省级非物质文化遗产。

五、鄋阳锣鼓

——楚风秦韵鼓角中

鄋阳锣鼓，亦称战场锣鼓。起源于春秋战国时期，是我国最古老的锣鼓艺术之一，距今已有 2800 余年历史。

春秋战国时期，鄋阳（今老河口）一带楚国战事频繁，后来鄋阳锣鼓为春秋战国沿用，以震军威。经军事家孙武及楚名将伍子胥（老河口人）在楚汉战场的整编运用及民间的发展演变，经整理形成了现在由百余人演奏的鄋阳锣鼓。

明代《光化县志》据史记载："楚师轻窕易震荡也，若战多鼓钓声。"时任县令王时中登鄋城，看到了鄋阳锣鼓演练后，在诗中写道："汉家宰相此遗城，今日登临倍感情。烟嶝半空荒草合，女墙犹在野花生。空中云闪旌旗影，树杪风传鼓角声。天地不殊风物异，丹书何处又重盟。"

鄋阳锣鼓古朴、雄壮、威武、热烈。20 世纪 90 年代被载入襄阳地区教科书；2003 年经专家指导，由鄋阳办几乎全体干部及一批文艺骨干共 120 多人排演，不仅在当年"梨花节"开幕式出演，还在襄阳诸葛亮广场会演中获奖。

六、抬桩故事

——人上站人唱大戏

抬桩故事（社火），是在一张特制的方桌中心安上铁质芯子，芯子上制有护心镜（花孔铁板），结合叉子、担子、枚子、踏子等铁制部件，组成内部结构，由八人抬的大方桌上站一组演员，演员头、肩、手上又撑起一组演员，形成一组生动剧目造型画面的动态艺术活动。

演员由十岁左右的儿童，按古装戏剧人物化好妆，然后将其用宽布从脚到胸裹定在芯子上，最后穿上戏服，组成两层演员，再由八人抬起，在吹打乐伴奏下，满街游玩。因它以芯子为柱，好似人上站人，物上站人。如扮一出"断桥"，许仙肩扛雨伞，旁边站着拿双剑的小青，伞头上站着白娘子，小孩还不时地舞动道具或做手势，好像正在人上人的舞台上演戏，十分生动有趣。

此活动自清雍正年间由江西商人传入仙人渡生根，通过传承进化，在全国不同风格故事中，是为最惊险壮观的一种。

七、双座旱船

——全国鲜见双子座

《双座旱船》舞，主要流传在老河口市张集镇一带，是一种节令性很强的民俗舞蹈。白天和晚间都可表演。

张集镇老艺人熊定枝说："双座旱船舞，相传唐代就活跃在张集一带。至今在当地人的口语上，还流传着石桥的'花鼓'，张集的'船'，张庄的'杉木腿''赛竹竿'。"张集的《双座旱船》比别处的单座旱船高出一筹，深受乡民的喜爱，得以代代相传至今。

该舞的音乐伴奏是当地广为流行的"火炮歌"。演出时，撑船人横拿竹篙在船的左前舷带路出场，摇婆子手拿蒲扇在右侧，船在中间。跑场演出，亮相划船，载歌载舞，互相逗趣。

屈原《招魂》与老河口巫文化

据《楚文学史》载："至夏周两代，祝融部落在中原王朝的征伐下被迫南徙，将华夏巫文化带到南方，与荆蛮杂处的楚人，一者为崇拜祖先的虔诚而继承巫文化，二者为巩固民族团结而弘扬巫文化，三者为在恶劣环境中宗教需要而发展巫文化，故直至西周，楚人始终以巫文化作为其主导文化。"

我们考察老河口一带渗透于生活土壤中的巫文化，似乎能看到先楚在阴国生活的印迹。

从小到老，有两件亲历的事很神奇，并且都与屈原及楚巫文化相关。一是八九岁时，受到惊吓，白天失魂落魄，夜晚不敢吹灯，母亲带我到孟庄（现竹林桥贺岗大队）请一个民间巫师为我招魂。

这巫师是半店小学教我语文的老师张付兰的婆母。她让我平躺在床，装一平碗小米用布罩好，不贴身在我身体上下晃悠，口中念念有词。我迷迷蒙蒙，似睡似醒，依稀记得念"西冲不要去呀，那里有摄魂的妖魔，南坡不要去呀，那里有死鬼在等着……"中间夹杂着"回来吧宝宝。"我母亲立即应答："回来了，宝宝回来了！"

约半小时，巫师打个哈欠，好像从另一个世界醒来一样，换了个人的口气说："可以了！"然后打开刚才装小米的碗，我和母亲都惊奇地发现，小米竟从一平碗变成大半碗了。

总之，从那"收魂"后，我"灵魂附身"了，反正病好了。这些招魂术，直至现在还在当地乡村普遍存在，但经时代科学发展，这些巫术越来越残缺不全了。

　　又一次是1999年9月小孩妈被吹了奶，一两天一只奶不通，肿胀得像气球，医院只打消炎针又不能手术。土办法让大人用嘴猛吸，吸得牙龈出血都吸不通。

　　恰好有个国税局职工家属叫吕淑华，现仍健在，是大桥头冷集人，她讲娘家有个民间巫师，治吹奶很灵。我们随吕氏过汉江桥即拐入一个村落，在吕淑华娘家，吕弟去请人，又是一位女巫师。

　　巫师听完病情，根本不摸也不看病人，让吕弟去拿一把上鞋的锥子来。吕家没有，到隔壁借了一把。巫师拿过锥子，在病人背后不贴身空画个十字，又画个圈，圈住十字。然后也念念有词……约有十分钟，她说好了，小孩妈背对巫师，根本看不到她在作什么法，但一说"好了"，顿觉肿胀的地方疏通了，不痛了。

　　这两件神奇的经历，用科学解释，应为巫师在招魂的过程中，把一种意念和气场输入病区或神经区，从而达到疗效吧，应该属于高明的心理疗法一种手段。另外，还有为小孩招魂的"符"，贴在村头路口的树上，上写：

　　　　　　　天皇皇，地皇皇，

　　　　　　　我家有个夜哭郎，

　　　　　　　路过君子念三遍，

　　　　　　　一觉睡到大天亮。

　　这一贴，再加晚上两大人配合，像巫师那样，一人喊魂，一人应答："回来了，回来了！"小孩就不哭了。

记得村里这种简单的招魂办法，几乎家家都会。

　　还有一种村里几乎都会的叫"竖柱"。家里有谁突然头痛身上痛或掉了"魂"，用一饭碗上横一只筷子，再竖一支筷子，然后贴着站立的筷子，在横筷上再立第三支筷子，喊自己家或邻家已故的人的埋葬方位和名字，这样问："是不是在东北角，是不是你二爷在说你？"

　　若站住了，就认定那个魂灵使的法，就要说："是你就站住！"然后去烧纸送钱。据说一送病就好了。

　　我们按科学推想，还是一种心理暗示疗法吧！现在普及全国的清明烧纸送钱追忆祈祷，应都是从先楚巫文化传延而来。

　　据《楚文学史》载："华夏文化是二元耦合的，就南北方位来说楚为南；就流域长江黄河来说楚为长江（汉江）；就始祖黄炎帝来说楚为炎帝；就象征灵物龙与凤来说楚为凤；就学术儒道来说楚为道。"而道家文化为底蕴的先楚文化其中一主要内容包括"巫"文化。

　　我们进入屈原文化才发现，他在《楚辞·招魂》中记载的"出地"招魂，和我亲历的招魂治病，竟然那么如出一辙。让我们用翻成白话文的屈原招魂诗句来比较，你就会明白，屈原招魂只能在这样的土壤中孕育产生。《招魂》白话文摘句："东方不要去啊，是因为十个太阳出现的地方，金石俱熔；南方不可住啊，多有森之从丛，蛇蝎怪虫伤人……"这种语气内容和文化氛围，都与老河口一带数千年遗留下的民风同韵。

　　除此之外，屈原文化先楚文化与老河口一带渊源深厚，屈原第一次流放为何选择在汉北沧浪区？因为这里有屈氏先祠——屈湾屈家殿，有丹淅之会处丹阳；有袁冲古城，有秦楚边界楚长城，有丹阳血战历史及遗址。屈原写《国殇》即是祭莫当年丹阳之战，楚殇八万将士之楚魂。屈原在此流放时看到汉江美女作诗《抽思》称："有鸟自南兮，来集汉北。"在沧浪区与渔夫对话曰："沧浪之水清兮，可以濯吾缨；沧浪之水浊兮，可以濯我足。"屈原看到当地系列蓖蔽土棋活动而在《招魂》中记"蓖蔽象棋"。还有当地民俗端午节吃粽子、赛龙舟，家家门外放艾蒿以避邪祈福等，而崇尚艾蒿和先楚崇尚香草同为一理。屈原笔下视香草为吉祥物，而老河口也同样视艾蒿为吉祥物，艾蒿香草是否同为一物有待进一步考证。至今老河口一带家家户户传言："五月端午不戴艾，死了变成老鳖盖。"再说当地流传千年至今的石子和草根制作并流行的蓖蔽土棋系列——摆方、摆古子、对国棋、狼吃卒等，还包括鄹阳锣鼓阵形，这一系列古先楚文化均为中国象棋形成提供了要素。这一带普遍而久远的民俗活动，都体现在道家楚文化巫文化及屈原文化底蕴中。

最有意义的是楚巫文化招魂习俗和楚早期文化活动蓖蔽土棋活动，至今在老河口市城乡民间普遍流行。

老河口歌谣选

月亮走，我也走（一）

月亮走，我也走，

我给月亮赶牲口，

一气赶到老河口。

来到大街看景物，

见个猴儿翻跟头，

见个鸡儿吃豌豆，

见个老板穿丝绸，

见个大姐梳光头。

朝前看，向前走，

叮叮光，铁匠炉。

大箩筐，小箩头，

篾匠忙着编背篓。

金货铺，银货铺，

各样东西摆上头。

斜对门，瞅一瞅，

那是苦味中药铺。

那儿看看，这儿站站，

肚子骨碌乱叫唤，

快步走，进饭店，
堂倌急忙迎上前。
各色饭菜报齐全，
堂倌问我把啥端。
有好的，只管端，
我一气吃了八大碗。
吃好饭，喝好酒，
到了河口我不想走。

月亮走，我也走（二）

月亮走，我也走，
我给月亮赶牲口，
一气赶到老河口。
买个鸡儿鸹豌豆儿，
买个猴儿翻跟头，
买个棒槌打滴溜儿，
买个柿子一吸溜。
七十二街都走遍，
喝完清汤往回走。

月亮走，我也走（三）

月亮走，我也走，
我给月亮赶牲口，
一气赶到老河口。

老河口我娃子多，
一拳打个青眼窝。
白天摸，黑里摸，
摸了个钱买医药，
医药铺里关了门，
该他舅子受到疼。

月亮走，我也走（四）

月亮走，我也走，
我给月亮赶牲口，
一气赶到老河口。
买个蒸馍头，
放到案板头，
老鼠子捞到洞里头，
猫子追得翻跟头，
忘记给大家磕个头。

小汉口的景致多

上河口，下河口，
河口是个小汉口。
小汉口的景致多，
牛头对马面，
金鸡对桫椤，
四眼井对着温水河。

不怕山高水又深

郎有心，姐有情，
不怕山高水又深。
山高还有人走路，
水深也有船来行。

腊月歌

二十一杀公鸡，
二十二打堂灰，
二十三过小年，
二十四写对子，
二十五炒苞谷，
二十六磨豆腐，
二十七去赶集，
二十八把面发，
二十九蒸馍头，
三十，供祭，
一直供到十来一。

不要媒婆不磕头

二月二，龙抬头，
时兴妇女多自由。
大脚板，下发头，
不要媒婆不磕头。

土地承包歌

你也干，我也干，
太阳落了还在干。
干得好，吃得饱，
谁要不干吃不到。

推磨磨

推磨磨，
打转转，
男舅来了吃啥饭？
烙油馍，
打鸡蛋，
不吃不吃两大碗。

文章好写头难开

樱桃好吃树难栽，
小曲好唱口难开。
馍馍好吃磨难挨，
文章好写头难开。

民风民俗

老河口民间传统饮食习俗谈

　　"民以食为天"，有了吃的人类才可以延续生命，一代接一代直到今天。所谓一方水土养一方人，人们的饮食习惯，因传统而沿袭下来，这就叫作"饮食文化"。

　　原来老河口本乡本土的人并不多，1557 年明朝隆庆年间，老河口还是汉江东岸一个只有 300 多户人家的水码头。民间传说李闯王造反，1644 年后由陕西来了大批移民到此。到 1661 年，清朝康熙年间本地改称"新镇"，依水而建，初具规模。而真正的兴旺发达则是同治元年（1862）以后的事了。

　　光绪年间（1902）本地才改称老河口，此时，老河口已形成鄂西北汉水中游商业重镇，有码头 14 个，会馆 16 个，城内72 条街，83 道巷，36 座庙堂。

一、人口是五方杂处

　　我是 1929 年出生的人了，在这个城里生，在这个城里长。现在就将我亲身经历的民间饮食习惯和风俗大略做以下考证，以飨读者。

老河口五方杂处，南来的、北往的全国各地人都有。在我记事的时候，从 20 世纪 30 年代开始，除了本地人、河南人占多数外，下五府（黄陂、孝感、黄冈、麻城、咸宁）来老河口定居的也不少，他们被称为"黄帮"（黄州会馆，在今四小、老干部局那一带）。他们多是开设钱庄票号的有钱财主，另外还有小部分手艺人，如住在大巷子西头有几家鄂南咸宁来的"纺花卖线"的，他们卖各色的丝线。清末民初人们穿绸缎的多，所以彩色丝线有大量的销路。有连带商业关系的还有几家手艺精湛的裁缝师傅，如路家巷的肖裁缝、惠风路的黄师傅，能做皮袄面子、长袍、马褂，西装及各式旗袍、袄裙等。铁匠铜匠中也有些出类拔萃的，能制作铜灯、灯盏、马灯、火盆、火钳等铜铁器。

　　除了黄帮，"江西帮"的大瓷器字号也很出名。如三义街的郑顺秀老字号、齐家瓷器号，他们的货源都是从江西景德镇用船运到老河口的。

　　江西帮还有"老天保"曾家首饰店,浙江宁波有"老天宝""天宝楼"金银首饰珠宝行。南街的聂锦鑫银楼，武汉的"汉保成"和老凤祥首饰店也很有名气。

　　四川来的药材有的进了土膏店（卖鸦片的烟馆）。怀庆府（地处现在河南、河北交界处）是当时全国闻名的大药材及中药铺。谭家街（现胜利路西段）有河南人开设的"大成"（现址红磨坊）和"永丰呢绒布庄"（现钟楼底下原址）。

　　出售京广杂货（小百货）的"五福楼""三合永"，有专门出售钟表、留声机发条的"金翠芳"，还有江淮来的副食糕点"李兴发"（现粮局办公楼）、"何春生"（三义街和胜利路口）、"五福祥"等字号，以及 1915 年以后英美日德各国洋行来老河口经商的外籍人员都聚集在老河口。

二、饮食是五味兼备

各省来老河口的人，由于生活方式，饮食习惯，口味不同，互相影响，交叉渗透。

从辛亥革命 1911 年开始，北伐革命（1927）南北统一以后，老河口成为兵家必争的一块肥肉。吴佩孚制下的第五师张联升的队伍，冯玉祥的西北军刘镇华的队伍，姜宏谋的陕西队伍，他们的散兵游勇流落在老河口的不少。河北人、山东人、陕西人在老河口扎根落户，免不了带来大葱、大蒜、大牛肉馅的饼子，这些都是一咸到底的北方口味。

20 世纪 30 年代，老河口住家户屋里都砌的是砖灶和土灶，烧的是葫槲柴和劈柴（棒子柴）。滨江公园的胜利码头过去叫"杨泗庙码头"，就是存放、买卖河西山上生产的葫槲柴和劈柴的码头。

当时饮用的水都是汉江河里的水。卖水的从大河里起来，踩着码头上的石板，蹬着石阶一桶一桶挑上岸，倒在各家各户的水缸里。当年路家巷是水码头，终年石板路都是湿漉漉的。据说因路家巷、丁字街一带的水清、水甜，老河口远近有名的"口醋"就是由路家巷李典发酱园作坊生产出来的。

主食是以米面兼顾，因为下路人（南方人）多，米分细米或粗米，细米即现在用机器生产的，民国初年多由大码头（现在太平街以上）上浙江人开办的蔚丰米面厂供应。一般的大米从河西来的最多，有花红米（现已失传的香稻米），还有仙桃、沙湖、沔阳的经过大石磨两次三次碾出来的细米。至于粗米，又称"糙米"，只经过小磨坊里碾压，米内有稻谷壳、米糠等杂物。

面以小麦面为主，"洋面"是从汉口水运到老河口的。也有本地米面厂的产品，20世纪30年代"蔚丰米面厂"停办后，由朝佛街"大益米厂"接手生产。本地小磨坊都生产苞谷糁、小米和红薯面（红薯干碾碎成粉，可蒸红薯面粑粑和窝窝头）。本地一般人家，早饭都要煮一锅苞谷糁红薯饭，民谚有"苞谷糁面油墩"一说。

往年十户人家有九户喜欢在早上吃"煨蚕豆"。做法是当天晚上将蚕豆放在沙罐里，以文火煨，最好是用烧过的木柴（釜炭）和麦秸煨上一夜，第二天吃苞谷糁的时候，配两勺煨蚕豆。这煨蚕豆烂糊糊的，口感特佳。做法是佐以葱花、细盐、五香粉炒一下，沙沙地，干面清香，又耐饿，老百姓叫它"小蒸馍"。

当然，早上也有吃大米稀饭的，主要是南方人或大商业字号的老板。菜无非是鸡扒豆腐（油炒碎豆腐）、炒黄豆芽、油炸花生米、酱萝卜、滴几滴香油的大头菜（现在叫诸葛菜，孔明菜，襄阳最地道）等。

餐桌上还少不了从街上买回来的"高桩馍""枣糕""豆包"等食物，是早上小贩们从河西或是郑家康、卢家营用木桶挑来卖的。高桩馍按旧制十六两一斤四个，圆柱形。面揉得筋道，蒸熟后一层一层的，很有嚼头。枣糕是发面馍，本地红枣排列在中间，上下两层，四四方方一大块，卖时根据分量切开过秤，香甜可口，最受小儿欢迎。豆包分绿豆馅、红枣馅，旧制四两重一个。

其他油馃子、大饼街上比比皆是。还有老河口的特色"炸馍尖"，现在做的恨不得有棒槌粗，记得我小时候的炸馍尖，那才是"尖"呢，每根三四寸长，两头呈圆形，外面松脆，里面熟软，泡到胡辣汤、杂碎汤、牛羊肉汤里吃，真是别有风味。

作为水码头，老河口人的餐桌上是少不了鳊、白、鲤、鲫、蚂虾、螃蟹的。当年丁字街、南街、大街自由菜场上，鱼贩子卖的大朵鱼，放在大竹筐子里，一般的剁鱼都有四五尺长，是用斧头剁的。都是在汉江河里捕获的活鲜鱼，仅鱼头、鱼尾剁下来就能烧一大锅好菜。

老河口是汉江中游各种鱼类汇集之地，草鲩、野白条、鳝鱼、黄鳝公子、大青鱼、桂鱼（黄花鱼）、鲢鱼林林总总，比比皆是。说到做法，不用说蒸鱼、红烧鱼、油蒸鱼、糖醋鱼块（炸焦回卤，佐以糖醋）、熘鱼片、炸鱼肚、鱼子酱……这些菜端到食桌上也是一顿饕餮大餐！

另外还有一个不得不提的，是湖北下五府人的拿手名菜，那就是蒸菜中的鱼糕（鱼丸子）和鱼糁。鱼糕的做法，就是用大河鱼，去掉鱼刺，将鱼肉用破瓷片（打碎的瓷碗、瓷碟）刮成鱼肉泥，佐以精盐、味精、香油调匀。蒸笼铺上大荷叶或大白菜叶子，将调好的鱼肉泥倒在荷叶或菜叶上，上面倒上一层搅匀的鸡蛋糊，大火蒸，蒸熟后呈块状糕形，用刀切成长条，按在碗内，以芋头、山药、藕垫底，吃时可蘸上酱油、醋和辣子油。

鱼糁就是将鱼肉泥如上调制后，用汤匙一勺一勺地呈枣子大小的形状，放在鸡汤和肉汤里煮沸，泡在米饭上食用也是鲜活可口。

肉糕的做法也同鱼糕如出一辙。

说到"大肉"，煎、炒、焖、炖，名目繁多。不过在中午，老河口人最喜欢的、最常见的家常菜那要数"酸盐菜焖肉"了。

"酸盐菜"的制法，将毛腊菜、箭杆白和其他的青菜晾干去掉水汽，切碎撒盐放在坛子里，上面用石头压紧、封口，腌制一段时间即可食用。酸盐菜和五花肉放在锅内焖，是一碗下饭好菜。

其他"红肉""块肉""条肉""粉蒸肉"都属蒸菜，不做赘述。值得一提的是，有一种蒸菜是下路人吃的，叫"蓑衣丸子"——肉馅外滚上糯米，蒸熟食之。另一种是"糯米灌肠"，以糯米、细盐、五香粉调和灌在猪大肠内蒸熟。

炒三丝（肉丝或鸡丝和粉条、萝卜丝）、炒腰花、炒肚片、炒猪肝是常见小炒。烘猪蹄，猪头可做卤菜。"肉冻"就是猪头肉剁碎、煮烂、冷却成冻条，是口味独特的凉菜。

还有一些别出心裁的手艺，例如，"荷包辣子"，青红辣椒，挖去内瓤，去掉辣椒籽，灌进剁碎的猪肉，用香油蒸熟下饭，还有个名字叫"灯笼辣椒"。

开年后，有白菜薹、紫菜薹炒腊肉；春夏之交，有烧瓜、倭瓜、莴苣、花椰菜、黄瓜、瓠子、洋葱、葫芦、菠菜、茄子；秋后又有南瓜、藕、土豆、芋头、山药、冬瓜等，这些瓜果或净炒或炖汤，有的也可做蒸菜垫底子。

至于晚饭，本地人最爱吃糊汤面，再放上一把芝麻叶（新鲜的要反复揉捏去涩去油性，洗净后下锅，干芝麻叶则要用水发开后清洗净下锅）。有的晚餐是小米和大米稀饭，配"煎饼"（用鸡蛋调起加上葱花，薄薄地擀成面片，用香油煎），和腌制的泡菜下饭。

本地人吃面食的居多，当年家家户户都是自己擀面。和面坯子的时候，略微放些盐水调和拌匀，或是放些鸡蛋清、藕粉、菱角粉、绿豆粉之类的，擀出的面条"精实"，下锅煮熟后有

"嚼头"，不像现在一概机器轧的面条，面片厚墩墩的，煮出来稀松松的。

提到"泡菜"和"腌菜"，则是我们中华民族的"勤俭持家不浪费"传统美德的最好体现。记得幼年时我跟着祖母长大，能干的祖母陈登莲，会腌制各式各样的泡菜。不管是冬天的毛腊菜、箭杆白，还是春天的蒜薹、香椿、韭菜、韭黄、天鹅蛋萝卜以及豇豆、青椒、红辣子都可以做腌菜。她用大大小小的坛坛罐罐，将菜装满，泡上凉开水，加盐、加五香粉后，在坛口压上石头密封。到了一定时候打开，或凉拌或切碎爆炒，配合肉丝、肉片，其味异常鲜美，都是下饭助食的佳品。祖母腌制的泡菜，不亚于长盛街那家有名的四川泡菜店的产品。记得童年时一到冬天，奶奶就开始做干豇豆烧五花肉和腌韭菜薹炒肉，那个味道至今想起来仍然让我口涎不止啊！

还有些特殊的食品，比如，偶然做一两顿给小孩子和病人吃的半流汁的"面籽儿"。就是将水煮沸后，用面粉将水拌成颗粒状，倒在锅内加上油盐煮熟即可。还有一种哄小孩吃的"面蚕蛹"，那是用指甲盖大小的面粒加上糖盐在木梳上一按，小面片卷起来像蚕蛹的形状，用香油炸后，像一颗一颗的大花生米，吃起来焦酥可口。也可以下到沸水锅内煮熟食用。

还有一种"驴打滚"的小面点。用温水泡过的蚕豆，剥取蚕豆皮，将蚕豆瓣滚上用糖或盐调和的稀面糊，放到油锅里炸熟或下到沸水中煮熟。

平常饭桌上是少不了禽蛋之类的鸡蛋、鸭蛋、鹌鹑蛋、煎蛋、炒蛋、煮蛋、荷包蛋。当时有种"蛋饺"，与饺子一个做法，不过面皮改为蛋皮而已。

豆制品也是少不了的，什么豆腐脑、豆浆、豆腐、豆腐泡，豆油筋、豆油棍、五香豆腐干、千张皮、臭豆腐简、豆腐乳、豆腐酥鸡等应有尽有。现在的豆制品，质量赶不上过去。当年老河口城外的杜家营以及现在大桥头丁字街以西的石家豆腐铺，都是远近闻名的。

三、品种丰富的宴席

到了光绪年间，老河口在汉水中游已经是数一数二的商业码头，南方来的江浙帮、江淮帮，长江中下游以及四川、西北来的商贾世家都云集在这里。奢华生活，食不厌精，厨子班就应运而生了。

最早的厨子班由名师丁玉清掌管，据说丁师傅在某抚台衙门当差多年，南菜、北菜手艺精湛，门门到堂。他教的学徒，一出师就被各字号衙门聘请去了。名师出高徒，丁师傅有两个得意门生，一个是贾鸿宾，一个是贲鸿钧。他们无论是白案、红案，煎炒焖炖样样俱全，菜目翻新层出不穷。

民国初年，丁玉清"告老"后，贾鸿宾在杨泗庙成立了专班子，红案厨师有董显章和焦、黄二位手艺出众的名厨。

另一家在东启街原江西会馆院子里（现邮政局分所以西），班主贲鸿钧手下的高徒有鲍三、尚致义、王玉山、陈道山、王秀亭等。

这两家厨子班能做各种风味的菜肴，除湖北风味的瓦碗粉蒸肉、块肉、条肉外，还有鱼糕、肉糕、蒸鱼、黄花鱼、灌汤包、蟹黄包等，并且能做广东菜、川菜和苏州点心。

一般宴席的程序，阔绰点儿的有：四个香盘，四个热盘，四个特荤，四个全盘（全鸡、全鸭、全鱼、全蹄），一海碗银耳汤（或是燕窝汤），全家福（杂烩），八宝饭，清炖鸡汤或团鱼汤（甲鱼汤），清炖牛、羊肉汤，最后是四个泡菜、四个小炒供下饭。

一般在客人前来道贺开席前，每过半个钟头就有一道称为"到碗点"的点心奉上，这种点心随着四季节令不同而变换。春天是烧卖，蛋须汤；夏天绿豆糕，薄荷糕，凉米糕，酸梅汤；秋天是水晶饺（冬瓜条冰糖馅的烫面皮蒸饺），荷叶饼卷烤鸭，冰糖莲子汤；冬天是鸡油酥，糯米虾米包，杏仁茶和油茶（牛油渗炒面加香料的饮料）。

上等席宴上有山珍类，如号称鹿茸的一种瓦松植物，烹后分劈用猪油炸，清香可口；全菜是一种像红苔秆的植物，下锅爆炒里味很足；酥羊肚也是一种野生植物，用猪油焰火炒，异香扑鼻，味道清纯。

海味则指海产品：海参、鱼翅、鱿鱼、鲍鱼、墨鱼等。食材可谓多种多样，如猴头、熊掌、干贝（蛇肉干）、广米（虾肉干）、鹌鹑、鸽子、野兔、獐子、娃娃鱼、玉兰片、竹笋、香菌等不一而足。

上述两个厨子班也兼做西餐，法式、俄式的都会。1935年，"华中英美烟草公司"英国大办莫理士来老河口视察商务，地方商会曾在路家巷春大公司设宴招待，由贾鸿钧亲自动手办了一桌中西合璧的酒宴。席上有烤乳猪，麦糊鱼排，金镶玉（用两瓣大板栗，中间夹上鸡肉馅，外面滚上鸡蛋粉芡，用奶油油炸而成）等。

抗战前公园西边（现市政府西侧老干局附近）有两家西餐馆。一家叫"巴黎西餐馆"，老板是个年轻人，经常头戴贝雷帽，身穿格子呢西装。餐馆所售食品虽不多，但很适应一般食客赶时髦的心理，无非是牛奶、咖啡、可可茶、奶油蛋糕、甜面包、果酱、夹心饼干、黄油煎蛋、罗宋汤（番茄洋葱牛肉汤）、通心粉、咖喱鸡丁、土豆泥、豌豆泥等。另一家在后街（现商业街），靳吉甫在他开的"吉星照相馆"旁边也开了一家"吉星西餐馆"，1941年因汉奸案事发，靳吉甫被抓，这家西餐馆才关门。

一些小饭馆，各有千秋。如罗盛街的丁家馆、两仪街的陈家顺馆、海家馆、中山公园内开的"公园餐馆"，各有各的拿手好菜、小吃招揽顾客。路家巷口"公义楼"的黄酒、卤菜、小笼包子；正兴街金三的伏汁酒、汤圆；烧锅道子的酸浆面（用豆腐点浆水加上葱姜熬制，夏天能清热解暑酸味浓香，回味无穷）；柏树院的油馃子大王；牌坊街郑家的油炸馓子；花城门的油馍尖；南街简家道子口驼子卖的油酥饼子、芝麻炕炕饼和枣泥、豆沙饼都颇有名气。

寺庙、佛堂也承办斋饭（素酒素席），如城内的万善寺（下仁义街）、清风寺（现幸福院）、火星庙、玉皇阁（南城门原址）、朝佛街的"红万字会"（佛教慈善机构）以及小东门附近的佛堂、尼庵等备有斋饭。斋饭一般是素席荤做，用蘑菇、香菌、豆腐、千张皮、豆油筋、萝卜、白菜等各种鲜果、青菜为材料，但菜目却称为"烧鱼、烧肉、清蒸螃蟹、油炸酥鸡"等，其实都是一些豆制品，形似荤菜，油炸清炖，名目繁多。

当年的饭庄菜馆，无论老板伙计，送茶报菜，上菜开酒，百喊不厌。盘碗清洁，活鱼烹调，开笼倒菜无论哪一项，都是有条不紊，让人有宾至如归之感。

四、丰富多彩的糕点和小吃

　　化城门、牌坊街一些果子铺和小店副食糕点比比皆是。当年城乡往来和走人家、拜客也离不了提个"果包子"以示礼尚往来。所谓果包子，用的是粗草纸包上糕点叠成簸箕形，中间加一条宽宽的红纸条，俗称"狗头包"。街边上摊子出售一些"粗果子"，如米花糕、糖角、麻叶、麻片、寸金、鸡帽糖、核桃粘、花生粘、牛耳朵、油炸锅巴、芙蓉糕、开花饼、硫化糖等。

　　所谓细点，在大酱园里卖，如五福楼的李典发酱园、三义街的何春生酱园、南街的五福祥酱园所出售的糕点都是精工细作。制作模式和手段，一律采用苏州式的糕点，如酥糖类的：芝麻酥、花生酥、玫瑰酥、桂花酥。芝麻酥做法是用糯果糖熬成半流汁倒在大案板上，冷却呈面坯状态后，用擀面杖擀成薄片，切成两寸宽的长条，掺和炒熟的芝麻粉或花生粉卷成长方形，如果添加的是玫瑰油或桂花油就是"玫瑰酥"和"桂花酥"了。

　　另有"绿豆糕""芝麻糕""薄荷糕"。绿豆、芝麻等原材料磨成粉，拌入香油和少许火面（炒熟的面粉），绿豆糕中也可加枣泥或红豆沙，放在小模子里清蒸出来即可。

　　"雪片糕""银片糕"，是用米面加白糖烘烤出来的，透亮的软米糕，每片切得很薄，用油纸包装成一个个的长方形。还有一种是油纸包装的"烘糕"，烘烤至淡黄色的长方形薄片米糕，一般婴儿缺奶，买回去可以将烘糕煮成乳状，成为供婴儿饮用的代乳品。

酱园里出售的月饼，有一斤四个头的，也有一斤八个头的。种类有澄沙、五仁、枣泥、夹麻等。中秋佳节，还可定做"大月光饼"，如直径一百厘米圆盘大的薄面饼，中间夹有豆沙馅。月光饼周围用手指捏成细花纹，饼中用彩笔画上嫦娥、月宫、玉兔、梭罗树等，中秋月夜敬过"月亮爷"后合家切开品尝。苏州式传统点心最有名气的要算南街白守山师傅出产的糕饼点心了！

　　大众食物油馃子就是其中之一。当年柏树院王家的油馃子炸出来又肥又大，黄爽爽的外焦内软，咸淡适中，城中都盛赞其为"油馃子大王"。牌坊街口的郑家和花城门外，也有一家卖油馃子的。丁字街王成富的麻花香脆焦酥。南街简家道子口的烧饼店最出色，老板是个驼子，北乡秦集人，他做的枣泥饼子有掌心大小，厚厚方方，四个角用刀割开，露出老红色的枣泥馅子，吃到嘴内香甜可口。还有一种芝麻盐炕炕，形状有些像清真教门做的"油香"，薄薄的两个巴掌大的长方形面片，上有芝麻，两面烘烤焦黄，每隔一指宽划一条刀印，吃时用手掰开，形状如同现在超市出售的"指头"饼干，味道香脆可口，焦盐味咸甜均备。其他还有葱花油酥饼子、糖火烧等面点。"酥饺"是香油调面，和糖馅子，多面层起酥掉渣；"酥馍"就是糖蒸馍过油煎炸，口感特好。"菜角子"是酸菜豆腐丁或韭菜做馅，用炸馍捏成的三角形，放油锅里炸成焦黄色起锅食用。

　　后街（现商业街）有一个卖"清汤"（馄饨）的，老板卖清汤是白天备料，晚饭后一更天（七八点钟）出挑子。当时火星庙巷子内有几家窑子（妓院），嫖客饿了，叫伙计到赵老二那里端几碗清汤。更不用说到了半夜三更，有些打麻将的，摇单双来赌的，吸鸦片烟的，还有商号管事、扎帐的饿了，都要去吃一碗。赵老二的清汤面皮是用的上等洋面掺上菱角粉、绿豆粉擀出来的，面皮薄而透亮，又精实，馅子是剁碎的五花肉，佐以葱花、酱油、醋等，但凡是吃过赵老二清汤的没有人不叫好的。他的清汤馅子特别好吃，知情人说其实掺有老鼠肉，这在方圆左近的邻居中已是公开的秘密。

"伏汁酒"要数三义街的金山做得最地道，香醇清甜加上指甲盖大小的小糯米圆子，再加两个荷包鸡蛋，很是招徕顾客。

冬腊月间夜晚，有小贩提着外面用棉套包着的大黄铜壶的"油茶"，能装一二十斤重。油茶是用牛骨髓油，掺上火面、辣面、细盐熬出的辛辣饮料，一碗下肚，通身冒汗。

四令八节，也免不了有各种小吃。如开春后的春卷。五月端午的粽子（糯米红枣和肉粽）和馓子、咸鸡蛋、咸鸭蛋、熟蒜头。八月中秋的"板栗焖仔鸡""荷叶饼包鸭肉"。九月九重阳节的寿桃和寿面。腊月初八敬司命爷五谷杂粮和菜蔬煮的腊八粥、灶饼，均各有风味。

五、习俗及其他

老河口习俗与外地大同小异。

除夕人们守岁迎新吃饺子，过了春节上元佳节吃汤圆，端午吃粽子，八月十五吃月饼等习惯，外地也有，至于平时生儿满月，送老母鸡汤给孕妇补身体等习惯外地不一定有。

老河口比起内地其他城市开化文明得多，但有些书香人家、地方绅士们还是很讲究"男女有别、长幼有别"。比如，我外公家，吃饭时外公、外婆坐在上座，来客时是男左女右，其他男父、表兄弟依次坐下，家中女眷是一律不在厅堂内上座。当然，我的家庭就不同，买办家庭没有什么封建思想，除了外国客人和商务大办夫妇外，家里的女眷姑姑们是不用回避的。

老河口外地人多，特别到了1939年以后的抗战时期，酒席宴前，家常便饭就没有那么多的繁文缛节了。所谓论资排辈，主要出现在各个行业公会"做会取餐"的时候，或者是洪门、青帮开山收徒大摆筵席的时候。

老河口屡经战乱，从辛亥革命以来，军阀混战，日寇入侵十四年抗战，战火未熄，内战又起，百姓生活每况愈下。到了20世纪50年代又开始粮油统购统销，在计划经济的约束下，主粮和油料都不能自由买卖。又经过吃大锅饭后，多少传统的饮食习惯和手艺，因没有原料，少油缺盐，而越来越简化，经过几度战乱和新中国成立后的一段"穷过渡"，传统饮食精华，许多种类已随着年月的流逝，人物的老去而失传了。

现如今，当年贲家厨子班贲鸿钧还健在的两个儿子还在开馆子，但已不复往日的手艺和风采。贾家班的高徒董宪章师傅，新中国成立后一直留在县委会和市政府厨房做红案，20世纪90年代去世。"百年老馆马悦珍"的第三代传人马贵生兄弟，虽捡起老行业，但半路出家，烹饪手艺早已名存实亡。

到了20世纪90年代开放伊始，老河口服务公司原一部分厨师有的外出打工，留下黄明亮、苏国强、李泽明一度在本市开光化饭店，又在惠风路、中山路开设所谓四川口味的四川饭店。

其实老河口地处鄂西北，既没有名山大川，也没有湿气、瘟烟瘴气，现在非常单一的是老河口的餐馆均是以辣到底，以麻到底，早已丢失了过去兼具南北风味的辉煌，与饮食中的特性南甜、北咸、东辣、西酸的口味原则大相径庭。倒是一些舶来品，比如，日本寿司店、韩式泡菜、德国汉堡包等充斥街头小吃店、熟食摊。多少民间传统的吃法，已经不复存在。但是另一方面，也有传承进化的元素，人们从追求吃饱到吃好，至现在的讲究营养搭配，传延下来的一部分烹调手艺在厨师手中又有了发展。消失和新生交融在一些街巷的大馆小摊，也传延了一批精华，市电视台《味道老河口》播出的很多菜肴均有了新意。此外，农村生活我经历不多，不再赘述。

最后我们真心呼吁饮食繁华时代再度归来！

老汪大酒店

——老河口地摊文化缩影

老河口小吃林立，有独味鲜、金牛角、红月亮、红河谷、江河豆花鱼……情有独钟者，唯巡司街老汪"国际"大酒店也。

酒店取名老汪大酒店，口碑相传，实为光化办辖区巡司街临街一卤菜小吃地摊，戏称"国际"，言其在小城知名度之高。酒店坐南朝北，砖瓦土木结构，木板门，泥土地面，木凳矮桌，室中一圆柱顶高，环室墙面皆糊以旧报纸（现已粉刷一新），墙角西侧则高悬一纸牌，上书：无论何人，概不赊账，请自尊重，面阻无光。迎门一玻璃柜台，上下两层，倒也洁净清爽，内放卤鸡、猪血、毛豆、豆皮、豆干、水煮花生、顺风、口条、兰花豆（油炸蚕豆）、萝卜缨……各种卤菜色泽明艳，方桌砧板旁并立两坛青花瓷红高粱，一溜趟搪瓷杯散酒飘香，令过往酒客驻足探身口舌生津。

酒店始兴于20世纪80年代，店主老汪已于多年前驾鹤西去，接手者为其侄儿侄媳，寒来暑往，二代店主老两口已年近古稀，但依然厚道热情，切菜时动作娴熟，手上的青筋似在诉说着酒店的沧桑。

一天傍晚，正值夏秋黄昏降临，老汪大酒店便开始了一天的喧腾。室内座无虚席，方桌一直摆到门口街道的两侧，小巷为之堵塞。或七八人一桌，或三三两两，或独酌，或公务接待，或朋友小聚，内中不乏衣冠楚楚貌似领导老总，或戴草帽吸旱烟状若引车卖浆者。不论阳春白雪，下里巴人，皆毗邻相依，环室而坐。更有耳垂明月珠，着套裙制服、白领少妇、进门香喷喷者，端坐一隅，众食客目光为之一亮。

酒为水酒，菜是卤菜。就着麻辣调料，咬一瓣独蒜，老汪卤菜果然卤味十足。尤其是卤鸡，可谓酒店之招牌，老汪之绝活。其烹制、调料、浇头、汤汁、原料皆极讲究，皮黄肉脆，食之唇齿留香。襄阳一网友吃卤鸡喝烧酒后，竟感慨良多，他在寄给我的明信片上，居然写上这样一句话："老河口，唯一湖好水与老汪酒店卤鸡耳！"这种厚此薄彼，以点概全的说法，老河口人当然是不敢苟同的。

到老汪大酒店，醉翁之意不在酒，似在酒酣耳热之际畅谈江湖咀嚼古今。老河口居汉水故道，为滨江小城，天下十八口，数了汉口数河口，是典型的临水而兴，聚码头而旺。四方集聚鄂、豫、川、陕，码头文化底蕴浓厚。这里酒价卤菜极其便宜，即便今日物价飞涨，请客吃饭烟酒价已高于饭菜钱，但在老汪大酒店，百元钱足可宴请三五好友畅怀一聚，此为人旺之其一。其二在这里不管达官贵人还是凡夫俗子，众生平等，皆可围桌而坐，挥箸举杯间畅所欲言，隔座对话，谈笑风生。且看酒酣之时，有人猜拳行令，面红耳赤，高呼你能喝一瓶，我能饮二斤，看看谁撂倒谁。更放言当年豪放能喝酒，喝遍光谷无敌手；有人卷袖高喉咙大嗓，想当年老子如何如何，大有天下英雄舍我其谁之势；亦有高谈阔论者，举凡国际国内，家事人事，仿佛一个百事通、千里眼、顺风耳。大家乘酒兴信口开河，口无遮拦，或道胸中魂磊，或诉平生际遇，酒浓话浓，乐此不疲；更有甚者，也许是一面之交，竟扬声招呼：朋友、兄弟，你这一桌酒钱我已经给你结了，说完抱拳踉跄而去……老河口人码头文化的包容、豪爽、义气、率真个性、五湖四海皆朋友于此演绎得淋漓尽致。

身为一寻常食客，我时时暗忖：在老河口，老城拆迁日新月异，豪华餐馆举目可见，口碑相传的老汪"国际"大酒店能否一如老树红花，承载着小城饮食风范和码头文化积淀，花团锦簇般永远闪现在清澈明净的梨花湖畔呢？

推杯换盏话酒俗

　　在老河口诸多的文化现象中，酒文化是一枝独秀的。历史上这里为汉江水埠九省通衢的咽喉要道，人口杂居，商贸繁荣，兵家必争。外来人口的集聚，多种文化的汇合，使得老河口酒文化更加丰富多彩。本人土生土长在老河口，虽不胜酒力，但十分热爱家乡的酒文化，对其略知一二。

一、酒在日常生活中的文化称谓

　　老河口人饮酒的有很多，生老病死，婚丧嫁娶，要事喜庆都是离不开酒的。如生了小孩，三天要喝喜酒，叫喜三酒，满月后要喝满月酒，周岁要喝周岁酒，12 岁要喝开锁酒，结婚要喝婚庆酒，典礼要喝交杯酒，回门要喝回门酒，36 岁要喝本命年酒，50 岁以后的整数要喝寿庆酒。如果有人去世了，就要喝最后一次送行酒。这是老河口人从生到终必喝的几种酒。以后每年的清明节为逝者祭祀用酒，叫祭酒，祭酒要洒在坟上及供桌前，是不能喝的，表示对死者哀悼纪念。除此，老河口城乡百姓生活中还有一些酒也是要喝的。像节日要喝节日酒，如春节、元宵节、端午节等。出远门或准备出去干某件大事的人要喝壮行酒，亲朋或领导出远门归来，要喝接风酒，朋友或上司升迁要喝升迁酒，小孩考入大学要喝谢师酒，工作上取得了重大成就，是少不了要喝庆功酒的。旧社会老河口朋友间的海誓山盟还有喝血酒的习惯，表示团结一心，共同完成某一件事情。几个人成了拜把子兄弟还要喝拜把子酒。酒除了饮用称谓外，还有一些其他文化称谓，喝醉酒行为不能自控的叫"酒疯子"，经常酗酒喝醉的称"酒麻木""酒鬼""醉酒汉"。酒逢知己千杯少，无酒不成席，酒壮怂人胆，酒肉的朋友，米面的夫妻，都是有关酒的俗语。有些人喝酒喝得再多都不醉，人们称之为"走酒"，据说"走酒"的人是头上冒汗、脚底出水，把酒气散光了。

二、老河口人喜欢在游戏娱乐中饮酒

喝酒追求的是放松、娱乐、休闲和热闹，需要一定的气氛，直接饮酒和独自饮酒的人并不多，除非一个人心烦了喝闷酒。没有一定的娱乐方式、没有可口的饭菜、没有几个人的嬉闹，这辣乎乎的东西也是很难下肚的。老河口人喝酒一般都是在游戏娱乐中进行，大致有以下几种形式。

一是划拳喝酒。这是小酒馆、酒肆普通老百姓中比较盛行的喝酒方法，双方拉开架势，伸出五指，变换指数，看谁能逮住对方，二人吆喝，众人喝彩，很是热闹。划拳从一到十有固定的吉祥词语，如一定高升、两家有喜、三星高照、四季财来、五进魁首、六六大顺、七七巧枚、八八大发、九九（久久）长寿、十全十美。这叫划数字拳，也有直接说出数字划拳的。除了数字拳，还有划螃蟹拳的：一个螃蟹呀，八呀八只脚呀，两个眼睛，这么大个壳呀（比画个圆），爬呀爬上岸呀，爬下河呀；两个螃蟹呀，十六只脚呀，四只眼睛两个大壳呀……两个划拳者同时喊，都在心里计算着数字，谁说错了谁喝酒。由于这种划拳喝酒方法目的是消磨时间，酒下去得比较慢，但现在人们生活节奏加快了，划这种拳的人也为数不多了。

二是游戏喝酒。一种是敲筷子喝酒。即杠子、老虎、鸡、虫，俗称杠打虎，即老虎吃鸡子，鸡子吃虫子，虫子吃杠子，杠子打老虎。一物降一物，玩时可敲桌子或敲对方的筷子，猜对方心思看要说啥，好赢之，输者喝酒。还有用包袱、剪子、锤游戏定输赢和用猜枚等形式喝酒的，还有说数字游戏，规定20以上任何数，二人可说一数或二数，把谁挤到那个规定数上谁喝酒，还有一圈人参加的多人数字游戏，谁说出明七暗七谁喝酒，等等，不一而足。

三是过圈喝酒。这种喝酒方法在官场招待或文雅酒桌居多，当今的老河口由于工作及生活节奏加快，人们没有过多的时间四平八稳地喝酒，怎么快就怎么喝。因此过圈十分盛行，也叫喝转酒，开席后，招待方客套几句，然后大家一齐先干一个酒，接下来每人打转，有时为了节省时间，可几个人同时打转，打转一般是从上席（主人或是尊贵的客人所在的位置）开始，可顺时针方向正转，也可反向进行。

四是戏言喝酒。老河口酒桌上，硬喝酒的几乎没有，大家追求热闹气氛，所以戏言喝酒也就成了时尚。戏言喝酒使得酒桌上的气氛异常活跃热闹，劝酒者的戏言、笑话和顺口溜，不但能引起哄堂大笑，还能让对方乐于喝酒。如"能喝二两喝半斤，这样的同志马上升"。玩笑地称赞对方量小而敢多喝，领导会看重的，以后必定提升，你多喝了，不会吃亏的。又如，"能喝半斤喝二两，提升的事你莫想"，玩笑地提醒对方要会事，能喝却不喝，领导会认为社交能力差，不会重用的。还有

"屁股一抬，喝了重来"，喝酒时只要你站了起来，往往就会被对方抓住，让你多喝一杯，也有人反戈一击会说："我这是'屁股一动，表示尊重'，你让我多喝？没门！"这时劝方和被劝方只有都不多喝，二人笑着同饮一杯。有的喝酒用感情的深浅来说服对方，如"感情深一口闷，感情薄慢慢磨""感情厚喝不够，感情浅慢慢舔"，这时对方碍于面子，只有一口喝干。在老河口宁伤身体不伤感情而醉倒的人确实有很多。还有一些酒桌上用暗语荤词劝酒的，如谁不喝"两字……"大多数酒友知道两字是什么意思，有时碍于有女人在场，不能说出，大家心照不宣一笑而饮。个别不知道的还在打听哪两个字，旁者耳语一出，问者即可笑出声来。现在老河口人们的生活水平都提高了，并不缺吃少喝，闲暇时间总想约约朋友在一起坐坐，聊聊天，愉快愉快。大多数人对酒店的档次、饭菜的贵贱并不在意，只要干净、热闹也就心满意足了。其实喝酒这玩意儿等同于休闲，朋友聚在一起说说戏言、笑话，放松放松，也没有谁会当真的，都是为了图个高兴热闹，不但平时的工作、家庭生活压力会在这时随之而解，也增进了朋友间的友谊。

三、酒桌上的风俗习惯

老河口的酒桌上有许多不成文、约定俗成的风俗习惯。人们聚在一起喝酒时总要搬出些风俗习惯来说服对方，让其喝酒。"敬酒"就是普遍认可的风俗之一。家里、单位来了宾客、长辈或领导，做晚辈的和下属的必须主动给他们敬酒，表示尊重，并讲一些颂言美语，让对方高兴地喝下。一般是敬者双手端起酒杯递给被敬者，这时客人也是必须喝干的。同辈、同级之间是不敬酒的，有时特别尊敬对方非要敬个酒，被敬者出于礼貌只好喝掉，稍后再回敬。在老河口婚宴上还有敬双杯酒的习惯，即新婚夫妻双方各敬两杯酒让客人喝下，意谓喜事成双。新婚夫妻还要喝交杯酒，男女各端一杯，互挽胳膊，你喝我的，我喝你的。

"茶七酒八"也是老河口的风俗习惯。给客人倒茶或斟酒是不能倒得太满的。茶倒在杯中有七成就可以了，酒倒在杯中有八成就行了。主人在给客人倒时，你常常会听到客人说："不能倒得太满，茶七酒八、茶七酒八。"有时不小心倒满了，主人会自圆其说，这是"满实在"。其实这时客人大多是不悦的，反而认为这是不尊重人。

"白壶酒"。老河口人有让客人喝"白壶酒"的习惯。何谓"白壶酒"，就是斟酒到客人面前时正好壶里没酒了或只斟了半杯，酒壶、酒瓶空了称为"白壶酒"。这时客人就得多喝一杯酒了。

"客不攀主"。在老河口酒桌上喝酒的客人一般是不攀扯主人家喝酒的。也就是客人之间怎么喝都行，就是不能闹着让主人喝，主人自己愿意多喝那是另一回事。有时客人还劝主人少喝，但主人会说："要想客人美，主人先下水"，以示多喝是为了让客人喝好。

"搅酒"。喝酒是一种娱乐文化行为，单说酒好喝与不好喝，是难下定义的，有了它，就热闹，没了它再丰盛的酒菜也是凉冰冰的。酒桌上不搅酒硬喝，也是凉冰冰的。搅酒并非完全是一种贬义，相反大多数搅酒还有积极意义。因此，在老河口搅酒相当普遍，是一种人们认可的习惯。老河口人搅酒的方式有很多，让老婆、孩子轮番敬酒搅的，和对方东扯西拉进行搅的，以退为进搅的，瞧准对方不喝干搅的，缠住"目标"搅的，没有理也搅出个歪理来让对方喝的。总之，都是想让对方多喝点酒才搅，搅酒往往能使平静的酒桌很快热闹起来。难怪许多外地客人在老河口做客后会感慨地说："老河口人太好客了！到了老河口要学会喝酒了。"

老河口的酒文化是多姿多彩的，它既丰富了人们的精神生活，扩大了社交，还促进了经济发展。可以说酒的文化作用远远超过了它自身的饮用价值，这也是它为何久不衰的酒文化魅力。在人们的日常生活中，还有许多酒文化现象，比如，啤酒的倒法，人们就编成了顺口溜：歪门邪倒（道），细水长流，咎（酒）由（有）自取，改邪归正。一是这样倒才能倒得很满，二是告诫人们犯了错误要改邪归正。

老河口还有在酒桌上吟诗作对的传统，流传下来许多优秀的民间故事就收集在了中国民间故事集湖北老河口卷上，如《酒色财气》《吟诗答对》《席面三道诗》《秀才喝酒》《三位先生喝酒》等。最有代表性的是唐宋八大家之一，曾任鄅阳乾德县令的欧阳修，经常邀请绅士名流在一起赏景赋诗作对饮酒，留下了许多佳话，让人们传诵至今。

岁寒话旧俗

八十年前老河口的冬腊月比现在冷多了，点水滴冻，家家檐角挂满了透明的凌冰柱；大河结冰，大把车（独轮车）可以在汉江河上吱吱扭扭地推过。在鹅毛大雪中，人们大都在厚重的皮袄或大棉袍外面，再套上一件黄油布风衣，穿着毡靴或是牛皮靴御寒，在尺许深的雪地里走动。

腊鼓"咚咚"，寒鸦点点。空气里飘散着蜡梅的芳香，传扬出寺庙内的钟鼓声和木鱼声。

只要雪霁天晴之后，湖南街码头（现胜利路汉江关后）、均邦码头（现丁字街）岸边，从渡口上岸河西运来的葫叶柴、木炭等货物堆积如山。

花城门外的干果市场，柿饼、霜糖（柿饼上撒石膏粉）、胡桃、枣子、白果、花生应有尽有。

丁字街、牌坊街、普宁街两边屋檐下一排排的小摊上，摆满了香蜡纸表、鞭炮、粉条、果包子、八大面、砂锅、窑货、铜器、油纸伞、红纸灯笼、牛油蜡；还有当街写对联卖画的，卖的有上山虎、下山虎中堂，观音大士的画像，和合二仙，松鹤长青的中堂，也有一幅幅花花绿绿的彩色木版套色门神画，什么尉迟敬德和秦叔宝、麒麟送子、招财进宝、福寿双全、鲤鱼跳龙门、吉星高照等。还有提着大铜壶卖油茶的，托着大条盘卖牛肉包子、芝麻椒盐糠糖、枣糕、油酥饼子、芝麻棍棍糖，好一幅活灵活现的小城风情画,也可以说是一幅"小城岁寒图"。

冬至已过,四方八道上街办年货者络绎不绝,东乡、南乡的老乡最多。有当时儿歌为证:"马来啦,牛来啦,乡里大姐出来了;马不来,牛不来,乡里大姐不出来。"

腊月初八,家家户户用五谷杂粮加上粉条、豆腐、面筋及各种蔬菜,满满煮一锅热气腾腾的浓粥,人们津津有味地吃一顿散发着香气、又可口又实惠的"腊八粥"。人们一年四季不知浪费多少粮食,吃一顿象征"残羹剩饭"的食物,以示不忘农民的辛勤耕种美德之本。

每逢年关将近,城内的"道德学社""十方堂""育婴堂"等慈善机构纷纷给穷苦人家舍米票、舍寒衣、舍稀饭。特别是道德学社社长徐耀先老人,常常在雪天寒夜里,冒着严寒,由一个小相公(徒弟)相伴,小相公走在前面,提着灯笼,他们一前一后前往城隍庙、天一庙、杨泗庙,看望那些蜷伏在庙墙角落里又冻又饿、老弱病残的"叫花子"(乞丐)。若这些"叫花子"都睡着了,徐老人总是不声不响地将一串钱或者几张米票(可以到指定的米店里取米)塞在他们的怀里。

腊月二十三过"小年",那是敬灶王爷的日子,街上有小贩挑着担子叫卖:"糯米糖灶饼!""洋糖热灶饼!"糯米糖灶饼是纯糯米糖做的,中间点四个红点,灶饼有小碟子那么大;洋糖热灶饼是用小麦面烘出的炊饼,内中以白泥糖做馅子,灶饼中间也用颜色染了四个小红点。当晚,各家各户厨房里灶台上贴上了灶王爷、灶王奶奶的木刻画像,面前供着"灶饼",香炉里插着三炷香,左右两支蜡台,青烟缭绕。"灶王爷"又称"司命爷",老百姓一边磕头,一边禀告:"司命爷上天,好话多说,坏话莫提。"因世上人做了许多坏事,怕玉皇大帝惩罚，为贿赂上天禀告玉皇的灶王，于是在这一天做了"糯米糖灶饼"让灶王吃，粘住嘴不让他说人间小话。

另外还有"老鼠嫁女"的传说，亦在过小年那天（一说是正月初六或是初七），当晚午夜后，人们可以在石磨眼里或墙洞内听见老鼠过喜事吹喇叭的声音。

"小年"前后，城中一些商店、字号内的先生、伙计以及郊区的农民，三三五五地自发组织起敲锣打鼓的"火爆班子"，为"闹年"做准备。

所谓熬年，就是指除夕守岁。大年三十夜——千家万户灯火齐明，正所谓"三十的火，十五的灯"。守岁要包元宝（包饺子）。天亮前人们感到有些饥饿或寒冷的时候，每人吃一碗饺子，不仅充饥御寒，而且年三十吃饺子亦有得元宝之意，锅里下的饺子有余，又有"温饱有余"之意，并且人们还特意将一枚小铜钱包在其中一个饺子里，谁吃到来年一定财运亨通。

大年初一清晨出"天行"之前，要看皇历，看哪一方吉利。所谓槽头兴旺，就是将六畜先"开叫"作为兆头，例如，鸡叫主"辛苦"，狗叫主"富贵"，马叫主"奔波"，猪叫主"穷"。

孩子们身上放压岁钱，表示"富贵有余"，入睡称"挖窖"（挖金子、挖银子）；正月初一吃饺子，即谓"得元宝"；来客泡红枣茶，是谓"元宝茶"，客人将红包压在茶碗下，并不喝"元宝茶"，要说一声："把元宝存起来。"

从大年初一到正月十五元宵灯节以后的半个月谓之"闹年"，街上玩"玩意儿"的不断。老河口是个"水码头"，仅龙灯一项，各个码头都有一条龙灯出来表演，如篾匠街（现老河口宾馆旁）的"紫金龙"，公益码头（现太平街往上）的"赛银龙"，太平街的"老青龙"，大街码头的"老白龙"……玩龙灯的艺员们穿着一色的武术衣，紧身短英雄袄，灯笼扎腿裤，头包英雄巾，腰系紧胸带，足踏软底靴。龙灯前由一位武功好、身手灵活的艺员，举一个硕大的"火球"，上下来回地转动，以指挥龙头上下来回的动向。

玩狮子是由两位舞狮的武师披着用黄麻编织的狮皮，前面一个抓住狮头的模型，由另一人手提着内燃木炭的"火球"上下翻滚，俗称"狮子滚绣球"。技艺好的，搭五张大桌子，狮子跳上跳下，摘到挂在高处大红缎子做的"红绣球"。有个徐哑巴就有这样的绝招。

玩狮子的队伍，要属沙岗，罗汉寺玩得最好。如贾湖、仙人渡、李楼、白莲寺等城郊集镇农民也有进城来玩龙灯、旱船的各种故事。这些游玩场地，在晚上除打"火炮"的敲锣，打鼓的旁边还有许多人点上火把用纤绳蘸上桐油，点燃起来四周通明，如同白昼。

其间，新正上月公园白玉楼戏班，中华楼皮影还有一些临时来的越调班子，都挂上《龙凤呈祥》《大登殿》等连台戏码。

还有山东、河南来的大马戏班，在后乡搭起帐篷表演节目，增添节日喜庆气氛。

"采莲船"俗称"旱船"，用锣、鼓、钹伴奏，主角演唱时，众人要在背后帮腔应和；"蚌壳精"表演时，用堂锣、碰铃、竹笛伴奏，最后老渔翁撒网捕捉蚌壳精。

从腊月到正月，街上出现了许多卖"糖人"的小贩，一般都是在"大字号"门前有钱的地方安营扎寨，卖糖人的小贩在一个木架子上，用粗铁丝夹子扣住各式各样的"糖人"展示：有"送子观音""弥勒佛""济公""福禄寿三星""八仙""财神"等，全是用纯白的古巴糖掺和矾水，经一定"火候"熬化后，注入木质模型里，冷却凝固后倒出来，有些"糖人"超过一尺，远看与瓷器店里的瓷娃一样，光洁照人，栩栩如生。可惜这种手艺目前已经失传。卖糖人的小贩大都手拿一尺长短的白铁长圆筒，内有十根竹等，每支竹扦子顶端用红、黄、蓝、白、黑五色丝线缠绕，由买糖者抽放，手抽四根，如四根一色，即为"中彩"，就可得糖人一个，当然不中彩也可获赠一把"糯米糖豆"。

往事悠悠。在岁末迎春之际追忆故乡的旧俗，也算是抚今思昔为读者添兴，也希望诸位在得管窥之余，健健康康过一个欢乐年！

老河口地域汉族人婚丧习俗谈

结婚、丧葬是人生两大喜事，老河口人称之为红白喜事。结婚为红事，丧葬为白事，历来都很讲究，尽力隆重操办。

一、结婚

结婚即男婚女嫁。本地和全国一样，经历了两个社会、两种制度。1950年5月1日前是沿袭封建婚姻制度。1950年5月1日起，按《中华人民共和国婚姻法》实施。

封建制度下的婚姻，因妇女没有社会地位，没有人身自由，婚姻实质就是买卖婚姻，其联姻的名堂也是多种多样。

童养媳。有钱人家花钱为幼子买来穷家幼女做童养媳，等成人后正式完婚。

冲喜。有钱有势人家花钱为重病的儿子强娶穷人家良女为妻，给儿子冲晦气以治病，叫冲喜。

指腹为婚。有身份的好友双方妻子同时怀孕，为续家风友情，双方商议，如一方是男，一方是女，即可订婚，出生后兑现，成人后完婚。

娃娃亲。亲朋好友之间的幼儿幼女，经撮合后，先订婚，成人后完婚。

近亲。家门亲属之间子女结合的，叫近亲结婚，所谓亲上加亲。

招亲。男方到女方家落户，叫招亲，也叫入赘，老河口地方也叫倒插门。

换亲转亲。少数多子女的穷人家，没钱结不起婚，经媒人说合，两家子女互配，叫换亲。这样双方都可免去彩礼的重负。有三家子女互配的，叫转亲。

抢亲。有权有势者，或兵痞流氓，仗势将民间妇女抢来拜堂成亲，这种以暴力强抢者，谓之抢亲。

一般的选亲，遵循门当户对。联姻结合，则秉承父母之命，媒妁之言。只要媒人的花言巧语能得到双方父母的同意，即可联姻，不管儿女愿意与否。直到拜堂，双方还不知对方是什么样子，女子只得"嫁鸡随鸡，嫁狗随狗，嫁根扁担扛着走"。

结婚得有三媒六证。事前由媒人张罗，请算命先生核实双方生辰八字，属相相克者不能相配，如属龙与属虎者，谓"龙虎相斗"，不能结合。金木水火土五行中，命中占水与占火者，谓"水火不相容"，不能结合。这是能否成婚的重要一关，也是婚姻的主要凭证。

1995 年以前，一般程序为：

拿八字。算命先生核好的双方生辰八字，由媒人操办，用一张长方红纸，向中间对折，面上一边写着"天作之合"，一边写上"鸾凤合鸣"。对折打开，正中一边写上男方生辰"乾造 x 年 x 月 x 日 x 时生"，一边写上女方生辰"坤造 x 年 x 月 x 日 x 时生"，折好后放入灯式礼盒之中送入男女双方家中，之后，双方商定择良辰吉日发轿迎亲。

送嫁妆。婚前，由女方娘家差人往婆家送嫁妆，一般是绸缎被、鸳鸯枕、围桶（木质大小便桶）、脚盆、衣箱、衣柜等。

来人必由婆家赏赐封子（红包）。

铺床叠被。婚礼的前一天晚上，请一位儿女齐全的所谓有福的妇女来给新房铺床叠被，口中还念念有词"铺床铺床，一对鸳鸯，两头一窝，五子登科，两头一按，文武状元……"床铺好后，撒上核桃、红枣、花生，谓之早生贵子。

扯脸陪亲。新娘在出嫁的前一天晚上，要请人扯脸（用一根白线挽在食指拇指及小指之间成三角形，拇指食指不断开合，将新娘脸上的绒毛夹掉，使脸光泽白净）。然后由姐妹好友及请来的送亲娘（伴娘）陪伴新娘度过在娘家的最后一夜。天亮前要给新娘梳妆打扮，上穿红色绣花衣，下穿红色绣花裙（裤），头戴凤冠身披霞帔，脚穿红色绣花鞋，等花轿到门时，红色绣花盖头遮脸。

发轿迎亲。新娘吃过鸡蛋米酒后，男方在媒人的带领下，前面有两面大锣开道，一顶四人或八人抬花轿（又叫大轿，新娘坐），两顶或四顶小轿（接亲娘坐），加上执客、帮忙的，一路鞭炮不断，鼓乐齐鸣，来到了新娘家门。

新娘辞行。花轿到了门前，新娘给父母行大礼，跪拜三叩首，意为感谢父母养育之恩。然后由其弟（兄）背着送入花轿，送亲娘也坐入娘家准备的小轿。花轿前有接亲娘，后有送亲娘，弟兄则骑马或步行随后。鞭炮齐鸣，吹吹打打将新娘接（送）至婆家。

拜花堂。花轿行至门口，由帽插金花（礼帽两边插上包金的帽翅）、身穿长衣马褂（或中山装、西服）、十字披红的新郎来到花轿前，向新娘行三鞠躬礼，然后搀扶新娘跨过火势正旺的火盆（意为婚后日子红红火火），进入红烛高香、张灯结彩的堂屋（花堂）。正中条几上方摆供着祖宗牌位，方桌两边坐着长辈。只听傧相（司仪主持人）唱道："一块檀香木，雕成骏马鞍，新人往上跪，四季保平安。"接着发令："一拜天地"（新郎新娘给祖宗跪拜三叩首），"二拜高堂"（给长辈跪拜三叩首），随即长辈给新人封子，接着"夫妻对拜"（三鞠躬），"送入洞房"，双方在众人簇拥下进入洞房。

婚宴。拜罢天地，亲朋入席，新人由执客带领，先给长辈敬酒，然后逐席给来宾敬酒，少不了戏闹一番。每当上一道菜，响手就要吹起，这是本地不成文的规定。

闹房。晚饭后，亲朋好友甚至近门长辈晚辈也参与闹房，谓之"三天不分大小"。要新娘给倒茶、奉烟，甚至出些恶作剧的题目要新娘答复，直到深夜才离去，两个晚上都是如此。

三天回门。结婚第三天，弟兄来接姐（妹）夫姐姐（妹妹）回门，小两口备上礼物随其弟兄回娘家拜亲。娘家中午大摆宴席，宴请亲朋近邻。

小两口在执客陪同下带上礼吊子（两三斤顺丝割下的猪肉条）等礼品到各近亲家门去拜亲，每家均要以封子相赠。直到回门后返家，结婚大事才告结束。

封建婚姻制度的枷锁，造成不少青年男女外出逃婚、出家为尼为僧、寻短自尽、私奔、殉情等人间悲剧。

1950 年 5 月 1 日，《中华人民共和国婚姻法》的颁布实施废除了封建婚姻制度，妇女翻身，婚姻自由，婚姻大事由自己当家做主。

适龄青年男女，经人介绍，通过一段时间的接触了解，建立感情即可公开恋爱关系。持单位或基层行政组织的介绍信，到民政部门登记领取结婚证，就可结婚。为防止疾病传染，婚前还要进行体检，以保障青年男女及下一代的健康。

结婚提倡喜事新办，勤俭办喜事，结婚仪式既文明俭朴，又热热闹闹。有单位的由工会、共青团、妇联出面操办，备糖果、烟茶在会议室举行。单位领导做证婚人，家长为主婚人。司仪宣布结婚典礼开始，首先由证婚人给新郎新娘颁发结婚证，接着新郎新娘向毛主席行三鞠躬礼，向证婚人行礼，向主婚人行礼，向介绍人行礼，向来宾行礼，夫妻互行礼。然后介绍人介绍情况，新郎新娘介绍恋爱经过，少不了戏闹一番。最后在新郎新娘表演节目的欢乐声中婚礼结束。有些单位还组织多对新人举行集体婚礼。

城乡百姓结婚大都在家里举行，并大摆宴席。步行、自行车、三轮车、小轿车取代了花轿、"互敬互爱、勤俭持家、计划生育"等祝福词语取代了陈词滥调。婚礼仪式基本沿袭着传统习俗。

如今这些习俗有一部分还在沿用。

二、丧葬

1984年前，本地域基本沿袭木葬（木棺、木匣装殓安葬）。这是受封建迷信思想的束缚，人们愿死者升天，活者平安。葬礼讲究隆重阔气，曰：上对得起死者，下对得起活着的人。

一般程序为：

装殓。人一断气，便将尸体由床上移至地上，接着边置棺材（有钱人家早已做好备用）边做寿衣（也叫老衣）。请人将尸体洗净，穿戴好后，将一窟眼钱（古铜币）放入口中，这个窟眼钱叫清口钱。手中握一烧饼，叫打狗饼。最后将尸体装入棺材。

设灵堂。一般灵堂都设在堂屋，正中墙上挂一大"奠"字或死者遗像，对着遗像前放两条板凳，棺材放在上面，然后盖板，盖子与棺材四角垫上火纸，一是防死人还阳，二是等出殡前做最后告别。棺材头对着大门，头前放一小方桌，中放一过桥面（碗上横一双筷子，上搭挂面条），两边摆着刀头（整猪头）、供香（大蒸馍）、香炉、蜡座等。棺材下放一长明灯（碗内注香油，以捻点亮），一直亮到出殡。离桌不远，放一用泥糊的瓦盆，叫牢盆，烧纸用。孝子先祭拜，然后等亲朋前来吊孝悼唁。

打井。当天下午派人到坟地挖坟坑，本地叫打井（或打坑），先得由风水先生用罗盘定向，再行开挖，挖好后备用。

吊唁。人死后第二天为吊唁日，第三天为出殡日，如有在远方的亲属往回赶，可放七日出殡。吊唁者送上不同的葬礼，有火纸、鞭炮、香蜡、烟酒、礼金、挽联、挽幛、纸扎（用彩纸糊的童男童女、牛、马、房屋等）等。吊唁者为亡人上三炷香叩拜（也行鞠躬礼）。儿媳、孙媳娘家来吊唁，还得用方桌抬来刀头、供香等大礼，吹吹打打送至灵堂。祭拜的同时，孝子则跪一旁叩头致谢。孝子的孝标也有区别，儿女辈的均在黑袖纱中缝一白布点，孙辈则在黑纱中缝一红布点，亲朋佩黑袖纱。

报庙。出殡前一天傍晚，响手引道，孝子披麻戴孝带上供品到就近的庙宇上香，叫报庙，意为给地方神灵报告，阳世少一人，阴间多一魂。

下祭。报庙回来吃过晚饭，就要举行祭典，本地叫下祭。孝子戴重孝：头戴灵箍栓（用壳纸做一圆圈，前面吊数个棉花做的白疙瘩），着白衣白裤白鞋，手持哀杖（麻秆棍上糊白纸条），哭哭啼啼围着棺材转数圈。道士或有身份的亲友念祭文，最后孝子及亲友跪拜。礼毕，一般来宾即可离去。道士继续吹打做道场，唢呐吹奏丧戏，孝歌声不断和孝子一起守夜，陪死者在家度过最后一夜。

封口。次日大早，也就是死后第三天出殡日，出殡前，先将棺材打开，让孝子、亲朋见最后一面，然后将盖盖好，用大钉（钉棺材的专用钉）将棺材钉牢，本地叫封口。同时孝子们跪在周围，不断喊死者躲钉。

出殡。口封好后，伙计用草绳将棺材缚好，由四人或八人抬起，长子先将烧纸的牢盆摔碎，措着棺材头，随伙计们一起抬出门。前面是鞭炮、挽联、挽幛、纸扎引路，接着是长子扛引魂幡在前，众孝子跟后，中间是灵柩，后面是亲朋好友及响手吹奏。沿途由专人撒火纸，一直将灵柩送到墓地。

下葬。在井口，伙计们扯着绳索先慢慢将棺材放进坑内，再将陪葬品（死者生前喜好之物）放入。坟前摆好祭品，由孝子顺序填三铣上后，伙计们堆坟，响手鞭炮齐鸣，孝子在坟前烧纸跪拜。坟堆起后，引魂幡插在坟头，最后清理现场回家。

丧宴。安葬一毕，主人设丧宴答谢亲朋，丧宴与一般宴席不同的是要多一盆白菜豆腐汤，以示死者生前一清二白。

煨炮火。死者入土后，连三个晚上孝子都要到坟上给亡人煨炮火，就是用麻秆、麦秸、干草等在坟周围燃烧，意思是怕死人孤单冷清，煨炮火给以温暖。如死者是月母子，晚上还要在坟上撑把雨伞，意为遮挡风寒。

立碑。入土后的第一个清明节，后人要给死者坟前立碑，一是尽孝，二是显耀后辈阵容，以表明死者有福，后继有人。

丧期。从人断气算起，七天为一期，依次叫"头七""二七"

"三七"……七七四十九天为丧期。

每个七日孝子都要上坟祭典，有钱人家还要做法事为亡人消灾免难。

守孝。从人死之日起开始，孝子要守孝三年。年节不能串亲，一是对死者悼念，二是不给对方不吉利之感。

1977 年老河口城区开始试行火葬，1984 年 8 月 26 日老河口市人大常委会通过了《老河口市殡葬改革管理试行办法》，全市城乡逐步实施火葬。

火葬流程如下：

人死后，送入殡仪馆，有专人给死者化妆、换寿衣（老河口人叫老衣），殓入恒温棺内。同时布置灵堂，等候亲朋吊唁，还派人安排买墓地做墓碑（公墓处有专人制作）。

第二天，吊唁日，灵堂布置仍沿袭传统习俗，响手班整天间断地吹奏戏曲、歌曲。丧礼多为烟、酒、礼金、花圈等。祭典礼仪除下祭改为追悼会，孝歌被点歌点戏取代外，一切照旧。午夜 12 点钟前一切活动停止，仅剩下孝子守孝至天明。

第三天，出殡日，长子摔过老盆后，抱死者遗像随灵枢于卡车上，花圈放在灵枢周围，孝子、响手、抬棺者同一车在前行，后随亲朋好友的小轿车队，穿城而过，沿途鞭炮不断，散撒火纸（意为给死者送路费）。到火葬场后，在炉前做最后告别。入炉火化后，骨灰殓入骨灰盒内，由长子捧上，众孝子跟随乘车至公墓或自找的墓地，鞭炮响手齐鸣，将骨灰盒放入事先备好的墓坑，伙计们用水泥板封口后，孝子跪拜，丧葬结束。

如夫妻二人先后死去，后死者可与先死者合埋一起，叫合墓。

三、婚葬习俗应摒弃糟粕

结婚乃是人的终身大事，全家操办，亲朋相助，反映了一人有事大家相帮，和谐共处的人际关系，反映了对美好家庭、幸福生活的共同愿望,举行热热闹闹的婚礼仪式也是人之常情。

丧葬礼仪反映了中华民族人们之间的真情，以及德字孝为先的中华美德，后人为操劳一生的长辈隆重操办祭典仪式，也是无可非议的。

但，这些原本具有忠孝仁爱、伦理道德、团结互助、文明和谐、极富人情味的传统习俗庆典场合，在传承中却出现了一些不协调的现象。科学发展的今天，那些封建迷信的、唯心的、唯神的思想观念比比呈现。攀比摆阔成风；"活着不孝，死了胡闹"，有人别有用心借庆典还要捞一把；礼金不断上涨，给不少低收入家庭带来经济负担，社会上流行称赴宴叫"吃高价饭"；有些在婚礼庆典上挖空心思丑化两辈人的作为及所写的对联、祝词不堪入目；在婚礼和闹房中那些低俗的不健康的挑逗性的污言秽语不堪入耳……

毛泽东同志教导我们，在古为今用、洋为中用时，要记住"取其精华，去其糟粕"。文明喜庆的传统习俗要传承，社会环境要净化。时代赋予我们新时期传承者的责任，就是要在继承的基础上推陈出新，与时俱进，让文明的传统文化发扬光大。

让我们共同努力，做一个与时俱进的传承者！

后记

　　《大河清流》分为五个栏目：沧海桑田、名胜古迹、人物传说、地域文化、民风民俗，加上部分地图、图片，这只是老河口历史文化的一张缩影，是沧海之一粟。我们主要目的就是通过该书能让大家快速、便捷地了解老河口，正如书前面勒口所言：是客商了解老河口的一扇窗口，是来老河口工作者的必备手册，是本籍在外游子眷恋故土的心灵归宿，是本土人士建设家乡的力量源泉。

　　该书从策划到编辑成书只有二十多天，在这短短的日子里，我们从收集资料到撰写原文，从核对校对到编辑，最后成书，大家尽心尽力，力求完美，然而仍有许多不尽如人意之处，恳请读者朋友批评指正，以利再版时臻于完善。

　　在此鸣谢：尚坤、张佳宾、涂宏伟、宋善定、秦喜辉、饶书敏、薛盛强、周遂义、杨菲等同志，他们不分昼夜，不计报酬，为该书付梓奉献了辛勤的劳动，老河口历史永志不忘，这些天共同度过的日子永远值得回忆和珍藏。

文灿集
老街旧事

王步堂　著

光明日报出版社

图书在版编目（CIP）数据

文灿集·老街旧事 / 王步堂著 . -- 北京：光明日
报出版社，2024. 7. -- ISBN 978-7-5194-8148-3

Ⅰ . I217.1

中国国家版本馆 CIP 数据核字第 2024K8K468 号

文灿集·老街旧事

WENCAN JI · LAOJIE JIUSHI

著　　者：王步堂

责任编辑：郭玫君　　　　　　责任校对：房　蓉
封面设计：苏唯若　　　　　　责任印制：曹　净

出版发行：光明日报出版社
地　　址：北京市西城区永安路 106 号，100050
电　　话：010-63169890（咨询），010-63131930（邮购）
传　　真：010-63131930
网　　址：http://book.gmw.cn
E-mail：gmrbcbs@gmw.cn
法律顾问：北京市兰台律师事务所龚柳方律师

印　　刷：河北赛文印刷有限公司
装　　订：河北赛文印刷有限公司
本书如有破损、缺页、装订错误，请与本社联系调换，电话：010-63131930

开　　本：145mm×210mm
字　　数：380 千字　　　　　　印　　张：18.25
版　　次：2024 年 7 月第 1 版　　印　　次：2024 年 7 月第 1 次印刷
书　　号：ISBN 978-7-5194-8148-3

定　　价：88.00 元（全 3 册）

序

朱安华

文学：生活的活化石

——读《老街旧事：王步堂诗文集》

一

在四年老年大学的教学课间，与王步堂先生真正熟悉，是在最近这一年左右时间，他来到"写作班"，我们同堂切磋讲论文义之后。之前，也不过是校院内相逢正面，彼此一个寒暄。留在脑子里的大致印象模糊；记忆清晰的是他额下那双眼睛——不是旷大，但也并非细长，小而圆，却十分光亮。尤其，每每让我想起另一双很相似的眼睛——那里面放射出来的除了真诚，剩下的就是：善良。并且，遇人还没开口，眼睛就先笑了。

那是著名相声表演艺术家李文华先生的眼睛。步堂先生的眼睛，与李先生的眼睛都是一样地给人安全感和亲切感。李先生，用笑的艺术来鞭挞生活沉疴；步堂先生用艰涩的往日来讴歌现实的生活。

人说："眼睛是心灵的窗户。"慈眉方有善心。读了《王步堂诗文集》（未定稿），更坚定了他的眼睛透给我的印象：诚恳和善良。

未识其人，先闻其名。去年《余晖集（四）》出版推荐会上，老领导陈雨时先生夸步堂先生"是写民间生活的高手"，一下子就引起我浓厚的兴趣，记住了他的名字。直到三四个月前的一次小聚，步堂先生手捧刚刚亲手装订的暖粉封皮的《老街旧事 ——步堂诗文集》给我，我才真正开始静静地沿着一页页一行行铅字码成的路径，走进步堂先生笔下的"老街"，逐渐地沉醉在陈年"老街"人声狗吠交织的嘈杂和浑浊的烟气里——久远而贴近，模糊复清晰。

沉睡的记忆，被唤醒。激动似无以言表，又不吐不快。

二

是生活凝成了文学的宝藏，还是文学发现了生活的化石？

——初读《老街旧事》，脑子里即刻就蹦出"文学""生活""活化石"这样一组概念。进而，就被它们之间孰先孰后、彼此之间的关系纠缠住了。

虽然一时没有捯饬清楚，但，不管怎么说，我是喜欢上了步堂先生这本集子里的多数文章。或者说，被他文章中所描绘的"过去的日子"，尤其是那些已消逝了的生活图景、人和事——深深吸引了，感动了：那些曾经熟悉的、却早已退去的生活又仿佛重现在眼前，是那样地真切、可感、亲切，令人感叹，好似"昔日重来"呀！

俄国伟大的文艺理论家车尔尼雪夫斯基说过一句老熟的话，叫作"文学源于生活，高于生活"。

什么是最美的生活？概念很多，因为没有绝对标准。但我总以为，能让人吃了这顿还对下顿抱有希望的生活，就是最美的。

什么是最好的文学？定义很多，因为没人能说服所有人接受自己的观点。但我总以为，反映最"真"生活的文学,就是最美的文学。

倘若被要求用一个字来囊括步堂先生诗文(集)的文学特点和美学价值,我以为那就是渗透在字里行间无法析离出来的这份"真"!

《老街旧事》通卷大多采用白描的手法,写人记事,不事雕琢。集子里或诗或文,具有感人至深的力量,不是凭借什么宏伟的结构和华丽的文字,而是凭着它的平实。

平实的语言,平民的视角,娓娓道来;与平实中,复原和再现当年、当时的一草一木、一人一事。写人,朴素明净,三言两语就把人物性格刻画得入木三分。比如,《席大娘》篇中,介绍席大娘"大权在握",众人"整天如众星捧月般,跟在她屁股后面转。那时的她,可谓要风得风,要雨有雨,真是威风八面,傲视一切!"把个不可一世的"席大娘"的样子刻画得活泛起来,又为"席大娘"后面的"不测风云"遭殃,埋下她性格"得势狂妄"的伏笔。文章铺陈不急不躁,却也讲究起伏婉转。文章随人物命运跌宕,人物在文章起承转合中喜喜悲悲,扣人心弦。

步堂先生笔下的记事,大到国家政治运动、个人命运沉浮,小到"吃星叠页"等鸡零狗碎,都以"老街"的平实眼光去观照、记录、再现。在隐藏的大背景下，凡此种种，又都刻意追求细节翔实。精彩处，只寥寥数笔就画龙点睛，显示出步堂先生可靠的笔力。《大白》中的"大白"，"乞讨很特别，不像其他要饭的那样"；"大白更与众不同的地方是他热爱洗澡，几乎到了痴迷的程度"。一个叫花子竟然有这许多"与众不同"之处，甚至还有那么多的"穷讲究"，这自然易于吊起人的好奇和兴趣，并也看出步堂先生是勾陈故事、塑造形象的高手。

其实，平实的风格来源于作者的真情实感。因为任何虚情假意、矫揉造作都不会具有震撼人心的艺术感染力。通读全集，我们能够感到，虽然逝去的岁月很艰难，留在记忆里的并非都是浪漫，还有很多艰涩。但在步堂先生笔下流淌的却是一条大爱之河，是对生活的热爱和真善美的讴歌，是对过去艰难生活中灰暗现象善意的理解、宽容，以及建设性、有限度的批判。因为，他的笔下，都是处在生活重压下的"小人物"，是被同情、怜惜的对象。我称誉他为"记录市井生活，创造市井文化"的"高手"，不仅仅是因为他的笔下真实记录了那些人、那些事，更饱含着对他这份发自内心同情弱者的善良心地的尊重。

三

《老街旧事》内涵丰厚,耐读经得细品。

首先,文章所记,都是那个时代的生活琐事,是千千万万"普通人"的平凡事,就在你我身边、眼前,再熟悉不过。在当时,可能熟视无睹,而经历漫长的岁月,时间、空间的"距离"就容易"聚焦"人们的目光,重新对自身生活的意义、自我生命的价值进行再审视、再思考,就易于重新唤起人们共同的记忆。

集子里的故事,无一例外地都发生在"老街"上。作为一个生于兹、长于兹的"徐州人",首先就会循着文字中的蛛丝马迹,寻求"老街"如今的下落。尽管心坎里早已有了"预备"——十有八九已经在城市化进程中销声匿迹,但还是不甘心地在脑海中铺展一张城市规划图,一一巡礼。因为故事的吸引,就会甘心在昔日记忆中细心找寻尘封的痕迹,连同逝去的老街、小巷、地名和人。

步堂先生笔下"老街"的艺术意义,已经不仅仅是他自己曾经生活过的那条窄巷、那爿棚户区,而是一个埋在大众、老徐州人心目中的怀旧坐标,以此引发出对自己旧日生活印记的缅怀思潮。

其次，诗文集中反映的那年那月那人，力求原汁原味，具有浓郁的时代特征和生活气息。是文字，是文学，更是赤裸裸的生活。王步堂先生自小生活在"老街"上，家中曾靠手工制作出售辣椒酱营生。日出日落，出入跻身于老街市井中，熟悉小摊小贩的喜怒哀乐、一颦一笑、心思琢磨。所以，读他的《酒趣三题》《吃星叠页》《席大娘》《五哥》《买花生米的黄大爷和他的吆喝声》等，就会感到一股浓郁的生活"原野之风"扑面而来，使人感到陌生新鲜又似曾相识。

再次，步堂先生善于调动语言和文字手段，巧妙地为故事"烙"上时代记忆元素。个性鲜明、原生态的"老街语言"（比如，"蹭酒""灰酒""水酒""吃星叠页"；还有，"屋当门""热胡碴子""货硬"等），"那个年代"特有的"物什"（比如，"人造革提包"、澡堂里买"签"排队等），不仅仅是语言表达符号，也是生活记号，是那个时代的"流行语"或"通用语""标志物"。这些，大多只属于"老街"，别处人不说，也不懂得。

最后，步堂先生的诗文，反映了小社会，大主题：记录艰难、逼仄生活状态下，老街市民生活的故事，反映和歌颂了普通人互助、顽强不屈的生活态度，也记录下一些被生活重压逼迫扭曲的人的生存状态及其精神面貌，折射出那个特殊年代里不那么亮丽的灵魂。步堂先生的《诗文集》，实在有着"述史"的味道和价值。故而，倘若只是当作一般的"小品文"，甚至只是记录个人生活、抒发个人对过往生活的感慨，那实在太小觑了这些文字的功用和价值，也确实对不起作者帮我们记录和留存下这一段生活岁月印记的苦心。

《老街旧事》中的人事故事，一切都是原生态的。诗文文字似乎不像对陈年的"再回首"，不似对往日的"又回眸"，根本就像当下"进行时态"的"鲜活日记"。让我们这些和作者一样经历过那个时代，过那份生活的人，随着步堂先生的"老街"故事又回到了当年"老街"样的生活状态中去难以自拔，继而生出一股对逝去年华、岁月的甜蜜多、酸涩少的怀念。

因为自己曾经也经历过，所以就容易唤起共鸣。并且，我相信，这样的共鸣，绝不仅仅是我一个人的激动，而是一个群落、一个数目很大的过来人的"同一首歌"。或者扩大点说，是一个时代以及生活在那个时代的人们的共同记忆和感情！

在当下嘈杂的世风下，一部诗文集还能这样贪婪地赚取读者的情感共振，甚至唏嘘感喟，已属稀罕。这，或正是《老街旧事》有很多人喜欢的缘由。

徐向中

读王步堂先生文集《老街旧事》

——（代跋）

　　《老街旧事》是王步堂先生的文集，收作品 26 篇，是他数十年来的亲历亲见亲闻，从中蕴含了先生成长过程中的各种情感体验，以及社会变迁在心中留下的深深烙印。

　　他以趣味横生、通俗流畅的语言，把具有地方特色的风土人情及浓郁的生活气息诉诸笔端，记录习俗，丰富细致；刻画人物，形神毕肖；倾吐忧乐，言出肺腑；采写悲欢，皆为实例；褒扬真善美，抨击假丑恶，寓于人事，写出了个性，吐出了心声。这是都市风俗画、百姓谋生图，有散文的悠悠神韵，有小说的生动情节，再现了昔日的分配制度、生活方式、社会生态、古街景象，是散文、是小说，更是鲜活丰满真实生动的历史。

这是时代的缩影，是微观经济学、政治学、社会学、民俗学的最好素材。

本集有朱安华先生的序，评析透彻，笔者谨以小词两阕以誉。

市井风情，民生状态。草根日子篇中晒。

艰辛苦难倍煎熬，炎阳寒雪劳无怠。

街巷留痕，吃穿存概。方言土俗真堪爱。

描摹人物现眸前，毫端才调随春在。

——调寄《踏莎行》

倾吐心头块垒，描摹世态人情。

烟云旧事说曾经，兜出黎民不幸。

抨丑褒真扬善，孝亲爱友夸能。

家长里短记分明，一段时光缩影。

——调寄《西江月》

2023 年 10 月

《老街旧事》内容简介

　　我曾于二十世纪六十年代初国家开放市场,父亲母亲在博爱街(现在的欧洲商城位置)摆摊卖菜时,帮助父母看菜摊,直至一九六九年,将近十年的时间。不管严寒酷暑还是风霜雪雨,几乎没有间断过。可以想象从七八岁到十六七岁,三千多天,人生十分之一的时间,本该学习玩乐的黄金岁月,缺衣少穿的我却天天孤独地替父母守着菜摊。在饥饿寒冷和寂寞令我痛苦不堪的同时,却也让我的头脑异常活跃,使我观察力变得十分敏捷,而且记忆尤为深刻。对老街上的人和曾经发生过的事,虽然过去五六十年至今仍记忆犹新,如《大白》中的大白、《席大娘》中的席大娘、《酒趣三题》中的二两叔、《大老李扒墓》中的大头等人物,终日在我眼前晃动,让我时常朦朦胧胧地想,总会有一天我把这些人和事写下来,变成纸上的东西,呈献给大家。所以五六十年后的今天,便有了《老街旧事》这本书,当然,老街上发生的人和事何止这些呢? 我所写的不过是管中窥豹,时见一斑而已。如果能得到读者的认可,我心

1

📖 目 录

酒趣三题

在医学院南侧，市立二院西侧，也就是西安路与淮海路交叉口西南角，现在的欧洲商城，原来是一条叫作"博爱街"的老街。街不大，宽十几米，长五六百米，但却十分古老。没拆迁前，街上残留的几处青砖黑瓦，雕梁画栋的明清建筑就足可证明。尤其那青石铺就的龟背大街两侧深达一寸多的车辙沟，怕是没有几百年的碾压也形成不了的。街虽小，却相当繁华。街两旁店铺林立，鳞次栉比。什么饭店茶馆、澡堂子、布店、鞋店、杂品店、烟酒糖果、百货店、鸡鸭鱼肉副食品、药房、医院、理发店……可以说凡生活用的或生产用的应有尽有，由此断定这儿曾是古城西部几百年以来的经济副中心。现在老街已不复存在，往日的繁华也无踪影，就连这儿曾经发生过许许多多轰轰烈烈，甚至感人至深的奇闻逸事，也随着老街的消失而消失，实实在在太可惜了！笔者曾经在这儿随父母卖青菜而待了十年，对这里有过的人和事，耳染目濡，记忆犹新，现在就试着整理一部分，以飨读者。

蹭　酒

街的走向是东南—西北，在街的中间靠北边有一酒店，叫作钱记酒店。酒店规模不大，也就是三间门脸加作坊，青砖黑瓦，典型的明清建筑（据说后来拆迁时，从墙内挖出几千枚古铜钱和其他钱币），店内无隔扇，一通趟。中间靠里放一个三米长柜台，柜台上放几个盛着酒壶、酒盅、小碗和大小不等的舀酒量具的合盘，柜台里面则放着酒坛、酒缸以及其他物品。店内其他的地方放着五六张八仙桌和长条凳。酒店名副其实，因为店内只卖酒和下酒的小菜而不卖饭。酒也就是散装的高粱烧和地瓜酒。菜无非是油炸臭干（徐州人称臭豆腐为臭干）、五香蚕豆、花生米、毛豆、烧小鱼等。来这喝酒的人大都是拉平车、抬大筐、挑筐卖菜做小生意的，正是所谓引车卖浆者流，正宗的劳苦大众，工薪阶层。用现在的话说，就是打工一族的。

酒店生意一般从傍晚前后开始。因为这些人白天都在为生计忙活。即使仨俩喝柜台酒的，也都是二两一仰脖，嘴一抹走人，绝不在店内待。只有傍晚，大家都忙得差不多了，该下班的下班，该收摊的收摊，陆陆续续地朝这儿聚来，都是好这一口的，各自找几个对脾气的能聊得来的，或三五个、或六七人。挑张桌子，要上一壶酒，十块八块臭干，三两盘子花生毛豆，一碗烧小鱼。费用一般都是"抬石头"，也就是现在的"AA制"。一边喝着酒就着小菜，一边天南地北地说着各自的所见所闻，发着感慨，用来缓解自己生活上的压力和劳作一天的疲乏。酒喝完后，大家就"将军不下马各奔东西"回家陪自己的老婆孩子吃热乎饭去了。也有个别没有家室的，则在店外的火烧铺或者烧饼铺子上买上三两个，就着酒剩下的菜吃了回家休息。

喝酒吃菜侃大山，天天如此这般，原本无话，只是每天当大家喝到二八盅，酒酣耳热之际，都会出现一个人物，因此才有了说道，才有了故事。现在听我慢慢说来，来人姓刘，大号不详，外号人称刘二两。五短身材，赤红面孔，四十五六岁年纪，官称二哥。每天只要他一

到来，酒店立即热闹起来，这个喊二哥好，那个叫二哥
来了，此起彼伏，十分热闹。听到大家的热情招呼，他
便会挥着双手，忙不迭地回应："弟弟们好，大家好！"
一边说着，一边走向某一桌。这时他会十分谦恭地对
着这桌喝酒的人说："不好意思，哥来晚了，罚哥哥三
盅吧！"说完他便抓过酒壶，拿着酒盅，自斟自饮连干
三盅。然后抓几粒花生米或蚕豆扔进嘴里，说声："慢
用。"朝另一桌走去，"各位弟弟，抱歉，抱歉，哥哥来晚
了，罚哥哥三盅！"说完照样是抓过酒壶，拿着酒盅，自
斟自饮连干三盅。……走向第三桌……如此三桌已
过，他的酒便差不多了。就是因为他只有二两左右的
酒量，所以大家才给他起了个"刘二两"的外号，当时的
酒盅很小，一两酒倒四盅，二两八盅，他三桌喝九盅，抛
去没倒满和喝不净的因素，也就是二两左右，刚好到他
的量。此时他原本就红的脸变得更加红了。而后，他
便走到店中间，双手一抱拳，环顾一周："各位弟弟，慢
用，你嫂子在家下好面条等着我了，哥哥失陪，先走一
步了。"说完转身，踉跄而去。

　　原来这二哥靠贩卖青菜为生，每天早上贩一挑青
菜，卖一上午，剩多剩少，下午保本处理完，然后把扁担
和筐寄在住街上的同行家里，去澡堂美美地洗个澡，休

息到刚好大家喝到二八盅时他赶到。天天如此,习以为常,大家并不在乎他那二两酒,何况他三桌才喝二两酒,一桌还不到一两,再说他每天喝的也不是那固定的三桌,所以大家对此无所谓。倒是他哪天没来,都会觉得不正常,甚至会有些失望,会觉得这酒喝得寡,不如往日有意思,便会打听他今日为何没来。有知情的就会说,他哥哥的内侄结婚,或者他小孩姨家吃喜面等,这时大家才会重拾心情,喝完剩下的酒,四散而去。

这是发生在二十世纪五十年代的事。时间到了一九五八年,三年自然灾害开始,国家和苏联又闹翻了,要还贷款,以及其他方方面面的原因造成大饥荒。饭都吃不饱了,哪还有闲钱喝酒,酒店的生意慢慢淡了下来,二两哥自然也就不来了,紧接着国家因粮食紧缺控制白酒生产,酒店也只好关门了。

几年后,到了一九六二年,国家开放了自由市场,经济复苏,人们的生活慢慢地好了起来,酒店又恢复了营业,往日的酒客、酒友又都聚集到了酒店,依然是喝酒吃菜,谈天说地,唯独不见二两哥,其中有一酒客是二两哥昔日的近邻,告诉大家:"二两哥死了!""什么?"大家十分惊讶:"怎么就死了呢?虽然前几年闹饥荒,河南、安徽的农村饿死多少多少人,可那是农村，咱们城市好歹有计划粮供应，虽不能吃饱，但也不至于饿死？"他昔日的邻居说："哪里，二哥因成分高，一九五八年后就下放农村了。走的那天我去送他，临告别时我给他说'二哥再见！珍重！'他却说'怕是再也见不着了！'他说完还指了指系在腰间的一根麻绳（那时候天冷衣服少，很多人都在腰上系一根麻绳或布带子，叫作系一带顶一件），说'这个怕就是我的老家我的归宿了'。我当时没明白他的意思。后来才知道，二哥的酒量不大，饭量倒挺大，有人亲眼看见他一顿吃下一个三四斤的大壮馍，他下放的那儿很穷，给的口粮不足他饭量的三分之一，野菜树皮都没得吃。有次他饿得实在受不了了，就去地里拔了几棵地瓜秧，被生产队逮个正着，以破坏春耕生产为名关进了牛屋，他饿恨交加，夜里趁着看守的疏忽，用系在他腰上的那根麻绳，吊死在了牛屋的梁上。这时我才明白他说的老家、归宿的含义。"大家听了都唏嘘不已，真是的，二两哥这么开朗的一个人，竟然……

灰　酒

　　"议价"这个词绝对是计划经济年代的产物。那时候人们的生活用品，粮食、布、烟酒、副食品等，全凭票证供应，假如你没有票证，又想买到上述商品，那就只有到黑市去购买议价的。所谓议价应该理解为买的人和卖的人双方共同商议一个都能接受的价格。可那时候是卖方市场，容得买家商议吗？还不是卖的人说多少就是多少！说穿了议价就是高价。高价不好听，有些刺耳，议价好听，容易让人接受。因此，我们真的感谢创造"议价"这个词的人，同时更应该感谢那些能把这些紧俏商品捣弄出来议价卖给急需购买者的"能人"。没有这些"能人"，你即便有钱，又上哪儿买去？

　　我的一个远房表哥就是这样一个"能人"。他原来就是一个农村人，二十世纪六十年代有铁路从他家旁边过，占用了他们生产队的耕地，因此他成了铁路工——跑车（火车押运员）。他看准我们这儿缺瓶装酒。当时瓶装酒凭票供应，过年过节一家一户只一瓶。咱们这儿的风俗一般送节礼都必须带两瓶酒，怎么办？只有买议价的。于是他就利用跑车的优势，从别处搞来瓶装酒，是一种白纸做的商标上边印有"乙种白酒"的酒，估计买价不会超过一元，他每趟来带上几瓶，提到老街来卖，两元一瓶，每瓶最少净赚一元。

　　当然，光有搞来紧俏商品的本事还不能算上"能

老街旧事
LAOJIEJIUSHI

人"，还得有把商品安全卖出去的本事，正所谓挖到篮子里面才是菜，那才是真正的"能人"。那个年代这些倒买倒卖的行为叫投机倒把，属犯法，是被严厉打击的对象。如不慎被市管会(市场管理委员会简称市管会)抓着，不仅仅是没收你的东西，甚至送去劳教，蹲大狱。"能人"表哥深知其厉害。所以，他把卖酒的地点选在了油漆店西山墙和水果店东山墙的接合处。因为油漆店的东侧是合作社，就是卖烟酒糖茶的地方，如果选在那儿太招眼，被查被逮的概率太大，危险。而离得太远又不便被买者发现。所以说这儿是个最佳位置。另外还有一个原因，就是由于街的去向为东南西北，而店铺的房子是正南正北，无形之中使得店与店的东山墙和西山墙相连的地方距离路牙石差不多一米五，而这一米五左右为他提供了一个藏酒的地方。他每次来卖酒都要提上七八瓶，他便将酒放在这儿，用草毡子或者其他什么把酒盖上，让人发现不了，只拿出一瓶放在较为显眼的地方用砖垫高些，他人则在墙角或蹲或站等着买家，万一有市管会的来查，他便将酒顺手往怀里一揣，走人。实在来不及，他会将这瓶酒舍了，人躲开。也就是说，他将自己永远立于不败之地。

　　让表哥万万没有想到的是，他看中的这块风水宝地也被一卖香烟的哥们儿相中了。从那哥们儿整天穿着路服，可以断定，他也是铁路的，十有八九也是跑车的。只是和表哥跑的不是一条路线，并且班还是错开的，否则的话他俩怎么就像事先约定好的，你来他不来，他来你不来，从未撞过车，因此相安无事。不承想，临近年关，两人还是撞上了。这天表哥来得早些，已经把酒摆上了。卖烟的来得晚些。他来到一看："哟嗨，这谁把我的地盘给占了？"于是便大声喊道："谁的酒，谁的酒？"

表哥赶忙答应道："我的，怎么想买酒？"

卖烟的人说："什么想买酒，我是说把酒拿走，这地方是我的。"

"笑话，这地方是你的？谁不知道我在这儿卖酒，一年多了，怎么从来没见过你？"表哥说着指了指两边摆摊做生意的。

"什么，没见过我，你问问他们，我是不是几乎隔天就来一次在这儿卖烟？"说完他像征求两边做生意的帮他说两句似的，瞅了瞅他们。

两边摆摊做生意的各自忙着做各自的生意，并没有理他们的茬，他们都是有营业执照的商贩，对他们投机倒把的人不屑："狗咬狗一嘴毛，懒得理你们。"

卖烟人见没人理他，有些恼火，语气便蛮横了起来："你今天就得给我让!"

"我偏不给你让!"

"好，你不让是吧? 老子替你让!"说完卖烟人就要上前去抓酒瓶。

表哥见状赶忙跑过去，挡在了酒的前面，嘴里也不干不净："你敢动一动老子的酒，老子跟你没完!"

"行，你个狗日的，老子不光敢动你的酒，还敢揍你!"说完，他猛地将表哥一推，没有防备的表哥被他推得往后一仰，退了一大步，差点倒下。他退了一步不要紧，正好把自己的酒瓶碰倒，哗啦，酒瓶从砖上滚下来，掉在石头街面上，碎了。顿时，酒香四溢。这时他们周围站满了看热闹的人，全都咻咛鼻子，香，这酒真香……表哥一看酒瓶碎了，两元钱没了，那个心疼，顿时也急了眼了，扑上去一把就抓住了卖烟人的领口，卖烟人也不含糊，反手也抓住了他的衣襟，二人就厮打起来了。看热闹的人群往后一退，形成一个人圈，十分漠然地看着他们厮打，并没有一个人出面劝架。那年头文化娱乐少，难得看一下热闹景，谁管这闲事?

你推我搡正闹得不可开交，突然从人缝中挤出一白胡子老者。起先大家都觉得他要劝架，心想这老家伙多管闲事，吃饱撑的！哪知老者并不理会他们打架的，径直朝碎酒瓶走去，然后蹲下看了看。原来这酒瓶正好碎在石头街面上的车辙沟的一侧，一瓶酒全流进了车辙沟。这青石板根本不往下渗酒，而石头与石头之间的缝隙由于长年累月的碾压，比水泥都硬，几乎也不渗酒。老者见状便跪了下来，把嘴往车辙沟里凑了凑，够不着，索性趴了下来，将嘴伸进车辙沟内，啧啧咂咂，一阵牛饮。看热闹的人愣了，打架的人也愣了，所有的人都愣在了当场，生怕惊了喝酒的老者。这一口气老者把流进车辙沟内的带有薄薄灰尘的一斤酒喝了个十之七八，而后他慢慢地站了起来，拍了拍衣服上的灰尘，捋了捋有些脏乱的白胡子，一脸满足。然后转过身来，朝着人们自动让开的一条路，扬长而去。

水　酒

　　老街最热闹的地方，就属合作社了。合作社是老街人习惯的叫法，什么原因？这里不做探讨。知道是卖烟、酒、糖、茶和各种果子（徐州人把糕点称为果子）的商店就行了，论说搁现在不稀罕，到处都是烟酒店，到处都是糕点店，甚至地摊都有的卖，可那个时候不行，计划经济年代，物资匮乏，全西关只有一家。况且这些商品又都是与人们生活密切相关，虽凭票供应，但方圆多少里都得到这儿来买，所以商店的生意特别红火。再加上店里还有着老街上唯一的一部公用电话，店外又有黄大爷的五香花生米，瞎妈妈（徐州人称年老的妇人为老妈妈，妈念作马。瞎妈妈其实不瞎，只是长年屠狗，卤狗肉熏得眼睛睁不太开而已，故大家送外号瞎妈妈）狗肉等几家地方特色小吃的摊点，每日来店里店外买东西的、打公用电话的、喝柜台酒的，闲着没事在这儿拉呱的，等等。人来人往，络绎不绝，真可称得上是热闹非凡。

正因为这儿热闹，所以这儿的故事就多，像黄大爷的吆喝，韵味十足，堪称徐州一绝，如果再晚几年，定可与京城吆喝大王一争高下；徐老太太天天来喝柜台酒，大谈自己年轻时的过五关斩六将了；冷四奶奶的儿子被动物园的狮子吃个精光了；老红军苗大爷卖菜合子，没有粮油计划到粮店照买油、粮了等，多了去了。待以后有机会让在下慢慢道来，在这里我们先说一件颇为离奇，且又让老街上的"街滑子"都能上当受骗的故事。

所谓街滑子，就是经常在街上走动，见多识广又十分精明的人。往日里没有能瞒着他们的事，没有能骗他们的局，没有他们能上的当，没有让他们能吃的亏，就像河里的泥鳅，滑得让人抓不到，逮不着，可这么一帮人却让人给骗了，甚至是让人卖了，还替人家点钱。你说他们那个悔，那个恼，那个恨，直到多少年后，提这事仍会气得直跺脚。

那是一九六九年冬季的一天，老街和往常一样，尤其是合作社门口，仍是十分热闹，大概在中午时分，店门口突然来了一辆三轮车，两个陌生人，一个蹬着三轮车，一个在后边推，车上装了好几箱洋河大曲酒，就是现在满街都有的绿皮商标洋河酒，普通的不能再普通了，但那时候可不得了，几乎赶得上茅台、五粮液了。凭票供应，一家一户一年才一瓶，价钱倒是不高，一块五毛五，起先人们都觉得快过年了，可能是给合作社送酒的，很正常。哪承想，这二位并不是给店里送酒的。他们在店外路牙石靠里的人行道上把酒卸下，卸完后，其中一个人把三轮车找个空闲不碍事的地方停了，另一人则从码好的酒箱上面抱下一箱，再往后一点的地方放下，仔细地把中间的包装缝拆开，将下面隔着的一块硬纸板取出。此时停放三轮车的人已经走回，顺手接过纸板，从自己兜里掏出一支粉笔，在硬纸板上写下两行字：上行洋河大曲；下行 2.5 一瓶。然后从拆开的酒箱中拿出一瓶酒，放在码好的酒箱上，再将写好的硬纸板靠在了酒瓶上，在路旁找了块砖头一挤，以防被风吹掉。这时周围的人才看出来，敢情这二位是卖高价酒的。

一时大伙儿都被这二位给镇住了，乖乖！这年头这二位从哪一下子搞来这么多的洋河酒？太牛了！

不说大伙在嘀嘀咕咕议论纷纷，单论他们二位中的一位，此时又从拆开的酒箱中拿出一瓶酒来，用火柴烧掉了瓶盖上的蜡封，然后用牙把瓶盖咬开，顿时一股浓郁的酒香飘了出来，让人感觉到好酒就是好酒，香！比店里卖的散装白干香多了！另一人则把打开的酒箱重新盖好，从自己身上背着的上边印有"为人民服务"的军用挎包内掏出一个荷叶包放在上面，打开来又是香气扑鼻，原来是一包卤猪头肉，二人围着这酒箱，各自找了块旧砖头，顺势坐了下来，反正也没有酒杯什么的，对瓶吹吧。就着这香喷的猪头肉，你一口，我一口地喝了起来，那个香，那个滋润！让好多人驻足，一些好酒肉的人馋得直吞口水，心想："妈个巴子，啥时候老子也能这么爽一次！"

他二人就这样旁若无人潇洒而又豪放地喝着酒，吃着肉。就在酒喝到六七两的时候，突然愣住了。他们看到了一个人，一个戴红袖章的人，一个在袖章上面印有"人民保卫队"（简称人保队）的人站在他们身边。当时正是"文化大革命"闹得最凶的时候，几乎所有的单位都停产"闹革命"，市场管理委员会（简称市管会）也不例外，合作社对门就挂着市管会的大牌子，大门紧锁，根本没人办公，否则他们也不敢如此大胆，老虎头上捉虱子，在这儿卖酒。可是他们看见"人保队"脸都吓变色了，他们知道"公检法"都砸烂了，工商税务及市管会的也都靠边站了，可是这"人保队"好像在行使这些部门的权利，什么打架斗殴、流氓滋事、小偷小摸等，他们会管会问。这投机倒把自然也在他们的管辖范围之内，你想他们能不害怕吗？

可害怕归害怕，光害怕事也不能了，所以他们二位赶忙硬着头皮站了起来，赔着笑脸，一边递烟，一边点火，一边捡着好听的话奉承人家。可"人保队"的根本不理他们的茬子，只是摆了摆手说："少给我来这套！"顿了顿接着说："行啊你俩，有本事，居然搞来那么多的洋河大曲，厉害！"

他俩唯唯诺诺，不敢辩解半句，任凭"人保队"训斥："知道不？这是啥行为？投机倒把！是犯罪！""人保队"越说越来劲，"你们目无法纪。利欲熏心了是不是? 竟敢倒卖国家紧俏商品,你们这是在破坏和扰乱社会主义市场秩序! 问题严重呐! 这不仅仅是没收的事了,恐怕送去劳教都够条件了!"

此时他们身边渐渐围满了看热闹的人,看到这二位吓得那个熊样,低着脑袋,哭丧着脸,像两只斗败的公鸡,都乐了,有的甚至幸灾乐祸地说:"二位刚才喝酒吃肉的豪爽劲哪儿去了,怎么转眼就草鸡了呢?!"

他俩转过脸去,用眼狠狠地瞪了瞪围观的人,意思好像是:"各位,我们都是脸生面不熟的,我俩都被人家逼到悬崖边上了,你们不但不帮着美言几句,给我们解解围,还要耍滋润腔,落井下石。"

"人保队"看到他们俩凶巴巴的目光说:"怎么着,还不服气是吧? 还挺凶! 想报复! 那好,你俩有本事现在就冲我来,别给人民群众发狠。"

他俩赶忙转过脸,强挤出笑容,忙不迭地说:"哪里,哪里,吓死我们也不敢啊!"

"谅你们也不敢!"

"那是,那是!"

"我看你们俩对我是不敢,对群众敢是不是? 那好,我今天就让他们拿主意,看看如何处理你俩,群众怎么说咱就怎么办! 毛主席说'群众的眼睛是雪亮的,群众是真正的英雄',那咱们今天就听群众的。"

这二位听了,赶忙双手抱拳,冲大伙儿直作揖:"各位乡亲父老,老少爷们,请多多包涵,千万别跟我们一般见识,你们大人不计小人过!给我俩美言几句,我们先行谢过了!"说完又给大伙儿深深地鞠了一躬。

老街人善良,听不得好话,看到他们俩如此谦恭,又是作揖又是鞠躬,反倒不好意思了,先前觉得他们卖高价酒被查活该,此刻倒替他们的处境担起心来了。

看这好几箱酒就是平价恐怕也不止二百元,(那时工人工资一月才三十几元)这要是给没收了,二位可就惨了,不吃不喝半年也难挣回来,让他们把酒拉走也不可能,这"人保队"的肯定不会答应,送到商店,这店里如何处理?一时间大家七嘴八舌,议论纷纷。

"要不这样吧,"有人高声提议,"把这些酒平价处理给我们得了。这样他们俩既能保本,又方便了大伙儿,大家说好不好?"此建议一出,立刻得到了大家的一致响应,齐声说:"好,好,就这么办吧,既方便了我们,也给了他们二位一个出路。"

"人保队"的看了看大伙儿,又看了看俩卖酒的说:"论理这酒一定要没收充公的,现场处理没有先例,既然大家提出来了,又快过年了,我也不想把事儿做得太绝，那就破例一次，算是照顾他俩，也照顾了大家。我做主，把这酒一块五一瓶处理给大家，有什么事我担着！不过咱也不能乱哄哄的，要排队，并且每人限购一瓶。"他的话音刚落，围观的人群哗地一下，自觉地排起了长队。

在"人保队"的监视下，二位卖酒人，一个收钱，一个递酒，不一会儿酒就卖完了。有几个排到最后的没能买上，直后悔自己为什么不早来会儿的。

"人保队"的不知何时已经走了，他二人也赶忙收拾了一下，将空酒箱装上三轮车，一个坐在车上，一个蹬车，也飞快地走了。

最早发现酒没味的人，是那个提建议把酒卖给大家的人。因为他爱这口，当天排了两次队，买了两瓶，回家后正好家里来了客人，晚上就用这酒招待的，未承想酒打开后没一点儿酒味，他还觉得是瓶盖封闭不好跑了味呢，哪知打开第二瓶仍然没酒味，他才想到了十有八九是被骗了。第二天他到街上一说，凡买酒的全回家把酒打开，清一色都没味，全都是水。此刻大家才回过神来，惊呼，这局设得太巧妙了！原来这好几箱酒只有一瓶是真的，还让俩卖酒的当众打开喝了，为的是使大家深信不疑，而"人保队"则是他们一伙的，一唱一和,配合得天衣无缝,一步步引诱大家钻进他们精心设计好的圈套里。这正是,假戏真唱设奸计,上当受骗想巧人!

八根绳

在二十世纪五六十年代，我们西关博爱街一带的老人们都把挑筐卖菜的，做小生意小买卖的，统称为挑"八根绳"的。

何谓"八根绳"？顾名思义，就是把两只筐或篓、桶、罐之类的盛器各拴上四根绳，中间穿上扁担，盛器内放上要运送的东西，用肩挑着走，这就是挑八根绳的。或者叫作挑挑子的。

为什么一只盛器要拴上四根绳，而不是拴上两根或三根呢？这是因为它的平衡度和稳定性好，可以拦住要运送的货物不往外掉,并且对称美观。

其实叫作挑"八根绳"的也好,称为挑挑子的也罢,它的主要功能,就是千百年来人们用作短途运输的工具。难道长途运输就不用了吗? 也用,但很少。例如,《水浒传》里"智取生辰纲"一段说的是,大名府知府梁中书,搜刮了十万贯民脂民膏,让青面兽杨志押解进京,作为他老丈人、当朝太师蔡京的寿礼。而深知江湖险恶的杨志,怕车仗太招眼,就把十万贯的礼物分装成十副担子,加上梁夫人的一副,合计为十一副担子,让健壮的军汉,挑上进京。未承想,在黄泥岗还是被智多星吴用使了个计策,在酒内放入蒙汗药,麻翻了他们。只能眼睁睁地看着晁盖等人用推车载上他们的担子,扬长而去。

还有就是《天仙配》里当七仙女被王母娘娘派来的天兵天将捉拿回天庭时,牛郎用两只各拴四根绳的筐子,挑上一双儿女,披上老牛的皮,一路追了去。看着堪堪赶上,被王母娘娘用簪子划了一道天河,将牛郎和织女隔在了河的两岸。现在,每当天气晴朗的夜晚,我们仰望星空仍然可以看到,牵牛星和他旁边的两颗小星星,仿佛牛郎仍在挑着他的一双儿女,在隔河翘望他的爱人 ——织女。以上只是例外,长途运输主要还是靠车载,靠驴马驮。

"八根绳"又分为软八根和硬八根。

软八根就是用麻、棕、棉等拧成的绳,然后固定在筐篓之类的盛器上。像卖青菜的、水果的,卖盘子碗的、罐子盆的,卖炕鸡炕鸭的,等等,大都用软八根。主要原因是盛器放在地下,准备出售货物时,将绳子分开,便于买家挑选。"八根绳"再配上中间粗两头细且上翘的扁担,挑在肩上走起来颤颤悠悠的,很有韵味。走街串巷嘴里吆喝着:"萝卜、辣椒、嫩白菜来了……来买小鸡小鸭了……"那情景简直就是街头巷尾一道亮丽的风景线。

硬八根一般用寸把宽的竹篦子弯成 U 字形,十字交叉,在开口端钻上眼或刻上凹槽,用铁丝或者皮条等固定在木制的十字托架上,上坐篓、缸、盆等盛器。交叉点则用绳或皮条等固定,上留穿扁担的眼,穿上扁担。硬八根多为卖吃食的,如卖卤菜的、卖热粥的、卖豆脑蛙鱼的、卖辣椒酱的等,主要是方便给买家取拿。

除了软八根和硬八根外,还有一种叫作软硬八根。那就是一头用绳一头用竹篦子的,也就是一头是软八根一头是硬八根。主要行业是货郎、小炉匠、剃头匠等。一般货郎在竹子那头放上三尺左右见方的合盘,上面摆上出售的小百货，便于买家挑选。而用绳子的那一头，则是流动仓库，随时往另一头补充货源。剃头匠和小炉匠，竹子的一头大都是炉子，以防火烧坏绳子，而另一头挑的则是风箱或者板凳。我们徐州至今流传的一句歇后语叫作"剃头挑子一头热"，指的就是它。用来暗寓讽刺那些一厢情愿的人和事。

现在挑"八根绳"的几乎绝迹了，从二十世纪六十年代开始，逐渐被板车取代了。而后又有了三轮车，直到现在的电动三轮和摩托车。"八根绳"虽然已经退出了历史的舞台，但它却记录了千百年来人们的艰辛和劳苦，同时也见证了社会的发展和进步。

浅谈挑八根绳的行话

　　行话又叫暗语，是行业内部自创的，便于本行业内部交流的一种替代语。比如，过去商铺把上下班称为"开门和关门"，而晚上关门又叫作"打烊"；洗澡堂子则把上下班称为"挂灯和抹灯"，而澡堂本身又被称为"暖窑"，搓背又叫作"拿泥"；剃头匠叫作"老鹜"，理发叫"绺绺"，剃头称为"割黑草"，刮胡子叫"打渣子"，修面叫"勾盘子"，等等，这些就是行话。

　　行话不仅仅是交流方便，更重要的是能保证行业内的一些机密不泄露，像过去牛行的砍价，双方不光是袖里拉手，有时也用语言交流。而这些语言大都是替代语。比如，他们把三称作"品子嘎"，四是"方子嘎"，八是"叉子嘎"，九是"钩子嘎"等，他们用这些只有行人能听懂的话进行商谈，一般外行人无法破解。正所谓隔行如隔山，从而有效地保护了他们的机密。

行话另一个作用就是可以避讳一些听上去不舒服或不吉利的话，比如，过去卖鸡蛋鸭蛋的，他们把鸡蛋叫作"鸡子"，有效地避开了蛋字。而鸭蛋呢，因为鸭、压同音，没有哪个人愿意被"压蛋"，所以他们把鸭蛋叫作"青皮"。再如，过去行船的人忌讳帆（翻）字，因而他们把船帆称为"蓬"，几帆几帆船就叫几蓬几蓬船。就像现在炒股的人忌讳"跌"字一样，把跌称为"熊市"。

过去各行各业都有自己的行话，就连跑江湖、占码头、黑白两道的都有（当然他们的行话又叫黑话）。自然，挑八根绳做小生意小买卖的也不例外，也有自己的行话，其作用也就是保密和避忌。因为，做小生意小买卖的都是为了赚俩小钱养家糊口，进进出出的与钱打交道多，所以他们的行话更注重的是把钱的数额隐蔽起来，于是用水、哑、木、风、土、天、西、山、火分别代替了一二三四五六七八九这九个数字。也就是，一是水、二是哑、三是木、四是风、五是土、六是天、七是西、八是

老街旧事
LAOJIEJIUSHI

山、九是火。又因为一是水，那么十也是水，一百也是水，只是大小水之分罢了。

　　由于有了这些行话，做小生意的相互之间的沟通和谈行情就无须避人了。例如，张三在卖辣椒、茄子、小白菜，同行的李四来打探行情，他会说："张三哥辣椒怎么拿的？"就是问张三多少钱一斤买进的，张三回答说："水哑。"就是说一毛二一斤买进的。李四又问："多少钱斤挑的？"就是问多少钱斤往外卖的，张三答："水天。"也就是一毛六一斤往外卖的。李四又问："茄子呢？"张三又答："重水拿的，水土挑的。"就是说茄子是一毛一一斤买进的，一毛五一斤卖出的。李四再问："白菜呢？"张三再答："天子拿的，水子挑的。"就是说白菜是六分钱一斤买进的，一毛钱一斤卖出的。

　　这一问一答外行人听来像天书，而他们之间却把行情了解得清清楚楚。在他们保住了商业机密的同时也有效地避免了一些不必要的麻烦，因为那个年代做小生意卖青菜的看利都很薄，一般情况下也就看一两分钱利，三分钱利都很少，如果是四分钱的利那就有暴利的嫌疑了。在那时人们普遍穷，买东西的知道你有那么高的利，就会嫉妒你，说你心黑、坑人，叨唠你，干扰你做生意，甚至会去市管会举报你。

这些就是行话的实用和好处。

现在这些行话早已不用了，做小生意小买卖的已经没人会说了。一来是人们生活水平大大提高了，贵点贱点不在乎。二来人们都觉得做小生意小买卖的也不容易，起五更睡半夜还要出力流汗多赚俩钱也能理解。但是作为这种在人们长期生产劳动过程中，创造出来的优秀而又实用的市井文化，随着时间的消失而消失，十分可惜，笔者整理出来以飨读者。同时也为风土人情、地方志的编纂提供一些真实资料。

大　白

　　在老街大白可是个响当当的人物，别看他不生意、不买卖，也不住在老街上，但提起他来却是无人不知无人不晓，因为他是一个公众人物，一个靠吃百家饭生活的人。

　　何谓吃百家饭，说白了就是叫花子、讨饭的乞丐，俗称要饭的。列位会说这要饭的不就是沿街乞讨，爷爷奶奶、叔叔大爷、大姨大妈地喊着，让人家给口吃的吗？你这就不懂了是吧，虽然都是要饭，他却与众不同，首先他是个根生土长的叫花子，因为一般要饭的农村人居多，即便有城市的，也都不在本地要，大家都住在一起，亲戚里道，脸熟面不生的，你也拉不下这个脸，俗话说："笑贫不娼"，混到如此地步，丢不起这个人哪！即使要也得远远的，去没有人认识的地方去。大白则不怕，他从小就要饭，孤身一人，没有什么丢人不丢人的概念。另外，他还有些故事，值得一说，因而需着些笔墨，让大家知道老街各色人物中，也有他这一号的。

　　大白姓甚名谁，恐怕老街没有几人知道，光知道叫大白，你也喊大白我也喊大白，都跟着喊大白，其实是不明就里。现在就先说说叫大白的来历。大白家住在老街往南三百米左右，一个过去叫作聂记板厂附近的一个大院里。原先一家三口，两间十五六平方米的破草屋。一九五八年，国家"自然灾害"严重的年份，人们普遍肚里没什么油水，少得可怜的计划粮根本填不饱肚子，父母为了让宝贝儿子能吃饱饭，就去挖些野菜来搭补，不幸误食有毒的野菜，双双身亡，撇下幼小的他，独自一人生活在这简陋的草屋里。多亏好心的邻居们，今天你、明天我地接济，再加上街道的救济，总算让这个可怜的孩子，熬过了最困难的岁月。日子渐渐好了，他也慢慢地长大了，国家经济逐渐复苏，又开放了自由市场，老街也恢复往日的繁华。大白为了不再给邻居们增添麻烦，就去老街上乞讨，也算是自食其力吧，最起码不再饿肚子了。老话说得好："人养人皮包骨，天养人圆辘辘"。什么意思呢？就是说有的孩子娇惯，父母天天捧在手里怕掉了，含在嘴里怕化了，有什么好吃的好喝的都尽着他，可还是面黄饥廋的；有的孩子皮实，成天无人管无人问，只要有口吃的，无论好孬，偏偏吃得滚瓜溜圆，十分健壮。大白就是后一种，打小无人照顾，经常缺吃少喝，饥一顿饱一顿的，却白白胖胖，单从脸色看，就像从没受过罪的"地主羔子"。因此，大家都看他长得白，又不知道他原来叫啥，就喊他小白。后来渐渐地大了，在老街上讨饭，油水自然比过去多了些，吃得越发地白胖丰腴。渐渐地、自然而然地就都喊大白了。

　　大白乞讨很特别，从不像其他要饭的一样，亲娘爷老子地喊人家，求人家可怜，给口吃的，他从来都是往人家店门口或摊位前一站，一声不吭，当然这与他自幼没了爹娘，长期无人交流，语言功能退化有关，俗称懒语，用现在的话说，有些个自闭症。好在店主摊主都能谅解，只要看见他，定然给他个三分两分的，碰上他往那儿一站，刚好店主摊主做成一宗大点儿的生意，会认为是他"童男子"给带来的好运，就会多给他一分两分的。假如遇上店主摊主正在进货上货他便会主动搭把手，抬抬架架的，常言道："搭把搭把手，晚上四两酒"，就冲这店主摊主也不会白着他。一般来讲他在老街转上一圈，也能要个五毛六毛的。同样，饭时他到饭店要饭也是如此，木头桩子一般往那儿一戳，熟人一般会招呼他，给他一点儿，生人他只有等，待人家吃饱喝足，抹嘴走人，他再过去将人家的残汤剩羹倒进自己的要饭碗里。

大白更有与众不同之处，就是热爱洗澡，几乎到了痴迷程度，天天一澡，无论刮风下雨，还是初一十五，从不间断。过去生活水准低，人们的要求也不高，那时最高的追求就是："三个饱、一个澡、一个倒。"意思就是说一天三顿能吃饱，一天能洗一个澡，晚上能有个温暖的窝，美美地睡一觉。大白更是觉得如此这般，便是天堂般的生活了。于是，他每天中午要饱后，便去澡堂子洗澡。

过去澡堂子卖签，凭签就浴，签就是那种两厘米宽、二十厘米左右长的小竹板做的，上部半圆状，从上往下至三分之一处，用油漆分别涂成红、黄、蓝三种颜色，代表一毛二、一毛和八分的价格。当然，三种签都在一个池子里就浴，只是在洗完后能否休息上有些区别罢了。一般一毛二的签是五六人的单间，一人一床，洗完上来休息，还可以享受服务员帮你擦擦背等，那个时候没有更衣柜，帮你把贵重的衣物用长长的挑衣杆挑起来，挂在高高的房梁上，以防被盗。另外有开水供应，想喝茶，茶叶得自备，澡堂只提供茶具、茶壶、茶碗什么的；一毛的签是三四十人的大屋，也是一人一床，亦可休息，享受一毛二的那些待遇，但是这儿人多嘈杂，还不时有服务员大声喊叫："人多地方窄，前客让后客，穿脱要连利（麻利）。"闹得人心烦意乱，这样的地方显然不太适合休息，很多人也就是略事休息一下，赶快穿衣走人。但对一些老浴客，俗称澡摽子来说，根本不在乎，他们要的就是这个环境，要的就是这个气氛，花上一毛钱，洗上一整天。那个时候几乎没有什么文化娱乐活动，对这些闲着没事做的人来说，澡堂子是最好的消磨时间的地方。其实澡堂子的服务员以及管理人员，对这帮澡摽子一天摽到晚也颇为反感，但拿他们没有一点点办法，你澡堂子又没有哪条规定：买一支签只能洗一小时、两小时？既然没有规定，那他们只要澡堂不下班，就想摽多长时间就摽多长时间！尤其到了冬天，到处天寒地冻的，只有澡堂子暖和，所以，哪儿都不如澡堂子好。因此，过去人们又把澡堂子称作暖窑。

这帮人一般早上一挂灯（上班）就来了，先下去洗个头水，烫一烫，上到休息的地方，晾晾汗，穿上衬衣，或躺或坐，一干人在那儿穷聊闲侃，天南地北、古今中外、前八百年后八百载，三教九流，五行八作，无所不谈。这应该算是澡堂子文化吧，也是他们这帮人的一种娱乐方式。中午就在澡堂内吃，有自己从家带来的，也有让服务员外出代买俩火烧之类（一般浴客进澡堂后就不能出去了，否则就得再买签，门口收签的人，只认签不认人，除经理以外，六亲不认，没签别想进），反正开水随便喝。下午接着摽，一般都能摽到接近晚饭时分，再下池子烫烫，上来穿衣，暖暖和和回家吃晚饭。当然还有些都能摽到抹灯（下班）。而八分的签则是大通铺，五七张床摆在一块，澡客们来这儿把衣服脱了扔在床上，下去洗了，上来穿衣走人，不能休息。这地方人多混乱，穿错衣服的事时有发生，很多不乏是故意的，将人家好些的衣服穿走，扔下自己破旧的。没办法的事，人家浴室墙上有告示明文规定：各位浴客，注意保管好自己的衣物，如有丢失，本浴室概不负责。

　　大白洗澡也得买签，他就用要来的钱买，当然他只买八分的。就在这通铺上脱了下去洗，反正他的衣服破，也不怕人家换。但他洗完后不走，很有眼色地帮助

老街旧事
LAOJIEJIUSHI

33

服务员拢拢拖鞋，给客人递个手巾把，倒倒开水……
时间长了，大家慢慢地知道了他的身世，都很同情他、
照顾他。服务员看他勤快，就让他到大间或小间帮忙，
没事的时候就闲在床上睡觉、休息。将心换心，他的帮
忙可省了服务员不少事。这叫"老驴蹭痒，一来一往"。
扬，就是调节水的温度。那时候澡堂不像现在用蒸汽
加热，无论几个池子，管道接过去，水凉，把汽阀一开，
一会儿就好了。过去是锅烧的，一口硕大无比的大锅，
上边用砖砌上池子，俗称头池，下边是烧炭的炉子，挨
着头池是大两三倍的二池，再接着就是大上好几倍的
三池。每天澡堂挂灯前，由烧锅炉的工人把三个池子
的水放满烧热、兑好，开始挂灯营业。一般来讲三池水
温大众化，就浴的人百分之八十五的都在那儿洗，二池
的水温较高，只有那些老澡客、澡摽子才能下得去，这
些人也就是百分之十五左右。在当时全西关只此一家
澡堂，洗澡的人太多，从早到晚络绎不绝，有时到了抹
灯时，服务员都得三番五次地催："抹灯了、抹灯了！"
正因为洗的人多，水温下降得就快，所以，每隔半个多
小时、一小时就得调温，不然澡客们不愿意，嫌水凉，人
家花钱来洗澡，总得给人家个舒适的温度吧。这就需
要调水员、俗称使扬水的来调节水温。

调节水温用什么方法呢，调水员首先把二池和三池之间相连的、靠近底部的孔上的木塞拔下，然后用脸盆将三池的水往二池擓，通过压力把二池温度较高的水压向三池，源源不断，直到三池水温得到澡客们认可为止，再将相连的木塞塞上。然后用同样的方法，将二池的水温调高到澡擦子们需要的温度。一般头池水温始终保持在八十摄氏度以上，以保障随时调节水温的需求。由此看来，调节水温实际上就是个力气活。如果都拿一样的工资，怕没有谁愿意干专职调水员。因此澡堂规定，所有服务员轮流做庄，不偏不倚，一人一天。自从大白来了之后，只要碰上使扬水、擓水定然是大白的，有时大白正在休息，哪位服务员调温当值，想偷偷懒、躲躲滑，就喊："大白，使扬使扬水。"

当时澡堂经理姓牛，是个冷面人，平时样子很严肃，有些个经理的派头，对谁都没大有笑脸，唯独对大白，见了这小子鼻子眼都带笑，打心眼里喜欢他，知道他的身世后，从此洗澡免签。牛经理说："一个要饭的哪有钱，买什么签？再者说人家见天替我们干多少活了，这叫工换工都轻松！"原来这牛经理已是五十岁的人了，老婆接连为他生了七个闺女，愣是没有儿子，那个时候虽然不搞计划生育，但也不能再生了，也不敢再生了，一则年龄太大了，二则精力财力都不允许，再生无法养、也养不起了。可他封建迷信思想严重，盼子心切，认为没有儿子就是绝户！所以看到大白就总在想："我能有这么一个儿子该多好呢！"他曾不止一次地想把大白招为螟蛉子，只因为大白年龄太大，加上自己一群闺女，老婆定然也不会愿意，这事就没能提起。但是，他对大白的关心和照顾，大家都是有目共睹的。他还设想，如果澡堂招工，他一定会央求上级主管部门把大白招进来。无奈，澡堂各岗位满员、无空缺，且职工都年富力强、身体倍儿棒，一时半时没有自然减员迹象，减不了员就招不了工，所以始终无法如愿。他甚至还想，将来大白真能工作了，年龄再大些招他为婿。

　　转眼大白十七八岁了，已到了可以工作的年龄，他所在的街道，根据政策规定和大白的具体情况，积极地给他找了份工作。那时基本上是全民就业，只要到了上班的年龄，街道一定会想方设法让你参加工作。大白情况特殊，街道上就格外上心，主任联系好招工单位后，让街道文书亲自领大白去办了招工手续，而后又送他去工厂报了到。报到的当天，用工单位就给他发放了各种劳保用品，什么工作服、棉坎肩、工作帽、手套、胶鞋、雨衣等，乱七八糟一大堆。并告诉他第二天早八点来上班，先从学徒工做起，月薪十四元五角，半年后转正加薪。你可别小看这十四元五角，在当时月最低生活标准才八元呢！

哪知大白从小散漫惯了，尤其懂事后在老街讨饭，天天都睡到太阳高南晌北才起床，有时都晚到中午饭时才赶到老街。所以，他第一天上班就迟到了近三小时，八点上班，他快十一点才赶到厂里，一连几天，天天如此。厂领导不干了，找到街道，街道主任只有一个劲地给人家赔不是。然后又向厂领导介绍了大白的特殊情况，并向领导保证："我明天亲自督促他去上班。"厂领导听后也表示理解，但对街道主任说："我们理解归理解，可这都不是他迟到的理由，毕竟我们是工厂，有制度，人人都得遵守。如果大家都像他，那我们还怎么工作、还怎么生产呢！再说我们不是慈善机构、民政局收容所，过去的事咱就不说了，如果他今后还这样，对不起，我们只能把他退回了。"

第二天早上六点，主任就赶到大白家，将他喊起来去上班，总算准点到厂了。主任不辞劳苦，天天如此，大白就天天准时到厂上班。哪知道凡事都怕赶巧，几天后，市里通知主任去开会，是关于选举什么的，还是封闭式的。这下主任作难了，刚刚把大白领上路，只要再坚持一段时间就行了，可会还不能不开，让文书喊大白上班，文书的家离大白的家太远，家中孩子太小，需要照顾，根本不可能。怎么办呢？他只有千叮咛、万嘱咐，让大白一定坚持准时上班。他还从自己家中拿来小闹钟，并教会大白如何使用、如何定铃，并告诉他铃响就起床。大白则满口答应说："主任你就放心地去开会吧，我一定会好好地准点上班。"主任这才放心地去了。哪承想第二天大白仍然是迟到了，试想他一个从小无拘无束的孩子，成天像野马一样，自由自在，乍一上班，哪能受得了这个约束？主任每天喊他上班，都是千呼万唤才能起来，这小小的闹钟如何能将他闹醒？又是一连几天迟到，厂里没办法只好把他给辞了。待主任开会回来，他早已重操旧业，到老街要饭去了。气得主任直跺脚："这小子狗肉上不了桌，真是扶不起来的阿斗！"前前后后不到十天，大白人生的第一份正式工作，就这样夭折了。

澡堂牛经理有个连襟是个土木工程师，姓纪，人称纪工，正受命帮助老城邻边的一个地区建一座烈士陵园。时逢中秋佳节，连襟们在丈母家会面，酒宴上拉闲呱，牛经理问起纪工，烈士陵园建得怎么样了？

纪工说："土建和园林都差不多了，就差一进陵园大门的广场上的纪念碑了。"

牛经理说:"那么说快了,这碑一立起来不就竣工了吗?"

纪工说:"哪有你说的那么简单,这碑很高大,上边还有伟人的题词,下面基座也相当地大,基座的四周还有几组浮雕,其中有解放军战士冲锋陷阵的,有民工推车挑筐支前的,等等。其他的都好弄,关键是几组浮雕比较麻烦。"

牛经理说:"这有啥麻烦的?找几个高手匠人雕刻不就行了!"

纪工说:"不是那么容易的事,光有高手石匠不行,这还需要模特的配合。"

牛经理说:"这还要什么模特配合?这模特是干什么的?"

纪工听罢笑了说:"你是外行,这模特说白了就是人模子。"

牛经理说:"人模子这个我懂,不就是小孩子们用和好的泥,往人模壳里一按,拿出来不就是人模子了吗?"

纪工说:"有这个意思,但不是一码事,这个人模子是活人坐在那里,让石匠师傅按照他的模样来雕刻。"

牛经理说:"原来如此,那你就随便找个人,往那儿一坐,你们开人家工钱不就得了吗?"

纪工说:"说得轻巧,这模特的要求高着呢,不是谁都能干的事!首先,人脸盘要国字形的,还要五官端正、丰满,个子要高,身架要匀称,只有这样的雕出来,才能体现出来革命烈士的光辉形象!"

牛经理说:"那就按这个标准找呗。"

纪工说:"说起来容易找起来难哪,你知道前几年自然灾害严重,有几个能吃饱的?现在虽然好些了,但饿下来的底子,三年五年难以改观,你到农村去还大都是黄面寡瘦的,符合条件的少之又少,太难找了!千里挑一,好不容易找到一个,人家一听说是做人模子,按照他的模样刻在石头上,给再多的钱,打死都不干,忌讳!这都找了多少日子了,还没着落呢,都快急死人了!"

听到这儿牛经理猛然间想到了大白,忙说:"我这儿倒有一个合适人选,不知行不行?改天你看看,如果行,我负责把人交给你带走,不行就算白说。"

纪工听后大喜过望,忙说:"好,好,好!明天我就去看看。"

而后,牛经理又把大白的情况说了说,并约定明天中午澡堂子见。

　　第二天纪工早早地就赶到澡堂子，牛经理看看天早，大白根本来不到，就让他在经理办公室休息、喝茶，两人天南地北地穷侃了一会。大约十一点半，牛经理喊过一个服务员说："你到街上把大白给我喊来，就给他说我老牛找他有事，中午的饭我请他吃。"不大一会儿，那个服务员就把大白给找来了。纪工只觉眼前一亮："这小伙子长得浓眉大眼，面如满月、唇红齿白、五官端正，接近一米八的个头，身材十分匀称，虽然衣衫褴褛，却遮不住那股天生的帅气。这浮雕人物真是非他莫属！"纪工上一眼、下一眼、左一眼、右一眼看得大白心里直发毛，嘴里还不住地说："好、好，就是他、就是他了！"牛经理见状明白，不用问了，这是相中了。忙拉着他俩的手说："走吧，今天中午纪工请客，我老牛作陪。"

　　大白就这样跟着牛经理的连襟纪工去了烈士陵园。走的那天，是纪工要的工地上的小车来接的，这车是陵园主管部门、某部队专门为陵园工程配备的吉普车。大白是第一次外出，还是出那么远的门，也是第一次坐吉普车，他感觉十分新鲜和好奇，两眼不够用一般，不住地四处乱瞅，心中也很兴奋，问这问那的。车在路上颠簸飞驰，两旁的树木和其他物体飞快向后跑去。大白在车上左摇右晃，他就是一小庙的神仙，根本受不了那么大的香火，不一会儿就被摇晃得晕晕乎乎地睡着了。看着帅气而幼稚的小伙子，纪工心中突然产生了一股莫名其妙的感觉，是找到盼望已久的模特的高兴？是担心照顾不好这孩子，辜负了连襟的一片好心？还是把人家无父无母的孩子请到烈士陵园，做这别人都不愿意做的模特感到内疚？是，又都不是，此时的他，心中复杂极了！

按照连襟牛经理的交代，纪工把大白的生活安排得十分到位，床、铺、生活用品、穿的衣服，包括鞋袜等，一应俱全，无可挑剔。大白到了这儿犹如回家，甚至比家都好的感觉。因此，他熟悉了一下环境，玩了一两天就正式上工了。他的工作，就是和来时牛经理及纪工说的一样，十分简单，就是坐在那儿，按照石匠师傅们的要求，或侧或正、或弯腰或扬头，让师傅们看着他来雕刻，其他的啥也不用干。当然，这看似轻松的工作，其实并不轻松，虽然每隔个把小时，就让他放松放松，休息十几分钟。但是，一天下来仍然腿疼腰酸，让他这个过去啥也没干过的人有些受不了。可再苦再累他都得坚持，这是他和牛经理及纪工保证过的。因此每当他快撑不住的时候，他就会想起临来时牛经理和他的一番长谈："大白你也老大不小的了，过去靠要饭为生，既无一技之长，更是一事无成，过的是稀里糊涂，民不聊生，咱啥都别说了，现在给你个机会，让你出去历练历练，你可得好好干，千万别给我丢脸。再说那儿福利待遇也高，管吃管住，每天还给两块钱，算起来一个月清落就六十块，咱这儿正式工人一个月才三十几块，我老牛干了大半辈子了，好歹也是个经理，一个月才拿五十几块，你可一定要珍惜！工作虽然是临时的，估计也能干一年半左右吧，权当磨炼磨炼你的意志，长长见识，练练兵。待你回来后，用你挣的钱，把你的房子拾掇拾掇，再请街道上给你找个工作，我们大伙都替你张罗张罗，说个媳妇成个家，正正式式地过日子，也算对得起你死去的父母了！"每每想到这儿，顿时他会感到精神十足，什么腰酸腿疼、疲劳，就都随之无影无踪了。的的确确他也快二十岁的人了，情窦已开，渐渐地明白了男女之间的事，他何尝不想娶妻生子，过幸福美满的生活呢?!

人们常说："困难如弹簧，你软他就强！"这话一点儿都不假，起先他感觉有些吃不消，但是咬牙坚持下来，慢慢地就变得轻松了。他在那儿坐着或者站着，身体不让动,但他的眼睛没说不让动,他可以随意四处观望,看看风景什么的。待他渐渐静下心来,仔仔细细地把这儿的山山水水,看了一遍又一遍,才感觉到这儿真是太美了!整个陵园处在长满苍松翠柏的三面环山之中,呈簸箕状,似聚宝盆,一面临水,清如明镜。这山水相互呼应可谓浑然天成!

你别看大白没有什么文化,但他的头脑却很聪明,很多东西一看就会,好些事物一说就明白。尤其长期在澡堂内接受澡摽子们的澡堂文化的熏陶,其实那些澡摽子可不得了,有前朝遗老遗少,有失意落拓的文人,有退养的老红军,有前国民党军队的兵痞,还有过去经商开店、唱戏练武、拉洋车开妓院各色人等,可谓藏龙卧虎。现在虽然都是过时的凤凰,但他们的人生阅历,他们的文化水准,他们的语言措辞,远非一般老百姓可比!所有这些都让大白受益匪浅,因而他的眼光,他的品位,也都有了一定的水平,所以他看来看去就觉得这陵园所处之地"就是个风水宝地"。他想革命先烈们能长眠在这儿,也算是对英灵的最大慰藉了!他有时也会胡思乱想,想着将来自己死了,能埋在这周围,这辈子也值了。

每天晚饭后,他就会四处转悠,有时自己,有时和纪工一块，走遍了这儿的每一个山头，每一处峡谷。因此，他也越发地爱上了这郁郁葱葱、山清水秀的地方，他曾不止一次地想：人，这辈子无论生或死，能长期待在这鸟语花香、风景如画的地方，都是十分幸福的事。但他知道，那是不可能的，他在这儿最多只能待年把，而后还要回到喧嚣的城市中去，回到他那十几平方的破草屋中去。因而，他更加珍惜这个工作和在这儿的每时每刻。他曾开玩笑似的给纪工说："纪工，哪天我要是死了，也能埋在这儿多好？"玩笑说得纪工心惊肉跳，只有板起脸来批评他："孩秧子，胡诌八扯什么？你多大个孩子死了活了的，你是早上的太阳，才刚刚升起，不像我老头子都日薄西山了，你的好日子还在后头呢，就好好地奔吧！又说了，这是什么地方？革命烈士陵园，别说你我寻常老百姓，就是县里市里的头头脑脑死了，想埋在这儿也是不可能的！"

整整一年半，十八个月，陵园建设顺利竣工。上级因大白配合得好、工作出色，使得整个工程提前竣工，特别嘉奖了他，除了在竣工大会上提出表扬外，还多发了一个月的工资。揣着他挣的千把块钱，带上工地给他置办的被褥、衣物及其他日常用品，还是坐来时的那辆吉普车，司机也还是那个司机，大白又回到了他那十几平方米的老屋。

临走前，大白跟着纪工赶了一趟附近的集，买了好多当地的土特产，作为礼物。出来快两年了，回家送送，也算是自己的一点心意吧。他理所当然地先送给一个院子里、曾经帮助过他的好心的邻居们。大家都直夸他，说他胖了，又长高了，更难能可贵的是知道啥了（懂事），也有礼貌了；然后，他去了老街澡堂子，将礼物送给他视为恩人的牛经理，千恩万谢自不必说；最后他还送了街道主任一份礼物，谢谢主任过去对他的关怀和照顾，并说："请主任多多费心，再给找一份工作。"他还拍着胸脯给主任保证说："通过这将近两年的半军事化生活，我已经彻底改掉了睡懒觉的坏毛病，今后再参加工作，绝不会再迟到，也一定不会再给主任丢脸了！"

当然这次大白回到老街也彻底告别了乞讨！

大白从烈士陵园回来不久，还在牛经理等一干人你接风、我洗尘的一轮聚会尚未结束时，街道主任就来找他了，让他参加铁路大修队。主任告诉他："现在国家建设飞速发展，日新月异，为了能跟上发展的需要，国家铁道部根据中央的指示，决定在老城建立铁路枢纽。红头文件下来，市委、市政府都十分重视，由市委书记亲自挂帅，成立了枢纽建设指挥部，市属各区、县的一把手都是指挥部成员，并责成各区、县各自组织一支建筑队，当时叫大修队，参加枢纽建设。我们区也不例外，区里调动了所有能调动的力量，成立了一支近百人的队伍，由区长亲自带队，参加会战。现在你正好没事，就先去大修队干吧，虽然是临时的，但也得干两三年，待遇也挺好，比一般工厂都高。等枢纽工程一结束，我立马负责给你找个好工作。"

就这样大白扛上行李跟着区大修队去了铁路枢纽工地。这儿的工作性质也同烈士陵园那儿差不多，半军事化，住集体宿舍、吃食堂，早上一块上工，晚上一块收工。

由于大白在老街混迹多年，接触的事物较多，加上近两年烈士陵园工作的经验，在这支新组织起来的队伍中，也算是个经过风雨见过世面的人了。因此，到了工地不久，就被领导委派做了司务长，负责他们这个队的食堂及后勤工作。大白自然是尽心尽力地把本职工作做得有板有眼、有声有色，得到上上下下的一致认可。除此之外，他还在本职工作完成后，跑到工地现场帮助指挥来来往往的运土车辆，搬搬道岔，卸卸土什么的。他是个闲不住的人，有时满工地都能看到他的影子。

这天中午开饭了，工人们全都集中到食堂吃饭，上边突然通知来了几车皮土，问往哪儿卸？大白看到大家都刚刚端起碗，就主动问队长："土卸哪儿？我去指挥。"队长知道他行，就说："好，你去吧。"并把具体卸土地点告诉了他，嘱咐他："千万注意安全！"他答应着，卷了一卷烙馍就奔了现场。

大白大概去了十几分钟的样子，大家的饭尚未吃完，就听有人喊："哎，不好了，有人出事了，赶快来人哪！"大伙一听头皮炸了一般，纷纷扔下碗，拼命地朝工地现场跑去……只见大白横躺在铁道上，一半铁道里，一半铁道外，中间……

大白的死有几种说法，一是说：他在指挥车辆往后倒时，不慎被身后的一个什么东西绊倒在铁道上，因为离得太近，司机赶忙刹车，也已经来不及了，轧上了他；再一说：他看见车过来时，正好有两个小孩在铁道上玩耍，当然这两个孩子都是大修队工人的孩子，他赶忙跑过去把两个孩子推出铁道后，自己没来得及跑开，让车给碾上了；还有一说：是他手拿一卷烙馍，脚蹬在最后一节车皮下部凸出的加强槽上，用手拿馍馍的胳膊肘则压在车厢沿，以保持自己的平稳，腾出另外一只手,指挥车辆往指定的地点去,车轮轧上了一块横在铁道上的石块,车皮猛地一晃,将他闪了下来,紧接着就碾上了……

当然除了以上几种说法,还有其他版本,但也都只是猜测,到底是怎么出的事,没有人能说得清,因为没有目击证人。那时不像现在有监控、电子眼,什么情况一调录像就知道了,所以,相关部门只能按照一般工伤事故处理。

其实到底怎么死的,按照什么待遇处理,都无关紧要了,反正是人没了,他孑然一身,并无什么亲人。正所谓斯人已去,赔的多与少、是工伤还是烈士,又有什么关系呢?!倒是牛经理和纪工二人知道大白死了的消息后,十分心痛,心想这么好的一个孩子,怎么能出这样的事呢?他们也后悔不已,虽然此事与他二人毫无关联,但总觉得带他去烈士陵园做人模的事对不住大白,他们也知道根本没有什么必然的因果关系,仍然多少有些内疚。他二人跑上跑下,托熟人、找关系,最后争取到了把大白葬在了烈士陵园旁边的一座山上。在给他们自己找个心理平衡的同时,也算圆了大白生前的一个梦吧!

吃星叠页

将本求利，靠买卖赚钱，天经地义，是亘古不变的真理，也是大大小小的商人们经商必须遵循的准则，应该说老街的生意人在这一点上大都做得挺好，本本分分，挣钱养家糊口。但是，也有那么几个歪瓜裂枣，像"一把手（一条胳膊）""瞎豆（眼睛不太好），蝎子""笑面虎"等几个所谓的生意人，却无视这一准则，专门投机取巧，坑蒙拐骗，赚取昧心钱，老街的人都称他们一伙是"吃星叠页"的人。

何谓"吃星叠页"呢？说白了，星指的是秤星"吃星"，就是在秤上做文章，大斗进小斗出，高买低卖；页指的是钱，"叠页"就是在钱上打主意，买卖时少付多收。一般说"吃星"较为复杂，花样繁多，而"叠页"相对简单，手法较少，现在就逐一说说这帮家伙如何利用"吃星叠页"坑害百姓的吧。

先说"叠页"，顾名思义，就是把钱叠起来，大家知道二十世纪五十年代起至八十年代，人民币最大面值为十元，俗称十块，往下五块、二块、一块、五毛、二毛、一毛、五分、二分、一分，分币不说，他们把块票毛票十张（实际上是九张）一沓，沓起来，为什么不用五张或者二十张一沓呢？因为五张太薄，二十张又太厚，只有十张不薄不厚，又是整数，便于做手脚，从中抽出一张对折，叠起来，夹放在第四、五张之间。对折的顶点放在中间，开叉端冲外，对齐，然后再抽出一张对折，包在这沓钱的外面。因为钱的宽度是长度的二分之一，所以包在外面这张钱所包的位置，必须偏中间没有叠钱那头的三分之二。这样他们把钱递给别人数的那头，是便于数钱且又有叠页的那头。无论谁数正好十张。例如，他们买人家三十二元钱的货，一般不给整的，而是掏出三沓他们事先沓好的一块的票子，一沓一沓递给人家数，数完一沓递一沓，数完后，再给你两张一块的，正好三十二元，但实际上只有二十九元，因为那三沓都是九张。同样，如果有人买他们的东西是二毛钱的，给一张一块的找，他们会掏出一沓事前沓好的一毛的票子，从中抽掉两张后找给人家，人家一查正好八张，实际上只有七张，这些就是典型的叠页，屡试不爽，几无败露过。除上述方法外，他们还会利用买主没有文化，不太会算账的弱点，二十世纪五六十年代的家庭妇女，都是从旧社会过来的人，没有几个有文化的，而她们偏偏又是操持家务，上街买菜，置办生活用品的主力军。他们便使用一些混账的算法，什么"二八一毛八、三八二毛八、四七三毛二……"来蒙混她们，以达到多收少找的目的。

再说"吃星"，那个年代街上做生意买卖的都是杆式盘或钩秤，这种秤分别由秤杆、秤砣、秤盘或钩组成。砣、盘或钩都十分简单，其主要功能结构都在秤杆上，像秤星上、上刀口、下刀口、刀挂、前后系等。他们大都在这几个地方做文章。瞎豆在老街上卖干货调味品，如花椒、元茴、胡椒粉……这些东西用量小但金贵，价值相对高些，一般买主也就称一两二两的，几乎没有买多的，他用的是小型盘秤，只能称二斤的那种，秤星刻度从定盘星开始，半两、一两、一两半、二两、二斤，秤是标准秤没问题,他只是把砣系用得相对宽些(系在秤砣上的绳或带子一般都用较细的),如果你买一两花椒,他在称花椒时,将秤放在离眼较近的地方,他眼神不太好,便于自己能看清,也能让买花椒的你看得清,把砣系移至压住一两秤上方,然后往上放花椒,直至秤的两头平衡后,他再给你抓上三五粒,看上去一两正好,却不知他因砣系较宽,只是左边缘压住了秤星,而右边缘是压在七钱的位置上。因此,一两花椒只有八钱多一点,无形之中,扣了一钱半左右,称秤如此,客客都扣,一天下来得扣多少秤?! 卖青菜相对卖调料的量大多了,一般称半斤的都很少,一斤往上,三五斤的都有,像白菜、萝卜之类。所以用的秤就较大些。一般用能秤二十斤左右的盘秤。蝎子就把这种秤改造成了八两秤,也就是说称一斤只有八两重。他的原则是:"亲爹来买菜都不能给够秤!"有一次我叔伯姐买他的二斤韭黄,称好的时候,他老婆在旁边提醒他说:"这是二哥的闺女。"因为我这伯父也是老街上的生意人,彼此都很熟。他说:"是吗?"赶忙又抓了一把添上。我姐回到家一称还少二两,想想,如果他不添那一把的话,不正好是少四两吗? 因此,一般老上街买菜的人都知道他好那一把,所以给他起了个"蝎子"的外号,意思是逮谁蜇

老街旧事 / LAOJIEJIUSHI

谁。知道的人大都不买他的菜，但也有不知道他蜇人的，你不买他买，况且他的嘴很甜，特会说，把买菜人哄得滴溜乱转，因而他的生意反倒比别人做得都好，每天都是他先卖完。

计划经济年代，肉类要凭票购买。因此，卖肉都是国营的，由副食品公司在各菜场、菜店设案供应。卖肉的人员也是由公司派到各案上的国营工人，肉由公司每天早上统一送货到案。公司考虑，一秤来百秤去，要分斤劈秤，还有风干损耗等因素，一般一百斤肉都要多给四斤的劈头。

笑面虎是老街菜场的卖肉人。他所卖的这一百斤肉不但不损耗，还能多卖出好几斤，公司给的一百零四斤肉，他能卖到一百一十斤左右，按说他的秤是由公司统一配置的标准秤，应该没有一点点问题，凡买肉的都知道他称秤都是高高的，怎么能多出呢？原来他另有高招，他每天在卖肉前，先切薄薄的一块约半两的膘油贴在秤盘下面，使得每秤就少给了人家半两，一秤半两，十秤、百秤呢？不多出才怪！那时人都老实，一般没谁去复秤，再说他成天笑眯眯的，一脸憨厚，要不怎么能称得上笑面虎呢？又是国营的肉铺，称秤都高高的，谁会怀疑他少给秤呢？假如真有人复秤发现肉少了来找他，那也不要紧，他会先装糊涂，把你买的肉拿来复一下，一看高高的秤，正好。他会自言自语地说："哎，这不正好的吗？怎么会少呢？"而后拿下肉，找原因，装腔作势把秤查一遍，没问题，再称空秤盘，发现盘重了，把盘翻过来掉过去地查看，让你同时看到盘底粘了块油，顿做恍然大悟状："我说怎么少了呢？原来这粘了块油。"一脸无辜。猪肉本来就油不拉叽，黏黏糊糊的粘点油也属正常现象。意思他不是故意的，然后他一边给人家把肉补齐，甚至多给一点儿让买肉人无话可说，再一边点头哈腰地说："不好意思，对不起，实在对不起！"待把买肉的人打发走后，他依然把肥油贴到秤盘底下。那时候猪肉六毛三一斤，多出十斤左右的肉能卖六块多，一个月下来有二百元左右的进项，有知情者开玩笑说："甭看笑面虎是个卖肉的，给个县长也不换。"可不是吗？一个工人一个月才三十几块，估计县长也就是五六十块吧！怎能和他月收入二百多块相比呢？

其实笑面虎每天多出的肉并不全卖完，而是留个斤把带回家，一家老少吃得肥拉的，个个肥头大耳的，招来多少羡慕的眼光！可惜那年头没有保健意识，光知道吃得胖乎就好，唯胖为美，他那一家人全属没有文化不知道害怕的人，成日胡吃海喝，时间长了，全得了高血压、糖尿病，个个瘦得跟猴似的，笑面虎病得最严重，瘦得脱了形，骨头架子一般，走路都打晃，二十世纪七十年代中期没熬到退休就一命呜呼了！

瞎豆和蝎子都是个体户，是有营业执照的商贩，笑面虎是国营工人，而一把手他们两三人啥也不是，既没营业执照，又不是国营工人，属无证商贩，典型的投机倒把，在那个时候是坚决取缔的对象，但他们在老街上混熟了，都成精了，标准的街滑子，地道的老油条，那在街上做小生意、小买卖，还不是小菜一碟，如鱼得水，游刃有余？而且他们没有束缚，又不要纳税，十分自由，倒比瞎豆们活得更滋润，更潇洒。别小看一把手只有一条胳膊，他过去可是交易所的秤师，因犯错误被开除了，那秤玩的，那秤杆拧的，在老街无人能比。他将一杆能称三百斤的大钩秤进行了改造，把刀口横梁固定在秤杆上的部位，往左、往右开了一溜小槽，除中间固定点外，左右端又各设一个固定点，中间点是标准点，没有一点儿问题，将秤的横梁移至右固定点内，一百斤东西只能称到七十斤，移到左边固定点内，一百斤东西能称到一百三十斤，他们两三个人就凭借这杆大秤来坑骗买卖双方。

在集体生产的年代，生产队所种蔬菜什么的，都要送到蔬菜公司或下属的交易所，然后由蔬菜公司或交易所按照先国营、后集体，最后个体户的原则，将菜批发给这些部门或个体户。因此，一把手他们在这儿是拿不到货的，但鱼有鱼路，虾有虾路，他们自有他们的门道。原来在农村，尤其是菜农大都有点自留田，种点儿菜什么的自己吃，可是很多农村人舍不得自己吃，有咸菜辣椒就对付了，就偷偷地把菜拿去卖了，换俩钱，以备家中有个事急用。他们的菜不敢冠冕堂皇地拿到街上去卖，怕市管会查到没收，而送到交易所他们又不甘心，交易所定价太低。再说他们也没时间上街，集体劳动全都是起五更睡半夜，又没个星期礼拜的，更别谈请假了。他们只好趁天不亮把菜什么的运到城乡接合部，兑给一把手他们，农民们辛辛苦苦的血汗为他们提供了货源，同时又被他们无情地坑骗，他们用那杆"短命"秤以百斤为七十斤的重量从农民手中买来蔬菜、白薯、胡萝卜等转手兑给其他无证商贩。熟人还行，少扣点秤，生人可惨了，一百斤得卖给你一百三十斤；或运到街上零卖，所用的小型秤定然也是八两秤，他们的价格要比别人低些，许多人光知道便宜，像捡巧一样，却不知道他们扣秤，蜂拥而至，生怕抢不到手，转眼间，几百斤菜什么的就卖光了。等他们把赚的钱装进腰包，坐在饭店开始吃早点了，市管会的还没上班呢！

也曾有人怀疑过一把手他们的秤有问题，提出校秤，好吧！那就校吧！你拿标准秤称个十斤、二十斤的东西，他们早在你不注意的时候，把刀口横梁移到标准点上，然后去称你称过的东西，分毫不差，怎么样，没话说了吧！以上为他们这伙人常用的"吃星"方法，另外还有几种是在迫使他们使用标准秤的情况下才用的，像他们在卖东西的时候，称秤要用右手的食指和拇指提毫系，他会提得很低，然后用手掌的外边缘压住秤杆，使所称的东西重了许多；在进货的时候，他会跷起脚尖，顶住所称货物的底部，使所称货物轻了许多。手法很多，不一一道来了，总而言之，坑你没商量！

我虽不是宿命论者，也不太相信因果报应，但老街几个靠"吃星叠页"生活的人，都没大落好，笑面虎前文说过，得了糖尿病，那年代不像现在有药能控制病情，所以过早地死掉了，瞎豆由于眼神不济，某日在下街的路上被骑自行车的撞倒了，后脑勺摔在路牙石上，成了植物人，在医院躺了几个月后死掉了。一把手最惨，"文化大革命"的时候，当了某派的小头头，后来两派搞武斗，他不知从哪儿弄来一枚手榴弹，本想炸人家的,结果他一只手不得劲,又要拉环,又要往外扔,扔了半截被拉环带了回来,把自己炸得稀巴烂,死都没落个全尸。其他两个据说也没落好,只有蝎子例外,他有大善之举(后文另说),所以他身体很好,已经一百零几岁了,耳不聋,眼不花的。这些事让我相信:"人千万不能缺德丧良心,否则,真要遭报应的。"

五　哥

　　五哥是我的邻居、发小儿和同学，但更确切地说就只是同学。因为说邻居有些勉强，虽然我们都是南园人，但一个住南园最东头，一个住南园尽西边。南园虽然不大，也就是一平方公里左右吧，新中国成立后改称万里巷，总共才三十几个门牌号，也就是三十几个院落。五哥家大概是二号或者三号，我家是三十三号，中间隔着三十个号。但是这三十个号个个都是大院子，多则十几户，少则五六户。由于这些大院子错落相隔，使得我和五哥原本很近的家，直径也就是几百米的距离，一下子就拉远了很多，曲里拐弯的巷口要走一千多米才能到。因此，说是邻居，其实远了点；再说发小儿，也只是沾边，那时候的小屁孩一块能玩得来的，也就只是三五百米的邻居，再远一些就难玩到一起了。同龄的差个两三岁的也只是面熟、认识，没什么深交。我和五哥就属于这种情况，上学之前几乎都不认识，上学了有幸分在了一个班里，才算正式认识。通过交往，才慢慢地成了好朋友。

当年我们上学的时候，那一片共有三所小学可供选择。分别是会堂小学原来叫育英巷，后改为淮海四小，燕子楼小学以及一所民办小学。会堂小学离我家最远，五里路的样子，燕子楼小学在中间，三里半左右，民办小学离我家最近，约五百米。那时可以择校，不像现在，户口所在地属哪所小学就在哪所小学上。可以择校的主要原因可能是人少、生源不足吧。我小的时候父母大概看我有些愚笨，怕上不成学，就让我三所小学都报了名，结果三所学校都录了，但最后选择了会堂小学。选择会堂小学的主要原因是我哥哥也在会堂小学，那年他该上四年级，父母考虑兄弟俩在一个学校，每天都可以结伴去上学，万一有什么其他意外情况，好歹也有个照应。倒是五哥的家离燕子楼小学较近，不到一里路，按理应该去燕子楼小学上学，他为何也选择会堂小学不得而知，我想可能这就是缘分吧！

和五哥认识时间长了，接触多了，发现他是个很不错的人，十分敦厚，值得相处。他整天乐乐呵呵的，没啥脾气，别看他长得高高大大，在班里同龄的、差个两三岁的，除两三个年龄较大的之外（那时我们班同学年龄参差不齐，小的六七岁，大的十一二，方方面面的原因，这里不做探讨）他的个子最高，胖胖的显得十分健壮，但他从不恃强凌弱，欺负别人，跟谁都合得来。属于那种没有安坏心眼的老好人。慢慢地我还知道了他父母也是老街上的生意人，卖水果的，和我父母极熟，我们两家应该是老邻世交。因此，我们俩相对比别人走得更近一些。每天上学时不一定一块走，但放学一定黏在一块走。有时候他多绕几步和我一块走到陈记茶炉分手，他往东，我往西，有时候我多绕几步陪他走到他家门口，看他进家后我再走。

我上学不久，父母在老街上谋得一个卖青菜的摊位，是有营业执照的合法经营。在此之前，他们也做小生意，但没有营业执照，也没有固定地点，属不合法经营。我父亲每天上午从交易所把货进来后，往摊子上一扔，就不再问事了，余下的事全是我母亲的了。可怜我母亲，南关丝线店经理的闺女，千金小姐，因她父母受媒婆的蛊惑，把她嫁到我们老王家。当时媒婆夸张地说："人家老王家，可不得了了，开丸子汤锅，设赌局（也就是现在的棋牌室），主营辣椒酱，家中几个长工，见天挑几副辣椒酱出去，遛街穿巷卖辣椒酱，挣了老鼻子钱了。如果你五更头蹲在他们家菜园子旁边，都能听到地里的菜长得喊里喀喳的！"外祖父外祖母心想，这把闺女嫁过去，不就擎等着享福了吗?!哪承想，我母亲嫁过来不久，福没享几天，家中就出了大事了。俗话说："人怕出名，猪怕壮。"我们老王家发了的事一传十，十传百，越传越远，越传越邪乎，一下子传到土匪头子耿聋子那儿去了，好嘛，这不简直就是给他送上嘴的一块肥肉吗！可把耿聋子高兴坏了，他立马派了几个喽啰，趁一个月黑风高夜，把我们老王家的当家人我爷爷给绑了票了，顿时天塌了，一家人全乱套了！多亏二伯父上过几年私塾，有些文化，因而有见识，知道土匪的意思，无非是索要钱财。他当家，变卖家产，向亲朋好友借贷，东拼西凑，不惜一切代价，凑够耿聋子开的价码，把我爷爷赎了回来。毕竟六七十岁的老人了，连吓带气加折腾，回到家中后就不太行了，没撑几天就驾

鹤西游了。等到出完殡，家中空空如也，穷得叮当响，
而且负债累累。常言道，穷则思变，于是，全家人在二
伯父的带领下，大家齐心协力，发愤图强，都拼了命地
干，可是就在家中经济才刚刚有些起色，家道眼看就要
中兴，恰逢老城解放，就此打住。也正因如此，我们老
王家才因祸得福，在失去划为地主资本家资格的同时，
也躲过了地主资本所遭受的那些灾难。一九五〇年，
我们老王家老四房（我父亲老弟兄四个）分家，我父母
除分得三间西屋和我母亲的嫁妆外，几乎没有什么其
他财产。从此，各自单过，自力更生，自己刨食自己吃。
我父亲虽然自幼聪明，有文化，头脑也很活络，无奈，他
原是家中的老小，从小被我爷爷奶奶惯坏了，养成了横
草不拿、竖草不拈，油瓶倒了都不扶的瞎脾气。这一单
过，可就苦了我母亲了，生活的压力，百分之九十几都
落在了她的肩上。起先人口少还好过些，到了在老街
摆摊卖青菜时，弟弟妹妹都已出生，全家六口人，吃穿
拉撒用，几乎全靠她，那苦吃的、罪受的，简直难以用语
言表达。我父亲每天把批来的菜往摊子上一扔，转脸
就走，标准的甩手大掌柜，啥事也不问，他则去茶馆喝
茶，酒馆喝酒，澡堂洗澡，当澡撇子（老街人称从早到
晚撇在澡堂的人为澡撇子），余下的活全归我母亲一人

干。我母亲就像一个陀螺，被一条无形鞭子抽打着，从早到晚不停地转着。她每天天不亮就得起床，先生火做饭，捣弄一家人吃喝，给弟弟妹妹穿好，喂饱，让年迈的奶奶给看着点。那时虽然早以分家，奶奶归二伯父养活，但仍然住在一个院子里，奶奶是爱屋及乌，疼我父亲，自然也关心他的孩子，大忙帮不上，看着点小孩别磕着碰着还行。母亲还要洗刷一番，然后收拾菜车子上街，出摊，卖一上午菜，中午将菜摊用草苫子盖上，扔在街上，那时社会风气好，几乎没有偷盗的，搁现在则不行，没人看着能给你拿完，然后她再回家做中午饭，伺候一家人吃饱，把弟弟妹妹安顿好，再洗洗涮涮，上街看摊。直至天大黑，确实看不到秤星了，才收摊回家，到家后再做晚饭。在那个时候，每天晚上我们一家十点之前几乎没吃过饭，伯父伯母们调侃我们说："大家饭十点半。"虽然是玩笑话，但是我们听了心中可难受了！等我们都吃喝完毕，母亲还要把弟弟妹妹喂饱，给他们洗脸洗脚，伺候睡觉。她再刷洗拾掇，然后自己再洗洗，上床就差不多十二点了，第二天天不亮……

我看母亲熬得实在太狠了，有时站着都能睡着，太辛苦，十分心疼她，想帮帮她，就主动提出来："每天中午放学后，我到街上看摊子，你回家做饭，伺候弟弟妹妹妹,然后给我捎上饭,我在摊子上吃,吃完后再去上学,下午放学后我再去看摊子,你回家做晚饭,伺候弟弟妹妹,把家中拾掇利索后再上街接我收摊下街。"因为我们家多年做小生意,我和哥哥五六岁时就学会了称秤和算账,母亲考虑再三,觉得我行就答应了。从此母亲省了不少事,轻松了一些,但是我的麻烦大了,因为时间太紧,几乎是天天完不成家庭作业,每天下午还迟到。于是,那段时间挨老师的批评成了家常便饭。若干年后,每每提起此事,我母亲都泪眼婆娑地说:"那个时候我真对不起二孩子。"(我在家中排行老二)

原来放学天天和五哥他们一块走,从学校出来沿淮海路往西一百多米,到现在市二院门诊楼西夜市的地方,往南有一巷口,二百米后入和平街,走不远进池塘巷,出巷后过落魂桥,再拐到杨家路,往西一百米后到北路口,再往南一百五十米便是万里巷中间偏东一点儿的陈记茶炉,然后我们分手,他往东我往西,各自回家。自从帮母亲看摊后,我就不和五哥他们一块走了,而是顺淮海路一直向西走八九百米后,到高头顶(老街的最西端)往南拐百把米到我家菜摊。五哥对我突然改变放学回家路线不理解,尤其对我每天下午迟到感到诧异,于是,他在某天中午放学后,尾随着我到老街，看到我替母亲看摊那一幕，才明白了这段时间放学我为何不同他一块回家，以及天天下午迟到的原因了。

那天中午我正在摊子上迷迷糊糊地打瞌睡，就听有人喊："黑弟、黑弟（我外号黑子，因为人长得黑），醒醒、醒醒，开饭了！"我一激灵，醒了过来，看见五哥站在我面前，手里提着母亲天天给我带饭的布包，赶忙接过来，打开就吃，一边吃一边问："你怎么替我送饭来了？"五哥说："我看你这几天不和我们一块走，自己单溜，还天天下午迟到，净挨老师的熊，觉得很奇怪，就想你肯定有什么事瞒着我。所以，今天中午放学就跟在你后面，到了街上一看，才知道你替俺婶子看菜摊。我没吱声，赶忙回到家，快速吃饱饭，然后跑到你们家，我想，我提前给你拿饭，让你早吃饭再去学校就不会迟到了吧？哪知道到你们家俺婶子正忙呢，饭还没做好，她一个人正在烙烙馍，又要烙又要挑（翻）还要烧火（那时候烧的全是烟煤，得拉风箱吹才能起火），她每烙一个放在鏊子上，就赶忙去拉风箱烧火，将鏊子烧热，把这一个馍馍挑熟，然后再去烙下一个，我看太慢了，就帮她烧火挑馍馍（老城人都爱吃烙馍，家中无姐妹的五哥自早在他母亲的调教下就学会了挑馍馍），等烙完了

老街旧事 LAOJIEJIUSHI

馍馍，又帮她烧火炒菜，炒好菜后先给你盛上，就赶忙给你送过来了。"听完五哥的话，那时我人虽小，不太会感动，也是眼泪在眼圈里转了几转，半天没能把那口饭咽下去！等我吃完饭，时间不长母亲就来替我了，我和五哥赶忙朝学校跑去。

打那以后，五哥几乎天天中午吃完饭就去我家，帮我母亲烧火做饭，给我送饭，无论春夏秋冬，还是刮风下雨，从不间断。因此，我上学再也没迟到过。一连几年，从一年级开始到四年级下半学期，学校停课为止。

停课闹革命，十二三岁的小屁孩懂啥，知道啥叫闹革命？我是不懂，因此什么事也都不问，随别人怎么闹腾去，反正我是不用去学校了，就觉得时间特别宽裕了，从早到晚都可以替母亲看摊子了。偏偏那个年代又大割资本主义尾巴，交易所一改往常大家一条起跑线，谁都一样批菜的政策，而是采取了先国营后集体、然后集伙单位、一统户（一部分原副食品公司的工人，由于种种原因改做个体户的商贩），最后才是我父母这一类的商贩。一般到了他们这儿就基本无菜可批了，三两天难轮上一回，轮上能给个百八十斤的，因为是平价的，拉到街上，眨眼的工夫就卖完了。因此，我也比较清闲了，自然不用五哥再给送饭了。在这之间，五哥也到摊子上去过几次，看到我都无事可做，他就更帮不上什么忙了，所以慢慢地他就不来了。

两年后，复课闹革命，五哥他们都到五中上中学去了，我父亲因为我哥哥下放沛县农村，成天吃不饱喝不足，怕我步他的后尘，就坚决不让我上中学，因此我再也没和五哥做成同学！又是两年多过去了，一九七一年年初，我被万里（余窑）街道安排去了利国小煤窑上班，做了矿工。同年年底，五哥他们中学毕业后也都分配了工作，各行各业都有。那个时候没有走后门一说，分的好与坏，就看命运把你抛向哪里了。据说五哥分配到了饭店，做了厨师，这在当时计划经济，温饱有时候都难解决的年代应属于很吃香的职业！从此我和五哥天各一方，再无交集点，加上通信又不发达，自然也就没有什么联系了。直到若干年后，小煤窑解散，我回到市里工作，因一些小事和五哥才有过几次接触，这是后话，这里不再叙述了。但我对五哥的感激之情始终无法忘怀！

人的一生，定然会有几个命中的贵人相助，才使得你的工作、生活以及其他方方面面能灿烂光彩。他们在关键的时候帮你一把，在你最困难的时候帮你走出困境，在你失意绝望的时候帮你爬出低谷，在你人生有重大转折的时候帮你朝最好的方向发展……回想我在过去的六十年里，的的确确有那么几位命中的贵人相助，才使得我顺顺利利走到今天，五哥虽然只是其中之一，但五哥无疑是我人生中的第一位命中贵人，因此他在我心目中的位置，永远是其他人替代不了的！

终生感激你——我永远的五哥！

卖花生米的黄大爷和他的吆喝声

五香的咸花生米来啦……随着这高亢嘹亮而又韵味十足的吆喝声传来，老街的人知道，又到下午四点半，风雨无阻地卖花生米的黄大爷上街了。未见其人，先闻其声，紧接着就会看到脑门锃亮，雪白胡子的他，一手半挎着满满一筐头花生米，上面放一小型盘秤，一手提着马扎，拖着他那条早些年因得血丝虫病留下的后遗症，大象般的粗腿，蹒跚而来。

提起黄大爷的五香花生米，那可是老街乃至老城的一绝。东北南西关大名鼎鼎，无人不知，无人不晓，那花生米炒得真是咸淡适中，香酥嘣脆，拿上一粒两粒扔进嘴里一嚼，顿时满嘴生香，咽下后，回味无穷。至今为止，仍是我一生中吃过最香的花生米了。

黄大爷花生米做法相当讲究，首先，选料就十分挑剔，大的不要，小的不要，专拣一些颗粒饱满、颜色纯正的；其次，用其独家秘方配制的五香大料水浸泡多日，待其彻底入味后，捞出晾干；最后，再上锅用细沙土慢火细炒，火候掌握要十分到位，少一分嫌生，多一分就煳，用筛子筛净，冷凉后方可上街出售。

黄大爷的摊点就设在合作社卖散装白酒柜台的门外旁。因为来买他花生米的酒客居多，大都买来下酒的，一般称上一两二两，打上半斤几两白酒，或回家自己喝，或就地与一两个熟人靠着柜台，你一口我一口就着这香喷喷的花生米，过着酒瘾拉着家常。由于有了这黄大爷的花生米，使得散白酒的生意格外地好，所以卖酒的对黄大爷也十分照顾，凡刮风下雨下雪，或特别寒冷天气，都会主动招呼他直接进店，在柜台前经营。

黄大爷每天只卖这一筐头，就是柳条编制，深约十厘米，直径五十厘米的圆形筐。大概能盛四斤左右，从不多卖。用现在的话说，就有些吊胃口的意思，宁缺勿多，而买花生米的富人不多，大都是出力流汗打工的，喝点小酒解解馋，也就称个一两二两的，很少有称半斤八两的，即便有，黄大爷当天也不会卖给他，因为要照顾天天光顾他的老主顾。只有预约，他才会在第二天多做些，给你称好，包装好，上街时给你捎来。

你别小看这四斤左右花生米，足可以赚够他和老伴两人（可能孩子都大了，分开单过，家里只有他夫妇俩）吃喝拉撒和人情礼节的开销。那时物价便宜，钱当钱用。猪肉多少钱一斤？六毛三，鸡蛋三四分钱一个，卤好的猪头肉才四毛五一斤，而他的花生米却要七毛五一斤，赚头大！没办法的事，东西好，货硬！愿打愿挨，谁教酒客食客都好他这一口呢?！

其实五香花生米只是黄大爷的一绝，他还有更绝的就是吆喝声！他一嗓子就能贯穿老街的两头，甚至副街的尽头都能听得到。其声音不仅洪亮且带有颤音，拖腔又韵味十足，假如晚几年定可与京城的吆喝大王相媲美。相比之下，他的嗓音更圆润，富有乐感，像歌声一样美！在那个物资匮乏，文化生活贫乏的年代，吃他的花生米那就是物质上的享受，听他的吆喝声就是精神上的享受。许多喝酒的人就是冲他这两绝来的，还有些不买不卖的人，抽空也到合作社的门前专听他的吆喝!

据说有一年夏天,一位在澡堂门口卖西瓜的找到他,请他在不影响卖花生米的情况下,一天一块钱为其吆喝卖西瓜。那时候西瓜都大,十几二十几斤,一般买不起整瓜,即使能买起也吃不了,又没法存放,不像现在家里有冰箱,所以西瓜大都是切开了卖。三分钱二分钱或者五分钱一块瓜,由他吆喝:"冰凉稀甜的大西瓜……"自从有了他的吆喝,每天都比别人多卖好几倍,整个夏天,卖瓜的人很是赚了一笔。传说,一天一对南方某音乐学院的声乐教授夫妇,在徐州做客期间,到徐州会堂听戏,进门前听到了黄大爷吆喝西瓜的叫卖声,要知道,徐州会堂距离澡堂子将近一公里呢,他们循着声音找到西瓜摊,分别吃了好几块瓜,听了他近两小时的吆喝,硬是把戏都忘记听了。临走时直夸:"大爷的嗓子真好,可惜,可惜!如年轻时学唱歌,现在肯定是个歌唱家!"

离开老街四十多年了,黄大爷恐怕早已作古了,如活着也得一百多岁了,老街也早已无了踪影。现在回想起在老街的岁月,嘴里仿佛仍留有黄大爷花生米的余香,耳边也还有他那余音绕梁的吆喝声在回荡。

席大娘

　　初次认识席大娘是在一九七七年的夏天。当时我在徐州煤校上学，正赶上放暑假在家，那时候举国上下各行各业刚刚走上正轨，教育也不例外，正准备恢复高考，我们虽没赶上，还属"工农兵"学员，但所用的教材和课程安排基本上和大专院校同步。尤其是我们这帮经过"十年动乱"的青年人，深知自己的知识贫乏，因而学习都十分刻苦。苍天不负有心人，我们那届学生几乎都成了各煤矿的精英骨干。仅我们一个班就出了近十位矿长，还有的当了局长，最不济的也是中层干部，我后来虽然离开了煤矿，但所学的知识也都触类旁通地运用到工作中去了。另外我还是当时西关南园那儿老门旧户，近十年才出的第一位大学生，很令老亲少邻刮目相看，尤其是我心高气盛的父亲，以子为贵，更是高兴自豪了一段时间，逢人就讲："我儿子大学生！"与他交情甚好的一帮老朋友，为此还凑了份子，在我入校前摆了三四桌酒席，为我祝贺。父亲在以我为荣的同时，也为我招揽了不少活计，像给人家写个合约、立个字据、写上诉材料，甚至还给人家写检查检讨什么的。我学的是理科，好在平时爱看些文学书，多少积累点儿文学知识，因此写这些东西还能应付，否则，还真的难看。从席大娘被我父亲领进我们家的那一刻起，我就感觉到，这准是父亲又为我揽的什么活。

　　果然不出我所料，父亲为我做过简单的介绍后，就直奔主题："你席大娘前些年受了冤枉，下放农村改造，吃了不少苦，遭了很多罪，现在终于要平反落实政策了，想让你给写个申诉材料，她不容易，你得帮帮她。具体的事情，你娘俩谈。"说完他就走了，把我和陌生的席大娘撂在了屋当门（现在说客厅）。此时我才仔细地看了看她，白发苍苍，一脸苦相加褶子，瘦瘦的，佝偻着腰，显得十分矮小和沧桑，看上去有七十岁左右。后来才知道，当时的她尚不满六十岁，我和她简单地聊了几句之后，她就把她多少年的心酸遭遇，像倒苦水一样，一股脑儿全倒了出来。

博爱菜店在老街正中间路南，当时全西关就三个菜店、博爱菜店、和平新村菜店和基建局菜店，而和平新村菜店又是博爱菜店的分店。因而，整个西关实际只有两家菜店，担负着方圆几里路居民的蔬菜供应，同时还供应多种凭票证购买的副食品。菜店是国营的，菜是平价的，每天来买菜或副食品的人熙来攘往，拥挤不堪，生意红火得一塌糊涂，尤其是每年到冬菜存储时，从早到晚能排两里地的长队。那时席大娘就是菜店的业务员，除经理外，数她权力最大，相当于二把手。店里所有商品均由她采购，并根据政策来定销售价格。店里的各柜柜长和所有营业员，哪个敢不听她指挥，谁敢不看她的眼色办事？老城西部的所有企事业单位和几十里之内的煤矿等集伙单位的采购员们，为了给自己单位弄来时令菜、便宜菜，成天如众星捧月般，跟在她屁股后边转，那时的她可谓要风得风，要雨得雨，真是威风八面，傲视一切！然而，天有不测风云，人有旦夕祸福，就在她人生最顶峰的时候，一个意想不到的灾难降临了。

在来天的鸣放会上，她的发言让全场都震惊了，其情景可想而知，经理怒目而视，好，犯上作乱，竟敢给我提意见；全体店员目瞪口呆，她今天是不是吃错药了，今后还想不想干了；工作组的人却兴奋不已，上级派咱们下来，无论如何都要搞出点成效，将来回去也好有个交代。这下好了，不愁完不成任务了。

然而，令她没有想到的是，几天后的另一次大会上，情况发生了逆转，经过工作组的核实，她所说的和她揭发的那些事情一样没有，她一下子就蒙了，这些明明都是事实，为什么说一样没有呢?! 其实，她早就应该想到，经理的侵吞和提价所得到的那些钱，有相当一部分拿来搞了职工福利，如果大家都证实她所说的都是事实，那么过去得到的福利，毫无疑问都得退出来。吃进容易，吐出难，在那个并不富裕的年代，这些客观的福利对家庭是多么大的帮助啊! 此时让大家拿出来不亚于割肉，可能吗? 大家权衡利弊，只能丢卒保车，宁可昧良心得罪她，也得保经理，只有保住了经理，才能保住大家的既得利益。于是，大家口径一致，将恶水脏水全泼在了她的头上，说她是诬陷领导，别有用心，想把经理搞臭搞垮整下台，自己取而代之，此时的她，百口莫辩。人哪，关键的时候将人性的弱点暴露无遗!

为了自己的一点儿私利，竟然不顾一切，红口白牙，颠倒黑白，混淆是非。

她全家下放农村，进行劳动改造。至于去哪儿，有两个选择，一是投亲靠友，也就是说，如果有亲戚朋友在农村，可以要求投奔他们；二是由上级指定，当然上级指定的地方，肯定都是最困难的地区，此时她才真正地害怕了。她思来想去，只有一位近房的侄女，远嫁在内蒙古乌兰巴图村，在过去书信来往中，她多少知道些那儿的情况，尽管远点苦点，但没有饿死人的情况，于是，她决定投奔侄女那儿。

根据她个人的意见，上级相关部门和内蒙古那儿做了联系后，批准了她去乌兰巴图村的请求。她和丈夫一起做了简单的拾掇，好在他们没有孩子，虽然结婚十几年，都没有生育，他们曾经因为没有孩子烦恼过，怨谁不怨谁的，先后去医院看过多次，又是中医又是西医，这下倒好，没了孩子少了累赘，拿上行李，揣上上级给开的证明及介绍信去了内蒙古。

乌兰巴图村是内蒙古较偏远的一个村落，山高皇帝远，内地轰轰烈烈的运动对那儿的影响不大，生活虽然清贫，确是平静得很，加上民风淳朴，村民善良，再有侄女的斡旋，对从内地发配而来的他们，不仅没有排斥，相反，而是十分友好地接纳了他们，从此他们便安安稳稳地住了下来。同村民一样，日出而作，日落而息，很是平静地过了一段日子。然而，好景不长，本来身体就不太好的丈夫，过去就整日病病恹恹的，到了这因水土不服、生活习惯不一样等原因，不久就病倒了。在那儿缺医少药，加上营养不良，不到两年就一命呜呼了！这对她来说，不亚于雪上加霜，虽然侄女经常来看她，照顾她，可人家毕竟还有一家人需要照顾，也要为生计而劳作，不可能没日没夜地来陪她。她白天的日子还好过些，到了夜晚，孤苦伶仃的一个人，面对四壁寂寞难当，唯有以泪洗面，老是这样吃不好，睡不好的，时间长了，身体就吃不消了，瘦弱得不行，精神恍惚，走路都打晃了，刚刚四十岁的她，就像六七十岁的老太婆。侄女看在眼里，疼在心里，心想这样不行，如此下去恐怕难撑多少日子，怎么办？思来想去，最好的办法是帮助姑姑找个伴。

经侄女的张罗，邻居们为她介绍了一个本村的村民，四十多岁的中年汉子，过去因为穷，始终没结过婚，大龄处男。相见后，两人都没啥意见，一个新寡，一个独身，同病相怜，惺惺相惜。很快就在侄女和村民的撮合下结婚了，婚后的日子还算美满，男人对她十分体贴，百依百顺，凡事都听她的。虽然没有过多的物质享受，却也让她感到很幸福。时间不长，她居然怀孕了，可把夫妻俩喜坏了，尤其是她，简直是欣喜若狂，四十多岁了，才有第一次怀孕的体验，心情可想而知，像喝了蜜水，甜滋滋的美！此时她才知道，过去的婚姻一直没能生育的原因不在她，而在她的前夫。十月怀胎，一朝分娩，可怜四十多岁高龄产妇的她，被折磨得死去活来，差点要命，总算生下一大胖儿子。

　　有了儿子，初为人母，她觉得天也蓝了，地也绿了，柳暗花明，生活也有了奔头了。哪知命运一直在无情地捉弄她，总在她感到生活有些幸福的时候，给她制造些灾难。就在她儿子五六岁的时候，她的牧民丈夫，马背上的后裔，迷恋上了喝酒，而且酒量很大，不久就把本来就不富裕的家喝了个精光，更令人不能容忍的是酒乱。他每喝必醉，每醉必乱，打人、骂人、砸东西、哭天喊地，闹得鸡飞狗跳，七邻不安，八邻难静，更有甚者，不仅打她，还打她的心肝宝贝儿子，一打就打个半死，成天身上青一块紫一块，没个好地方。生产队长、大队领导、派出所民警都找他谈过话，劝他，批评他，教育他。他呢？虚心接受，坚决不改，酒醒时一切都好，酒醉时依然如故。看着这暗无天日的生活，想了她的

老街旧事
LAOJIEJIUSHI

后半生和她所指望的宝贝儿子，如此下去，她娘俩势必
早晚死在酒鬼手里！与其这样，不如早做打算，她痛下
决心，逃！无论如何都得逃出苦海，把孩子养大成人！

　　她经过精心准备，在酒鬼丈夫又一次烂醉如泥的
时候，带着儿子逃了出来。逃往哪里？当然只有逃回
老家徐州，这个生她养她的地方，凭她多年在菜店工作
的经历和在老街来来往往的耳濡目染，她坚信干点什
么都能把儿子养大。好在那时正是"文化大革命"时期，
坐火车基本不用打票，才使得她娘俩比较顺利地回到
了徐州。

　　回到徐州后，她才知道远非她想象的那么好混，首
先，住房就成了大问题，下放前她和丈夫住的三间大堂
屋，全都充了公，被房管部门分给了别人居住，人家住
得理直气壮，根本不可能归还于她，况且那家人口较
多，住得十分拥挤，也不可能挤出一间半间的给她。好
在那家人心都挺善良，得知她的遭遇情况后，很是同情
她，看着可怜，就帮助她在原屋前墙搭了个七八平方米
的坡棚，虽然小且简陋，但娘俩总算有个趴着的窝了。

　　住的问题解决了，再考虑谋生，工作不好找，近
五十岁的人了，坎坷的生活磨砺，使得她像六十多岁的
人，又没有户口，属黑人黑户，没有哪个单位敢用她。

找街道，街道只是同情，对回流人员没有安排工作的政策，爱莫能助。到老街上做点小生意小买卖，没有营业执照，属投机倒把，市管会、人保队的如狼似虎，逮到就没收，最后还是好心的邻居，在老街附近的一个小学门口，为她谋了个摊点，卖大刀糖、牛皮糖、花米团之类的小孩零嘴，一天下来能挣个块八角的，勉强够她娘俩的生活。逢阴天下雨，星期礼拜的，也难免饥一顿饱一顿的。

一晃多年过去了，时间到了一九七七年，祸国殃民的"四人帮"粉碎后，国家开始拨乱反正，对那些冤假错案，逐一落实政策，予以平反昭雪，她得知这特大喜讯后，就逐级上访，希望自己也能被平反昭雪，可她光说不行，人家各级各部门都要申诉材料，她自己不会写，又没有会写的亲戚朋友，这下子可把她难住了，怎么办呢？就在她一筹莫展的时候，恰好碰上了我父亲，她和我父母既是老邻居又是老相识。同是老街上的生意人，无非一个是国营工人，一个是个体商贩。（我的父母都是老街摆摊卖菜的）但进货都在一个西关交易所，过去是天天见面，熟得不能再熟了，彼此都十分了解，见了面，我父亲也就是随便问了一句："你落实政策的事办得怎么样了？"算是打招呼吧。她说："别提了，我正愁呢，人家要申诉材料，不然不能办，我又不会写，也找不到人写，真是急死人了。"我父亲是个热胡碴子，听到这儿忙说："好办、好办，走，上我家去，二孩子（我在家行二）放暑假正好在家，我让他帮你写。"说着就把她领到我们家来了，就出现了开头的那一幕。

听席大娘诉说，心中很不是滋味，能说什么呢？只有同情，帮帮她义不容辞！"二孩子，帮帮大娘吧，我会永远感激你的！"说着她从兜里掏出用手绢包着的两盒"丽华"牌香烟递给我。"大娘穷，没有钱，在来的路上，东凑西凑买了两包烟，别嫌少，等大娘落实政策了，一定好好谢谢你！"我赶忙把烟推给了她说："您老别客气，你那么困难，还买烟干什么，再说我也不抽烟，你的忙我一定尽力帮，你就放心吧。"她哪里肯，又把烟递给了我，你推我搡了半天，我说："你赶快把烟拿走，不然我就不帮你写了！"她才把烟收起来，听到我同意给她写材料，高兴坏了，忙说："谢谢，谢谢！正好我把烟退了，换点稿纸给你送来。"

席大娘的申诉材料，我整整写了三天，她的情况比较复杂，单位的、公安部门的、房管部门的等，都要报材料，那时又没有复印机，复写纸肯定不行，全凭手写，林林总总好几十张。

其实，事情远没她想象的那么简单，材料报上去，人家就给办了？材料报上去是第一步，光排队就几个月，因为那时的冤假错案太多，相关部门都要根据先来后到，按顺序逐一落实办理。几个月后，轮到她时，又因为材料不全，要补充，还要原单位所有职工出具证明，材料补充简单，原单位职工证明就复杂多了，过去的老职工，都不在一个地方住，天南地北的，得一个一个地打听，一个一个地找。她白天要做生意养家糊口，只能利用晚上找，那时也没有出租车，即使有，她也坐不起，又不会骑自行车，只能步行。有时候一天晚上能找一个，有时候好几天晚上才能找一个，好在原来的老职工们，都感觉对不起她，有些愧疚，明知她是被冤枉的，可那个时候都扛顺风旗，一时一事，也是没办法的事。因此，不管找到谁都毫不犹豫地给签了字，按了手印。但几十个职工，几个月才弄全，证明全了，她就累得大病了一场，差点要了她的老命。待到来年春天，她颤颤巍巍地找到了我给她写补充材料时，人都瘦得脱形了，让人看了心酸。我当时心中就想："这老太太怕是快油尽灯枯了，恐怕难以熬到落实政策那一天了。"

　　再次见到她的时候，已经是一九八三年的夏天了，那时我早因小煤矿解散，调到市里工作了，一个星期天的上午，她来到我家，见到她时我都愣住了，这老太太几年没见，怎么满面红光的，身体比过去硬朗多了！她看到我时，喜笑颜开，将手中提着的人造革提包，往我家沙发上一放，双手紧紧握住我的手说："谢谢你，谢谢你二孩子，大娘终于被彻底平反落实政策了！"我脑里瞬间闪过那句老话，老人这是人逢喜事精神爽啊！"你看，"她说着从人造革提包里拿出几个本本，"这是户口本，我儿子的户口也安上了，终于不是'黑人黑户'了，这是房产证，这是退休证，全都办好了，下个月就可以领退休金了，这都是你的功劳！"我忙说："哪里，哪里，我不过写写材料，举手之劳，最主要的是你的确是冤假错案，理应给你平反，落实政策，只是这一天来晚了些！""不管怎么说，大娘都得好好谢谢你，没有你左一次，右一次给我写那些材料，我能有今天的平反吗？"说完她又从包里掏出一个用旧报纸包着的东西，打开来看，是当时风靡徐州的"黑猫"牌小孩酥，足有三四斤，递给我，见我推辞，她又忙说："这是大娘的喜糖，你一定得吃，大恩不言谢，一点小意思，你吃了就算是替大娘高兴了！"此时我想如果再推辞反而辜负了老人的一片诚意。接过糖，我对大娘说："我吃，我吃，我不光吃，还得祝贺您老终于平反了，了却了大心愿，这退休金马上也能拿了,你从此就幸幸福福地安享晚年吧!"

离席大娘最后一次去我家,大概过了一个月左右吧,一天晚上我刚吃完晚饭,突然听到外边传来一声声撕心裂肺的男人的号啕:"我的娘啊,你怎么这么快就走了呢?你扔下儿子一个人,我可怎么办啊……"因为我家住在四岔路口附近,每每那一片有谁家老人老了(老城人称年龄大的人死了为老了),都要在出殡的头天晚上,到四岔路口扬丧,擂汤,给死者送盘缠,我下意识地问了句:"这是谁家?"话音未落,我母亲忙在一旁说:"你还不知道吧?是你席大娘。"我怔住了:"什么,席大娘?""对,是她!"我说:"这不没几天才来咱家报喜,说她彻底落实政策了,身体不是好好的吗,得了什么病,这么快说走就走了呢?"母亲说:"哪有什么病,听邻居说,头天晚上还好好的,她一贯好起早,第二天早上都很晚了,她儿子看她仍未起床,就喊她,她不答应,用手一摸,都凉了,这才知道她已经老了!"

那晚我失眠了,你说这老人,半辈子坎坷,受尽磨难,为了自己的清白,为了能给儿子安上户口,千辛万苦,九死一生都熬过来了,这才刚刚被落实了政策,什么都办好了,苦尽甘来,好日子才开头,咋就匆忙地去了呢!难道这就是人们常说的,赖以生存的精神支柱,突然没有了，长年绷紧的神经之弦猛然松弛，身体各部件都难以适应，因而，我想，如果她尚未得到政策落实，她儿子户口也没能安上，甚至还要等上三年两载的，老人是不是还会勉强地支撑到办好这一切的那一天呢?!

四奶奶

　　老街沿街两旁全是门面房，而门面房后边却清一色全是住家户。门面房一家连着一家，但每隔五七家必有一过道发，北京人称的胡同，上海人说的里弄，老城人叫巷口。通往后边，少则三五户，多则十几户甚至几十户，犬牙交错、大小不等的院落。形成这种格局的主要原因是在新中国成立之后，更确切地说是在公私合营之后。因为在此之前街上的所有门面房全是私营的。那些大大小小的私营老板们，根据自己的财力和经营的需要，在当初置办营房的同时，也购买了后边的房子,或为作坊、或做库房、或用作伙计下人的宿舍、或自家居住。公社合营后,门面全都是国营的了,后边的房屋除少部分分配给原业主居住外,余下的全归了房管部门,后由房管部门租给社会各界人等居住。

"四奶奶"是本文的主人公,一位通巫术、懂巫医的老太太,就住在街中靠路北的一个院落里。《新华字典》对巫的解释是这样的:"旧社会专以祈祷求神骗取财物的人。"这样的解释显然太武断了,只能说旧社会有一部分人,以所谓的巫术来骗取财物。但也只是极少的一部分人。并非所有通巫术的都骗取财物。巫术巫医在过去医学不很发达的时代,曾经对人类的生老病死,身心健康起到过相当大的积极作用。他(她)们通过自己掌握的巫术巫医,治疗人们的疾病,减少人们的痛苦,也的的确确做了不少有利于人类社会的事,四奶奶就是这样一位利用巫术巫医帮人治病、替人消灾的老人。过去把通巫的男人叫觋,又称神汉,女人叫巫婆,又叫神妈妈(老城人把妈念作马)。说起这些人的时候,往往有些蔑视的意思。然而,老街人乃至整个西关对四奶奶从未有过蔑视,每当提起她来,都有些个肃然起敬。当然,这都是靠她精湛的医术、良好的医德、治病救人的行为赢得的。

四奶奶看病的对象主要是小孩,用现在的医学划分来说,就是"儿科"。老街甚至整个西关的老户人家的孩子,有个头疼脑热、伤风感冒、胃积伤食、跑肚拉稀等,都会来找四奶奶瞧瞧。老街人把看病称为瞧瞧,四奶奶看病与中医相似,也看气色、观舌苔、闻气味、问病情、把脉搏,而后根据病情的需要或扎针、或给些她自制的药丸,并告诉你如何如何服用,走的时候你有钱就给她俩钱,没钱拉倒照样走人。回去后照她吩咐的去做,包准好,一般无须复诊。

　　记得我在六七岁的时候,有一天不知是吃什么东西坏了肚子,疼得直打滚,我母亲把我驮到四奶奶那儿,她拿出两根银针,用手指在肚子上下量了量,然后扎了下去,不大一会儿就止住了疼痛,果真灵验!四奶奶巫术主要是在看小孩子受到惊吓而引起的痴呆,俗称掉魂时才能显示出来。过去不像现在到处灯光闪烁亮亮堂堂,那时没有电,更别说路灯了,一到晚上,四处漆黑,人又少夜静得吓人,小孩极易受到惊吓,每当大人看到自家的小孩目光呆滞,昏昏沉沉,嗜睡厌食,就觉得是吓着了,可能是掉魂了,就会来找四奶奶给瞧瞧。四奶奶通过观察,看到孩子睫毛打绺,又听大人所说症状,断定孩子是吓着了,此时,她会燃起一炷香,然后静静地坐在椅子上，双目紧闭，如老衲入定状，约一个时辰后，当一炷香要燃尽之时，她会慢慢地睁开略显疲惫的双眼，仿佛她的灵魂刚刚从吓着的小孩家那儿巡视了一番回来。也有人说四奶奶有天眼，只有双目紧闭后天眼才开，能看到多少里以外的东西，包括孩子的魂魄。好像用天眼观察也十分吃力，她说："孩子果然是掉魂了，在你们家某个方位，晚上给叫叫魂就好了。"往往令孩子家大人惊叹不已的是四奶奶从未去过他们家，怎么会对那儿那么熟悉呢?! 然后她便授你叫魂的方法。

当晚，夜深人静的时候，由小孩的娘，那时候都叫娘而不叫妈，哄着孩子，另找一位亲戚之中年长的妇人，拿着一件小孩贴身的小褂走到四奶奶所说小孩掉魂的地方，用小褂绕着三圈，然后提着褂子弯着腰慢慢地往小孩睡觉的地方走去。边走边叫着小孩的名字，小明、小亮的，哪儿吓着，赶紧回家吧! 孩子的娘便会一边轻轻地拍打孩子，一边应道"来了、来了……"到了小孩睡觉的地方，便将小孩原穿在身上的褂子脱下，穿上刚招过魂的褂子，再摸孩子的耳朵鼻子，嘴里念叨着："摸耳朵、摸摸鼻，给我孩子安上魂。"如此说上三遍，方算结束，孩子的娘则会一边轻轻拍打孩子，一边嘴里哼着一些催眠小曲，直待孩子慢慢睡着。她会千叮咛万嘱咐告诉家人，三日内谁也不允许摸孩子的头。一般情况下，孩子从第二天开始，就会慢慢地好起来。

这些看似封建迷信且十分荒谬的东西，后经科学家和心理学家研究证明，确实有些科学道理。这是因为所谓吓着的孩子，大都因父母太忙，或者家中又有小孩子后，对他们的关怀照顾得少了，从而感觉到爸妈不再爱他们了。因此，他们会借着受到惊吓和其他什么原因闹些小情绪。用不吃饭、贪睡等小花招，提出无声的抗议，从而引起大人对他们的重视，通过叫魂招魂这一过程，心理得到暗示，使他感觉到爸妈并没有忘记他们，对他们还是十分疼爱的，所谓受伤的心得到慰藉后平衡了，也就不再闹情绪，就会慢慢地好起来了。至于四奶奶上香入定是装腔作势、故弄玄虚，还是真有些超自然能力存在，这就不得而知了，至今科学研究对到底有没有超自然能力，尚无定论，还有待进一步研究和破解。

四奶奶就这样几十年如一日地生活着，一日三餐，无什么过高的要求，尽心尽力地为那些生病或吓着的孩子治病招魂，新中国成立前是这样，新中国成立后亦是如此，人民政府对她治病救人的作为颇为赞赏，但

对她用封建迷信的方法给孩子招魂也颇有微词，念在
她并不危害社会，亦不坑骗人民群众，所以，也就睁一
眼闭一眼顺其自然吧。然而，后来发生了一件意想不
到的事情，从而打乱了她平静的生活，并彻底地摧垮
了她。

　　一九六○年某天早晨老城传出一个惊人的消息，
动物园也就是现在的快战亭公园里面的狮子撞开关它
的笼子，把饲养员给吃了，这位饲养员就是四奶奶唯
一的儿子。事情发生在头天晚上，饲养员在打扫完狮
子笼的卫生后，关笼子时可能是忘记了插插销。而后
在喂狮子的时候，饥肠辘辘的狮子在扑抢食物时撞开
笼子，那个时候正是三年自然灾害最困难的时候，人
们普遍吃不饱，何况动物呢？因而喂养的食物也是一
少再少，正常情况下，狮子连半饱都不够。因此，它在
撞开狮笼后，立刻不管不顾地扑向饲养员……发现这
一惨状的人员是前来接大夜班的另一位饲养员，好在
狮子在很长时间吃不饱的情况下，猛然饱餐一顿后，无
心再伤人了，他才得以顺利逃走，惊恐万分的他立即给
园领导汇报，层层上报，最后由警备司令部下令整整一
个团的解放军战士，荷枪实弹将动物园团团围住，待天
亮后，发现其行踪，将其击毙，后来公园将击毙的母狮

做成标本,将皮里面装满麦糠,放在公园中间的一个馆内,供游人参观,它身上被击毙时留下的几个枪眼清晰可见。

得知儿子被狮子吃掉的消息后,四奶奶整个人就呆了,她把自己关在屋内,任何人不见,其意可知,儿子的死固然撕心裂肺,关键是她丢不起这个人,什么天眼、巫术……她静静地坐在椅子上,一动也不动,不吃亦不喝,直到多天后逝去。

记忆中的丸子汤

　　徐州传统美食丸子汤所用的绿豆面湿皮、芫荽、红红的辣椒油、猪油、蒜蓉、焦酥风脆素面小丸子等是创造者的初始标配，还是其他什么形式？这个我不敢妄下结论。但我有一条可以肯定，丸子汤的创造者必定是徐州人无疑。我曾去过许许多多的地方，甚至还到过国外，但从没有在其他地方见过徐州丸子汤这种汤、菜、饭合为一体的美食。只有徐州，只有在我们徐州人的餐桌才会出现！大家都知道徐州烙馍独步天下，而绿豆面湿皮是烙馍的前奏，是烙馍的半成品，烙馍要在鏊子上翻七八次，而湿皮只翻一次，断生不粘就可以了。因为只有绿豆面湿皮才能做出丸子汤这种美食，所以，你就不难相信丸子汤的创造者非徐州人莫属了吧?!

你再看看它的制作过程：一大锅滚开的水扔进三五张绿豆面湿皮，煮上三两分钟，用那种大粗碗盛上，加上少许盐、蒜泥、鸡精或味精，泼上红红的辣椒油，放十几二十几个素菜小丸子，再撒上一把绿油油的芫荽，加上一勺蒜蓉，热气腾腾端到你的面前，那诱人的香气便扑鼻而来。色、香、味俱全，顿时让你胃口大开、食欲大振！三下五除二，趁热一口气吃完，会让你有些微微出汗，感觉通体舒泰。然后再喝上一小碗免费豆浆，美极了，简直就有赛过神仙的感觉！此时你便会发出"此味只应天上有，人间难得几回尝"这样的感慨！

我们再仔细想想，整个丸子汤的用料和制作不正是徐州人性格的真实写照吗？那滚滚的白开水像徐州人的心地那样，炽热而又纯净，清澈见底，没有杂质；红红的辣椒油又如徐州人待人接物的脾气，对人赤诚相待，热情而奔放，火辣辣全身心地投入，肝胆相照，没有丝毫含糊；素菜小丸子就像徐州人做事的风格，嘎嘣脆，干脆利落，说一不二从不拖泥带水；至于绿豆面湿皮、芫荽、蒜蓉等又恰是徐州人对待生活的态度，无论在什么情况下，都能让生活过得既充实又丰富多彩……

然而我记忆中的丸子汤却不是这样的。

那是一九六三年冬，我家菜摊被调到了老街的正街上（我们原来的摊位始终在南北走向的永安街上），过去做生意讲究一步金、一步银，一步之差那区别大了去了。为了照顾老街上所有的摆摊业户，市管会每隔半年几个月就要对摊位做一次调整，风水轮流转，利益均摊，让大家都能有摊上好位置的机会。这次终于把我们家的摊位调到了一个相对较好的地方，生意果然比过去好了许多！正街是偏东南、西北的走向，我们的摊位在离最西头约十几米的张记鞋店门口，对过是水果店，位置绝佳。大概是年底的时候，天气已经很冷了，一天，紧挨着我家菜摊西边，靠着卤肉店的东墙突然搭起了一个大棚，棚内摆了五六张八仙桌和长条凳，棚下最西边支起了一口硕大的锅，锅边一张街桌，上边放着辣椒油盆、盐碗以及盛着切好的香菜蒜苗的筐子和几摞盛汤用的粗釉大碗，桌边竖着一块门板大的牌子，上边贴着整张的大红纸，纸上写着五个黑色大字：丸子汤烫馍,旁边一行小字:五分钱一碗。

从此每天早上,无论晴天阴天还是刮风下雨,热气腾腾的大锅边永远站着那位身系围裙、胳膊上套着套袖,头戴厨师帽四十多岁的矮胖男子,他一手拿大勺,一手拿笊篱在忙活着。锅的另一边始终有五七人在排队,排到第一的人便将自己手中的馍馍,那时国家刚经过三年自然灾害,还十分贫穷,老百姓们生活相对困难,计划粮以杂粮为主,所以大都是瓜干面、豆杂面、棒子面,很少有全麦面的。其中有喝饼、归沓、窝头、包皮烙馍、馒头等,交给丸子汤厨师或者自己放入滚开的锅内,再交上五分钱后,就可以去找个座位坐下,三两分钟后,跑堂的就会把一大碗热气腾腾的煮好馍馍的丸子汤送到你的面前。赶快趁热一气吃完,定会让你浑身热乎乎的。然后打着饱嗝儿,满意而去。

我帮父母看菜摊子,闲着没事就看大厨在那儿操作。碰上煮的是好面的馍馍,隔空传过来的香气,都能把我馋得空咽几口口水。这时我会想,这明明就是白开水煮馍,为什么叫丸子汤烫馍?这事困扰了我好长时间,我禁不住好奇就问了我母亲,母亲笑着对我说:憨孩子,丸子汤肯定有丸子,只是一般人吃不起罢了。你看喝丸子汤有几个是有钱的?还不都是拉平车的、挑筐卖青菜的、抬大筐的、干临时工的穷人嘛。

其实五分钱一烫并不算便宜。那时热粥才两分钱一碗，油条五分钱一根，辣汤才五分钱一碗，可那些对出力的人来说都不实惠，出力人饭量大，加上肚子里没油水，五根油条三碗辣汤都吃不饱肚子，还要花上好几毛，谁能吃得起？哪如丸子汤，五分钱一煮，任你吃多少馍馍，全给你煮好。小碗盛不开换大碗，大碗不行换小盆，反正就是一煮，吃到最后不够还可以加汤，当然不会再给你加辣椒油和香菜，但盐可加，汤尽够！

让我开眼看到真正喝丸子汤烫馍的是我们老街的传奇人物——老红军苗大爷，一个又高又黑又瘦并且一脸麻子的老头。据说他曾经是开国元勋朱老总的马夫，在一次冲过国民党封锁线时，老总的马被打死了，他硬是驮着老总闯过了枪林弹雨的封锁线。他命大，虽身中数弹却活了下来，由于那个时候医疗条件不行，腿上还有一颗子弹始终没能取出，因而走路总是一拐一拐的。新中国成立后，他因为自己没文化除了喂马干不了其他事情，便选择了回家养老。享受十几级干部的待遇，每月拿一百多块钱养老工资。这在那个年代就不得了了，工人一般都拿三四十元的工资，他虽然拿那么高的工资，但人们都很服气，没有谁敢眼红说岔话的，毕竟他是为国家的解放事业流过血拼过命的，是人民的功臣！老人在老街威望很高，无论走到哪儿都是一片苗爷、苗大爷的称呼声。那天苗大爷来到丸子汤锅时，大概十点左右，每天这个时间喝汤的人就很少了，因为早饭时间早过去了，中午饭还不到时间，两夹当。丸子汤老板自然也认识苗大爷，一看他来了，赶忙招呼："苗大爷好！您老今天念么得闲？"

苗大爷说："听说你在这儿开了个丸子汤锅，我来尝尝。"

"那欢迎、欢迎！不知您老想怎么吃？"

"那就来三张绿豆面皮，外加两毛钱的丸子吧，一共多少钱你给我算算。"

"好的，绿豆皮五分一张，三五一毛五，外加两毛钱的丸子共计三毛五，四两粮票。"待到苗大爷交完钱和粮票以后，老板便从街桌下的面筐里拿出三张绿豆面的烙馍状的湿皮扔进锅里。此时我才注意到原来街桌下有两个面筐，一个盛馍，另外一个可能就是盛丸子的吧？果然，待湿皮煮好盛进碗里后，老板拿出一个小盘秤，便从另一个面筐中拿出十几个丸子称了称，然后倒进盛好湿皮的碗中。

苗大爷平时就很招眼，这不仅是因为他又黑又瘦又高一脸麻子，走路还一拐一拐的，更是因为他的传奇经历，无论走到哪儿都引人注目。今天他在这儿喝正宗的丸子汤，自然引来了许多人驻足观看，大家投来的都是羡慕的目光……

时间过得真快，如白驹过隙，转眼五十几年过去了，苗大爷喝丸子汤的情景仿佛就在昨天，时常在我眼前晃动。现在在党的正确领导下，随着改革开放的进程，人们的生活已经发生了翻天覆地的变化，喝丸子汤那是再平常再普通不过的事了，甚至许多人还要加个荷包蛋什么的。倒是我想假如把丸子汤锅仍设在闹市里，假如有人拿着棒子面的窝窝头、喝饼等去喝丸子汤，定然会和当年苗大爷喝丸子汤一样，也会引来不少人驻足观看，大家投过去的肯定是异样的目光……

壮 馍

　　徐州地处我们国家的东部中间，一个不南不北的位置，早年间就有民谣：南蛮子、北侉子，徐州是个炼渣子（炼渣子是指炉子的中间烧在一起的煤，这里就是说中间的意思）。徐州虽然地处我们国家东部中间，但民风淳朴，性格剽悍、粗犷而豪放，更多和北方人相似。尤其在饮食方面，多以面食为主。于是这儿便聚集了全国各地的优秀面食，什么天津的狗不理，西安的羊肉泡馍，南方的阳春面，朝鲜族的冷面；还有什么富春江包子，杭州的小笼包，山西的挎包卷、罐罐馍，新疆的馕……应有尽有，举不胜举。与此同时，我们徐州还创造了许多属于我们自己的本土面食，除了独步天下的烙（徐州人说洛）馍外，还有归眷、喝饼、丸子汤湿皮、高桩馒头和面叶子等，当然，最值得一说的要数"壮馍"了。

壮馍，老徐州人又叫干抗，二十世纪五十年代至七十年代，徐州人总结的徐州十大怪：萝卜当作水果卖，拉平车的腚朝外，自行车打倒链，网球鞋不系带，馍馍大的像锅盖，刮风下雨在礼拜，没有手表系手绢……其中馍馍大的像锅盖指的就是壮馍。壮馍之所以又叫干抗，大概是说它特别筋道而又压饿（抗饿）吧。的确，如果我们吃相同数量的食物，一般米饭能撑三小时左右，馒头、大卷之类能撑三个半到四小时，而壮馍管四个半小时甚至更长。这也是老徐州人爱吃壮馍的主要原因吧。还有就是口感好，没有任何添加剂，吃起来甜丝丝的，耐嚼又有麦子面的香味，并且方便携带。过去拉平车的、抬大筐的、干临时工出大力流大汗的、工厂上班族一般中午都要带饭，有条件的带上一块壮馍那可是最佳选择。再者徐州人大都爱喝羊肉汤、牛肉汤、丸子汤什么的，这壮馍更是这些汤的最佳伴侣。

壮馍好吃，做起来也很简单，用时下的话来说：工艺并不复杂，但却相当耗时费力。原来老博爱街上只有两家做得比较地道的壮馍，一家司记，一家麻记。我和其中一家的儿子是发小，小的时候经常去他家玩，曾目睹了从和面到出锅的全部制作过程。下面我就把这个过程还原一下，呈献给大家。

壮馍制作时，先将四斤左右的上好麦子面粉放在和面的盆子里，慢慢地少放些水（天冷时要放温水），一边放水一边搅拌，直至大都拌成面穗状后，倒出放在一个矮桌状的石板上。石板的一边有一立柱，柱子靠石板上方绑一横杠，横杠横跨石板，拌好的面穗就处在石板的上面和横杠的下面，制作人一手扶杠子，屁股坐在横杠的另一头，使劲往下压，然后用手抬起杠子再压，再抬起再压，制作人的另一手则不断地将面往中间拢，让面始终处在被杠压的位置（因此徐州人称之为腚拍面、腚压面或杠子面），如此反反复复，大概也得十几二十分钟，才能将面压一起，油光水滑的，摸上去感觉好极了，宛如油绸一般。然后，将压好的面移至面案，用双手使劲揉，待揉成砣砣状后，再用擀面杖擀成直径约五十厘米、厚一至两厘米的大圆饼，而后用面杖为尺，取一拨子（一般是用竹子或胶木做的，一头刀状一头插状）做笔，在饼子上稍微用力地、纵横划压出像围棋盘一般的小方格，此时方可上锅。

壮馍锅和煎包子的锅相似，只是略小一些，铸铁做的，很厚，目的是传热慢些，锅底一般也是烧煤渣炭核，要用慢火熥（徐州人叫炕），火不能太急，太急了容易煳又熟不透。饼放上去还不时地要用手按住旋转一下，以便使其受热均匀，旋转前后还要用拨子带插的那头在饼上面插些小眼，大概也是为了出气受热，上面还要撒些黑白芝麻以增加口感。大概十几分钟后，待到下面一面熥的微黄时，翻过来再熥另一面，又得十几分钟才可出锅，美味香甜筋道耐嚼的壮馍终于可以入口享用了。整个制作过程大概需要四五十分钟吧。

壮馍好吃，只是太费时耗力。因此，现在几乎没人做了。牛肉汤、羊肉汤锅和市场上卖的壮馍，大都是有样学样，照葫芦画瓢，其实只不过死面饼而已，口感差老鼻子了！现在生活好了，人们的口感越发刁了，我想现在假如有人愿意用传统的方法来做壮馍，来满足好这一口的人，生意定然会很红火……

板　面

　　徐州人口味很刁，刁到不管是川菜、鲁菜、淮扬菜、粤菜，还是其他地方菜或风味名吃等，来到此地都得慢慢被改良，被同化，渐渐地适应徐州人的口味。否则就得被淘汰，就得卷铺盖走人。像前些年外来的什么油烫鸭、桂花鸭、风味羊肉、糖肥肠、挎包馍、面包臭豆腐等，刚来时哪个不是红红火火，风光一时，时间一长这烹饪祖师爷的家乡人就感觉这味道也不怎么的，还不如我们本土的辣汤包子、热粥油条、家常菜够味。于是就逐一被否了，不是销声匿迹，就是很少有人问津了。

然而，有一种食品却很厉害，那就是安徽的牛肉板面。算算安徽的牛肉板面大概登陆徐州有十几二十年了吧，不仅没被淘汰，反而大有愈演愈烈之势，大街小巷，遍地开花，什么板面馆、板面店、板面摊，比比皆是。粗算一下几百家都不止。

有人开玩笑说："徐州人脾气不好，大都是吃辣椒辣的，成天火辣不出的！"玩笑归玩笑，但徐州人爱吃辣椒却是不争的事实。板面之所以能在徐州站住脚，除了徐州人爱吃面食的因素外，主要还是体验在一个"辣"字上。更何况它既经济又实惠呢！打工一族，走街串巷的生意人，逛街遛店的男男女女，赶上饭时（徐州人把吃饭的时间称为饭时）就近找个板面摊、馆，来上一碗，黄白相间的板面条，青青的菜叶，浇上浓浓的卤汁，配上几个红红的用油炸过又经卤汁煨透的辣椒，再要上一个用卤汁煨过的鸡蛋、火腿肠或花干什么的，色香味……顿时让你食欲大振，美滋滋的连汤带菜饱饱的一顿，也就六七块钱。

板面摊、馆在徐州如此之多，但正宗的却很少，很多卤汁汤料已经不是按照安徽牛肉板面的烫料熬制，而是在炸完辣椒后，熬制卤汁时放上几袋"大红袍"或者是"麻辣烫"，吃上去一股子四川火锅或麻辣烫味。

即便如此,也挡不住它对徐州人的诱惑。

在徐州煤建路矿总院南侧一百米左右的路西,有家韩记板面馆,是比较正宗的安徽牛肉板面馆。他的卤汁汤料则是完全按照自己配制的祖传秘方熬制,辣椒炸的是焦而不糊、香而不辣,卤汁是肥而不腻、淡而不寡,让人吃后回味不一。小店不大,十几平方米,虽然他们又在店外人行道上支了五七张矮脚桌,赶上饭时,仍有不少人在等桌,可见生意红火。店老板姓韩,瘦瘦的,夫人微胖,极和气的夫妻俩,早中晚三餐经营,很是辛苦。

韩记板面馆的卤汁汤料都是由韩老板亲自熬制。有段时间他们老家盖房子,韩老板回去了几天,由他夫人熬制的卤汁汤料,大家吃着就觉得寡淡了些,不如韩老板熬制的够味、带劲。他们一般熬一次可用七八天,大都是在卖完晚饭后,将能盛二三百斤的大锅支在人行道上,点上火,往锅里倒上十几桶色拉油,再放进去几大块(每块六七斤)提前熬制好的牛油,放上主料辣椒,辅料花椒、元茴、葱姜,再放上十几二十味他自己配制的调味中药……慢慢地、慢慢地香味就出来了,越来越浓、越来越浓,渐渐地香遍了半个街筒子。

韩记板面,大概也是最早来徐州的,为数不多的几家精英之一吧。近二十年了，先后搬过三四次家，但始终没离开过煤建南路和吴庄路这一块儿。因此，来他这吃板面的熟客居多。因为都知根知底，知道他的板面味道正宗，干净卫生，而且量大价廉，同样是小碗，他能赶上别处大碗的量。虽然这几年随着物价上涨，他的板面价格也跟着上涨，但始终比别处便宜五毛钱。更难能可贵的是，别处的板面几乎见不到肉星，除非你加钱，而他的每碗笃定有三五牛肉丁。笔者也爱这一口，隔三岔五地去光顾，有时出差回来，只要他还在营业，定要赶去吃上一碗。我曾开玩笑地问过韩老板："大家都吃你的板面上瘾，你是不是在汤里放了大烟什么的？"韩老板不做什么解释，只是憨憨一笑说："我自己还吃来。"多么朴实的语言，多么好的回答，"我自己还吃来"这不就是说"我能害别人，还能害我自己吗"。

　　我不是韩老板的什么亲戚，连普通的朋友都算不上，只是一般的食客，经常吃他的板面，渐渐地就熟了。此文绝无为他做广告的意思，只是实话实说，诸君如果不信，去了花上四五元来上一碗，正宗不正宗不就立见分晓了吗！

我的过年情结

　　说起来是个笑话,六十多岁的我,却有着比同龄人更为浓烈的过年情结,这大概是小时候家中比一般家庭都更为贫穷的原因造成的吧。

　　那时家里没有一个工人,因而没有固定的收入来源,生活全靠父母在博爱街上摆地摊卖青菜,时好时坏难以确定,经常是有上顿无下顿,虽然有计划粮供应,但百分之九十都是些地瓜干、豌豆面等为主的杂粮组成,加之肚里没油水,根本吃不饱,只好靠洋白菜帮子、大白菜根和野菜来搭配。这对于我这个生来嘴就刁的人,用我父亲的话说:"尖、馋、吃、懒的货,好的吃个死,孬的死不吃!"那吃饭简直就是受罪,就是煎熬!地瓜干馍白芋饭实在难以下咽,人瘦得像猴子似的,三根筋撑着一个头,整天晕晕乎乎,平时走路都有气无力晃晃悠悠,邻居们常跟我开玩笑说:"刮大风你千万别出门,不然大风就把你刮跑了!"时至今天我都想不起来一九五八年到一九六二年我是怎么活过来的。所以,那时我就特别盼望过年。因为只有过年,父亲母亲无论是借还是磨(贷),是当首饰还是卖家具都得搞点钱(我母亲原是南关丝线店老板家的千金小姐,嫁到老王家时,家具、首饰、陪嫁可不老少,后来为应付人情礼节和逢年过节的开销,陆续都让我父亲给卖了,到最后只剩下了一张架子床和一个三屉桌),想方设法让全家大人孩子吃两顿饺子,吃两顿熬肉熘馒头。那时候年真难盼啊,盼啊盼啊,总也盼不到,仿佛一年顶现在几年的时间长。哪像现在生活好了,天天吃饺子,天天熬肉熘馒头,天天都像过年似的!这一年一年快得反倒像拉洋片似的,转眼之间一年咝啦就过去了。

其实,那时过年不光有好吃好喝的,能满足我这地主老财的嘴和胃,更主要还有那个过年的气氛:穿新衣、贴对子、守岁、拜年、收压岁钱、噼里啪啦的鞭炮声、见面的祝福,新年好! 空气中飘浮着煎、炒、烹、炸的香气,到处的欢歌笑语、喜气洋洋,还有社火、舞狮子、跑旱船、踩高跷、大头娃娃……记得我父亲曾是舞狮队大嚓手,每到过年都会穿上便服灯笼裤圆口鞋,扎上白毛巾,双手持大嚓,嚓、嚓、嚓,引导着摇头晃脑的狮子,边走边表演……

过年对我来说永远是美好的,但是也有例外的时候,一九八一年的春节就是如此。那一年年前我父亲被查出得了胃癌,简直就是晴天霹雳! 当时医疗条件和医疗水平不发达,得了这种病就等于被判了死刑,我们家的天仿佛要塌了! 虽然我父亲经常酗酒闹事,经常无缘无故打骂我那最能吃苦耐劳竭尽全力养活全家的母亲,经常只顾自己享乐而不管家人的饥饱……但他毕竟是我们家的天! 尽管这天经常阴着,让我们很难见到太阳,可这天真要塌了,让我们家怎么往下过呢?!

记得父亲的手术是大年二十九在市立三院做的。因为我哥哥同学的父亲在那儿当院长,方方面面照顾得都还可以。但手术的成功与否就不做探究了,反正术后也没活多长时间,当年八月五日就走了,前后也就是半年吧。父亲术后我母亲和我哥哥在医院照顾他,我得上班，那时我已从小煤窑解散后调到白云山自应力管厂，我是家中唯一的工人，哥哥是知青，尚未办好回城，全家人的生活仍靠我的四百三十一大毛支撑，因此我不能请假去医院陪伴或者说照顾父亲，因为请事假要扣工资的，我得上班，得保证全家生活的基本来源。春节虽然放假，那时没有小长假，也没大礼拜，也只有加一个星期天的三天假，其间还得值半天班，实际放假也就是两天半。我上班一直上到年三十下午五点下班，再骑一个多小时的自行车回到家，望着家中冰锅凉灶，满眼饥饿的弟弟妹妹，伯父们家（那时我父亲弟兄四人加上一个老姑五家都住在前后两进院子里）已经开始祭祖拜神，外边传来噼啪的鞭炮声，欢歌笑语声……不禁悲从心上来，凄向胆边生，这年过的……

现在党和国家的政策好，人民的生活越来越好了，吃不愁穿不愁，天天都像过年！但越来越好的生活却把年味冲得越来越淡了，尤其年轻人都过洋节，什么光棍节啦、情人节啦、圣诞节啦等，虽然如此，可我仍然喜欢过年，喜欢年的热闹、喜欢年的味道、喜欢年的更替、喜欢年的氛围。我不知道上苍还能给我多少年，三年五年，十年八年，十几二十年，三十年？这是自己难以确定的数字，但我却会精心地、漂亮地、快快乐乐地享受今后的每一年！

没有年三十的除夕

人们常用"你怎么忙得跟没有年三十似的"来形容一个行色匆匆、手忙脚乱的人。当然从另一个角度来说，没有年三十的年的确都很忙。因为过了腊月二十三天天都是年，家家户户从这天起祭完灶，紧接着打扫卫生、蒸馒头、炸丸子、杀猪宰羊……一直忙到除夕。八天，天天忙，天天都有任务，突然年三十没了，八天的活变成了七天干，你想想能不忙吗？

一九六七年的春节就是一个没有年三十的年，到了年二十九了，也就算是年三十了。

到处都是噼里啪啦的鞭炮声，家家户户都在忙年。而我们家不仅没忙，甚至没有一点点过年的迹象，这是为什么？因为"钱"大人不在家！那时候正搞"割资本主义尾巴"，蔬菜交易所按上级领导的要求：先国营后集体再一统户（所谓一统户就是原来在国营或集体菜店当过职工，方方面面的原因下来成了个体户的人），最后才是小商贩个体户的分配原则，又加上临近年关，菜少需求大，正常情况下三两天能摊上一次菜，而到了腊月二十以后就没再给过个体户菜。没菜可卖，拿什么赚钱，怎么生活？这些小商贩都是社会最底层的人，几乎都无隔夜粮，穷得不能再穷了，全是挣一天吃一天的户，不批给他们菜等于不给他们活路啊！好在这几天有城西集伙单位（主要是煤矿）来进菜，几百斤上千斤的，不值当用汽车拉，就找有平车（板车）的个体户给他们送。二三十里路，一趟一块五毛钱，我母亲或者是我，一天能给新河或者卧牛、庞庄等煤矿送一趟菜挣上一块五，正好够一家人一天的生活费用。这才勉强让我们一家人这几天不至于挨饿。

年二十九（也就是三十了）一大早，我父母和往常一样早早赶到交易所，盼望着交易所能发发善心批给我们一点儿菜，过年了，好歹能挣个大人孩子吃饺子的钱！哪知交易所的头头脑脑们都是铁石心肠，并不体谅小商贩的艰辛，根本不为所动，一如既往地一点儿菜没给。煤矿的采买们可能前几天菜都买足了，也都没来，看来今天连一块五也没指望了。临近中午，交易所买的卖的人几乎都走完了，工作人员也要下班，我父母也只好铩羽而归。

中午母亲伺候一家人吃饭，她自己却一口也没吃，愁得唉声叹气，怎么办呢？这一大家子拿什么过年？大人还好说，孩子呢？尤其是我弟弟妹妹才五六岁。钱虽然有十几、二十元，但那是本钱，是不能动的！俗话说"将本求利"，现在连本花了，节后拿什么去进货？即便是要饭也得有个碗，碗都没了拿什么去要饭？所以说我父亲一说先拿这本钱过年，我母亲就坚决反对，死活不答应！两人协商来协商去，一直拿不出好办法。最后我父亲说："这样吧，下午我带二（我在家行二，爹娘都叫我二孩子）孩子去趟蔬菜公司，看看能不能弄点货（菜）。"我母亲说："都到这个时候了，怕是希望不大？"父亲说："有枣无枣打一杆，实在不行只能用老本过年，余下的过完年再说。"而后两人又商定，以下午三点为界，不管我们爷俩回不回来，弄不弄着货（蔬菜），我母亲都拿钱去置办年货。不能再晚了，再晚店家也都要关门提前回家过年了。

吃罢饭，大概十二点，我拉上我们家带斗平（板）车，我父亲往上一坐，我们就直奔蔬菜公司。当时蔬菜公司地处三马路，就是现在蓝天大楼南门的位置。从我们家老南园走一遍万里巷进鹰市街，过解放桥入马市街，一直往东，爬开明市场大岗，跨黄河桥、越复兴路、进三马路到蔬菜公司，一路逶迤十一二里路。我一个尚未长成又十分瘦小的十三岁少年，拉上父亲，一小时左右赶到那儿，虽然寒冬腊月也弄得一身臭汗。好在我经常给煤矿送菜，锻炼出来了，况且大坡父亲下来帮我推车，让我感觉并不是太累。

一进蔬菜公司大门，顿时让我们爷俩心凉半截，整个大院空空荡荡连个人影都没有，更别说菜了。往常敞开式库房内堆满了装着土豆、洋葱什么的麻包，现在也是干干净净连一件都没有。既然来了，虽然啥都没有，转脸就走却又心有不甘。父亲对我说："你在这儿等着我，我去办公室找你冯大爷看看。"父亲说的冯大爷是我们的老邻居，兄弟俩都在蔬菜公司工作，一个叫昆仑，一个叫昆侠。一个是喝价师（定价员），一个是秤师（司磅员或叫过磅员）。老弟俩虽不是双胞胎，但长得太像了，脸盘、身架、个头和走路的姿势都一样。我们是老邻居，和他们的子女都是发小，也经常上他的家去玩，但始终分不清他们谁是老大谁是老二。不一会儿，我父亲和他们其中的一个从办公室出来了。我虽分不清是谁，但我知道肯定是那位喝价师，因为喝价的比司磅的有权。那时蔬菜定价没有什么统一的标准，因而，蔬菜公司的菜价全是喝价师靠经验，根据市场行情来定价，也可以说他们说多少钱就是多少钱！他们一边走一边说着什么。我猜测大概的意思是：你们为什么上午不来？上午来我好歹给你弄一点菜，都到这时辰了，你让我现变也给你变不出来了！快到我跟前时，冯大爷突然一拍脑门说："对了，我想起来了，这儿有一包三刀毛韭黄，上午走最后一趟货（往外地发货），因为有点黏质量太差刷下来的。"韭黄是我们徐州特产，是做荤素水饺的最佳馅料，畅销全国。尤其到了春节这吃饺子的节日，好的头刀韭黄都是畅销产品。冯大爷每年到这节骨眼就专门负责韭黄的外销工作。说着他往里一指，我们顺着他指的方向看去，在一个角落里果然有一个鼓鼓的蒲包。因为蒲包和库房的水泥地及墙皮颜色都差不多，不仔细看还真看不出来。他接着又说："马上放假了，这东西放这儿再捂几天就全烂完了，只能当垃圾扔了。但扔了也太可惜了，你们等我，我去给领导汇报一下，处理给你们，好歹换俩钱。"说罢他转身向办公室走去。大概过了十几分钟，冯大爷回来了，对我们说："行了，行了，给领导说好了，老四（我父亲在家排行老四，邻居们和老街上与他平辈的都称他为老四）你去财务交三块钱把货拉走吧。"我父亲赶忙去财务交了钱，开了票，办好出门证，然后我们将韭黄装上平车，谢过冯大爷，便出了蔬菜公司。

回来的时候比去的时候快多了，虽然仍拉着父亲，又增加了五十多斤的韭黄，但往回走是一路下坡，况且弄到一包韭黄的心情比来的时候好多了。一路小跑，到了博爱街时才刚过三点。母亲早已在那儿等着我们了。也不用到原摊位了，到处都是空位置，因为别的个体户们和我们家一样，没进着菜根本就没上街出摊。我们便在最好的地方——合作社门旁将韭黄卸下。刚刚打开包，立刻围上来不少人，争着抢着要买。过年了，谁不想买点韭黄回家包饺子？

待包打开后我们才发现韭黄并不像冯大爷说的那么糟糕，只是上层一皮，也就是三四斤的样子有些黏，下边的清清爽爽都挺好。开卖吧，四毛钱一斤（韭黄属高贵菜，价格始终比较高）。大家自觉排队，为了能照顾多卖几人，限定每人最多二斤。转瞬间，半小时不到就卖完了，还有很多没买上的人，深感遗憾！最后连几斤黏的也几乎抢光，是我母亲双手按着，死活不让才留下斤把，因为过年我们自己也得吃饺子。

抖抖账沓沓钱，好家伙，二十块零几毛，除去三块钱的本，还剩十七块儿，喜出望外！这是我们家自开放市场摆摊卖菜以来，单日挣最多的一次了，近乎天文数额了！父母高兴自不必细说，赶快分头置办年货吧。好在凭票供应年货的大都是国营商店，虽然除夕了，依然按点上下班，所以我们不大一会儿就很顺利把鸡鸭鱼肉等置办齐了。

我们紧赶慢赶，到家天还是擦黑了。母亲如高速旋转的陀螺，立刻忙活起来。我父亲对炒菜做饭从来不屑一顾，那时没有电视手机，我们家连收音机也没有，所以他只能躺在床上打盹。我和哥哥啥都不会，只能择择菜，拉风箱烧烧火，弟弟妹妹尚小，更是啥也不能干。所有的事全靠我母亲自己干。刷、洗、切、剁、煎、炒、烹、炸，一直忙到十点多才把晚饭弄得差不多，待到把父亲和弟弟妹妹喊起来吃饭，都快十一点了。正应我伯母们调侃的那样："大家饭，十点半！"但今天却是正儿八经的"年夜饭了"。

饭虽然晚了点儿，却很丰盛。望着这满满的一桌子菜，十分劳累的母亲却又非常开心。想不到，真的想不到，眼看着今年过年没指望了，一包韭黄却让我们一家过了一个十分富足的年！"等过了年，见到他冯大爷，你得好好谢谢人家！"母亲对父亲说。"那是，那是！"父亲一边喝着酒吃着菜一边答着。我们兄弟姐妹不管父母在说什么，只管拿着筷子肆无忌惮而又欢快地满桌子招呼。一年了，盼望了一年了，尤其我这个馋嘴的人，今天终于能对得起自己的嘴巴了！望着儿女们大快朵颐，母亲开心地笑了！此时此刻她似乎忘掉了过去所有的忧愁和烦恼，也不再想今后仍有多少艰难和困苦在等待着她，她只希望今天的幸福场面能够永远继续下去！

难忘的生日

现在只要一提起谁过生日，人们的脑海里就会出现这样的画面：一家人甚至加上亲朋好友聚在一起，或饭店或家中，满满的一桌菜，桌子中间放着生日蛋糕，插着生日蜡烛，过生日的主角双手合十闭着眼睛，口中念念有词在许愿。然后吹蜡烛、大家齐唱生日歌、分蛋糕、共同举杯祝贺。再然后觥筹交错、推杯换盏……最后是一片狼藉，尽欢而散。

其实这就是人们生活好了的缘故，大家腰包都鼓鼓的，不差钱，天天都像过年似的。平日里都净瞎琢磨着同学聚会、老乡联谊、朋友乔迁……找理由吃大餐改善生活，更何况过生日这样的大事，还不更得铺张铺张！但这在过去生活困难的时候，可连想都不敢想哪？大家都是吃上顿无下顿，成天都是想着如何挣钱养家糊口，哪有这些闲心？再说即便有这闲心也没这闲空、有闲空也没这闲钱！在我印象当中，我们一家七口（父亲、母亲、哥哥和我，一个妹妹和两个弟弟）。从我记事起到父母去世，就没有谁过过生日。但我却是个例外，不但过，而且是年年过！为什么呢？这里边有两个重要原因，待我慢慢说来。

原因之一是我的生日好记，我是农历二月初三出生。二月初二是龙抬头的日子，也是元宵节后的又一个节日，因万物复苏春意渐浓，故而又称踏青节、挑菜节、春龙节等。由于各地风俗不同，欢庆的方式也不一样，像玩社火、给小孩剃头（叫剃龙头）、吃面条、吃枣糕、吃芥饼等。我们这儿主要就是吃糖豆，所以又叫糖豆节。糖豆节的第二天就是我的生日，你说好记不好记？因此每到二月二，父亲母亲马上就想到了我的生日，既然想到了，好歹就都要给我过一过。

原因之二，其实就是原因一的加重版。一次意外，使我的生日让大家更加难以忘记。

　　一九五四年的冬天特别漫长，从农历十月底到来年的二月初，气温一直很低，北风呼啸，滴水成凌，严寒几乎让人们忘了还有春夏秋三季。但寒冷并不能阻止我外祖母从北京来徐探亲的步伐。那是她于一九五〇年随我大舅去北京（大舅是援京干部，新中国成立初期从徐州铁路机务段调往北京，支援首都建设）居住后，第一次回徐州。她来徐探亲，理所当然以她二儿子也就是我二舅为主，自然也就住在二舅家。她是在我第一个生日的那天，来我们家看望我母亲的。她来到我们家后，看到床上一个白胖娃娃还在睡着，就说我母亲："哎呀，怎么那么大的孩子还不让起？都睡憋了。"过去的小孩睡觉的时间都比较长，哪像现在两三个月就起了，最多也没有睡半年的，有的甚至生下来就不睡的。那时最少都要睡十个月以上，长的都有睡十四五个月的。面对外祖母的质问，我母亲说："这孩子乖，不哭不闹的，再说我也比较忙，所以就没让他起。"外祖母说："不行，不行！这对孩子成长发育不好。"一边说着一边就把我给抱起来了。也就是说，我自打出生起整整睡了一年。我长大后脑子有些愚笨，不知道是不是像外祖母说的那样，睡的时间太长的缘故。

　　那个时候我们老王家生活还是比较殷实的。虽然城里乡下的好几十亩地都充公了，但是辣椒酱生意还在，而且还相当红火，两进院子二十几间左右的房子还在。吃得很好，住得宽敞，虽不是什么大富大贵，却也小康！

当时我父亲弟兄四人，加上姑姑（姑夫病故了）带着两个儿子住娘家，共五家分别住在两进院子里。前院房子较少，连过道也就五六间，姑姑住一间，租赁给人家两间，余下的也就是存放些发酵辣椒用的大缸什么的。父亲他们弟兄四人集中住在后院。

后院总共十六间房子，东屋四间，大伯父住北边三间，最南头一间是后院的过道加锅屋；堂屋六间，大堂屋三间，小堂屋三间，二伯父一家住靠东边的三间小堂屋；我奶奶和三伯父一家住大堂屋，奶奶住东间，三伯父一家住西间；西屋四间，三大一小，我们一家住南边两间，大哥（二伯父的长子，我们老王家第三代排行老大）住靠北边一间；最南边一小间是柴房；南屋两间，一间是磨房（那时候辣椒酱都用石磨磨的，偌大的石磨几百斤重是靠牲口来推的，我影影绰绰记得当时推磨的驴是银褐色的，也就是白肚皮褐色脊背的那种，体魄挺大），一间住长工。

因为我奶奶住大堂屋，又因为大堂屋盖的尺寸标准、高大气派，就自然而然成了我们家主房。房子正中间客厅里后墙挂一幅大中堂，我印象中是李可染的牧牛图，两边配着对联：忠厚传家远、诗书济世长。下边摆着三米多长的大供桌，桌子正中间放着香炉，后边供着佛爷爷瓷塑像和我爷爷的画像，旁边还摆放着铜蜡烛台和花瓶什么的，供桌前边是标准尺寸的八仙桌，八仙桌两旁各放一把太师椅，八仙桌前还有一张地八仙桌子，东西山墙各放一条椿凳。因为是主房配置高，采光也好，又没分家，所以这儿就是全家的活动中心。不仅逢年过节的祭祀、重大活动在这里，就连平时吃饭、母亲和伯母们及姑姑做针线活拉家常也全都在这儿。

我外祖母把我抱起来后，除中间我睡一两次小觉回到西屋，大部分时间她都抱着我在堂屋客厅里玩，因为这儿暖和，从早上八九点到下午三四点都能晒到太阳。为照顾奶奶，还配置了全家唯一的烧开水、取暖用无烟煤炉。时间大概是下午四点多钟吧，外祖母有些内急，想上茅房（厕所），偏偏我母亲和几个伯母及姑姑她们正在烙（我们叫落）馍的烙馍，做饭的做饭，全家加长工共二十三口人的饭菜，也确实够她们忙的。而男人们上街的、种地的都还没回来，几个指不得的丫头小子（大哥、大姐、两个表哥等，当时他们也就是十一二岁）正在八仙桌上玩扑克，那时刚刚流行扑克牌，就像现在玩手机和电脑一样，令他们着迷。再说茅房并不远，就在大堂屋西、西屋北的夹角处，也就几步地，外祖母觉得要不大多会儿，就拿一小爬子（小板凳），过去老式房子都是双扇板门，让我靠西门扇坐下，另拿一稍高一点的板凳放在我前面将我戗着，她就去了茅房了。

就在此时，不知道谁把东扇门后炉子上炖的一大铜盆滚开的水端了下来，放在了我的面前。开水是给我二表哥烫冻手的。他手有冻根，一到冬天就得冻发烂，那时医疗条件差，没有什么特效药，一般治疗的方法，就是用布蘸开水慢慢地烫，效果还挺好。是开水的雾气熏的，还是其他什么原因？反正我是晃晃悠悠前哈后仰地，不知道怎么就把戗我的板凳给推开了，一头栽进了开水盆里！说时迟，那时快，这一幕正好被刚从地里干完活回到家的三伯父看到了，他一个箭步跳到我身边，一把把我从开水盆中提了出来。"不得了了，孩子栽开水盆里了！"三伯父已经变了腔的喊叫，如凭空响起一个炸雷！把大家惊呆了，都赶忙丢掉手中的活计，蜂拥而至，慌乱中有人抱起我飞一样直奔博爱街小医院而去……

万幸啊，万幸，这孩子真是命大！多天后把我抢救过来的主治大夫给我父母说。假如他不是本能地闭眼，这眼肯定就废了，假如当时他不是呼气而是张嘴吸气的话，也肯定救不过来了！据说快好的时候我的头和脸揭下来一个整整的大痂！好在小孩再生能力强，脸上虽有疤痕却不太明显，不仔细看还真看不出来。

有了这次惊心动魄的变故，不仅让我父母牢牢地记住了我的生日，也让我一个白白胖胖的小子，变成了又黑又瘦猴子一般的小孩！从此一蹶不振，始终病病恹恹地瘦弱着，直到三十几岁情况才略有好转。

因为事情发生时我尚懵懂，对伤痛没有一丁点儿的感觉记忆，所有的一切都是父母在我生日时一次又一次地告诉我的。虽然没有什么记忆，但我对过生日却一直都企盼着，因为我嘴馋，只有到那天我能吃点好吃的。

我们老王家在一九五六年对私改造后，辣椒酱生意慢慢地做不下去了，最后只好卖掉牲口、辞去了长工，从此生活一落千丈。大家庭的日子也难以维持，弟兄四人加姑姑只好分开单过，各自为政自谋生路。大伯进了酱园子，二伯父上了采石厂，三伯父夫妇带了点自留地入了余窑大队，姑姑靠补旧鞋旧衣服打鞋靠子维持生计，唯有我父亲母亲既一无所长，又没有工作单位，只能靠拉板车或贩卖青菜瓜果来养家糊口，日子过得紧紧巴巴。我从小嘴缺，所以除了过年就是盼望过生日。到了那天即便再困难，母亲也要给我做点好吃的。三年自然灾害时，最不济也要煮两个鸡蛋，下一碗纯白面的面条，就这样也会让我十分享受。

老话说：儿的生日，母亲的难日。这话我知道，这道理我也明白，但我从未往心上去。只知道享受生日的快乐，享受大家的祝贺，享受美味佳肴，却从未想过母亲的艰辛、母亲的痛苦！直到我四十四岁那年，才有了刻骨铭心的体会。

一九九八年元旦前，我母亲生了重病，老人家一辈子为了养活我们一大家子，没日没夜地操劳、打拼，拉板车、卖青菜、抬大筐、干临时工，做小买卖，到老了却没有个正式的工作单位，因而无法享受公费医疗，看病全是自费。所以一般情况下她生病都是硬撑，撑不了才吃点药，从来不愿意去医院。哪知这次病太厉害，实在撑不下去了这才同意去医院。结果一查，胃癌晚期，已经无法手术了。

在医院仅仅住了不到十天，母亲就催着赶快出院，说什么也不愿意住下去了。原来我们头天交了五百元费用，第二天我们不在的时候，护士又来催费，让她知道了医疗费的昂贵和自己病的严重。那时我和我哥哥每人每月所开工资不过几百元。好家伙，一两天就用去我们一个月的工资，把她吓坏了，也心疼坏了！她给我弟兄俩说："我知道你们对娘好，但我也知道娘的病治不好了，和你爸爸当年的病一样。"十八年前我父亲也是得了胃癌，虽经手术却也只活了半年。她说："咱就别泡使（浪费）钱了，娘的老命不值那么多的钱，别等着病看不好，再给你们兄弟俩拉一腔两肋巴债，我就是死了也合不上眼！"母亲一番话把我和哥哥说得都泪眼婆娑，心痛不已。却又没有办法，实在拗不过她，只好出院。

出院是出院，但治疗却不能停止，虽然知道这病治不好，但一些消炎药、抗生素、抑制癌症的药针也还要打，我和哥哥都要上班，弟弟妹妹也都没空，我媳妇便主动辞掉工作，天天骑三轮车带母亲去医院挂水，顺便伺候她的饮食起居。又因她病得没有胃口，就见天做些改样的给她吃。有时打听到一些偏方，媳妇便想方设法去弄了来，煎煮熬制给母亲喝；听说哪个地方有土办法能治疗此病，媳妇便不辞劳苦骑三轮车载母亲去医治。那段时间我们总是在幻想，幻想通过医治能有奇迹出现，母亲会好起来！

幻想是好的，但永远成不了事实！奇迹不仅没能出现，各种药物的治疗作用也几乎为零。母亲的病情迅速恶化，不到两个月的时间她就瘦脱形了，慢慢地连路都不能走了，只能卧床。但彻骨的疼痛，令她日夜都难以成眠，看到她痛苦的模样，我们心如刀绞！只好央求大夫用强痛定、杜冷丁来缓解她的痛苦。刚开始一针能管一天多，后来管一天、大半天、半天，再后来四小时、三小时、两小时……到了二月底几乎不起作用了，人也接近昏迷状态。

　　三月一日是那一年农历二月初三，又到了我的生日。看着病榻上昏睡的老母亲，我和家人们再也无心提起我过生日的事。到了下午四五点钟，母亲突然清醒了过来，看我们都坐在她身旁，就开口对我说："二孩子，今天是你的生日，怎么不弄几个菜过过？"望着骨瘦如柴的母亲，都已经病入膏肓，仍忘不了儿子过生日的事，顿时让我心如刀割，肝肠寸断！泉涌般的眼泪又怕母亲看见，只能背过脸往肚里吞咽。

　　在母亲的催促下，我到了市场弄些菜来。将折叠桌支在她的病榻前，一家人围坐在一起，为我过了一个既痛苦又令我终生难忘的生日！看看命若游丝的母亲，饭菜都是味同嚼蜡，实在难以下咽！此时的我心中

《难忘的生日》后记

多年来我一直想写一篇追忆和纪念我母亲的文章。之所以没有动笔，主要是涉及我父亲。常言道："子不言父"，意思是说，父亲的好坏，儿子不能评说，否则，便是不孝！可是写母亲必然牵扯父亲，不然就无话可说、无文可写了。可以说，没有父亲的好吃懒做，就无法佐证母亲的吃苦耐劳；没有父亲的酗酒闹事，就难以凸显母亲的忍辱负重；没有父亲的潦倒不堪，就不能说明母亲的平凡而伟大……写《难忘的生日》，勾起我对往日的记忆。索性，就把那些无法忘怀的日子，一并写出来。哪怕写到父亲就像揭伤疤一样疼痛，我也在所不惜，尊重事实嘛，因为只有这样才能对得起我逝去的母亲！

我母亲出身名门望族，外祖父原是徐州南关丝线店经理，因受媒婆蛊惑，将我母亲下嫁到我们老王家。我曾在《五哥》一文中简单地说过。媒婆对我外祖父外祖母说：人家老王家有钱、富豪、暴发户！现在正如日中天，那家发的，钱往家里直淌，挡都挡不住，假如你五更头来蹲在他们家菜园子边上，都能听到地里的菜长得"喊里咔嚓"的！为什么说是下嫁到老王家呢？其实，我们老王家原本就是土包子穷酸样，祖父年幼时穷得"上无片瓦、下无立锥"。穷则思变，在祖父祖母勤奋努力下，开丸子汤锅、开赌局（棋牌室）、做辣椒酱生意……才逐渐富了起来。我父亲在家老小居四，三个伯父皆先他而婚，三个伯母全是农村的。大伯母是新河那边的徐布奄子人，二伯母是郑集大杜楼人，三伯母是西北黄集人，唯有我母亲是市里人，且为丝线店经理的掌上明珠，和我父亲原本就不在一条起跑线上，因此才说是下嫁，她能嫁过来实则是我们老王家的荣幸！

其实我这样说并无贬低三个伯母的意思，她们家虽然都在农村，却也都是大户人家的闺女，她们嫁到老王家时，老王家尚不富裕，甚至大伯母嫁来时还很贫穷。她们能和伯父们休戚与共、患难相依，我们老王家着实该感激她们才是。

外祖父外祖母听信了媒婆的话，心想我母亲嫁到王家，生活肯定会很幸福，即便做不了阔太太，最起码也是衣食无忧。哪承想我母亲嫁过来不久，我们老王家就遭遇了两个重大变故，不仅福没享成，还坠入了生活的最底层，吃苦受累了大半辈子。

先是我祖父遭大土匪耿聋子绑票。俗话说："人怕出名猪怕壮。"我们老王家发家的事，一传十十传百，越传越远、越传越邪乎。其中也不乏一些别有用心的，也就是现在说的"羡慕、嫉妒、恨"的人添油加醋。这事自然也传到了耿聋子那儿。耿聋子何许人也？是解放前盘踞在微山湖一带，流窜在苏、鲁、豫、皖交界处，无恶不作的大恶霸、大土匪头子！这家伙心狠手辣，无恶不作。他的人生格言就是"有奶便是娘"！只要对其有利他便下手。不管你是共产党的队伍还是国民党的军队，无论是日本人还是其他地方武装，以及周边富豪财主，他逮住谁就是谁，绝不手软！就像推牌九的庄家起了一副"搂子"，大小全都通吃！后来被人民解放军剿匪时活捉，新中国成立后被人民政府镇压了！

你想我祖父被他绑了票还能有好？我们老王家倾家荡产才将祖父赎了回来。祖父回来后，越想越气，越想越恼，他何时受过这样的屈辱?! 自己好歹在徐州西关也是个有头有脸的人，黑白两道全吃得开。从官场上说，是个保长，也就是相当于现在的街道主任。当然不是电影电视剧中说的那种汉奸保长，没干过什么欺压老百姓的事。私下来说还是一个什么帮会，类似于哥老会、三翻子、青红帮之类的堂主，当时徐州往东南几十里的帮会会员都听他的调遣。当然这堂主只是挂着名，既没有带领帮会会员有过轰轰烈烈的举动，更没干过什么坏事。但这两种身份两样差事他却都干得井井有条、顺水顺风，深受他的属民和帮会会员们的尊重和拥护。当时整个西关，无论街头混混，还是官宦豪绅，哪个不让他三分? 谁见了他不都得尊称一声"德爷"（我祖父名叫王德臣）。想不到最后竟然栽在了耿聋子手上，受了天大的屈辱不说，最后还弄得倾家荡产! 气恼之下，一病不起，没过多长时间就呜呼哀哉，驾鹤西游了。

祖父死后，二伯父不仅接替了他的保长职务，也接管了老王家的主事大权。在他的带领下，老王家上下一条心，力往一处使、心往一块想，鼓足干劲、奋发图强,时间不久就恢复了往日的荣华。

时逢解放,二伯父毕竟读过几年私塾,有些文化,因而看问题比一般人较为深远透彻。所以,在政府法令"一切土地归国家所有"的感召下,就把老王家属下所有的地契地约(大约有百十亩)全部自行销毁了。土地因而自然就归国家所有了。却也因此因祸得福,使得我们老王家成功地躲过了划成"地主"成分的一劫!而后,也避免了由此带来的一系列的灾难。土地虽然没有了,但辣椒酱和其他生意还在,生活仍然很殷实。

第二次大的变故是一九五六年对私改造,生意慢慢地都做不成了。生活因此没有了来源,大家庭难以维持,弟兄四人和姑姑都只好分开单过,各自为政,自谋生路。

我父亲在家是他那一辈的老小,人长得特帅且又十分聪明,深受祖父祖母的宠爱。爱到什么程度呢?就像现在的富二代,要什么给什么,想什么买什么。只要不出格,不干犯法的事,什么物资条件都能满足他。而其他三个伯父则不行。仅举一例:据说那时刚时兴留大分头,我父亲就剪了个大分头,大家都说帅气好看!大伯父听人家赞扬,也偷偷地留了个大分头,让祖父看到了，老头子气不打一处来，却又不动声色地拉着大伯父的手说："走，咱爷俩上街下饭店去，如果饭店老板说留大分头的吃饭不用给钱，爹就带头领你们都留大分头，以后我们家吃喝都不愁了！"平时就惧怕祖父的大伯父，吓得二话没敢说，一溜烟跑到剃头摊就把头剃了。

祖父祖母的宠爱也惯坏了父亲，打小养成了横草不拿、竖草不拈，甚至油瓶倒了都不扶的脾气。原来大家庭在一块生活时，有祖父祖母罩着，伯父伯母们也都让着，父亲就像齐宣王时的南郭先生，干与不干、干好干孬没人说，照样吃香的喝辣的。这一分家，坏了，他就"原形毕露"了，啥也不会干，力又不能出，可想而知，这下就苦了我母亲了，生活的重担大部分落到了她的肩上。

其实我母亲原本也不会干啥，身为千金之身的她，从小在娘家富养，肩不用挑，手不用抬，烧锅做饭没她的事，连刷锅洗碗也不用她干，成天大门不出二门不迈。可到了今天这种窘迫地步，没办法，生活所逼，为了家庭、为了儿女，她不干不行。正所谓："女人本弱、为母则刚！"从此，她拉板车、卖青菜水果、抬大筐、洗油线子、干各种各样的临时工，只要能挣钱啥都干。天天起五更睡半夜受了老鼻子罪了！然而这些她都硬撑下来了，却让她万万想不到的是，还有更大的苦难在等着她！

我父亲自恃才高，有文化又写得一手好字，在那个年代是个少有的人才。他上学时曾经是学校大学长，就相当于解放以后学校的少先队大队长，学习成绩全校数一数二，绝对的佼佼者。而进入社会后却不肯脚踏实地干，眼高手低，干啥啥不行，因而一事无成。每每看到自己很多同学，比他差的不是一星半点的，后来都当上了郊区的大队书记，或者市里不少部门的干部，而自己却沦为"贩夫走卒"实在心有不甘。总觉得自己生不逢时，英雄无用武之地，是老天对他不公平，社会对他不认可！一味地怨天尤人，从此破罐子破摔，自暴自弃，借酒浇愁……

父亲酒量原本不大却又十分贪杯，因此十喝九醉，醉后就闹事，瞎骂胡嚼、摔碟子砸碗……俗称酒乱子，也就是所谓的酗酒。但他醉后在外边很少出事，虽然有过那么几次，却也没出过太大的纰漏，无非是倒在哪儿起不来，引众多人围观。我们得知后，便赶过去用平车把他拉回家。当时那场景真是丢死人了，面对那么多围观的人，那种无奈、那种难堪，简直让人无地自容，那时那刻我死的心都有！

相对来说，父亲醉后在家闹事居多，几乎是每醉必闹。他平日就有家暴倾向，对我母亲张嘴就骂，抬手就打，酒后更甚，不分青红皂白，毫无理由地打骂我母亲，不让她睡觉。这让劳累一天的母亲痛苦不堪，实在难以忍受，简直就是生不如死……

父亲早先还是隔三岔五地醉一次，渐渐地就三天两头醉了，到了最后几乎是天天如此了。这种非人的生活，母亲有几次实在受不了了，就自己跑了出去。我和哥哥年小害怕，就悄悄地在后边跟着母亲。离我们家不远有老炮台井，再往西有大西河，母亲就坐在井台或者大西河浇菜用的龙头窝子上，在那儿暗自落泪、无声哭泣。我和哥哥依偎在她身旁，默默地陪伴着她。

夜渐渐地深了，气温也越来越低，我和哥哥不禁都打起了寒战，瞌睡又让我们有些晕头晕脑。心情稍微有些平复的母亲，看到我们实在可怜，这才起身拉着我们回家。此时折腾累了的父亲鼾声如雷，睡得正香。母亲赶忙草草地洗洗，上床睡了。因为过不了三两小时，天不亮她又要起身为一家人的吃喝生计去打拼了。

后来有邻居婶子大娘曾问起过我母亲："老四娘子你怎熬过来的?"我母亲叹了口气说："唉，我也没办法，不是没想过死，早就想井里河里一头栽下去算了！可是我一想到我的孩子们，我死了他们怎么办？所以，就是再苦、再累、再难，我也要活下来，我要把我的孩子们拉扯成人！"

母亲这种地狱般的生活，一直持续到一九六七年我哥哥下放前不久。一天晚上我父亲醉后，正在打我母亲，在外边借宿的哥哥——我们都大了，可家中穷得连我们睡觉的床都没有，我母亲拼命挣的钱，一大半都让我父亲吸烟、喝酒、泡澡、吃美食了，我和哥哥只好借宿。他睡在同学家，我则跟我二伯父的二儿子，我的叔伯弟弟打通腿——有一次正好回家拿什么东西，听到母亲忍不住疼痛的喊叫声，顿时火冒三丈，咣当一脚把我家破烂不堪的门给踹开了，正在南屋睡觉的我，被巨大的响声惊醒了，赶忙也跑了过去，只见哥哥右手持板斧，两眼圆睁，狠狠地瞪着我父亲！此时的父亲，看到哥哥凶神恶煞一般，酒早已被吓醒了一大半，他惊恐万状，结结巴巴地说："你、个、贼、熊，想……想干什么？"我哥哥用左手指着他说："从今往后，你如果再敢打我娘，我就劈了你……"

果然，从此之后父亲收敛了许多，虽然还是经常喝醉，醉后还是闹事，还是骂人，但却再也没有打过母亲。

后来我常想人喝醉了闹事,酒醒啥都不知道,纯粹是胡说! 醉了他为什么不骂自己、不打自己? 醉了不过是托词,是借酒发挥,是将自己的不满,平时不敢说的、不敢干的,借着酒劲发作出来罢了;是纯粹的歪搅胡缠! 真正的醉了,是酒精中毒,那就是沉睡不起!

　　母亲真正的解脱是一九八〇年父亲病故之后。虽然生活仍然艰辛,但我早已上班多年,工资解决吃喝已没有问题。基本生活没有了压力,尤其是没了父亲的打骂,母亲感觉日子好过多了,因而十分知足。但她老人家操劳惯了,并不愿意闲着,就做点小生意,后来利用家在路边房子开个烟酒店,挣点小钱贴补家用。再后来因房子拆迁了,她就在家带孙子、做饭、操持家务,一会儿也不愿意闲着,直到一九九八年病逝……

荒唐的往事

　　"文化大革命"开始不久，工厂停工、学校停课，全民总动员，举国上下全都投入轰轰烈烈且又十分荒唐的运动中去了。

　　那年我正上小学四年级，小屁孩一个啥都不懂，不能上课了，没有地方可去，用现在的话说只有宅在家里。父母的菜摊也不景气，因为交易所坚持"先公后私"的批菜原则，三五天才批给他们一次菜，所以菜摊也不用我帮着看了。除了隔三岔五帮助我母亲给煤矿送趟菜，大部分时间都闲在家中无事可干。那个时候人们都很穷，科技又不发达，甭说手机、电脑、电视什么的了，就连收音机也没有。我们家更惨，连几乎家家都有的有线广播（纸盘喇叭）都没有。报纸杂志书籍更是统统没的看，家中甚至想找一张带字的纸都难！

在家闲极无聊，就只能用自己的方式来打发时间，无非就是引青丝（蜻蜓）、黏跌蟟（知了）、斗蛐蛐（蟋蟀）、钓蛤蟆（青蛙）什么的。这些娱乐活动数斗蛐蛐最刺激，两只小虫张开大牙咬在一起，你来我往拼命搏杀，让人看了热血偾张激动不已，也令人着迷；而钓蛤蟆最实惠，挖一条地蛐（蚯蚓）用线穿上，用一根二米左右的细竹竿拴上，在我们家周围的几条河边上、草丛里、芦苇边去钓。钓的时候上下晃动蚯蚓，蛤蟆就会来抢食，它吃得特别狠，吞了就不松口，快速提起，伸手就抓住了。运气好了，两三小时能钓十几只。但不能天天去，天天去就钓不着了，因为蛤蟆钓精了就不吃食了，过几天再去它就忘了，再钓就能钓着了。钓到的蛤蟆拿回家剥了，洗干净放在锅里加水，放点酱油、盐、干辣椒等，烧火煮熟用小盆盛上，端到我家西边海郑路小桥上（现在的永安广场往苏堤北路去的路口）去卖，两分钱一条。弄好了能卖毛把钱，卖不完的自己享用，既解馋又增加了营养。

　　人活在世上即便什么都没有，也不能没有朋友。俗话说："秦桧也有三个相好的。"我自然也不例外，上了四年多小学，朋友交了好几个，如五哥崔玉静、大马朱云太、六猴子王朝文、狐狸陈金成等人。我们班捣蛋孩子多，几乎都有外号，相互之间从来不喊名字，都喊外号。忽然一天老六也就是六猴子来我家找我，他是我的铁杆之一，经常帮我看菜摊，也经常陪我给煤矿送菜或下乡去卖菜。他说："黑子，（我的外号），大蛮子要召集我们班的同学组织成立红卫兵，让我来喊你。"大蛮子是我们班副班长，因年龄大（比我们大三四岁），个子大，又是南方人而得名。当时我们的班长因为是"五黑类子女"而靠边站，停课前后就由副班长大蛮子顶替班长管理班级事务，正红得发紫，大有取而代之之势！我说："拉倒吧，我们都是小屁孩，懂得个鸟？成立啥红卫兵？再说谁批准你，谁承认你？"他说："大蛮子都和红卫兵司令部联系好了，司令部同意我们加入他们，还给我们开了证明，让我们去学校要经费，然后凭证明就可以去做袖章了。"我当时一听有袖章就有些心动，因为那个时候我最羡慕的就是穿军裤、戴军帽和戴袖章的。我觉得能有上边的三样其中一样的，走在大街上气派极了！我给老六说："真的假的，能发袖章？"老六说："当然是真的了，证明信我都看过了，上边还盖着红卫兵司令部的大红印章呢！"他看我还在犹豫，就接着鼓动我说，"去吧、去吧，反正在家又没有什么熊事，跟着去玩玩，不行咱就闪（就不去了）。"我说："那好吧，就跟你一块去玩玩，天天在家待着闷得难受，出去散散心见见世面，看看大蛮子能出个什么毛猴?!"

晚上我给父母说了，明天下午学校通知去开会，要我们成立什么红卫兵。我是怕父母担心我出去会出事而不让去。那个时候到处搞武斗、打砸抢，出去的确不安全，我如果说是我们自己自发的，肯定不行，因而我得说是学校通知的。就这样他们还是反复叮咛："开完会赶快回来，别穷跑，尤其不要去看人家游行的、辩论的，以免碰上武斗的伤着你……"

第二天下午三点还差几分我就赶到了学校。我们学校是会堂小学，地点在徐州会堂的对面。原来叫（婴）育英巷小学，后来改名为会堂小学，最后又改为淮海四小。我到的时候已经有十几个同学了，约定的是三点，等了十几分钟，到三点多一点时陆陆续续又来了几个，差不多有二十人左右。大蛮子一看能来的人差不多都来了，就简单地说了几句，无非就是成立红卫兵的意义，什么破四旧立四新、闹革命、砸烂旧世界什么的，然后开始敲门。

我们学校当时大门朝西，是双扇约十厘米厚的实木大门。拍起来不是太响，好半天才见校工老王头从观察口露出半个脸来。他朝外看了看，见是我们这帮捣蛋孩子，就有些不以为意。因为我们学校一到六年级总共十多个班，就数我们班歪巴孩子多，整天出耄猴，老王头对我们印象最深，所以对我们没有什么好气。开口就问："他妈的，臭小子们，学校停课你们来干什么？"

老王头是北京人，说话好带着口语"他妈的"。大蛮子说："老王头你嘴干净点，少给我们啰唆，赶快开门，我们找张校长有事。"老王头回答说："现在停课都放假了，学校没人，校长不在，可能回老家了吧（校长老家在县区）。再说你们这些捣蛋孩子能有什么正经事，还找校长？"

大蛮子说："我们要成立红卫兵，找校长要经费买袖章。"

老王头笑了，说："拉倒吧，就你们这帮臭小子，乳臭未干懂个球？还成立啥红卫兵，快滚、快滚，滚回家吃奶去吧！"

老王头一口北京话，京腔京调，往日大家都感觉既好听又亲切，但今天说的话却让大蛮子等人十分反感。并且他说完这些话，啪的一声把观察口的小窗一关走了，更让大家气愤不已！而后，大家一阵乱敲乱砸，但任凭我们费尽了吃奶的力气喊门砸门，愣是毫无声息。饶是你大风起，他来个就是不开船！拍门砸门持续了半个多小时，就在大家累得筋疲力尽、一筹莫展之际，不知谁说了句："别砸了，再砸也没用，看来老王头是铁了心了，不会给我们开门的。咱们不如从后院的墙头爬进去。"一句话提醒了大家，"对、对，咱们从墙头爬进一人去开门，开门后咱们就把老王头和校长一块揪去红卫兵司令部，让他们来处置！"说着大家便呼呼啦啦往后院走去。

我们学校原来是一座庙宇，一色青砖黛瓦老房子，从北往南共三进院落。最北边也就是前院最大，除了三个大教室，老师们集中的办公室、器材室、校长室、公共厕所、茶炉子、传达室等，还有一个大操场；第二进院子略小些，除了四个教室外，院里还有用砖和水泥砌的乒乓球台和一个篮球架；三进院最小，有三个教室，因为靠近最南边东头有二层小楼，楼上楼下两个教室，西头平房一个教室。教室的后墙也就是学校的南围墙，平房和小楼之间有约一米的滴水，两房之间的滴水最南端便砌了一段约两米高的围墙。熊孩子们说要爬的就是这近一米宽、约两米高的围墙。

谁来爬墙头呢？大家一致把目光投向了"猴子"。猴子姓孙，长得瘦小枯干但却又十分灵活，爬高下低很在行，因而外号"猴子"。此刻大家都明白，这事非他莫属。爬墙的人定了，那谁来托他呢？这个当"托"的人必须符合两个条件，一是个子要高，二是力气要大。而符合这两个条件的最佳人选有两个，一是大蛮子吕金福，一是五哥崔玉静。大蛮子是副班长，又是发起人，大家感觉"当头"的他肯定不会做这个人托。因而，这人托铁定就是五哥了。因为五哥不仅个子比我们都高，而且腚大腰圆肩膀宽，外号人称崔大腚，确实也有把子力气。平日里我们班捣蛋孩子们玩"斗马"时，五哥永远都是马座子，像托猴子这样的小个子爬墙，那还不是小菜一碟！

爬墙的人和托人的人定了，下一步就是实施了。五哥在墙边慢慢地蹲了下来，因怕猴子踩脏了五哥的衣服，让他脱了鞋光着双脚，在大家的搀扶下站在了五哥的双肩上。五哥撅着腚咬着牙缓缓地站了起来。就在猴子头部刚刚高过墙头，双手搭在墙头上，准备用力往上爬时，就听"嗯"的一声，一个大扫把自上而下地砸了下来。紧接着就听到校工老王头一声暴喝："他妈的，兔崽子们，胆真大，竟敢真来爬墙头，我打死你们！"原来老王头听到了我们说爬墙头的事了，所以，他就扛着大扫把跑到后院，躲在墙的后面，来个守株待兔，在这儿等着我们了。当猴子刚一露头，他举起大扫把就"嗯"地一下子砸下来了。这下子可把猴子吓坏了，大叫一声："我的妈呀！"一哆嗦头一偏躲过扫把。下边的五哥一听上边有动静，心中害怕，这也是小孩子自我保护的心理吧，赶忙往下一蹲，抽身跑到一边去了。此时猴子全身悬空，只有双手扒在墙上，眼看老王头的扫把又砸了下来，吓得眼一闭，双手一松顺着墙出溜了下来。

那段墙头没粉刷是毛茬，疙疙瘩瘩的不太平整，猴子在滑落的过程中，被凸出的砖头尖将腮帮子刮了个洞，突突地直冒血，可把大家都吓坏了！这可咋办？赶快上医院吧！不知谁喊了一嗓子。正好市立二院就在我们学校后墙南边，穿过一条细长的小巷口，也就是几十米的样子。此时五哥已缓过劲来，自觉愧疚，心想不该因为害怕而自己跑开，害得猴子滑落下来受了伤。他赎罪似的再次在猴子身边蹲了下来，在大家七手八脚的帮扶下，驮上猴子朝二院跑去。

"救死扶伤，发扬革命的人道主义！"是当时医院和

老街旧事
LAOJIEJIUSHI

医护人员最真实的写照。当医生和护士看到我们一群孩子，又驮又架地将一个脸上流着血的孩子送到他们跟前时，二话没说，便快手快脚地将受伤的猴子孙和平接过去，送进急救室。急救室是不让进人的，我们一干人就只能在外边焦急地等着。

趁着医护人员给猴子处理伤口的当口，闲着没事的我在二院的门诊楼里转了一圈。别看二院离我们家不远，离我们学校更近，但十几岁的我却没来过。这不是说我没生过病，没进过医院，我不仅长过疮、害过眼，也发过烧、感过冒，更是跑过肚、拉过稀，但都是在博爱街小医院看的，从来没到过二院。因"猴子"受伤来二院包扎，我这才是大闺女上轿——头一遭到这儿来。

二院的前身是教会医院，据说是二十世纪二三十年代美国的一个教徒，叫作什么葛斯娘出资修建的。新中国成立后被收为国有，便成了徐州市二人民医院，简称市立二院。它的门诊楼是中西合璧的直筒子楼，是二层还是三层我记不起来了。南北朝向，东西走向，好几十米长，中间是走廊，两边是一个又一个分门别类的科室，大门在楼的正中间，一进门是大厅，也是挂号交费和拿药的地方。看着看着，我发现大厅内有两根大柱子，柱子上有圆圆的扳把开关，我出于好奇，用手扳了下开关，哪知道开关是个烂的，我手拈上的一瞬间，一阵巨麻立刻通遍了我的全身，一股巨大外力把我推得倒退了几步，一屁股坐在了地上。好大一会儿缓过劲来，我这才知道我触电了，现在想想都是后怕呀，差一点就电死了！从此让我对摸不着看不见的电，有了莫大的敬畏！

大概过了半小时吧，被包扎好的"猴子"孙和平从急救室出来了。听医护人员说伤并不是太重，也就是剐了一道不是太深的口子，出了点血。但受伤的位置不好包扎，大夫只能用绷带从下巴往上到头顶缠了几圈，看上去很严重，就像电影里看到的国民党伤兵，既滑稽又可怜。

从二院出来，我们便去了红卫兵司令部。大蛮子通过这件事情的发生，才知道单凭我们的力量是拿不到经费的。照此下去，不仅仅是有人受伤，还可能有更严重的事情发生。所以我们只有去搬救兵，去请红卫兵大哥哥、大姐姐来帮助，才能达到我们的目的，并且也能为我们出出被老王头侮辱的这口恶气！

红卫兵司令部设在天主教堂内，离我们学校很近，同在淮海西路路南，也就是几百米的距离。直线走也就是五分钟的时间，从二院这儿拐了个弯也不会超过七分钟。当时我们徐州有两大派红卫兵组织，一是毛泽东主义红卫兵（是所谓的踢派），也是大蛮子联系，我们要挂靠的、现在去求助的红卫兵；另一个是毛泽东思想红卫兵（也就是所谓的支派），司令部设在当时的四中。

往日里既庄严肃穆又十分神秘的教堂内，已没有了宽袍大袖的黑衣教徒和神职人员，取而代之的是进出匆忙、撸胳膊卷袖子戴着红袖章的红卫兵们。大蛮子轻车熟路地把我们带到教堂后院二楼的一个房间内，一个看上去职务很高的红卫兵头头接待了我们。

当红卫兵头头听完大蛮子添油加醋的汇报和几个同学随声附和后，非常气愤！"这个校工那么猖狂，竟敢殴打革命小将？真是反了他了！"

说着他从旁边办公桌旁喊过两个人来，一个戴着眼镜，身穿军裤，头上一顶军帽，文质彬彬的瘦高个子，叫作什么尹参谋的；另一个略显粗壮，光头、个子稍矮些，也穿黄军裤但撸着袖子的称为丁营长的。交代他们："有劳二位跑一趟，去会堂小学，看看这个校工什么来头？竟敢殴打革命小将！查查他什么成分？是劳动人民出身则罢，态度好了让他赔礼道歉保骨养伤；如是地、富、反、坏、右的后代，那就是反攻倒算！如果胆敢抵赖，马上把他揪到我们这儿来。先关他几天，凑齐了跟我们揪来的其他坏分子一块游街、批斗，实在不行就送监狱！然后，你们再找找他们校长，帮助这些弟弟们要一下他们成立红卫兵的经费。将来弄好了，这些新生力量可是我们有力的帮手。"

当我们再次来到学校，已经是华灯初上了，大概是红卫兵跟着我们的缘故吧，竟然不费吹灰之力，只是一喊，门很顺利地就开了。门开后我们发现张校长也在，是他原本就在学校，还是老王头因出事把他喊来的？我们无从知道。反正他在正好，省得我们不知道再去什么地方找他。

尹参谋听到我们招呼张校长，知道校长也在，就开门见山地给张校长说："我们正要找你，正好你在，现在我们就想问问你，是你还是其他什么人指使，这个校工竟然这么大的胆子，殴打革命小将?!"面对红卫兵的质问，一脸谦恭的校长赶忙回答："没有谁、没有谁，这事我也刚知道，正在调查，具体情况还不是很清楚。""刚知道，不清楚？你倒会推脱！你看看人都打伤了，你还狡辩什么?"说着他指了指站在一旁的"猴子"。张校长身边的老王头急赤白脸刚要张嘴分辩，一脸怒气的丁营长用手指着他说："老东西你给我住嘴，你打伤革命小将还有理了你?! 人证物证都有,你还有什么话好说?!"此时尹参谋又接过话来说:"我们来时李副司令(此时我们才知道在司令部接待我们的人是红卫副司令)就指示我们,弄清事实真相后,马上打电话给他,他立即派车将打人的校工带走,先隔离审查、审查! 批斗游街那是小事,弄不好蹲几年大狱都有可能!"听到这儿老王头吓得脸都变色了,张校长也是一脸的冷汗! 此时此刻他们都明白,红卫兵可是说到就能做到的! 挂着大牌子游街遭批斗是什么滋味? 恐怕不死也得脱层皮! 再说万一蹲了大狱,这一生的清白,还有前程、退休、养老全都完了……张校长越想越怕,赶忙说:"二位首长请息怒、请息怒,这事责任都在我,是我一再交代老王同志在停课期间一定要看好学校,保护好国家财产的。再说老王同志他也是穷苦人出身,没读过书也没什么文化。看到学生们要进学校,没弄清缘由,就将他们拒之门外,其实他只是想保护好学校,不分青红皂白就……"

看着一向乐乐呵呵的老王头,现在可怜巴巴地站在那儿,看着一向严肃孤傲的张校长,此时正低眉顺眼地向红卫兵解释着,乞求着,我心中老大不忍! 心想咱就一个无足轻重的小屁孩,既插不上嘴也说不上话,又改变不了什么，眼前的场景让人看了是心酸还是心痛，说不上来。我实在是看不下去了，就和其他三两个同学借"尿遁"跑出了传达室。

校园里漆黑一片，偌大的操场空荡荡的。曾经这古老而陈旧的庙宇有些阴森的感觉，也曾有过许多令人毛骨悚然的怪异的传说，我也曾在三年级的时候，亲眼见过怪异的现象（我将在另一文中叙述）。因而我们几个都不敢往学校深处去，只是顺着传达室往东，上七八级台阶，上面是个高台（一个大教室、老师们的办公室、校长室和器材室都在高台上，比操场和其他教室都要高出一米多），越过大教室，向老师们集中办公的房子走了过去。

我们打开老师们的办公室门，拉亮了灯。只见室内桌椅板凳横七竖八，到处是废纸、粉笔、鸡毛掸子黑板擦，一片狼藉！两个往日装满书籍的大书橱，门大敞着，空空如也。我们几个在里面东瞅瞅、西望望，毫无目的地瞎转悠。转着转着我突然发现书橱下边的一个角落里，好像有一本书，我快步走了过去，弯腰捡起，果然是一本书，童话《大林和小林》。我喜出望外，趁着那几个家伙不注意，顺手揣在怀里。这是我人生除课本外的第一本图书，带回家后曾一遍又一遍地翻阅。可是好景不长，没有多长时间让朋友借走，是他昧下了，还是给弄丢了？反正是再也没有回到我手上。

过了好大一会儿，我们还在办公室转悠着，就听有同学在喊："哎……里边还有人吗，赶快出来了，学校要关门了。"

出了校门，听同学们说事情圆满解决了。两个红卫兵的头头鉴于张校长的态度十分诚恳，又无条件地配合，双方很快达成了共识。老王头打学生（其实没打，只是吓唬吓唬，是他自己因为害怕而滑落时剐伤的）固然不对，但本意是为了保卫学校，除端正态度向受伤学生"猴子"赔礼道歉外，并承担因治伤产生的所有费用，因而也就不再追究责任了。对学生们组织成立红卫兵，投入轰轰烈烈的运动中去，校长代表学校表示大力支持，并特批三十元钱作为我们的活动经费，让我们第二天去拿。又安排老王头尽快将办公室隔壁的器材室腾空，交给我们当作活动场所。

这个结果让大蛮子等人十分满意，他们高兴地击手相庆，并约好第二天上午来学校拿经费，然后去做袖章的地方去做袖章和队旗。此时的我却怎么也高兴不起来，眼前晃动的都是：受伤的"猴子"、蛮横的红卫兵、可怜巴巴的老王头和满脸谦恭的张校长。所有这些都让我的心里很不是滋味，用现在的话说，就是心情十分沉重！我想我明天肯定不会来了，这样的事我干不了，就像一首歌唱的那样："我总是心太软。"这样的红卫兵我不参加也罢！

从那天晚上离开学校起，我就再也没来过。直到若干年后学校因二院扩建而被拆除，我都没再踏进过学校半步。

我虽然再也没来过学校，但对后来发生的事情还是比较了解的。这是因为有我的铁杆朋友老六，他隔三岔五地到我家，及时地给我通报情况。

大蛮子等人第二天去学校很顺利地拿到了经费。凭着红卫兵司令部的介绍信，又很快地做好了袖章和队旗。没有鞭炮，也没有成立大会，就是红卫兵司令仍派来尹参谋，把大家召集起来，简单地说了几句祝贺的话，把袖章发给大家，我们会堂小学的第一支红卫兵就算成立了！老王头也把器材室腾空交给大蛮子，里面摆上两张桌子，几把椅子，算是红卫兵的活动场所，或曰办公室吧。从此，大蛮子他们见天就在这儿待着了。

红卫兵虽然成立了，但没有什么目标，也没有什么活动。红卫兵司令部对他们也不管不问，既无指导意见，也不布置任务，任其无所事事地一天天混在那儿。

倒是老王头十分乖巧，上下班一样，不厌其烦地给他们开门关门，并帮助打扫卫生，烧好开水，像伺候大爷一样恭维他们。

我的那些同学除大蛮子外，几乎都是十二三岁的孩子，天性好动。天天在学校待着，无所事事，也没有什么娱乐活动，报纸、杂志、书籍统统没有，只是干坐，时间长了便都心生厌烦。这样的无聊何时是个头呢？于是，隔三岔五就有借故不来的了。慢慢地就只剩下了大蛮子和"狐狸"二人在那儿坚守着。

后来因为老六也不去了，那儿的情况我就无从而知了。大蛮子和"狐狸"两人到底跟着红卫兵们去没去造反，或者"打、砸、抢"；去没去揪斗老干部，或者干昧着良心的坏事？我因为不了解而不敢妄下结论。但是从他二人的悲惨下场，全都死于非命结局来看，却又令人费解？也让人唏嘘！

先说说大蛮子，这小子比我们都大个三四岁，我们十二三岁，他就十六七岁了，也已到了情窦初开的岁数。他突然间暗恋上了一个女孩。起因是他有一天出家门，在离他家不远的路口，看到一个女孩因自行车掉链子，正急得满头大汗装不上去。他便英雄救美，走上去三两下就给装好了。女孩对他嫣然一笑，莺歌燕舞般地说了声："谢谢！"就这勾魂摄魄的一笑和这甜美的一声谢谢，让他如雷轰顶，魂飞魄散，呆呆地愣在了那儿，好半天才缓过神来，此时，人家女孩早走远了。后来又有过几次，他在路上碰到女孩，人家都是报之一笑，他便认为人家也对他有意思，其实那只是人家对他的帮助表示感谢。他是剃头挑子一头热，自我感觉良好，从此有事没事便往路口跑，期待和女孩邂逅。原来女孩住得离他家不是太远，那个路口甚至是她出入家门的必经之地。只待女孩一出现，他便去搭讪，时间长了女孩便从他热辣辣、色眯眯的眼神中感到了什么，便产生戒备。女孩对他根本没有什么意思，他故意搭讪甚至纠缠，让女孩渐渐有了反感，慢慢地连最初帮她装车链的好感，也都荡然无存了。女孩便有意无意地躲着他，这让他像一口吃下二十五只老鼠——百爪挠心，寝食不安！人就是这么怪，越是得不到的东西就越想得到，尤其这单相思！于是他变本加厉，一整天一整天地去路口等女孩，有时甚至跑到人家家门口去堵女孩。女孩不胜其扰，告诉她两个哥哥。结果她两个哥哥便纠集了几个朋友，将大蛮子狠狠揍了一顿。从此，他便神经了，说哭就哭、说笑便笑，有事无事到处乱跑。家里人怕他出事，对他严加看管，家中人轮流值班，有时实在没人看就把他锁在家里。百密一疏，有一次夜里家人都睡着了，还是让他跑了出来。他家住在中枢街，出家门往东不足一百米便是中山南路，他刚到中山路路口便被一辆飞驰而过的汽车给撞飞了。待到天亮才被发现，早以浑身冰凉，不知死了多长时间了。那个时候没有监控，半夜里也无目击证人，至今也没找到肇事的车辆和肇事人，死了白死，最终成了谜案。

再说"狐狸"，复课不久分到第五中学上中学。一九七一年初中毕业便被分配到针织厂做了保全工。但他是个不甘寂寞的人，更不是个安分守己的人！工作不久的一天晚上，在杨家路东头，就是现在国土局旁边，西安路和建国路交叉的地方，现在是十分繁华了，那个时候还是很偏僻的，拦路抢劫妇女，被公安局抓了。据说只抢了十一元钱，被人民法院以抢劫罪和猥亵妇女罪，数罪并罚判了十二年，蹲了大狱！到了这种程度，你应该老老实实认真改造，争取早日出狱吧。可他偏偏仍不安分，整天还净想歪门邪道，结果在一次越狱中被狱警开枪打死了。可怜他年迈而多病的父母，盼星星、盼月亮，只盼他能早日出狱，结婚生子给他们传宗接代，哪知盼来盼去，盼的是监狱"因病死亡"一纸四个字的通知。

邻居的小孩叫"跑配"

　　麻将牌到底有多少种打法？恐怕没有人说得清。国家那么大，地方那么多，乃至全世界凡有华人聚集的地方，都有打麻将的。生活、习惯、爱好各不相同，麻将打法自然也不可能相同。就连一个城市或一个地区打法虽然比较接近，但也还是有区别。比如，我们徐州时下比较流行的打法叫"配卡"，城里城外、东关西关也都不太一样，有的有配不能赢炮，有的摸四个配就直接赢了，还有的有两个配子打十三烂算"跑配"，等等，不尽相同，当然，虽说有些区别，却也是大同小异。

老街旧事 / LAOJIEJIUSHI

　　何谓"配卡"？确切地说就是带配必卡。先说带配，就是每把牌里都必须选一个配子(原来麻将牌里的八张春、夏、秋、冬、财神、老鼠……拿掉不用)，选法是由庄家掷点，按点子数找到相应位置是几就查到几，翻开上层牌，如果是一万或一条一筒，往上加一就是二万或二条、二筒即为配子，依次类推，翻开的如果是红中，则发为配，翻发，白板为配，循环往复，翻东则南为配……也是循环往复。而选出的配子就是牌里的万能牌，也就是说，你手中缺什么配子就可以作为什么牌用；再说卡，就是你听和时(待赢)必须是卡子，并且是卡四到八(筒、条、万都一样)。听和(待赢)的最高境界，叫"跑配"，就是手中的牌全够幅只剩两张配子了，你只要摸四到八的牌就能和(赢)。跑配一旦成功，仿佛就像过去赶考的秀才中了举，又像现在买彩票的中了大奖！那个爽那个高兴简直难以言表！据说曾有杠后跑配成功者，一激动心脏病发作倒在了麻将桌旁的。

　　我们邻居的小孩叫跑配，听听这名字就知道和麻将牌有关，甚至可以断定孩子他爹是个麻将爱好者，不然怎能给孩子起个这样的名字呢？究竟什么个情况，各位少安毋躁，待我慢慢说来。

　　跑配他爹是一个四十七八的汉子，下岗工人，一时没找到适合的工作,赋闲在家。平时没有其他爱好,就喜欢打个麻将。我们院内只要有牌场(牌场地点:好天在院里,阴雨天就在看车棚的小屋里)肯定少不了他,而牌局凑成大都由他招呼而来,每天一吃过中午饭,就听他喊:"张三哥、李四哥、王二哥,各位老大都抓紧了,赶快下楼,三缺一了……"而一旦坐下来,整个牌场就全听他的了,满嘴都是麻将行话术语:什么三吃不如一摸了,砸倒下家赢一半了,什么幺鸡不能打,一打就来俩了,什么听和(待赢)来发财必定能摸来了等,呱呱啦啦一时一刻都不能闲着。假如谁要是打错一张牌,导致下家赢了,好嘛,他能把你呱嗒死,让你没有一点儿语言,甚至让你无地自容。仿佛整个牌场他就是麻将专家教授,就是权威老大!因此,大家便一致送他个外号:"牌长!"大家你也喊牌长,我也喊牌长,时间长了光知道他叫牌长,真名实姓反倒都不知道了。据说,有一次他乡下的一个亲戚来找他,问起他的名字,竟然没人知道。多亏看车棚的老头还记得是他,这才没让他那亲戚白跑一趟。事后大家才恍然大悟,原来牌长还是有名有姓的。

　　某天,我和牌长等四人打牌,临近傍晚快结束了,牌长娘子(牌长媳妇)从外边来了向牌长要钥匙开门。

老街旧事
LAOJIEJIUSHI

大家七嘴八舌地问她："牌长娘子，老实交代，干什么去了，这么晚才来？"原来牌长娘子平时特别喜欢看牌，几乎是逢牌必看，标准的铁杆"麻丝"。今天来这么晚，所以大家都觉得奇怪，才有这么一问。牌长娘子回答说："刚从医院回来。"大家又问："上医院去了，怎么生病了吗？"她回答说："别提了，不知怎么弄的这几天浑身发软，四肢无力，犯困还一个劲干哕。"大家说："去看了大夫怎么说，什么病？"她说："哪知道什么病，到医院又是查血又是验尿，又是做 CT 又是做 B 超，连心电图也查了，全都正常。我看这大夫也都是白搭货，折腾那么长时间啥也没查出来。这不没招了，就给开点抗生素、消炎药什么的，再给打几瓶不痛不痒的点滴。"听到这儿，我插了一句："你别是听和了吧？（这里是指她怀孕了）"大家听了哄然大笑。正巧我媳妇在我身后看牌，伸手朝我背上打了一下："就你嘴贫，你个死老大伯（我年龄比牌长他们大几岁，平时官称我王哥）没大没小，能这样说兄弟媳妇吗？"大家有的跟着起哄说："王哥是老不正经，为老不尊……"但也有的说："你还别说，王哥说的有道理，看她的样子像是听和了，今后千万别乱吃药了。"大家嘻嘻哈哈、说说笑笑，转眼牌打完了，各自回家做饭吃饭。

大概过了两三天吧，又是我们几个打牌。牌长坐东门为庄，第一把他就起了两个配子并且跑配成功。大家调侃他说："牌长行啊，你这是得儿的时运，手兴！"牌长说："你还别说，一点不错，我告诉大家一个好消息，我媳妇真的怀孕了。"说罢，他双手抱拳："我得谢谢大家，谢谢大家！"这时牌长娘子从外边进来了，手里拿着一大包糖，一边发糖一边说："这更得好好谢谢王哥……"原来牌长夫妇俩结婚多年没有孩子（牌长是二婚，而媳妇则是大闺女头婚，整整比牌长小了一轮），这不一直就不能怀孕在求医问药吗，但始终也没能怀上。其实，我那天也就是那么随便一说，大家也就是那么随便一听，只是玩笑而已。哪承想说者无心，听者有意，第二天她就去医院照怀没怀孕的查了，谁知这一查还真是像我说的那样，听和（怀孕）。夫妻俩别提多高兴了！大家说："好，好，天大的好事，祝贺你们！祝贺你们！但光吃糖不行，你得摆一场请请我们。"牌长和牌长娘子齐声说："行，行，在座的有一位算一位，今天就请！"果然，麻将散场后，他夫妇俩买了很多的菜，还弄了瓶上档次的好酒，就在这儿请我们吃了一顿。

　　十月怀胎，一朝分娩，待到足月足天，牌长娘子给牌长生一大胖小子，可把两口子高兴坏了！尤其是牌长，快五十的人了，老来得子，那个喜……天天睡觉都能笑醒！孩子满月那天，牌长在金桅大酒店大摆酒宴，盛情款待前来祝贺的亲朋好友。那天我们一个院的平时和牌长要好的都前去祝贺，酒席自然安排我们坐在一块。席间牌长前来敬酒，大家送上一箩筐的祝福语。末了大家问儿子起名字了吗？牌长说："还没想好呢。""想啥想？"一位铁杆牌友说，"干脆就叫'跑配'吧。""好，好，就叫跑配吧！"大家一致鼓掌赞同。从此"跑配"就叫开了，牌长也因此成了跑配他爹。虽然他们家后来给孩子起了名字，但院内没有一个人喊，男女老少都只认"跑配"！

后记：这是发生在我们院内的真人真事。由于妈妈的粗心，怀孕前期吃药打针，刚生的时候孩子还是有些小问题的，左手六指、气蛋、先天性心脏病，不过通过多方治疗全都好了，现在很健康。好在脑子没问题，智力很好，已经在星光小学上二年级了，听说成绩还不错。我们衷心祝愿这个命运多舛的孩子，不论是上学，还是今后工作，乃至整个人生就像徐州人打麻将一样，全都"跑配"！

淘　井

（一）

我们徐州大范围用上自来水也就是四十多年的时间。在二十世纪七十年代，人们大都还用着千百年来我们祖先用过的井水。因而，那个时候的城市大街小巷和郊区的村头巷尾大都有水井，并且有些古老的水井还都有着美丽或神秘的传说。如倒马井、扳倒井、二眼井、福水井等。本文要说的是淘井，因此对这些水井美丽而神秘的传说就不做叙述了。

我的老家南园，在离我家直径距离三十多米处，就有那么一口，叫作"老炮台"井。据说"老炮台"原来是在为抗击八国联军而建，后来废弃了。而南园方圆近一平方公里的地方，东北角、西北角、东南角都有水井，西南角却没有。于是经会看风水的水纹师定位，在炮台的正中间打了这么一眼井。想不到井打好后，水质特别好，甘甜凛冽，因而受到大家喜爱。弄得几乎整个南园人家都跑到这儿挑水，甚至更远些的西门大街上的人也到这儿挑水饮用。这口井从此名声大噪，远近闻名。我小时候出门在外人家问我家住哪儿？我说家住南园，人家又问南园哪个方位？我说老炮台井附近。人家就会说：噢！知道了、知道了。可想老炮台井的名气有多大。

南园其实就是西关南菜园，在老城西门外往南七八百米的地方，属城郊，就是专门种菜供应城里人吃的菜园子。南园原先住的人不多，就几十户人家。新中国成立后改称万里巷，我们家靠西南边上，门牌编号为：万里巷三十三号。再往外还有几户，总共也就是四十户的样子。随着社会的稳定，时代的飞速发展，这儿的住户爆炸式地增多，到一九六几年重新编门牌号时，我们家变成了万里五巷三十四号。而且，再往外还有几十户，人口一下子增加了许多倍。那个时候自来水尚未普及，大家还是用井水，井还是那眼井，人却增加多少倍，以致捉襟见肘。每天上午还行，到了下午桶放到井里只能打半桶水了。

吃水是头等大事，虽然民以食为天，但人不吃饭尚可撑几天，而没水喝恐怕两天也难熬。因此，大家议论纷纷，说一定要想方设法解决这个问题。怎么办呢？于是，有人提出了淘井。因为大家听说该井自打好后从未淘过，是不是井里淤泥什么的太多，堵住了泉眼而导致水位下降？淘一淘井应该是个不错的选择。这个说法一经提出立刻得到大家一致赞同。

淘井是个大事，不是一句话两句话就能解决的事，它牵扯着人、财、物，安全操作、施工方法、时间安排等诸多问题。于是，大家一致推举了在该水井范围内的，德高望重的几个人，作为淘井筹备小组人员，负责筹备和领导淘井事宜。其中有：我二伯父、余窑大队书记（虽为余窑大队的书记他却不住余窑村里，而是住我家屋后，另外还有五六户余窑大队的社员也住在我家左右）、宋家三兄弟中的大老头、杨裁缝、石老拳师等人。

这帮德高望重的人，不负众望，立刻召开了商讨会，确定了淘井需要解决的几个重大问题。首先是资

老街旧事 LAOJIEJIUSHI

金问题。因为在此之前曾汇报给了万里居委会，并向其提出能否给解决淘井费用，居委会给了明确答复，对淘井之事大力支持，但费用恐怕不好办。因此，淘井费用只能是大家的事大家办，自行解决。于是他们商定：挨家挨户按人口起钱，并且划定起钱范围。确定在使用该井水边缘的住户，如果交纳淘井费，淘井后可以正常使用，不愿意交费用的，今后一律不准来该井挑水。其次是淘井人员安排，确定凡使用该井水范围内的青壮年男人尽量都参加。没有青壮年男人的，青壮妇女也可参加，做些后勤保障和辅助工作。家中实在没人参加的可多出点钱，当然五保户除外。第三就是淘井所用的工具问题了。因为有余窑大队书记的参与，他虽然不能调动社员来参加本不属于余窑大队的工作范围的淘井工作，但他可以利用大队的资源为淘井提供工具（当然耗材除外），诸如，搭三脚架的木棒、滑轮、绞盘、绳，人员下井穿的皮衩、安全帽、坐着下井的吊篮（因井口太小无法用台筐，正好大队有喂牲口用的大草篮子，不大不小刚合适），还有清淤用的镐、铁锹等。而在井下用的照明则由宋家二老头的大女婿（他是煤矿下井工人），向居委会开取证明，由他向所在的煤矿借矿工下井用的两三盏镀灯。当然，还确定了整个淘井工程由大队书记担任总指挥。因为他既有组织能力又有领导能力，整个余窑大队千把口人他都能领导，指挥这小小的淘井工程应该是小菜一碟。

任务明确后，大家便各自分头去做准备工作。三月开的协商会，到了四月底各项工作才落实得基本就绪（当然这期间他们还开过多次会）。待到万事俱备只欠东风的时候，这帮老人又开了个碰头会，决定"五一"节那天动工。因为那天是国家法定的节日，几乎各家的青壮年劳力都放假在家，省得再请假了。

四月三十号下午，在居委会的召集下召开了吃该井水的居民大会。算是施工前的预备会，也算是动员会。居委会主任亲自讲话，她高度地赞扬和鼓励大家能参加这次淘井活动，她说南园人的觉悟高有水平，有团结互助、自力更生、艰苦奋斗的大爱精神，不向国家伸手，在解决了自身的吃水困难的同时，也为国家分了忧……最后她话锋一转，又给了大家一个惊喜，她说通过居委会向上级部门层层汇报和争取，引起政府部门的重视，为这次淘井特批了三十元人民币和一袋面粉。她的话音刚落立刻引起大家一阵欢呼和热烈的掌声。

会后大家立即行动起来了，开始做明天施工前的最后准备工作。搭三脚架、稳绞盘、挂滑轮、穿绳、绑吊钩、拴吊篮，以及砌炉灶支案子等，一直忙到晚上近十点。

俗话说：兵马未动，粮草先行。淘井的那天早晨三点多钟，负责后勤的婶子大娘们就起来忙活了，她们生火的生火、和面的和面、洗菜的洗菜……待到接近五点，在参加淘井的人陆陆续续到来时，她们就熬好了稀饭，蒸好了白菜大肉包子。大家匆忙吃饱喝足，立即在书记的指挥下投入有条不紊的淘井工作中去了。

淘井工作的第一步就是把水弄干。那个时候没有电，更别说水泵了，清理水全靠大家轮流用水桶往上提。因为事前已通知各家自带水桶，先把自家的水缸挑满，然后再帮助有困难的。这样既取了水，又保证了在这淘井时间内家家户户都有水吃。

光提水就提了近四小时，待水桶一次只能打小半桶的时候，书记指挥让下井人员坐上吊篮，推绞盘的人慢慢地推动绞盘，将人缓缓送到井下。那个时候我父亲接近四十岁，正值壮年，理所当然地也参加了淘井，并被委以在井口协调上下井和更换提升工具的重任。因为那个时候没有对讲机，亦没有电铃，只能靠向环卫部门借来的摇铃来进行沟通联络。并事先定好了：一停、二下、三上的信号。

虽然井口较小，直径不到一米，但井肚稍大些，却也只能容下两个人同时操作，人多了窝工。等两个人下完后，绞上空钩再放下从大队牛屋（喂牲口的地方）借来的木筲，也就是大木桶。这木筲大约是一般水桶两倍的盛水量，放到井下后让人在下边往桶里刮水，一点一点把水彻底刮净，才能开始清淤。清淤时也只是一个人清，另一个人在刮水，因为井里的水还在不断往外涌，所以就要不停地刮。平均清一筐淤就得提一桶水，因而推动绞盘的人，就要马不停蹄地顺时针、逆时针来来回回地跑动，个个跑得满头大汗。

因为井下太凉，每个下井的人都配备一小瓶二两五的白酒，在感到寒冷时就抿一小口用以防寒。即便如此，加上人的体力因素，每个人也最多只能干一小时就得换人，大家觉得千万莫因淘井给谁冻下病根。

井下的淤泥并不多，主要是碎瓦罐片太多，清上来二三十筐。过去人们挑水大都用瓦罐，皆因太穷买不起木桶、铁桶。瓦罐虽便宜，但特别容易破碎，尤其不会用的人，将罐放下去打水，猛地一涮，幅度稍大一点碰到井壁就碎了。所以才有了民间那句"瓦罐不离井台破"的俗语。

除了瓦罐碎片外，还有三两只破铁桶和一些沤烂了的木桶，以及捣蛋孩子扔下去的砖头石块，当然还有几十枚硬币、铜钱和几支钢笔什么的。后来在分这些"战利品"的时候，我父亲毫不犹豫地要了支钢笔。我当时上小学正是该用钢笔的时候，却因家里穷，我父亲始终没舍得给我买，我只好用蘸水笔替代。这下好了，父亲趁此机会给我解决了钢笔问题。我记得那是一支仿"派克"自来水钢笔，很好用，只是外壳上疙疙瘩瘩的，像癞蛤蟆身上的皮，应该是不知在井下泡了多少年，引起的化学反应。这支钢笔我用了很多年，曾用它在街道服务时参加人口普查，曾用它在小煤矿工作时写广播稿子，也曾用它为捣蛋的工友们写过检查，还曾用它写入团申请书……直到一次睡觉时不小心把笔壳压碎了，我才又换了一支钢笔，当然这都是后话。

清淤工作一直到晚上九点多才结束。这淘井要一气呵成，不能停，因为一停，水就涌上来了，还得重新清干水。所以，只能挑灯夜战，一鼓作气一口气干完。天渐渐地黑了，三脚架上早早挂起向大队借来的两盏汽灯，井台上下通明锃亮如同白昼。引得我们这帮没见过世面的捣蛋孩子，都跑到那儿一边看淘井一边嬉戏玩耍，一直陪伴到淘井结束。

淘过的井果然没让大家失望,她就像一个年迈的母亲又焕发了青春,毫不吝惜地用她那甘甜而又充盈的乳汁,哺育着南园人家——她的儿女们。

(二)

想不到一九六九年,距上次淘井四年多不到五年的样子,老炮台井又经历了一次清淘。因为上一次淘井后井水始终充盈,再也没有过断水情况,况且自来水也逐渐走向普通百姓,像博爱街南头,杨家路铜网厂(后来的纺织机械厂)路南等地方,先后都建了自来水站,一分钱一挑、二分钱三挑,十分方便,大家感觉吃水并没有什么问题,为什么又要淘井?的确令人十分不解和疑惑。

一大早我们看到一帮人在井台上忙活,有扯电线的、有稳水泵的、有放皮管子的、还有立三脚架的……井台的南侧并排放了两张三屉桌,桌子外边放了两条长凳。超哥,我们那一代年轻人的偶像,坐在凳子上和同座的支左解放军叔叔在说笑着什么。

这超哥在南园可是大名人!不仅人长得特别俊朗帅气,而且多才多艺、百能百巧。车、钳、锻、铆、焊,吹、拉、弹、唱、舞,什么木工、瓦工、钢筋工,样样行;会电工、能照相,还跑过江湖卖过野药,简直就是无所不能、无所不会。当时他不仅仅是我们这帮小屁孩,也是他(那时候他二十几岁)同龄人,甚至比他大几岁的人的心中偶像,也就是现在所说的男神。想不到他现在居然混到办事处当领导去了,看样子还是个不小的官。因为办事处那些中层干部都在忙活,而他却能和支左的解放军在那儿有说有笑,职务由此可想而知。

后来我才知道,根本不是我想象的那样,这次淘井的原因完全因他而起。据说在此之前,也就是一九六六、一九六七年武斗闹得最凶的时候,超哥曾经提着两把盒子枪参加过武斗。后来毛主席指示:"要文斗、不要武斗",武斗终于停止了。再后来上级要求全部上缴武器,就有人举报超哥曾腰别两把盒子枪。办事处找到他让他上缴,他却说没有,拒绝上缴。为此,办事处专门成立专案组,将他隔离审查。他看实在躲不过去了,才说出了真情,不是不缴,而是因为害怕把枪扔进了老炮台井里。因而,才有了这次非正常的淘井。

如果说这次淘井和上次淘井最大的区别,那就是,上次完全是民办的、自发的,几乎是手动的;而这次则是官方的、有目的的，基本是电气化机械化的。正是由于有了水泵抽水，配套的钢制三脚架和升降电动葫芦等这些设备，才让这次淘井只用了上次淘井三分之一都不到的时间。早上八点多才开始，中午十二点左右就结束了。

当然还有一点最不相同的是：上次是清淤为主，而这次是以捞枪为目的。所以，这次与上次从井里淘出的东西更是大不一样了。上次砖头瓦块加泥沙几十筐，而这次仅有两三筐。但是淘上来别的东西却不少，两把盒子枪除外，还有麻将牌、红缨枪头、大刀、宝剑、匕首、戒指、耳环、铜佛、香炉和几百枚袁大头等。看来都是前两年怕"文化大革命"的熊熊烈火燃烧到自己的人偷偷摸摸扔下去的。当然，这些东西是不能分的，全让办事处的拉走了。说是上缴国库，后来到底弄哪儿去了？无人知道。

《淘井》后记——超哥

淘井写到这儿本该结束了，再往下写就有狗尾续貂之嫌了。但是，第二次淘井皆因超哥而起，我感觉有必要把超哥的事说一说,不然大家会有疑问,枪捞上来了,超哥后来怎么样了?于是就有了想写《淘井》三的想法。但是,又觉得第二次淘井虽因超哥而起,却又因后来发展的事情与淘井关联不大,生拉硬扯终觉不妥。思来想去,决定将其拉出另外一篇,于是便有了这《淘井》后记之超哥篇。

超哥跑了,就在捞完枪后的当天晚上十点多钟。据说捞完枪回到办事处,专案组的人对超哥说:人证物证都在,铁证如山。现在不仅是私存枪支的事了,有人举报说,看到过你拿枪打过人,至于被你打的人死没死,还有待调查落实,如果真有这事问题就大了,岂止是蹲大狱?恐怕……超哥听了这话,表面上很平静、很坦然的样子,但内心却掀起了波澜。他想:这事恐怕说不清道不明,甚至百口莫辩,万一上边人信了呢?万一再有和我不对付的人做了伪证?公、检、法给我再来个杀人偿命、欠债还钱,提笔就判"斩立决",我的小命……他越想越怕、越怕越想!于是,他想与其坐以待毙,不如跑出去躲躲,等过了这风头再说。

大概十点左右,他给看管他的人说要上厕所。因为办事处里没有厕所,所有的人都得去老街南头的公共厕所方便。看管他的人便像往常一样,陪他去了。

他进厕所方便，看管人就在厕所门口等着。哪知道一等不见出来，二等也不见出来，时间早已大大超过了正常上厕所的时间，看管人实在等急了这才赶忙跑进厕所去看看，这一看不要紧，大吃一惊！厕所空空如也，哪里有个人影？

原来这厕所靠近南墙根的小便池接近一米高，而南墙的高度也就两米左右，人只要登上小便池，稍一抬腿就能迈过墙头，南墙外边便是黑咕隆咚的巷子，超哥肯定是趁着天黑路熟，从这儿翻墙跑了。可把看管他的人吓坏了，赶快汇报给办事处领导。这时已经是晚上十点多钟，领导们差不多都上床睡觉了，等领导们再赶到办事处，接近一小时过去了，再找人连夜追赶、堵截，哪里找得着？

第二天办事处把这事汇报给市里，市有关部门经过研究，立即下达了海捕通缉令。车站、码头、各个外出路口，四处张贴，看样子要不惜一切代价，一定要把他缉拿归案！

然而，超哥仿佛人间蒸发了一般，杳无踪迹，从此再也没有了音信。

二十几年后，大概是二十世纪九十年代初，人们早已把他忘记，失踪的超哥却突然回来了！这让他的父母、妻儿（超哥失踪前早已结过婚，并有了一儿一女两个孩子）、他的家人和他的亲戚朋友，全都大吃一惊。阿超居然还活着？阿超回来了！更令大家吃惊的是：超哥一袭僧衣，脚蹬芒鞋，肩挎香袋、脖挂串珠，光光的头顶几排清晰可见的受戒疤痕，活脱脱的一个大和尚的形象出现在大家面前。只见他眼观鼻头、心无杂念、满脸平和，丝毫没有了往日神采飞扬的模样。他见人便双手合十，或者单手揖掌，口念阿弥陀佛，俨然一个得道的高僧。

后来听说，超哥跑时一路向南，不敢走大路入城市，只能走乡间小道，穿村过庄。因为走时尚在隔离审查，所以身无分文。好在他头脑聪明，沿途给人家打个短工，或者在集市上变个小把戏，给别人帮个衬、架个托，有时甚至乞讨，虽然饥一顿饱一顿却也没怎么饿着。就这样他一口气跑到了江南。哪承想到了江南的某个山区，有一天错过了食宿，而又迷了路，三天三夜没走出来。又累又饿的他昏倒在路旁，恰巧碰上一个化缘的老和尚路过，把他给救了。

醒来后的他百感交集，浮想联翩却又万念俱灰。他觉得自己空有一身本事，偏又生不逢时，落得现在人不人鬼不鬼的，真是生不如死！他想，罢！罢！罢！不如就此遁入空门吧。于是，他再三乞求老和尚收他为徒，老和尚见他心意已决，且有佛相慧根，便给他剃度，从此就在那儿出家当了和尚。

他出家的那个庙宇（为了避免麻烦，具体名字就不说了），是座观音禅院。"文化大革命"后国家恢复了宗教信仰自由，该庙的香火逐渐盛了起来。尤其改革开放以后，烧香求愿的络绎不绝，据说还十分灵验。曾经有一位海外的商人在那儿进过香后，立下宏愿：若菩萨保佑，今后能发达了，定然给大士重塑金身、再修庙宇！后来果然发了，他便真得捐了一笔巨款。

当钱到位后，当家的大和尚犯愁了，他虽然有些道行，也早有修扩庙宇的打算。但是，他对建筑这一行是一窍不通，空有巨款却不知从何下手。超哥知道后，立马找到住持，自告奋勇地说，他出家前就是干土建的，修扩庙宇的事就交给他来办，保证让大和尚满意。

事实证明果真如此，他不负老和尚所望，工程干得十分圆满。不仅全部按照老和尚的意图修缮和扩建，而且提出许多建设性意见。让整个寺院布局更加合理，设施更加完善，功能更加齐全，视觉更加美观。这让老和尚十分满意，从此不由得对他高看一眼，并将他当作自己的衣钵传人来培养。

几年后老和尚圆寂，根据老和尚的遗言，超哥顺理成章做了寺院的住持。

这一次能来徐州，是他去北京参加一个全国佛教协会会议，回来的路上，临时决定回家看望年迈的父母和妻儿。算是给他们一个交代，也了却了自己如梦的尘缘。

他在家里只待了三天，而且只白天在家，晚上还要去庙中挂单。三天一过，他执意要走，任凭父母妻儿眼泪汪汪，苦苦相留，他不为所动，口诵佛经，飘然而去。正是此一去：尘世从此无超哥，庙中参禅有高僧。

架　托

　　人们大都喜欢跟风，或曰凑热闹，徐州人叫趁搭热乎闹。一旦发现哪儿有人聚集，立马会赶过去，不顾一切地钻进去，一探究竟。如果是闹纠纷吵架的或者打架斗殴的，便驻足观看；如果是卖东西的，无论吃的、穿的、用的，便去疯抢。管他用着用不着先抢到手再说，甚至有些东西买到家，从新到扔都不曾用过一回。

　　因而不良商贩们便会利用人们的这种心理，花钱雇用一些人充当买者，就是我们常说的"架托的"，欺骗这些趋之若鹜的人们，将一些以次充好、以假当真或滞销、过时的商品兜售给大家,来牟取暴利。

当然也就有那么一些人,为了一点蝇头小利,甘愿为虎作伥。他们昧着良心,有意或无意地同不法商贩们勾结起来,合谋设套、做局、欺骗善良的人们。

我有一位老大哥朋友名叫刘老三的,曾经亲身经历过这事,现在我说来给大家听听,让你看看这托架的、这设局的,几乎天衣无缝,妙不可言,想不信都不行!我只希望善良的人们听了这个故事以后,遇到这种事多动脑子,多留个心眼儿,尽量减少或避免吃亏上当花冤枉钱!

这事发生在"文化大革命"初期。停产闹革命的时候,那些有野心的、心怀怨恨的、唯恐天下不乱的、想浑水摸鱼的人……大都去造反、夺权闹革命了;剩下那些安分守己、老实巴交的人,不是宅在家里,就是去单位守老营。刘老三就是后一种人。

刘老三和他的一帮工友们都是工作惯了的人,这突然让他们闲下来还真有些不习惯。闲极无聊,他们就天天跑到单位打扑克,一来省自家的水电,二来消磨时光。刚好,那个时候徐州正流行打扑克顶鞋底(实际上就是顶鞋)。一副牌六个人打,一三五一军、二四六一军,赢者为上游,输者是下游,下游则要顶鞋底。手气不好的都能顶七八只鞋,摇摇晃晃地只好用一只手扶着,仿佛印度人或非洲人用头顶着在运送的货物,另一只手加上嘴配合着出牌,既滑稽又刺激,所以大家都很上瘾,天天打得昏天黑地的。

刘老三打牌是个高手,他和另外一个叫于得海、一个苗金顺的人三个人组成一军,几乎是在单位里战无不胜,人称"铁三角",单位里有好几摊打牌的,全都得俯首称臣。然而,凡事都有例外,俗话说常在河边站,哪有不湿鞋的?再说打牌是三分牌技,七分手气,牌技再好架不住手气不好净抓小牌。就有那么一天,铁三角牛不起来了,一抓牌就是儿童团吹哨子——都是小的。没打几把,三个人就都弄了两个臭鞋顶在头上。这对他们三个几乎没顶过鞋底的人来说,简直就是奇耻大辱。再说臭烘烘的鞋顶在头上,确实不是个好滋味。于是,一向滑头的于得海就打起了歪主意,他把牌一放说:"各位,对不起,早上喝的水太多,憋得难受,我得上厕所。"刘老三和苗金顺立即明白,这是于得海要借尿遁逃牌。于是,马上响应说:"我们也想上厕所。"俗话说:管天管地管不了拉屎放屁。明知好不容易让他们顶了鞋底,他们却要逃牌,但也没办法只好同意。

他们单位没有厕所。原因他们单位是搞房屋修缮的，总共五六十个人，负责一个区的房屋维修。单位所在地是库房式的，只两间办公室，余下就是几十米长十几米宽的敞开式大库房，里边堆满砖瓦石块、沙子水泥和门窗、手推车、工具什么的。工人每天早上上班就是到单位报到领任务，然后就各自拿着工具，推着材料出去给辖区内的住户修缮房屋，根本不在单位待。因而单位没必要，再说也没有地方建厕所，所以上厕所都要去百米开外老街最南头的公共厕所。

三人方便完了从厕所出来，已是十一月底的天气了，凛冽的西北风迎面吹来，各自打了个寒战。刘老三扭头往单位走去，被于德海伸手拉住："你个憨货上哪儿去，鞋底没顶够？""不回去能上哪儿？外边这么冷。"刘老三反问道。"咱们上街转转，慢悠悠地走走看看，然后从豆腐巷转回去，差不多就到吃饭的时间了。"苗金顺说："转啥？咱不生意不买卖的。再说兜里一个子（钱）没有，比脸都干净，看看也只是撑死眼。"于得海说："管他呢，反正这会儿不能再回去，今天牌背，回去还得顶鞋底。不如到街上遛遛，说不准能捡俩中午喝酒的钱呢。""拉倒吧，你这是做梦娶媳妇——想得美，净想好事！"刘老三呛了于德海一句。"走吧、走吧。"于德海不管三七二十一连拉带拽，三人顺着路往北，一溜上岗奔大街走去。

　　从厕所到副街的最北端，也是主街的最西北端，也就是一百多米不到二百米，拉呱着慢悠悠地走着也就是几分钟的时间。老街的走向是：副街（后来叫永安街）正南正北，主街（博爱街，后改为幸福街，"文化大革命"后又改回叫博爱街）是东南西北，在正北和西北交会的顶点形成三十几度的夹角。站在这个夹角处，在人少的时候一眼能望到二百多米外，往西门里去的拐弯处。在这儿街突然分成三岔，往左是西门里，往右是豆腐巷，往前朝东南的角度突然加大直奔小堂子、落魂桥、杨家路而去。

　　他们三人来到夹角的顶点处，往右一扭头，看到老街最热闹处，合作社（烟酒糖果茶叶店）门口黑压压地聚集了一群人。三个人立马来了精神，仿佛蜜蜂看到了花丛，恰似苍蝇闻到了腥味，三步并作两步赶到人群边上，看看里边到底是玩什么洋猴的。

　　来到人群跟前他们才发现，人围的是里三层外三层，跟铁桶似的，根本挤不进去。正打算问问别人里边干啥的，就听到从里边断断续续地传出一个略带嘶哑的男性声音："各位父老乡亲、老少爷们、婶子大娘、姐姐妹妹们……我今天初到贵地，听说我们这儿有种叫

old街旧事 LAOJIEJIUSHI

189

'沙眼'的地方病，今天特意给大家送药来了……也可以说是给大家送光明来了……我这个药不仅是专治沙眼，也治红眼病、角膜炎、青光眼、白内障、麦粒肿、见风流泪等一切眼病。我走南闯北，行销全国各地……全都获得一致好评，尤其是到了天津，赞誉不断。因为药效好，天津老大哥便给我这个药送了个外号叫'一滴明'……"

　　正听到这儿，只见于得海眼中一亮，转脸给刘苗二人说："两个弟弟，（他三人于得海年龄最大）今天中午我请你们俩喝酒怎么样？"刘苗二人一脸蒙圈，心想：你这唱的是哪出？咱们是来看热闹的，这怎么又突然提出请我们喝酒了呢？这是哪儿扯哪儿？再说了刚才才说过兜里没有一个子儿，你这又哪来的钱请我们喝酒？莫非真捡到钱包了？走这一路也没见你弯腰呀！看到他二人一脸不相信，于得海接着说："我可是认真的，你二人就说喝还是不喝？你们说喝我就请，不喝咱就拉倒！然后咱就来个将军不下马——各奔东西，各自回家啃窝窝头去。"话说到这儿，看到他们俩还是不信。于得海又说道："干脆利索点儿，到底喝还是不喝？"话都说到这个份上了，二人心想：平时老于哥说话可都是板上钉钉，丁是丁卯是卯的，从来不吹牛不说大话的，今天是怎么了，难道他会魔术，突然变出钱来了？也罢、也罢，咱就权且信他这一回，看他能出什么毛猴子，真请不了，咱也没啥损失，大不了各自回家吃自个儿的去。于是二人相视一笑，异口同声地说："行、行，只要你请我们就喝。"于得海听罢，笑着对他俩说："这就对了嘛，你们二位稍等。"说完他转身朝人群当中挤去。

于得海一边用双手扒拉人群，一边口中喝道："各位，借借光、借借光。"不大一会儿他就挤到人群的正中央，只见那个卖药人满嘴白沫还在不停地说着："我这个药……包治……"于得海走上前去一把把他拉住了，说道："我可找到你了！"正说得口干舌燥的卖药人被他一拉，又嗷的一嗓子吓了一大跳，眼中瞬间有了些许惊恐。

"怎么意思，难道是砸场子的？"卖药人心中害怕，但脸上却不露声色。他毕竟是常跑江湖的，见过的场面多了，转眼间他就镇静下来了。因为他想：不可能啊！此地我是初来乍到，不可能得罪过谁！再说我平时也没有什么仇家！他又一想：难道是药出问题了？但这也不可能，我的药虽说不能治病，但绝不会对眼睛造成伤害，因为药的主要成分里都是蒸馏水。他正在胡思乱想着,就听来人接着说:"都别卖了。"

"什么?别卖了,这难道是公检法的抑或是市管会的?"他又仔细一想:也不对呀,这些部门的人全都靠边站了,哪还会有来管事的?

来人又说:"全给我留着,我全包了。"

"全给你留着你包了,什么意思?想当二道贩子?"卖药人满脸狐疑,胡乱猜测。

"你这药真好、真灵!"

听到来人说的这句话,卖药人悬着的心放下来了:"敢情来人不是拆庙的,是来烧香的。可以肯定不是来砸场子的,更不是药有什么问题,而是来捧场、帮衬的。"他心中不由得暗喜。

只见来人转过脸面对众人,用手指着自己的一只眼说:"大家都看到没有?"原来于得海天生的疤癫眼,还是那种血红色的疤,时不时地还往外流些黄水。"我呢,原来两只眼都是这个样子,比这还要厉害很多,整日流着混浊的黏液,看什么都是模模糊糊,痛苦极了。自从用了你的药,慢慢地好起来了,你看到没有?我这只眼全好了,而另外这一只呢也好了一大半了,想不到药用完了。我就到处找你买药,找啊、找啊,就是找不到你,可把我急坏了!想不到今天在这儿终于碰到你了。药呀你别卖了,都留给我吧,这次我一定得用你的药把我的眼彻底治好。"说完他双手抱拳对着人群转了一圈说:"各位,对不住了,大家都散了吧、散了吧,药我全要了。"他这最后一句话仿佛热油锅里倒凉水,一下子炸开了。

如果他一来就说把药全卖给他,如果他不现身说法把这眼药说得那么神奇、灵验,如果……正因为没那么多的如果,才让围观人群不干了。

"凭什么都卖给你?"

"难道我们一早上都白站了?"

"凡事都有个先来后到吧?"

"……"

围观的人七嘴八舌、吵吵嚷嚷、人声鼎沸,场面几乎失控。

来人帮衬的水平之高,分寸拿捏之准,竟能让围观的人们在这么短的时间内,由最初的观望、看西洋景,甚至还有些抵触,转眼间变成狂热要求的买药者,让卖药的这个老江湖也不由得暗暗称赞。这不正是他梦寐以求的效果吗?!他现在要做的就是当好配角,配合来人把戏演好,将剧情推向最高潮——把他的眼药卖出去。于是,他不失时机地清了清嗓子:"各位静一静、静

一静，听我说。"然后他对着来人说："大哥，药咱有的
是，都在咱家仓库放着呢。咱现在先把这些药照顾给
其他人。待会儿这些药卖完后，我带您去仓库拿，您想
要多少都行。"

来人说："你别骗我，别单等着药卖完后你跑了，我
上哪儿再找你去？"

"不会的、绝对不会的！我拿我的人格保证。"

"别、别，你人格值几个钱？回头你转脸不认账，我
能把你怎么着？"

"这样吧，您要不相信，我把我的手表押给您。"说
着他就把自己的"乌米伽"手表撸下来递给了来人。

看他还在犹豫，急着买药的围观人们生气了："你
这人真是肉头[1]，这所有的药也没有那块表值钱，你还
怕他什么？"

老于很不情愿地说："好吧、好吧，既然这样了，你
就先照顾群众，把药先卖给大家，我在这儿等你。"

卖药人把手表递给来人后的一瞬间有些后悔了，
毕竟他也不认识来人。来人姓甚名谁、家住何方、在哪
儿高就？他一概不知。万一待会卖药时，人多嘈杂，他
趁着乱哄哄地走了，我上哪儿找他？怕是哭都没地方

---

1 呆板、认死理。

哭去！可是已经说出去的话，如同泼出去的水，覆水难收，况且表又都交给人家了，如要悔改那可就全乱套了，不仅是药卖不成，更难给围观人群一个满意的说法，怕是想全身而退都成问题。

要不怎么说卖药人是老跑江湖的，毕竟见多识广、思维缜密、反应特别快，他立马就想出了一个两全其美的办法。他对来人说："大哥，表我都押给您了，您放心了吧。但我也有个不情之请，想请您给我帮个忙。您看这买药的人太多，我一个人忙不过来，想请您帮我发发药，我来收钱，收几支的钱您就发给他几支药，您看行吗？"

于得海什么人？他也不是什么瓢苲子。他心里明镜似的，知道卖药人对他并不十分信任，这也属正常。但他对卖药人的一箭双雕还是很佩服的。再说他就是来帮衬的，要帮就帮到底吧。于是，他忙不迭地说："行、行、没问题，你来收钱我帮你发药。"

卖药人看着急不可耐的人群，他并不着急，他不慌不忙地给大家说："这样还不行，太乱，先卖给谁，后卖给谁？肯定有意见！咱大家还是排排队，按先后顺序一个一个地来。"

该谁拿劲谁拿劲！大家只好按卖药人说的办，自

觉地排起了长队。转瞬间，你三支、他五支，不到半个
时辰两大旅行包的眼药就卖完了。待到人群散尽，卖
药人转身进了合作社，议价[2]（那个时候烟酒都要凭票
购买，没有票只能买议价的）买了一条牡丹烟和两瓶高
粱烧。然后和于得海他们一行四人朝着西门里合平饭
店的方向走去。

---

2 高于有票证的价格。

大老李扒墓

"大头大头,下雨不愁,你有雨伞,我有大头。"随着一阵不太整齐的童声稚语传来,我们马上可以看到这样一个画面:一个中等身材,长相怪异,头颅硕大,身穿女式大襟褂子,腰系打满补丁围裙,左胳膊挎一大柳条篮子,右手拿着小型抓钩,踢里跶拉从鹰市街方向往老街走来。尽管后边跟着一群捣蛋孩子,大头大头,下雨不愁……可劲地喊着,他丝毫也不理会,只管往街里走去。只是有个别胆特别大的孩子拽他的衣服,他才回过头来,龇龇牙做个鬼脸,扬扬手中的抓钩子,孩子们吓得四处逃窜。过一会儿孩子们看他没有追赶的意思，又聚集起来，继续跟在他的后边，大头大头……

此人是谁？老街人妇孺皆知，他便是孩子们口中唱的"大头大头、下雨不愁……"中的大头。

大头姓甚名谁？咱不做探讨，只知道他叫大头就行了。因为弱智，所以背后人们又称他为憨大头。他家住鹰市街东头，家中有个年迈的母亲，还有一个在外地上大学的弟弟，家里就他娘俩相依为命，他们主要生活来源靠老母亲打鞋靠子（过去做鞋用的）。正因为他智力有问题，虽在全民就业的年代却也无法工作，只能去垃圾堆里捡些废品，俗称捡破烂，隔三岔五地去破烂市（废品收购点）换几毛钱补贴家用。上边的场景就是大头在去捡破烂的路上。

二十世纪五六十年代不像现在小区门口都有垃圾桶，家中的垃圾用垃圾袋装好，出门时提上顺手扔进垃圾桶，每天早晨环卫车来统一收集运走。那个时候可没有这样的条件，因为大家几乎都住平房，家中没有卫生间，上厕所都是外边的公共厕所，所以环卫部门便在每个公共厕所的旁边设立垃圾池子，让大家都要把家中清扫的垃圾擢到垃圾池子里去，不允许在别的地方乱扔。这垃圾池子大都是砖砌的，大概两个平方左右，一般上边无盖，便于群众投放垃圾，池子的前边则留一能放进铁锹的洞，是供环卫工人清运垃圾用的。

那个时候环卫工人清运垃圾一天两次，上下午各一次，上午八点以后，下午四点之前。清运垃圾的环卫工人，一个人一辆带斗的平车（板车），大概负责四五个垃圾池子的清运。清运时他们必定会从离他最远的地方开始，越走越近，待清运到他负责的最近一个垃圾池时，斗子车刚好装满，然后运往垃圾中转站。

大头每天早上则要赶在环卫工人清运前，去垃圾池子翻捡。不然人家清运走他啥也捡不到了。当然，他也要从最远的地方开始。当清运工人八点半左右赶到第一个点时，他和他的捡破烂的朋友们（那个时候人们普遍穷，捡破烂的大有人在），已经将第一个垃圾池子翻捡一遍，开始赶往第二个垃圾池子去捡了。依次类推，大头他们捡完老街最后一个垃圾池时，不到十点，清运车刚好赶到，待到装完后再运到垃圾中转站也就该下班了。

老街总共五个垃圾池子，负责清运的环卫工人是个五十岁上下的汉子，大个子，漆黑的一张大长脸整天板着，仿佛谁欠了他钱似的，人们背后都说他驴爬树不笑。因为他姓李，所以大家都喊他"大老李"。

大老李人很怪，他特别烦捡破烂的，可能他是饱汉子不知饿汉子饥吧？光知道自己到月就能领工资，生活有保障，却不知道还有那么多人没工作，吃不上饭，靠捡破烂为生。他之所以厌烦捡垃圾的，当然也是有原因的，一方面是嫌他们将垃圾扒得乱七八糟到处都是，而他要一一清扫；一方面是嫌他们在他清运车上捡，他本来装车时前后重量均衡，拉起来就走，经捡垃圾的一翻腾，不是前边重了就是后边重了，他要倒弄半天才能重新平衡。所以他对大头他们就从来没个好气。只要逮到他们不是没收人家的抓钩子，就是夺人家盛破烂的篮子，并且三脚两脚把篮子踏碎。因而，大头他们都十分惧怕他。远远地看见他走来，赶快躲了。

大老李人虽粗暴干活却很利索，每天十点左右他就把他负责清运的四五个垃圾池子清运干净了。因为时间尚早，他就会把装好垃圾的车子停在老街最南头，最后一个垃圾池子旁边，然后去街的北头花娘的茶摊子喝碗茶、吸两根烟歇息歇息。大概半小时的样子，他才消停自在地回到垃圾车旁，稍做整理一下，拉起车子赶在中午下班前回到中转站。

这天合着该出事，大老李装完车后到茶摊喝茶不到十分钟就回来了。往常都是半小时左右，今天为什么这么短的时间就回来了？原来是事出有因，当时五十岁左右大老李，却是鳏夫一个，丧妻多年的他，眼看着儿女们长大了，都成家立业分开单过了，剩下他孤独一个人十分寂寞。他就想再找一个老伴，想着天天下班后家中能有个人，热茶热饭的等着他，陪他说说话、聊聊天。他之所以常去花娘茶摊并不仅仅是为了喝茶休息，更主要的目的就是想让花娘给他保媒拉纤，能介绍个女朋友。因为他知花娘在老街上人缘好，认识的人多，同时也热衷于给人家撮合婚姻，据说有不少给说成了的。所以大老李也希望花娘能给他撮合一个合适的。

其实花娘也没负他所望，先后还真给他介绍了几个，可都高不成低不就的没能成功。这不前两天又给他介绍了一个挺不错的女人，是街上卖鸡子（蛋）的，四十岁的样子，一个干净利落且又长相俊俏的小娘们。据说是离婚的，离婚的原因是结婚多年没能生孩子。大老李整日在街上来来去去的曾经见过，十分中意。

至于她能不能生孩子大老李并不在乎，不能生最好，他可不想再要孩子。一是自己都五十多了，没有精力再抚养孩子了；二是前番的儿女们都大了，也都结婚生子了，他再要孩子儿女们这关也过不去。所以他只在乎人，只要人好，能跟他过日子就行。

原本说得好好的，他十分满意，女的也没啥意见，眼看着就要成了。谁知道今天花娘说女的突然变卦又不愿意了，原因是不知道听哪个嚼舌根的说的，大老李这人心眼脾气不好，尤其是对捡破烂的人十分厌恶，不是没收人家的抓钩子，就是毁坏人家盛破烂的篮子，所有捡破烂的对他恨得都牙根子痒痒，背后把他骂得祖宗八代都翻了个个。女的想，这要是和他结了婚，别人肯定会说：这娘们真是瞎了左眼瞎右眼，怎么会找这个缺德丧良心没有点儿人性的家伙？真是这样她今后还怎么在老街上待，还不得让人家的唾沫星子淹死！因此，说得再好她也不同意了。听完花娘这么一说，大老李火腾地一下子就起来了："妈了个巴子，烧得不轻，还嫌好道歹的，这些臭捡破烂的有什么值得同情的，老子就这脾气，就是烦捡破烂的，谁能把我怎么样？! 再说我一个堂堂正正的国营工人，难道配不上你个卖鸡子的了?你嫌弃我,我还看不上你呢?!"说罢,他茶也不喝了,烟也不吸了,气鼓鼓地起身就走。

当他快来到他的垃圾车跟前时,几个捡破烂的有眼尖的,看到大老李回来了,便给大家使个眼色,悄悄地全跑了。只有大头死眼珠子厚眼皮没看到,还低着个头在那扒拉着呢。本来就一肚火的大老李,看到大头还在他的车上扒拉,这家伙那更是火上浇油!心想:"正是因为你们这帮臭捡破烂的才坏了老子的好事!"他抬起右手重重地朝大头肩上猛地一拍,恶狠狠地吼了一嗓子:"大头,你扒墓!"大头吓得一个激灵,转脸一看,大老李眼瞪得像牛蛋,凶神恶煞一般正看着他,他呕的一声,便一头栽倒在地上。

大老李并不理会大头的死活,只管将自己的垃圾车整理了一下,拉起车子避过躺在地上的大头,直奔垃圾中转站而去。

过了好大一会儿,住在厕所附近的街坊邻居们才发现大头怎么倒在垃圾池旁边,便都跑过来观看。有好心的用手试了试,察觉他还有鼻息,便和大家协商,去街上向卖菜的借了一辆平板车,七手八脚地抬上车把他给送回家去了。

　　大头在家整整躺了三天三夜才醒过来，醒来后便疯了。疯了的大头不住交替地扬起两只手臂，口中声嘶力竭地号叫"大老李扒墓……"。看到憨儿子疯到这种程度，老母亲却不知道是什么原因造成的，更不知道该怎么办，束手无措的她只能是默默地流泪。

　　在老母亲悉心照料下，昏睡了几天的大头，虚弱的体力渐渐地恢复了。恢复后的他每天吃过早饭，像往常一样奔向老街。只不过不是挎篮子去捡破烂，而是交替扬起手臂，口中不停地喊叫："大老李扒墓！"一路走一路喊。

　　大头所到之处自然也引来不少人的围观，而围观的人群中凡有认识大头的，无不同情唏嘘：啧，啧！这大头真是命苦，本身憨就憨了，怎么又疯了呢？同情归同情，唏嘘归唏嘘，却没人知道大头疯的原因，更别说怎么帮助这个可怜的人了，只能眼睁睁地看着他疯。

　　大头起先跑上老街，也只限于他过去扒破烂的几个地方，该吃饭的时候还知道回家吃饭。哪知后来他病越犯越重，渐渐地也越跑越远了。有时就忘了回家吃饭，有时竟还找不到回家的路了，害得他老母亲经常踮着小脚到处找他。当然，有时遇到些好心人看着天晚,也会将迷路的他拽着送回家。即便这样,三天两天回不了家的事也时常发生。终于,在一个风雪交加的夜晚,他连冻带饿,死在了回不了家的路旁。

可怜的大头至死都没人知道他为何而疯?但有一个人却十分清楚,那就是大老李!因为他是始作俑者。

最初听说大头疯了,他是有些内疚的,他知道十有八九是由他的恐吓引起的。当他偷偷地从围观的人缝中看到,蓬头垢面破衣烂衫的大头在扬着手臂,声嘶力竭地大喊"大老李扒墓"时,他便有了些许负罪感。他知道那是大头因条件反射而下意识地,对他大老李最有力的抗争。

内疚也好,负罪感也罢,他不能也不敢承认大头的疯是他一手造成的。他知道只要承认了,天大的麻烦在等着他。诸如治疗费用、生活费用还有护理费用等,一系列的问题都会迎面而来,那会把他压垮的。只要他不说肯定没有人会知道,装憨的他选择了沉默。

大头冻死在路旁的消息传到他的耳中,他心中再也无法平静了。想不到、真的想不到竟是这样的结局,没有他的恐吓大头就不会疯,不疯的大头就不会冻死在街头,他成了不折不扣的间接杀人犯!他的心理防

老街旧事 LAOJIEJIUSHI

线彻底崩溃了!他无时无刻不在忍受着内心的煎熬,忍受着道德和良心的谴责与审判!

他失眠了,整夜整夜地睡不着。他只要一闭眼就会看到蓬头垢面的大头站在他跟前,耳朵就会听到大头声嘶力竭地号叫:"大老李扒墓!"

大老李病了,病的原因是他长时间睡不着觉。睡不着觉等于熬心血,熬心血便会觉得茶饭无味,从而令他食欲不振,吃得少甚至不吃,结果就是眼看着瘦。俗话说:"人是铁、饭是钢,一顿不吃就发慌!"时间一长铁打的汉子也受不了,何况五十多岁的他呢?

儿女们看他瘦得不像样子还硬撑着,就强行拉他去医院治疗,结果是从头到脚、从里到外查了个遍,没病。打了几天点滴,吃了些不疼不痒的药,也不能老在医院待着,打道回府回家养着吧。回家后还是不行,还在瘦。儿女们又给他找中医把脉、开方,吃了多少副中药,仍不见好转。孩子们甚至偷偷地给他找了个神妈妈(巫婆),瞧瞧是不是招了什么邪气,又是作法,又是道场的,白泡使了许多钱,不仅没有一点点的作用,而且越来越严重。越来越瘦的他,渐渐地卧床不起了。

这事只有他自己知道,他的病治不好了。中医也好、西医也罢，也只能治肌体上的毛病，不能治他心里的病。俗话说得好："心里没鬼死不了人。"可他心里有鬼！有鬼还不能说。说了怕给儿女们心理造成压力，并带来余殃，所以他只能自己一个人硬撑着。他知道他欠大头的，这是大头在向他索命！他只能认命！

据说临死的那天，他双手紧捂着耳朵，圆瞪着惊恐的双眼，口中大叫："大头，别喊了，别喊了，我错了，是我大老李扒墓，是我大老李扒墓！"连叫数声气绝而亡。

羊三之死

　　羊三死了，据说是上吊（缢）死的，这不仅让我愕然。这老兄半身不遂都二十几年了，从最早的不适应，一切都靠别人帮助，自己才四十多岁还没有退休金，因吃喝都是靠老婆孩子，而受尽了老婆的责骂和孩子们的奚落；到后来逐渐适应，慢慢地能够生活自理，还能看个杂货摊子，挣些生活费用，再到现在能到月就领退休金，吃喝不愁，再不用起早贪黑看摊子受罪了。最难熬最困难的日子都撑过来了，按理说现在生活好了，更应该好好地活着，怎么偏偏又选择上吊自杀了呢？

我和羊三很熟，还不是一般的熟，这不仅仅他是我的邻居，后来又成了亲戚，因他二哥娶了我大伯父的二女儿。他又大我三四岁，所以我称他为三哥。我们虽然自小一块长大，也算是发小吧，但由于年龄有点差别一般玩不到一块。却因后来我们当社会青年，一起在街道服务过一年多，（当时老三届的下放称为知识青年，我们没下放在街道服务的叫社会青年）几乎见天就在一块，因而对他十分了解。那时候讲全民就业，学校毕业后就分配工作，而没有学校的社会青少年，工作就由街道分配。一九六九年，我和他还有同一街道的十个男男女女的同龄人，同在万里（余窑）街道服务。服务是无偿的，虽然没有一分钱的报酬，但我们天天比上班还准时，早八晚五，几乎没有人迟到早退。我们自己调侃自己，叫作："吃自己的不管穿，喝凉水自己担。"而所谓的服务无非是查查四防，查街道辖区内的卫生，还协助派出所搞过一次全国人口普查，等等。说白了就是在街道排队等分配。

　　说实话我还是很佩服三哥的。那时我十五岁多不到十六岁，他十九岁左右，白白净净，一米七几的个头，长得十分标致。他不仅在他们家姊妹六七个中长得最好，在我们邻居同龄青年中也算出类拔萃的。他穿衣

老街旧事 / LAOJIEJIUSHI

服特别讲究，当时物资十分匮乏，虽没有多好的衣服，但流行的军便服、吊三寸的裤子、网球鞋，他一样不缺，而且穿得有模有样十分板正。我不行，我们家穷，我连一样没有。除了这些优越条件外，我更羡慕他的多才多艺。他有一副男中音的好嗓子，会唱《莫斯科郊外的晚上》《三套车》《二郎山》《乌苏里江》《异乡寒夜曲》等著名歌曲。当然这都是在我们这群服务街道的青年男女们中唱的。在别的场合可不敢唱，那时极"左"，弄不好会挨批斗，宣传"封、资、修"的东西甚至会蹲大狱。他还会跳舞，什么交际舞、探戈、快三步、慢四步跳得都很棒。尤其是他用一只胳膊能在街道的办公桌上，配合着嘴击打出美妙的爵士鼓乐队的音效来。他还有一种特别的本事："打刺花、挂丽"，其实就是搭讪、撩拨、挑逗，或者直白了说勾引女孩。这可是在二十世纪六七十年代徐州青年男女挂在嘴边的最时髦的话和最喜欢干的事。三哥他无论什么样的女孩三言两语就能把人家挂拉上，不一会儿就打得火热。我是自愧不如，我自卑感太强，见了女孩尤其陌生的，心中就发慌，就脸红、心跳、耳朵鸣，头脑嗡嗡的，连说话都结巴，更别说挂人家了。

　　当然，三哥也不是完美的，他也有弱项，也有缺点，用现在的话说叫短板，那就是学习不行。小学毕业未能考上中学。不然他也不会与我们为伍，在街道服务。如果是学习成绩好了他会是中学生，也可能早到广阔的天地大有作为去了。不仅是他学习不行，我们一块近十位当时在街道服务的社会青年几乎学习都不行，不是没能考上中学的，就是家庭有特殊情况未能上学，或者上了三年两年辍学的。我是例外，我虽然只上了五年不到的学，是因"文化大革命"大形势造成的。但是我学习很好，在班级始终是前几名。就是因为我哥哥下放农村后，我父亲怕我上了中学也要下放，因而复课后就坚决地不让我上了。当时在街道服务时所有有关文字方面的事，如办黑板报、写通知、写启事和开会读传达的文件等，都是我来干的。

我在街道服务一年多，是我青少年时期最快活最幸福的时光。不用再上街帮父母看菜摊了，也不用干家务了，天天像上班一样早八点就去了街道，一群少男少女们在一块欢歌笑语，在一块查四防、查卫生，一块上山捡石头，一块砌窑烧石灰，那时正在响应毛主席号召："深挖洞、广积粮、不称霸，备战备荒为人民。"我们一块挨家挨户起劈柴起煤球烧窑，又把烧好的石灰分给居民们，搞卫生或砌地道用……

老街旧事
LAOJIEJIUSHI

211

一九七〇年年底我们终于等来了招工的信息。当时是我们红卫（云龙）区新开发的小煤窑，急需工人。我们徐州虽然是煤城，徐州矿务局在全国也是响当当的，但所有的煤矿全是全国统配煤矿，他们生产的煤徐州市无权调拨。在那个科技不太发达，人民生活和社会主义建设的主要能源是煤炭的年代，由于煤炭的缺少受到了极大的限制。市委、市政府根据毛主席"大力发展五小工业"的指示，成立了徐州市小煤矿指挥部，充分利用徐州地下资源，对那些大煤矿无法开采而不屑一顾的地下煤炭进行开发采掘，用来弥补我市的用煤不足。听说是招煤矿工人，大家都觉得有些遗憾，甚至还有些害怕，毕竟煤矿在大多数人的心目中，等同于危险，那个时候还流行一个顺口溜叫作："铁矿煤矿找不到对象！"因而大家就有些犹豫。虽经主任一再动员劝说，我们十个人也才只报了一半。我却不愿意放弃这好不容易盼来的招工机会，毫不犹豫立马报了名。因为我家不像他们家，几乎家家都有工人，我家没有，主要生活来源全靠我父母守着的一个小菜摊，还会经常因为交易所不批给菜而闲着，因而家中常常是吃上顿没下顿。我必须抓住这次机会，当矿工挣工资来改变我们家的窘迫现状。

当时三哥也报名了，并且也做了体检，最后也被录取了。但在一九七一年的三月五日，被召的工人上车去矿上上班的时候，他却改变了主意，溜号跑了。最后只剩下了三个人，我一个，姓戚的一个，还有一个姓杨的女青年。记得去煤窑的那天倒春寒，天特别冷，西北风刀子似的刮人脸。我们一块被招的全红卫（云龙）区近三百名社会青年，背着背包，提着网兜或柳条箱什么的，心里却都热烘烘的。大家情绪高涨，一路高唱"毛主席的战士最听党的话，哪里需要到哪里去，哪里艰苦哪安家……"的革命歌曲，我们昂首挺胸、意气风发、豪情万丈！我们先是坐火车到利国，下车后又步行十余里，来到了铜山县，也是徐州所辖最北端，与山东一河之隔的利国公社孙庄大队边上，红卫小煤窑所在地。从此，我在这儿工作了九年多，把最青春的年华献给了小煤窑，直到一九七九年小煤矿解散。

　　扯远了，我们再来说三哥。先前的事是我亲身经历的，后来的事就是道听途说了，难免有些七拼八凑，但基本上是属实的，因为我们是亲戚嘛。

　　三哥没去成小煤窑，为了能工作，只好觍着脸继续去街道（排队）服务，主任对他不愿去小煤窑工作十分生气，狠狠地批评了他！但主任却并没因此而嫌弃他。

第二年的再次招工，主任还是把他推荐了去。这次三哥可满意了，博爱街国营菜店，这在那个时候是最好最吃香的单位了。计划经济年代，物资匮乏，买平价菜排队有时都不一定能买上。三哥却得天独厚，从而一下子抖起来了，成了我们那一片的香饽饽！自家吃菜方便不说，连亲戚朋友都跟着沾光。那个时候他幸福得有时睡觉都能笑醒。

三哥喜欢并擅长"挂丽"，有了这份吃香的工作，更是如虎添翼。那个时候基本上没有什么文化娱乐活动，读书看报的事找不着他，因而打刺花、挂丽也就成了他大部分的业余生活。女朋友走马灯似的换了一个又一个，但他却始终不提结婚的事。一来他还觉得自己年轻，更何况那时提倡晚婚；二来呢他始终也没碰上让他一见倾心，能和他结婚的人。他的宗旨就是趁着年轻多玩几年，尽情地享受生活。然而，算路不按算路来，常在河边走，哪有不湿鞋的？这样的好日子他过了两年，一个疏忽，把一个女孩的肚子搞大了。麻烦来了，女孩要死要活，以死相逼要和他结婚，没办法只好乖乖就范。好在女孩长得十分俊美，性格也算温柔，这让他倒也没多少遗憾。二十二三岁，在那个年代算是早婚了，结婚证都没法领，好在咱们这儿举行仪式就算是正式结婚了。婚后不久女孩就给他生了个大胖儿子，可把他高兴坏了，成天乐得屁颠屁颠的。过了年把又给生了个千金，儿女双全，三哥幸福极了！

三哥幸福的一家，很是安稳地过了几年美满的日子。他天天两点一线，早出晚归，要么在家要么在菜店。上班不说多忙，但到家中要哄孩子，让妻子腾出空干干家务，拾拾掇掇。累是累了点儿，但日子过得十分充实和惬意。

日子过得真快，转眼近十年过去了，孩子渐渐地大了，上学了。媳妇也成了黄脸婆（他自己是这么认为的），菜店随着改革开放的深入和物资逐渐丰富，慢慢地不怎么景气了。在单位十分清闲，几乎无事可做，家中孩子也不用他操心，闲极无聊，他那颗躁动的心又不安分起来了。便常常在外边偷偷摸摸地拈花惹草！

二十世纪八十年代中晚期，房地产大开发尚未形成规模，徐州周边到处是菜地，菜农们种出的菜又好又新鲜，品种也齐全。全都蜂拥到市场上自行销售，打破了往常计划经济时的先送到交易所，再由交易所转批给菜店和商贩们的模式。因而也彻底地断绝了国营菜店的生存之路。菜店职工只好买断工龄，拿几个少得可怜的钱回家自谋生路，三哥自然也不例外。

　　毕竟三哥在菜店摸爬滚打了十几年，深知市场的行情和老百姓的需求是什么。他看到随着物质的丰富，腰包的鼓起，人们已不再局限于原来的生活方式，对吃的要求也有了很大提高。不满足于过去的萝卜白菜炖猪肉了，而是转向了往常不敢问津的鱼啦、虾啦等水产品和海产品了。他果断地和别人合资（因为自己资金有限），租了原菜店的门面，置办了设备，冰箱冰柜之类，干起了水产品海产品生意，（那时尚无海鲜之说）其实就是鲜鱼鲜虾和带鱼、马鲛鱼、海虾什么的，生意相当地红火，让他们很是赚了一把。

　　有钱了，腰粗胆壮，不安分的心也就越发膨胀了。恰好和他合伙做生意的人，是个娇小貌美的小娘们，见天就在一块，眉来眼去，日久生情，时间不长他们就干柴烈火般地搞到一块去了。俗话说墙摸百把都透风，他周围的人渐渐地都知道了这个事，大家的风言风语，自然慢慢地也传到他媳妇的耳里。起先媳妇还不愿意相信，但随着他回家越来越晚，往家交的生活费越来越少，况且也知道他过去好这一口，从而引起了警觉。有心算计无心的，那还有跑？终于有一天他们正在黏乎，被媳妇抓了个正着。捉奸在床，这还有什么话说？媳妇大闹一场，死活要离婚。生意自然也干不下去了，只好算账分开。

　　丑事自然也让小娘们的丈夫知道了。算账的那天，小娘们的丈夫带了几个人过来，要和三哥拼命。后经中间人调停，好说歹说，最后让三哥给些经济补偿才算拉倒。这样一来，三算两不算，连本带利加设备都归了小娘们，三哥基本上血本全无，光腚出门！算完账回家，天色已晚，筋疲力尽的他到了家中，又渴又饿，看到的却是冰锅凉灶和媳妇阴沉着的脸。三哥只好自己下厨炒俩鸡蛋，又开了瓶徐州白酒，独自一人喝起了闷酒。俗话说：借酒浇愁愁更愁。他一边喝酒一边翻江倒海地想开了，自己这干的是什么熊事？好日子不过，拉枪攘牛！多好的家庭，多好的日子？有儿有女，十分美满。尤其现在计划生育，大都是独生子女，邻里百舍谁不羡慕？自己却光想着一时的快活，葬送了这一切，闹得将要妻离子散……他端起酒杯一仰脸，干了！紧接着倒上又干了一杯。今天一天光顾着算账，加上小娘们的丈夫带人闹腾，他根本就没能也没心思吃饭，几杯酒一下肚，空腹里火辣辣的酒气猛往上蹿，直冲脑门。他想起了今天算账事，怎么那么巧？小娘们的丈夫早不来晚不来，偏偏今天算账分家来了？这肯定是他们两口子在家定好的！他现在才感到自己被小娘们

老街旧事 LAOJIEJIUSHI

给算计了。什么卿卿我我，什么海誓山盟，什么再也离不开了，全他妈的都是骗人的鬼话！他此时此刻才想到这事可能从一开头就是一个骗局。

他和小娘们原来就是同事，一块在菜店当营业员多年，又一块买断工龄回家。她平时就看好羊三在生意场上的精明强干，便在闲聊中得知三哥要干水产生意，便主动找三哥要求合资合伙干。当时三哥考虑再三，虽然老话说得好：生意好做，伙计难搁。但考虑自己资金确实不足，再说这水产生意一个人肯定忙不过来，要进货又要开门营业，一个人难顾两头。如果合资合伙的确两全其美，既解决了资金不足，又弥补了人手不够，再说小娘们长得又是秀色可餐……因此就答应了下来。哪知道从此噩梦开始，他挡不住她的诱惑，先是眉来眼去，而后摸摸戳戳，最后勾搭成奸。他一步一步地走进小娘们给他设的圈套里。此时的他悔恨交加，怒火中烧，直冲脑门！他空腹喝下的半斤多酒，翻江倒海像是要决堤的洪水直往上泛。他赶忙拿起筷子，想吃点菜往下压压。哪知他刚把筷子伸向菜盘，手不由得一抖，筷子掉在了地下。他弯腰拾起，用手撸了撸，又把筷子伸向菜盘，谁想手又一抖，筷子再次掉在了地下。他伸出左手劈脸就给了自己一个嘴巴："妈的，人该着倒霉喝凉水都塞牙，放屁都砸脚后跟！这怎么连自己的手都要背叛，不听使唤了呢?"他再次弯下腰，准备拾起筷子。哪知道就在他弯腰的一瞬间，突然感觉天晕地转，便一头栽在了地上。

他媳妇和孩子们被噔嗵一声吓了一跳，只见三哥倒在了地上。起先他们认为是三哥喝多了，后来一想不对，过去他也曾喝多过，最多也就是话稠些，走路东倒西歪地，但从来就没有摔倒在地上的情况。再仔细一看只见他两眼圆睁、牙关紧咬、口吐白沫、浑身乱颤、四肢抽搐、面色乌黑，这时方知情况不妙。媳妇过去赶忙把他戗起，立即吩咐儿子赶快出去喊邻居帮忙，并借一辆平板车来，那个时候人们普遍没有打 120 急救的意识，有病都是自己去医院，儿子飞一般地去了。不一会儿邻居们都跑来了，七手八脚把他抬下楼，弄到板车上，火速地送到离家最近的市立二院。

三哥醒来已是两天后的事了。经过医院及时而有效的抢救，急性脑出血控制住了。命虽然保住了，但怕是要留下难以治愈的后遗症——半身不遂。大夫们说：想要彻底治好，那只有开颅。也就是把脑壳打开，但是开颅在那个医疗水平相对较低年代，成功率极低，也只有百分之几，弄不好病没治好命就丢了。再说天文数字一样的治疗费用，恐怕就是卖掉房子也不够一半。这两天就是最好的例子，光抢救费用，不仅花光他们家所有的积蓄，还借的一腚两胁巴都是债。因此，开颅治疗的事只能免谈了。

又住了几天院，病情基本控制住了。既然不能开颅，又无法彻底治愈，再继续住院治疗也没多大的效果，而产生的医疗费用更让他们无法承受，思来虑去，三哥只好出院回家自行调理康复了。

艰难困苦的康复过程咱就不一一叙述了。从蹒跚学步开始，到克服羞于见人的心理，再到能下楼歪歪拽拽地遛弯，好几个月过去了。媳妇看他基本稳定了，就在离家很近的路口，给他摆了个摊子，卖点汽水饮料和小孩零嘴什么的，赚俩钱贴补家用。因为家中四口人的吃喝拉撒，还有他的医药费用，光靠媳妇一个人微薄的工资是远远不够的。摊点位置很好，靠路边且离小学校很近，生意虽小也还不错。渐渐地干顺手了，便增加了点经营品种，夏天增加了冰糕，冬天增加油炸丸子、麻果什么的。虽不是太红火，但不仅能顾着自己吃喝、买药的费用，还略有盈余，顺带能偿还一些他住院时借亲戚朋友的钱。

其实这不起眼的小生意干得也并不顺畅，起先城管的三天两头来查，后来看他十分可怜，一个半身不遂的残疾人，无论天寒地冻，还是炎热酷暑，见天一待就是一整天，真是不容易，因而就睁一眼闭一眼过去了。有时大检查实在太紧了，就提前通知让他歇一天两天的。这样磕磕绊绊过了十几二十年，偏偏碰上城市创建全国文明城市，城管的再也兜不住他了。甭管是谁，这条接近城市主要道路的路两旁，一律不准设摊点经营，他的摊点只能取消。

一开始我还觉得他有退休金呢，取消就取消，反正退休金也够他生活的。哪知道他根本没有退休金，自打从菜店买断工龄回家后，他就从来没交过养老保险。一是他没有这个意识，二是他无钱购买。等到他知道这养老保险必须买时，已经错过机会。

摊位取消，他一下子没有了生活来源，城管虽然答应帮他去社区办低保，但尚未批下来，他只有硬着头皮继续出摊。哪知城管这次动了真格的了，毫不留情没收了他所有的经营设施和货物。

收走他东西的第二天，他像往常一样早早地起了床，洗漱完毕吃罢早饭，他这才想起摊位取消东西被收走，此时他已无处可去了。早出晚归，一守一天摊位二十年了，这猛一刹车真令他难以接受。摊位不能出，低保尚未下来,生活没有了着落,他急得在不大的客厅里团团转。此时的他心中十分无奈和愤慨,今后怎么办呢?他想到了死!

死,他不是没想过!自从生病以后就千百遍地想过。可是死就那么容易吗?跳楼?他没有这个能力,走路都困难,更别说爬到楼面上;喝药?他上哪儿去买,更何况他也没有钱买;撞汽车?他歪歪拽拽还没到快车道,就会让人给架出去……后来看摊做生意一忙把这茬渐渐地给忘了。现在突然闲了下来让他又想起了这事。

此时此刻家中就他一个人。孩子们早都结婚成家另过了,媳妇自打他出事后就从来没有给过他好言好语,也从不和他沟通交流,去哪也从来不告诉他,这不,今天一大早出门也不知道去了哪儿,他一个人孤独地在家转来转去,转累了往沙发一躺。他刚想歇歇,突然看到了门槛上(他住的仍是二十几年前拆迁安置的老楼房,因为没钱装修,一切都是刚上房时的老样子,门仍是老式板门)一根铁钉上挂着一截废旧电线,电线散开的那头打着结,有三十几厘米长短。他心中一动:"难道这就是我的归宿?"他赶忙起来,一瘸一拐地走了过去。

他伸出双手用力拉了拉电线，挺结实，上边的钉是两三寸的，钉得很牢靠，吃重肯定没问题。他把电线分开，打量一下，头伸进去绰绰有余。他把头慢慢地靠近电线，试着往电线圈里钻。电线的底端高度刚好到他的嘴巴，可一撑开又高了些，头够不着电线圈，他努力踮起双脚，但还差那么一点点。他不断地调整角度，拼命踮脚，用力往上伸脖子，一点、半点、一丁点……他拼劲了吃奶的力气，终于把头套进了电线。他长出了一口气，身子一松，紧接着往下一坠，一阵窒息感袭来，他再想吸气已是不可能了，电线已经死死地勒住了他的脖子，吸不进去气的他此时突然有些后悔，他觉得他还没准备好，他只是想试试。他想他不应该死在家里，这样媳妇会很害怕的，虽然这么多年对他没点好气，但这都是自己咎由自取，怨不得她。再说这么多年自己衣食住行哪样不靠她？他想他死也应该死在外边，免得吓着她。他试图伸出双手去抓电线，想着如何能钻出来。然而，双手却被自己的身体重重地挤在门上，加上刚才拼命踮脚往上钻套时，力气用竭了，根本无力再抽出手来。他试了好几次都毫无结果，只能无望地放弃了，他感觉身体越来越重，意识越来越模糊……

长房出免辈

　　听我父辈们说，我们老王家在我爷爷以前曾经好几代都是单传，直到我爷爷这辈才有所改观。太爷爷生了两个，我爷爷弟兄俩，也就是说我还有一个二爷爷。但二爷爷结完婚之后，只生了个闺女就被国民党抓壮丁抓走了，从此杳无音信，估计是战死了。你想，如果没死早该回来了，或者没死跟老蒋逃到台湾去了，但是逃到台湾，两岸关系改善后实行三通，也应该给家里联系吧？仍然没有音信，因此可以断言，他定然是早死了。因此，爷爷又成了单传。但我爷爷很厉害，一下子生了我三个伯父和我父亲四个儿子另加我姑姑一个闺女，五个子女，到了我们这一辈，叔伯兄弟、姐妹十七，从此彻底改变我们老王家人丁不兴旺的局面。

兄弟姐妹（我们老徐州人叫姊妹）多了，年龄差别就大了，在我们家里姑姑最大，我父亲最小的，年龄相差十几近二十岁。按惯例二十岁一代人，我姑姑和我父亲相当于两代人了，而我姑姑的大儿子只比我父亲小几岁，他们甥舅俩又相当于一代人了。我姑姑的大儿子和我父亲的小儿子、我的小老弟，也就是我们老王家我这一辈的最小，年龄相差三十好几近四十岁，都接近二代人了。你说差别大不大？

方方面面的原因，咱不赘述，只说我的小老弟直到二〇一九年元月五号才结婚。结婚的头一天，家中在商讨结婚当天的事宜时，我的一个侄孙给他爸爸说：我明天得上课。他爸爸也就是我侄儿给他儿子说：上什么课，给老师请假，就说我爷爷明天结婚！听完这话，我的一个侄女给她孙子说：你也给老师请假，就说我太爷爷明天结婚！这正是：都道荒唐事，太爷娶娇妻。其实很正常，长房辈分低。

老街旧事
LAOJIEJIUSHI

我究竟看到了什么

　　首先说明一下，我这可不是宣传封建迷信，因为我是一个无神论者。这当然与我从小受到的正统教育有关。我自幼就笃信：一定要听毛主席的话，坚决跟着共产党走！虽然我现已年逾古稀，仍不是"布尔什维克"，但我坚信马列主义毛泽东思想，更是一位唯物主义者。对狐鬼神怪一概不信！

　　虽然我小时候胆子也非常小，怕走夜路，这与经常听家中大人讲些妖魔鬼怪故事有关。当然这些故事有些是他们贩来的，有些是他们身边的人曾经遭遇过的或者是自己经历过的。

　　现举几个例子：比如，邻居石老汉，说他年轻时挑筐卖菜，有一天下街时走到苏堤路南下坡，那是通往吴庄的一条路，坡的下边是一条由西北奔东南的河，河在老体场左右汇入奎河，据说这是奎河的一条支河。为通往吴庄道路的通畅，而在河上建了一座石桥。老人年轻时河水还是相当充盈的，据说蹲在桥上伸手就能够到水。他走到桥上看到清清的河水在欢快地流淌，突然有了种想洗洗脚的欲望。于是，他放下菜挑子，脱下鞋和袜子，卷起裤腿，坐在桥边上把双脚伸进了水中，谁知道他刚伸进不久他突然感觉有一双手在水下紧紧地抓住了他的两个脚脖子，并且用力往下拽，他顿时吓出一身冷汗，心想他今天是碰上传说中的水鬼了。他凭着自己有把子力气，拼命和下边相持着。但下边的力量却越来越大，他感觉自己快坚持不住了。心想坏了，今天怕是要交待在这儿了。但他又不甘心。于是他想了一个法子就说："伙计慢来，咱都是混穷的，做身衣服不容易，弄湿弄脏了太可惜，不如你松下手，让我把衣服脱了跳下去陪你好好玩玩！"下边好像听懂了他的话，并相信了他，慢慢地将紧紧抓住他脚脖的双手松开了。他快速爬起身来，袜子鞋也顾不得穿，就往菜挑子里一扔，嘴里骂了句"奶奶个熊的，老子可不愿意陪你玩了"边骂边挑起菜挑子来逃也似的飞奔而去。

这事老汉说得绘声绘色且有鼻子有眼的，再说往日他又从不说瞎话，不由得人们不信。可我不信，即便你说得天花乱坠，又没有人看见，谁知道是真的假的？

再比如，一杨姓邻居，结婚年把，媳妇生完孩子尚未满月，某天夜里起醒来奶完孩子，爬起身来穿上鞋就出去了。丈夫认为她是上茅厕了，结果一等不来，两等不来。丈夫急了，赶忙爬起来去找，找了半夜也没找到。天明后有人发现在他家屋后的河里（也就是现在永安小学所在地，那儿原来是一条大河）漂着一个人，他赶忙跑过去，离老远看见那漂着的人穿的衣服就是他媳妇的衣服，一下子就瘫软在河边了。是他媳妇确定无疑，可他就怎么也想不明白，两口子又没吵架，家中也不缺吃少喝，好好的日子不过，她为什么要寻短见呢？后来听人说，有人头天晚上看到他媳妇穿戴整齐的，径直往河里走，仿佛被人牵着的，因为天黑离得远，没敢去救，主要是怕人没救上来把自己也搭上了。人们都说这是标准的鬼领路！可我根本不信，我想她可能是发癔症，或者是梦游症。

还比如，冯三老汉，晚上老两口子熄灯睡觉，半夜老婆子睡得迷迷糊糊的，感觉老汉起床走到屋梁下拿起系腰的大带子（过去的男人都在腰上系一根大布带子，一是保暖，一是干活能使上劲），往梁上一扔，梁上仿佛坐着一个人，伸手将大带子接了，然后搭在了梁上。她又看见老汉将垂下的双头挽个扣系在了一起，然后摸摸索索地搬来一把凳子，后来老汉就爬上凳子将头伸进系好的大带子之中。朦胧中她在想，老汉你这是干什么？你怎么没事找事上吊玩呢？她挣扎想起来制止，可浑身无力四肢不能动弹，嘴干张着却喊不出声音来，只能眼看着老汉把头伸进去。直到老汉双脚一蹬把凳踹倒，咣当一声巨响，才把她彻底吓醒了。醒后的她在想刚才是不是在做梦？好可怕的梦呀！她下意识伸手往旁边摸了摸，呀？坏了！果真没有老汉，难道不是做梦？她顿时吓出一身冷汗，赶忙爬起来找洋火（火柴）把洋油灯（煤油）点亮，然后抬眼一看老汉果然在梁上挂着。啊！……她大声地惊叫着，并从床上掉了下来。她的惊叫声惊动了儿女们，他们都慌忙从各自的屋中跑过来，看到挂在梁上的爹和瘫软在地上的娘。七手八脚先把娘扶起来，再架上床安置好，就张罗着想把老汉放下来，此时的她突然想起了那句老话："上吊上不死，松死了。"赶忙制止了儿女们的行动，她给儿女们说："快去请你们张大爷来。"原来她说的张大爷是南园这地方的场面人，是见多识广，不仅精通红

老街旧事
LAOJIEJIUSHI

白喜事,而且对溺水、上吊的救治都很有办法的百事通人物。待儿女们把张大爷请来,又是半个多时辰过去了,吊在梁上的老汉早已凉了半天了。张大爷看了看舌头伸出老长的老汉,又用手摸了摸,老汉早已没了生命的迹象。但他还是小心翼翼把老汉放了下来,指挥大家进行施救。又让人请来了开茶馆的瞎大亨,趴在他们家墙头的豁口上,面朝西南方向边敲簸箕边大声地喊叫:"冯老三快回来……"瞎大亨的喊叫声凄惨而又高亢,不仅仅贯穿整个南园,就连一公里外的余窑边缘和小吴庄都能听得到,让人胆战心惊而又毛骨悚然。多年以后,每当我经过冯三老汉家门,仿佛都能听见当年瞎大亨声嘶力竭的"冯老三快回来"的号叫声。当然人肯定是没救过来。

诸如此类的故事还很多很多,有的更加瘆人、更加恐怖。像什么鬼打墙啦、鬼敲门啦、鬼领路啦等,多了去了,怕是三天三夜也讲不完,咱就不一一叙述了。试想幼小的孩童整天听的都是这样的故事,能不害怕吗?但是害怕归害怕,我却从来不认可这些事情的真实性。因为我没有亲眼所见,更没有亲戚朋友的亲身经历。因此我觉得这都不过是人们道听途说而已,又经过添油加醋地演绎而成的故事罢了。

不信归不信，但在我十岁那年却遇到一件匪夷所思的事，几乎颠覆了我的观点。整整六十年了，这事始终困扰着我，现在说给大家听听，帮我分析分析，那个早晨我到底看到了什么？

　　那是一九六四年的冬天，我上小学三年级的时候，是十二月底抑或是一九六五年一月初，我记不太清楚了，反正是快到期末考试了。我在之前的文章里都说过，为了减轻我母亲的负担，每天中午和晚上放学都要去街上帮母亲看菜摊子。天天如此能不影响学习？尤其是课外作业，几乎没有能完成的时候。老师批评是常事，但拿我也没有办法，知道我的具体情况后，也就只好睁一只眼闭一只眼了。好在我的成绩不错，始终在班里是前几名。我虽然自信，但也不敢很托大，临近考试也还是要系统地复习复习。复习是复习，中午没时间，总共个把两小时都在街上看菜摊。晚上更不行，等到晚上收了摊子，回家再吃完饭都十点多了，困得不得了，眼皮都睁不开，哪还能看书复习？因此，只能利用早上时间了。早上早起一会儿，能看几十分钟到一小时书，三五天就会把全书复习完。那个时候我们家还没通电，照明还洋（煤）油灯，萤火虫一般，看书累得眼疼。正好我哥哥也同我一个学校上六年级，而他们六年级的有早自习课。我想我正好跟他一块去学校复习，教室都有电灯，我来个借灯熬眼，秃子跟着月亮走——沾沾光吧。

那天早上我五点不到就起床上，简单地洗漱一下，拿个地瓜面的凉窝窝，背上书包就跟着我哥哥去了学校。我们家离学校曲里拐弯的也有六七里路，紧走慢走也得半个多小时四十分钟吧。时值最冷的寒冬，赶到学校都微微出汗了。

当时我们学校大门朝北，和徐州会堂正对门。学校原来是老庙宇，后经改造成了学校，先前叫育婴巷小学，后叫会学小学，最后改名为淮海四小。学校共三进院子，一到六年级总共十一二个班，因为三进院子也就是十二个教室吧。因而每年招新生入校都要看有几个空教室。我们入学那一年正好有三个空教室，所以就收了三个班，我在当时的三班。学校第一进院子除了校办公室、器材室、传达室等就三个教室。我们三个班都在第一进院子里，一班在一进学校左边的高台上，是堂屋和教师办公室一条脊，二班和三班在院子的西首，二班在前，三班在后。因为我哥哥是毕业班，教室在二进院子的右边，和中间过道一条脊，是全校最好的教室，高大明亮宽敞。

我们进了校门就看到我哥哥教室里灯火通明，影影绰绰已经有不少学生了。莫道君行早，更有早行人。我们自觉来得怪早，岂不知还有不少来得更早的学生。我和哥哥走到我们教室门口就分手了，他往前入过道再左拐进他们教室，我呢则右拐走几步就可以进我们教室了。我们教室当时虽然青砖黑瓦，却是原来庙宇几乎没经改造的老房子，无非是在南山墙上做了个黑板，室内增加些桌椅罢了。因为室外和室内有些落差，所以进教室门要下三级台阶，室内十分阴暗潮湿。而且通风不好，常年散发着腐朽的气味。我双手推开老旧不堪的双扇木板门，因屋中太黑，冬天嘛天是最短的时候，六点左右室外都还黑着呢，更何况阴暗潮湿的室内呢？我小心翼翼地用脚试探着往下走，准备下去后再去门后开灯。哪知刚下二级台阶，抬眼往里一看，直对着我这边靠西墙的课桌上，朦朦胧胧地坐着一个人。那时我整十岁，年少眼睛是最好的时候。我又定眼看了看，是一个人，蜷曲着坐在桌子上，面朝南边黑板方向。只见他身穿一身黄色衣服，头戴黑色礼帽（也可能是深蓝色）脸趴在膝盖上，双手环抱着膝盖下沿，一根文明棍（手杖）斜靠在左肩上，像是睡着了。我的头嗡地一下子，浑身的汗毛顿时全竖了起来。"这儿怎么会有这么奇怪的一个人？难道我平时不信邪，常说世上根本没有鬼神，今天真让我开眼了？"我怕惊动了他，悄不声地慢慢地退了出来。然后转过身来，朝着我哥哥的教室一阵狂奔。当我咣当一声推开我哥哥教室门，一下子趴在讲台上时，我哥哥他们都吓了一跳。我哥哥一看是我，赶忙跑过来，一边将我扶起，一边焦急地问道："弟弟你这是怎么了？"我惊魂未定，喘作一团，过了好一会儿才结结巴巴语无伦次地告诉哥哥："我，我……在我们教室里……看到一个奇怪的人，蜷曲着坐在课桌上打瞌睡。"此时哥哥的同学们看到我的狼狈样，又听我说话磕磕巴巴的全都围过来了。纷纷关切地问道：弟弟，你看到什么了？有一个什么人在你们教室里睡觉？此时的我已经慢慢地平定下来了，就把我在教室里看到的一幕，从头到尾给大家说了一遍。

我哥哥当时十三岁，他的同学大都十三四岁，还有几个年龄稍大些，十五甚至十六岁（那个年代由于方方面面的原因有上学晚的），正是天不怕地不怕且又十分好奇的年龄。听完我的叙述，立马七嘴八舌地说，走、走，快去看看到底是什么人？！边说边拉起我，朝我们教室走去。

此时天色已经慢慢放亮了。当我和哥哥以及他的同学们来到我们教室后，有手快的同学把电灯也打开了，整个教室空空如也，哪有我说的什么坐在桌上打瞌睡的那个奇怪的人？只有破旧的桌椅静静地排列在那儿。

我们的教室我是不敢待了，便和哥哥他们去了他们的教室。找了空位就呆呆地坐在那儿，刚才在教室看到的场景，如同放电影一般，一遍又一遍在脑海里反复播映，怎么也想不明白我到底看到的是什么，此时此刻哪还有心思看书复习？直到八点多上课铃声响起我才回到我们教室。

随着时代发展，科学进步，科学家们已推断出宇宙并非人类和我们能看到的生物所独有，在与我们生存的二维空间还平行存在着三维、四维等多维空间，我时常在想，我是不是在那个清晨不经意地跨入其他空间，以致我看到了不该看的画面？而他们发现了我的误入，立即关闭了该空间。所以我和哥哥及他的同学们再次来到我们教室时，啥也看不到了。我知道我这种理解太牵强，可是除此之外又有什么其他方式能证明，我在那个清晨看到的到底是什么呢？因此，我期望能有专家、学者或者是精通此道的高人，赐我一个更合理的解释，以解我六十年之惑。

后记

　　我热爱文学,喜欢写作,这当然与我平时喜欢读书是分不开的。而我对读书的爱好,却又是深受我两位爱读书的兄长的影响而形成的。他们一位是大我三岁的胞兄,一位是大我十一岁的表哥。记得还在我很小的时候,常常看着他们抱着厚厚的书本在"啃"。我就好奇而又不解地在想,这书里到底有什么好东西让他们如此着迷? 等我上了小学二三年级的时候,略为能看懂点儿文字,我就偷偷地在他们不在家的时间,把他们看的书拿过来阅读。很快,我就被书中的人和事迷住了。因为受文化程度的限制,我虽然读却也只是一知半解,糊了半片,或者说是囫囵吞枣,但丝毫不影响我对读书的痴迷。从此,我便如饥似渴,逮着什么是什么,只要是书我就读。那段时间我大概读了四大名著和《三言两刻》《七侠五义》《儒林外史》《聊斋》等,还有很多,由于时间太长大都记不清了。可是好景不长,两三年的光景，我小学五年级刚开始不久，轰轰烈烈的"文化大革命"开始了，几乎所有书籍都成了禁品。我的两位哥哥没有了书可看，我自然也就断了书源，从此与书绝缘几年。

直到一九七一年年初我到利国小煤窑参加工作后，工友中偷偷传阅一些书，我才又陆续地看了几本书。那期间读的是《烈火金刚》《红岩》《苦菜花》《啼笑姻缘》，还有张扬的手抄本《第二次握手》等。我记得最清楚的就是读张恨水先生的《啼笑姻缘》，人家只给了我一个晚上的时间，我整整看了一夜，终于把书读完后还给了借书人。

由于我勤奋努力，工作出色，深受矿领导的赏识，先后让我担任了掘进工区三大班长、维修排排长及电工排排长。后来又保送我带薪到煤矿干部学校学习了两年多，毕业后以中专生的学历成为技术员。正当年轻气盛的我返矿后准备大显身手的时候，小煤矿却解散了。

小煤矿解散后，我不想去大煤矿工作，就在我叔伯大哥的帮助下，于一九七九年十一月二十二日，宁愿自动放弃干部身份，以工人的身份调入徐州自应管厂。先是在电工班工作了一年多，后调入办公室。由于工作较为轻闲，加上做的大都是文字的事，如打报告、写通知、协助领导写发言稿和办黑板报等，我那没有泯灭的文学梦又复燃了。但由于自己的文化水准太低，虽然在煤矿干部学校学习了两年多，却大都是学的数理化和生产技术，几乎和文学不搭边，因而自己的文学水平还停留在小学五年级水平上。于是，我报名参加了南京青春文学院举办的诗歌及小说创作一年制函授班。

通过一段时间的学习后，我的习作，也算是处女作吧，《轮空的交椅》被发表在《青春文学》期刊上。而后我另外两篇微型小说《皮肚无耻》《让房》也发表在《百花文学》上。其中《皮肚无耻》在《百花文学》举办的全国微型小说大奖赛上获得了三等奖。

一九八四年四月，我被调到徐州市市政建设拆迁处工作。由于工作相对繁忙，干的都是费脑劳神的活，晚上又大都有应酬，加上自己的惰性，从此停止笔耕多年。直到退休以后，进入老年大学学习，在老师们尤其是姜宗义老师、张亦伟老师、朱安华老师和张传龄老师传授引导下，我才又拾秃笔，写了些不痛不痒的文章来。这些文章有的登上了《徐州晨报》《晚报》，有的发表在《老年报》《老年研究》《文化铜山》等报纸及杂志上。还有一部分收录在《余晖集》一、二、三、四和《新晴集》一、二、三上面。与此同时,我也被徐州作家协会所吸收,成了徐州作家协会会员。

二〇二二年十一月,学友安月兰找到我说:徐州有几位作家要联合出版一套丛书,问我参不参加。我想几年以来老师和学友们,尤其是姜宗义老师活着的时候,还有陈雨时主任都曾多次建议我出书。虽然说我也早有此意,但是自己觉得还不够火候,所以才没实施。

现在既然徐州作家协会的几位会员作家有共同的心愿,联手出一套丛书,能有这样的机会我自然不愿错过,就算是借东风吧。于是,我把自己这几年写的关于老街的故事,自认为有可读性的文章整合在一起,组成了《老街旧事》奉献给大家。

其实老街故事何止这些?我所看到的、听到的不过是皮毛,也就是管中窥豹、九牛一毛而已。我想我以后还会继续努力,深入发掘整理,写出更多更好的老街故事奉献给大家。

啰里啰唆,不成章法,权作后记。